古典文獻研究輯刊

九　編

曾　永　義　主編

第 16 冊

明清易代之際話本小說敘事話語的反思（下）

萇　瑞　松　著

國家圖書館出版品預行編目資料

明清易代之際話本小說敘事話語的反思（下）／葛瑞松 著──
初版 ── 新北市：花木蘭文化出版社，2014〔民103〕
目 4+260 面；19×26 公分
（古典文學研究輯刊　九編；第 16 冊）
ISBN：978-986-322-548-5（精裝）
1. 明清小說　2. 文學評論
820.8　　　　　　　　　　　　　　　　　　103000757

ISBN-978-986-322-548-5

9 789863 225485

古典文學研究輯刊
九　編　第十六冊　　　　　　　　ISBN：978-986-322-548-5

明清易代之際話本小說敘事話語的反思（下）

作　　者　葛瑞松
主　　編　曾永義
總 編 輯　杜潔祥
副總編輯　楊嘉樂
編　　輯　許郁翎
出　　版　花木蘭文化出版社
社　　長　高小娟
聯絡地址　235 新北市中和區中安街七二號十三樓
　　　　　電話：02-2923-1455／傳眞：02-2923-1452
網　　址　http://www.huamulan.tw 信箱 hml 810518@gmail.com
印　　刷　普羅文化出版廣告事業
初　　版　2014 年 3 月
定　　價　九編 27 冊（精裝）新台幣 48,000 元

明清易代之際話本小說敘事話語的反思（下）

萇瑞松　著

第三章 明清易代之際話本小說敘事話語的反思（II）──諧謔話語

第一節 易代世變下的喜劇觀

> 「世道衰，天下亂，定多幽默之家。」（周谷城）

中國自古並無所謂的喜劇理論，究其因，在於中國古代沒有「喜劇」這個概念。但是，中國古代雖然沒有喜劇的概念，並不等於沒有喜劇、沒有喜劇觀。〔註1〕「悲劇（tragedy）」與「喜劇（comedy）」概念的提出與劃分，源自於於西方古希臘的亞里斯多德（Aristotélēs，西元前 384～前 322）《詩學》一書。亞氏於《詩學》中探究悲劇之構成，人物之性質、觀眾所引起之情緒反應，以及其美學性格，並在多處與喜劇比較，成爲後世研究悲劇藝術之經典著作。他以「喜劇傾向於表現比今天的人差的人，悲劇則傾向於表現比今天的人好的人」〔註2〕，作爲兩者根本的分判。而喜劇的目的，在於透

〔註1〕 參見潘智彪：《喜劇心理學》（廣州：三環出版社，1989 年），頁 46。

〔註2〕 參見（希臘）亞里斯多德著；陳中梅譯注：《詩學》（臺北：臺灣商務印書局，2001 年），頁 38。亞氏於《詩學》中探究悲劇之構成，人物之性質、觀眾所引起之情緒反應，以及其美學性格，並在多處與喜劇比較，成爲後世研究悲劇藝術之經典著作。亞氏以喜劇「摹仿低劣的人：這些人不是無惡不作的歹徒──滑稽只是醜陋的一種表現。滑稽的事物，或包含謬誤，或其貌不揚，但不會給人造成痛苦或帶來傷害。現成的例子是喜劇演員的面具，它雖然既醜又怪，卻不會讓人看了感到痛苦。……注釋②喜劇的目的在於通過滑稽的表演和情境逗人發笑」，頁 58～59。

過滑稽的表演（包括話語〔註3〕、動作）和情境引人發噱、讓人覺得好笑，據此得以宣洩人們的情感，以達到「心靈淨化」〔註4〕的作用。若用近人魯迅（1881～1936）的話來說，就是「悲劇將人生有價值的東西毀滅給人看」，喜劇則是「將那無價值的撕破給人看」〔註5〕。李澤厚在（1930～）《美學論集》一書中，認為喜劇中的滑稽所引起的美感，其特點是一種輕鬆的愉快，經常與「笑」聯繫在一起。而這笑不是生理意義上的反射，「而是具有深刻的社會性質」〔註6〕；也就是說，「滑稽」的呈現，並非只是博君一粲，其中尚蘊含著更深刻的社會意義，就這一層面來說，「喜劇」所指涉的意義並非表面的如此「淺薄」，尚可挖掘出許多文化意蘊。事實上，我國古代的笑話文學作家很早就意識到笑話具有振聾發瞶、醒世明道的社會功能，所以也自覺地背負起社會教育的責任。如明人郭子章（1543～1618）《諧語》於序言中便說：

> 夫諧之于六語，無謂矣，顧《詩》有善謔之章，《語》有莞爾之戲，《史記》傳列〈滑稽〉，《雕龍》目著〈諧讔〉，邯鄲《笑林》、松玢《解頤》，則亦有不可廢者。顧諧有二：有無益於理亂，無關於名教，而禦人口給者，班生所謂口諧倡辯是也，有批龍鱗於談笑，息蝸爭

〔註3〕 于成鯤認為：「語言是造成喜劇性的重要因素。笑來自詞與事物就是由語言的運用和動作的表現的超常與反常運用而產生的笑。」參見氏著：《中國喜劇研究：喜劇性與笑》（上海：學林出版社，1992年），頁66。段寶林則進一步指出，笑話是喜劇性的語言藝術，是運用語言材料塑造藝術形象以致笑的。笑話中能引人發笑的語言技巧，最常見的為變形（誇張、怪誕、荒誕）、反話、雙關、妙語（詩誚、歧異、曲解、比擬、含蓄……）等等。致笑手法往往要通過倒錯或超常的新奇、突轉，達到引人發笑的目的。參見氏著：《笑話：人間的喜劇藝術》（北京：北京大學出版社，1991年），頁252。

〔註4〕 佛洛伊德在《詼諧與潛意識的關係》中認為，在文明社會中，人的許多心理傾向或想法都被壓抑到潛意識中，一旦某人說出一個笑話或做一種可笑的事，人的心理一下子解除了壓抑，於是爆發出笑來。參見（奧地利）佛洛伊德（Sigmund Freud）著；彭舜、楊韶剛譯：《詼諧與潛意識的關係》（臺北：胡桃木文化出版社，2006年），頁193～195。姚一葦藉由近世在巴黎所發現之Coislinian Tractate殘卷，提及「喜劇為模擬滑稽與有缺點之動作，……通過喜悅與笑，以獲得此種類似情緒之淨化。笑為喜劇之母。」參見姚一葦：《美的範疇論》（臺北：臺灣開明書店，1992年），頁242。

〔註5〕 魯迅：《魯迅全集》（上海：人民文學出版社，1981年），第1卷，《墳·再論雷峰塔的倒掉》，頁192～193。

〔註6〕 參見李澤厚：《美學論集》（臺北：三民書局，1996年），第8章〈關於崇高與滑稽〉，頁233。

於頃刻，而悟主解紛者，太史公所謂談言微中是也。〔註7〕

「何謂喜劇？」這一表面看似單純的問題，實際上牽涉到批評理論、心理學、社會學、戲劇學和形上學等等許多複雜的領域與面向，早有學者針對此發表專論。〔註8〕本文著意於中國話本小說之喜劇性，表現在滑稽、幽默、諷刺、嘲弄、機智與弔詭等方面的敘事話語與美學形式，將其置於中國古典文學的脈絡下，尤其在明清「世變」之際，其所展現的「話語性」究竟為何？為凸顯後現代思潮所謂的話語性精髓，並隨時於論述中援引西方喜劇美學理論互相印證以為說明。

至於中國古典戲劇部分的喜劇成因，作為主要戲劇體裁之一，自有其衍生體系與社會文化等多重創作因素。就喜劇的狹義範疇視之，它本是指戲劇的一種類型。一般來說是運用誇張的手法、巧妙的結構、詼諧有趣的臺詞刻劃人物性格，嘲諷怪癖和謬誤，所引起的笑的效果。若就喜劇的廣義理解，則是指和美、醜、崇高、悲壯等並列的美學範疇。是故喜劇是一種美學型態，它所引起的笑是一種審美情感，這些情感作用歷來有不同的稱謂。以中國而言，或稱滑稽、詼諧、幽默、笑話……者，不一而足，散見於各類的文學體裁中，但皆可稱之為「喜劇美學體系中的要素」。〔註9〕本文所強調之喜劇性，傾向於喜劇廣義的美學範疇來討論，也就是當話本故事中的主人公，表現為錯誤或怪癖人物欲蓋彌彰以及自炫為美時，那種喜劇性的敘事話語，諸如怪訛、倒錯、悖逆、卑賤化與諧謔等帶給人們笑的情感的一切因素之探討。此與喜劇的狹義定義，單從「戲劇類型」論述，不論在研究方法、選材文本與研究路徑等多種不同的面向均有所差異，在行文之初必須先加以釐正。

一、明清易代以前的喜劇觀

綜覽中國喜劇觀的濫觴，源自於古代民間的歌謠。南朝梁人劉勰（約466～522）《文心雕龍・諧讔》首次系統地疏理了我國先秦至南朝的俳諧文學作品，開篇即云：

〔註7〕　參見楊家駱主編：《中國笑話書》（臺北：世界書局，1996年），頁10。
〔註8〕　參見 Moelwyn Mcrchant 著；高天安譯：《論喜劇》（臺北：黎明文化出版，1981年），頁1～8。
〔註9〕　參見尤雅姿：〈《世說新語》所表現之幽默現象及其意義之研究──從美學的觀點出發〉，《興大文史學報》第26期（1996年6月），頁50。

昔華元棄甲，城者發睅目之謳；臧紇喪師，國人造侏儒之歌。〔註10〕

這些百姓所創作的民間歌謠淺俗易懂，把譴責嗤鄙的旨意藉由戲謔的言辭道出，諸如此類的民間歌謠正是我國俳諧文學的起源。除上文所引《左傳》魯宣公二年築城民工嘲笑華元的歌謠，與魯襄公四年國人所作之侏儒歌外，《詩經》中也有一些具有詼諧意味的詩歌，並讚美「謔而不虐」〔註11〕的君子。譬如《鄭風‧褰裳》，一個姑娘和她的戀人開玩笑說：「子惠思我，褰裳涉溱。子不我思，豈無他人？狂童之狂也且！」〔註12〕再如《邶風‧新臺》以笑謔為譏刺，把衛宣公比作癩蛤蟆，辛辣地嘲諷了他霸佔兒媳的無恥行為。〔註13〕詼諧歌謠原是先秦初民喜歡用來表達怨怒和歡謔的一種話語方式。此種喜劇意識無須外求，便自然而然地在人們的心靈沃土滋生涵泳，繼之發聲而為謠諺。

先秦諸子也出現許多詼諧色彩的寓言故事，本是用來思考嚴肅的人生哲理，通常依附在令人「笑不出來」的古典經籍中。寓言的「寓」字乃寄託之意，「言」字則是話語故事。因此寓言指的是在故事情節中，寄託道理意蘊的作品。它透過了作者「由此及彼」的聯想，與讀者「由表及裡」的詮釋，在故事中傳達寄託的道理意蘊。故《莊子‧寓言》云：「寓言十九，藉外論之」〔註14〕，就是指出了寓言「言外所指」的特性。楊家駱（1911～1991）則認為：「重言寓言，有莊有諧，故笑話之見於文字，與重言寓言同始。如《孟子》、《莊子》、《列子》、《韓非子》之載宋人事即其例。」〔註15〕今人所熟知《孟子》的「揠苗助長」、《韓非子》的「守株待兔」與《列子》的「杞人憂天」等等，均是笑話型寓言的例子。

先秦的倡優深諳箇中精髓，率先將諧謔話語搬上政治舞臺。這些倡優原

〔註10〕參見范文瀾：《文心雕龍註》（臺北：明倫出版社，1971年），頁270。
〔註11〕《詩經‧國風‧衛風‧淇奧》第三章：「有匪君子，如金如錫，如圭如璧。寬兮綽兮，倚重較兮。善戲謔兮，不為虐兮。」見〔唐〕孔穎達：《毛詩正義》（臺北：藝文印書館十三經注疏本，1960年景清嘉慶二十年江西南昌府學刻本），卷3～2，頁128。
〔註12〕見〔唐〕孔穎達：《毛詩正義》（臺北：藝文印書館十三經注疏本，1960年景清嘉慶二十年江西南昌府學刻本），卷4～3，頁173。
〔註13〕見〔唐〕孔穎達：《毛詩正義》，卷2～3，頁105～106。
〔註14〕〔清〕郭慶藩：《莊子集釋》（合肥：黃山書社據清光緒思賢講舍刻本影印，2009年），卷9上，〈寓言〉第27，頁489。
〔註15〕參見楊家駱主編：〈中國笑話書七十七種書錄〉，《中國笑話書》（臺北：世界書局，1996年），頁1。

是宮廷裡以說笑話，或以簡單、滑稽的人物扮相，供帝王、貴族們取樂的戲子，也就是《漢書》中所說的「倡優俳笑」之類的人物〔註16〕。在先秦典籍如《左傳》、《國語》、《戰國策》等皆曾出現過他們的身影。由於倡優特殊的身分，且具有「言無郵」〔註17〕（即說錯話也無罪）的言責豁免權，所以他們所說的話往往言非若是，說是若非；既能出口成章，詞不窮竭，也能諧語滑利，知計疾出。他們可藉機讓帝王在調笑取樂之餘，充分發揮政治勸諫的功能。如史載的優孟衣冠、賤人貴馬之機智善變、婉而多諷者是也。

　　滑稽的人物形象，中西方皆有例可循。姚一葦（1922～1997）將「滑稽」（comic）置於與「悲壯」（tragic）對立面的意義上討論，他認為所謂「滑稽」，乃指此類藝術可使人愉悅、發笑，並使人產生滑稽感。可追溯至西方「喜劇的演員的面具與造型，表現為最早的有意的滑稽的形象」〔註18〕。

　　滑稽的形象，伴隨而來的是滑稽的話語，也就是語言上的滑稽。〔註19〕據唐人司馬貞（生卒年不詳）《史記索隱》對「滑稽」的解釋為：「滑，亂也；稽，同也。言辨捷之人言非若是，說是若非，言能亂異同也。」〔註20〕「滑稽」原意本為「流酒器」，取其流暢之喻意。意味這類人物出口成章，詞不窮竭，就像「滑稽」之吐酒。〔註21〕這類言語便捷之人，大多是指古代的倡優。

〔註16〕中國古代俳優的起源，根據王國維的考訂：「《列女傳》云：『夏桀既棄禮義，求倡優侏儒狎徒，為奇偉之戲。』此漢人所紀，或不足信。其可信者，則晉之優施，楚之優孟，皆在春秋之世。」見氏著：〈宋元戲曲考〉，收錄於《王國維戲曲論文集》（臺北：里仁出版社，1993年），頁7。

〔註17〕《國語・晉語二・獻公》：「優施曰……『我優也，言無郵。』」韋昭注：「郵，過也。」，頁91。見（三國）韋昭注：《國語韋氏解》（合肥：黃山書社據士禮居叢書景宋本，2009年），卷8。

〔註18〕參見姚一葦：《美的範疇論》，頁229。姚氏指出，「那些……丑角，他們的面具是誇張的，大的鼻子與闊而大的嘴；體形是臃腫的、笨拙的，構成一種滑稽感。……猥瑣的姿態與體形，使人一見便感到可笑。」

〔註19〕尤雅姿指出，由滑稽話語所衍生之文學笑談，或可稱為笑話文學、諧謔文學、滑稽文學，有時逕稱為笑話或笑談，多被歸屬於小說家之諧謔部，屬於通俗文學中的一支。參見氏著：〈中國笑話文學特徵之研究〉，收錄於國立政治大學中國文學系編：《中國文學史暨文學批評學術研討會論文集》（臺北：國立政治大學中國文學系出版，1996年），頁105。

〔註20〕見〔西漢〕司馬遷撰；〔宋〕裴駰集解；〔唐〕司馬貞索隱；〔唐〕張守節正義；楊家駱主編：《史記》（臺北：鼎文書局，1977年），卷126，〈滑稽列傳〉第66，頁3197。

〔註21〕見〔西漢〕司馬遷撰；〔宋〕裴駰集解；〔唐〕司馬貞索隱；〔唐〕張守節正義；楊家駱主編：《史記》，卷126，〈滑稽列傳〉第66，頁3203。司馬貞《索隱》

他們在語言上的滑稽，又可稱爲「俳諧」，這兩個詞彙意義相同，史籍中經常互訓。〔註22〕他們的基本手段是靠語言的機智、形體的變化，以造成一種非理性化的情態，使得別人在情感上得到歡愉；也因此，近世林語堂（1895～1976）所提出之「幽默」（humour）〔註23〕一詞與「滑稽」往往爲後人相提並論，皆具有喜劇性的美學情感。是故劉勰《文心雕龍・諧讔》則云：「諧之言皆也，辭淺會俗，皆悅笑也。」〔註24〕詼諧即滑稽、戲謔之言，是以供人悅笑的淺俗語辭，意在透過詼諧有趣的言語、動作，在笑聲中展現諷諫，也在諧趣中隱含巧思。但劉勰反對爲笑而笑的「空戲滑稽」，推崇能「抑止昏暴」、「有益規補」的喜劇藝術，強調喜劇在笑方面的教化作用，繼承自先秦以來史家所極爲重視的「美刺傳統」，其贊曰：

> 古之嘲隱，振危釋憊。雖有絲麻，無棄菅蒯。會義適時，頗益諷誡。
>
> 空戲滑稽，德音大壞。〔註25〕

隗芾（1938～）主編之《中國喜劇史》一書中認爲，「優孟衣冠」的故事爲中國戲劇表演藝術的源頭，指出「優孟諫葬馬」之事，由其精心爲楚莊王「預言示現」〔註26〕以人君之禮葬馬的滑稽場面，則幾乎可稱爲是喜劇

引崔浩語。

〔註22〕 姚察云：「滑稽猶俳諧也。滑讀如字，稽音計也。言諧語滑利，其知計疾出，故云滑稽也。」見楊家駱主編；〔西漢〕司馬遷撰；〔宋〕裴駰集解；〔唐〕司馬貞索隱；〔唐〕張守節正義：《史記》，卷126，〈滑稽列傳〉第66，頁3203～3204。

〔註23〕 「幽默」一詞本出自《楚辭・九章・懷沙》：「分眑眑，孔靜幽默」之句。其意原指江南山高澤深，視之冥冥，野甚清閒，杳無人聲。故「幽默」乃爲清靜無聲之意。近世「幽默」一詞，乃林語堂由「humour」英譯而來，林語堂認爲「幽默本是人生之一部分，所以一國的文化，到了相當程度，必有幽默的文學出現。」參見氏著：〈論幽默〉，《幽默人生》（西安：陝西師範大學出版社，2002年），頁3。另，閻廣林曾引〔英〕本・瓊生（Ben Jonson, 1572～1637）的話定義幽默：「如果一個人非常出奇的特性，在他身上表現那樣強烈，他的一切欲望、感情和才能都聽從這個特性調遣，它們全都沿著一個方向努力，這的確可稱爲 humour。」參見氏著：《歷史與形式：西方學術語境中的喜劇、幽默和玩笑》（上海：上海社會科學院，2005年），第二章：八、〈幽默的誕生〉，頁58。

〔註24〕 參見范文瀾：《文心雕龍註》（臺北：明倫出版社，1971年），頁270。

〔註25〕 參見范文瀾：《文心雕龍註》，頁272。

〔註26〕 優孟諫葬馬，充分運用「預言示現」修辭的美學效果，陳望道說：「示現是把實際上不見不聞的事物，說得如見如聞的辭格。……預言的示現……是把未來的事情說得好像已經擺在眼前一樣。」參見氏著：《修辭學發凡》（臺北：

之濫觴。〔註27〕其他如淳于髡、優旃一類的滑稽人物，司馬遷《史記》特為之作傳，盛讚他們具有「不流世俗，不爭埶利」〔註28〕的可貴精神，及其「談言微中，亦可以解紛」〔註29〕的非凡諷諫才能。因此司馬遷在《史記・滑稽列傳》中十分肯定滑稽話語所發揮的諷諫功用：

> 淳于髡仰天大笑，齊威王橫行。優孟搖頭而歌，負薪者以封。優旃臨檻疾呼，陛楯得以半更。豈不亦偉哉！〔註30〕

綜言之，中國古代關於滑稽、詼諧、幽默、戲謔、笑話，甚至包括諷刺、嘲弄、機智與弔詭等方面的敘事話語，我們皆可視為代表中國古代各種喜劇性美學型態的辭彙。從先秦的諸子文獻，歷朝各代的野史、雜史、筆記小說、笑話集與寓言故事等，皆能發現諧謔話語的存在，其內容可謂琳琅滿目。除名流逸事、里閭笑談，以及向壁虛構的滑稽故事外，尚有莊諧雜陳、譎奇詼詭的寓言。這些諧謔話語的意旨實踐，大抵用嘲弄戲謔的語調來批判人性的貪嗔愚懦，用詼諧逗趣的筆法來調侃人生的困厄艱險。在諷刺的主旨之下，表現了機智、敏慧、巧思與妙語等，幽默雋永，要言不煩。〔註31〕且其話語往往一針見血，令人不禁拍案叫絕，可視為中國文學中的甘草。誠如楊家駱《中國笑話書・序》中所言：笑話「在小說中，猶韻文之有絕句、小令」。〔註32〕閻廣林嘗試圖將喜劇予以分類，他認為喜劇的創造動機往往是多元而非單一的。而在多元的動機當中，有純粹逗人一笑者，有感情或契約關係則是有社會功利目的，而有些是出於情感欲求的宣泄，故而有理性策略之考

文史哲出版社，1989年），頁127～128。

〔註27〕 參見隗芾主編：《中國喜劇史》（汕頭：汕頭大學出版社，1998年），頁30。隗芾指出，「顯而易見，優孟在這裡用反諷的方式，通過『把謬誤引向極端』的手法，為楚莊王描繪了一番以人君之禮葬馬的滑稽場面，使他意識到原有計畫的荒唐，從而改變初衷。」

〔註28〕 見〔西漢〕司馬遷撰；〔宋〕裴駰集解；〔唐〕司馬貞索隱；〔唐〕張守節正義；楊家駱主編：《史記》，卷130，〈太史公自序〉第70，頁3318。其文曰：「不流世俗，不爭埶利，上下無所凝滯，人莫之害，以道之用。」

〔註29〕 見〔西漢〕司馬遷撰；〔宋〕裴駰集解；〔唐〕司馬貞索隱；〔唐〕張守節正義；楊家駱主編：《史記》，卷126，〈滑稽列傳〉第66，頁3197。

〔註30〕 見〔西漢〕司馬遷撰；〔宋〕裴駰集解；〔唐〕司馬貞索隱；〔唐〕張守節正義；楊家駱主編：《史記》，卷126，〈滑稽列傳〉第66，頁3203。

〔註31〕 參見楊家駱主編：〈中國笑話書之七十七種書錄〉，《中國笑話書》（臺北：世界書局，1996年），頁2。

〔註32〕 見楊家駱主編：〈中國笑話書之七十七種書錄〉，《中國笑話書》（臺北：世界書局，1996年），頁2。

慮,也有應付解脫的類型,更有揭露鞭撻的社會批判,或是歌頌讚美的美學肯定。所以喜劇精神有積極／消極、主動／被動、肯定／否定、自覺／非自覺的性質。〔註33〕閻廣林並且將喜劇傾向大致分作五類:

指出「幽默」是「喜劇」的中心,而「諷刺」和「機智」是喜劇的邊緣。〔註34〕閻廣林的分類有助於我們掌握諧謔話語的全貌,但就揭示幽默與諷刺、嘲弄、荒誕、機智是有程度上的區別及親疏遠近的距離上,則顯得毫無意義。因為在西方的用法當中,無論是機智(wit)或是譏笑(ridicule)、反諷(irony)、嘲諷(sarcasm)、譏誚(cynicism)或是諷罵(the sardonic)、痛罵(invective)等等,皆是負面的語詞,須靠藝術技巧來達到目的。〔註35〕這種諧謔話語與中國溫柔敦厚的諷諭傳統:「言者無罪,聞者足戒」,不啻有天壤之別。中國古代笑話寓言中,雖然也有譏諷、嘲弄之作,但是,譏諷、嘲弄卻不是其主要目的,而是藉由這些諧謔話語來達到警惕或省思的目的。除了以「娛人」的敘事話語表述之,同時也欲藉此以達到「誨人」的目的。簡言之,「娛人」是一種表述的藝術技巧,而「誨人」則是其諧謔話語的意旨實踐。

要注意的是,雖同是諧謔話語,但它們在各種文類因表現方式的不同而有不同的美學形式與美感經驗。本節既在討論明清易代之際話本小說的諧謔話語,又在探賾中國古典文學的喜劇觀,當然不能忽略中國自古以來諧謔話語的生成流變與衍化傳播的軌跡。有關這類諧謔話語的古典文獻資料卷帙浩繁,難以一言概括之。以「笑話」來說,從(魏)邯鄲淳(約132～221)《笑

〔註33〕 參見閻廣林:《喜劇創造論》(上海:上海社會科學院出版社,1992年),第三章〈喜劇傾向〉,頁147。

〔註34〕 參見閻廣林:《喜劇創造論》(上海:上海社會科學院出版社,1992年),第三章〈喜劇傾向〉,頁150。

〔註35〕 參見 Arthur Pollard:〈何謂諷刺〉(Satire by Pollard),第三章〈方法與方式〉,董崇選譯,輯入姜普(J. D. Jump)編:《西洋文學術語叢刊》(臺北:黎明文化事業公司,1978年)上冊,頁288。

林》三卷開始，侯白《啓顏錄》接續問世，作品日漸增多，直至明清，此類笑話書數量之豐已達高峰。根據〈歷代已佚或未收笑話集書目〉文中指出，明《永樂大典》卷四十四所載卷之一萬六千八百九十笑韻，皆爲「笑談書名」。〔註36〕稍加瀏覽不難發現，中國古代諧謔話語的論述主軸，皆離不開「易代世變」的整體時代背景。若將中國古代喜劇意識置於歷史世變下檢視，觀察其與諧謔話語之間的關係，當能從駁雜紛亂的歷史脈絡中尋繹出若干足堪玩味的線索，以明瞭諧謔話語本身及其背後所蘊藏的文化現象。

　　中央研究院文哲所自一九九八年以來，進行爲期兩年的「世變中的文學世界」主題研究計畫，選取中國歷史上四個重大世變時期。以魏晉南北朝、唐宋之際（以晚唐五代爲中心）、晚明與晚清爲範圍，重新審視文學書寫與時代變遷的關係，尤其是在世變之際的文人心境、文學創作、文學詮釋、文化生產與文化傳播等問題的討論。〔註37〕關於「世變」，吳宏一（1943～）曾說：

> 所謂「世變」，蓋有二義：一是指江山易主、朝代更替；一是指世風丕變，即政治環境和社會風氣產生了大變化。二者互相關係，互相限制。大抵言之，江山易主、時代更替時，政治環境和社會風氣往往會隨之而產生大變化。〔註38〕

　　當政治社會環境發生遽變時，自然會引起一種廣泛的影響和更替的力量。而文學作爲反映時代人心趨向的鏡子，當外在環境發生劇烈變化時，其所投射出來的文學面貌必然改變。「人」作爲文學主體中的靈魂，遭逢亂世，如何自處與應變，如何在主觀心靈與客觀現實之間，讓自己從常態世局中逸出，創發出一種殊異於常世的精神面向，展現既破壞又有創造的文化活力，值得我們深思。易言之，世變是亂局、毀滅，也是重生的契機。周谷城（1898～1996）曾說：「世道盛，天下太平，一定很少人能夠幽默。世道衰，天下變

〔註36〕參見王利器、王貞珉編：《中國笑話大觀》（北京：北京出版社，1995年），「附錄一」，頁941。

〔註37〕中研院文哲所的「世變中的文學世界」主題研究計畫，由三位研究人員共同主持，分別爲胡曉眞、衣若芬與劉苑如等三位。參見胡曉眞：〈世變之亙——由中研院文哲所「世變中的文學世界」主題計畫談晚明晚清研究〉，《漢學研究通訊》第20卷第2期（2001年5月），頁27。

〔註38〕吳宏一：〈清代世變中的文學世界〉，收錄於李豐楙主編：《第三屆國際漢學會議論文集——文學、文化與世變》（臺北：中央研究院中國文哲研究所，2002年），頁692。

亂，定多幽默之家。」〔註 39〕非常世的諧謔話語策略，可視爲吾人面對亂世的因應之道，此正是莊子（約前 369 年～前 286 年）處於戰國亂世之際，以「謬悠之說，荒唐之言，無端崖之辭」〔註 40〕的言說策略，示世人以「諧趣處世」之道。人若以玄虛、荒誕、異端斥之，誠難領略莊子之用心，亦不見其背後深層的文化意蘊。

　　若以「世變中的文學世界」主題計畫所分類的第一個階段「魏晉六朝」爲例，正值中國一大亂世，此時期諧隱文學的發展，是第二個中國歷史上幽默發展的關鍵時刻〔註 41〕。這時期包括了完整的幽默文學作品、有關笑的專門文學作品、中國第一本笑話集、君主大力提倡幽默以及幽默成爲一種時代風尚等因素，在在指出六朝諧隱的發達，標誌出中國幽默文化的成熟與進步。〔註 42〕這些諧謔話語的背後，大多出自時代的動亂與庶黎百姓的苦痛；更進一步地觀察，也就是儒學式微，禮教崩壞，政治腐敗，社會風氣日趨頹喪墮落的時代，致使百姓民不聊生，人民悲苦到了無以復加的地步。極端諷刺且值得玩味的是，爲人們帶來幽默的搖籃正是動盪的世變，非如此似無以激發出民間喜劇意識。喜劇成爲宣洩苦悶與無奈心境的最佳代言。而魏晉六朝的諧謔話語──「諧讔」，要言之，本質就是文人集團爲了達到對政治權力者的批判與質疑而存在的。其「迂迴」的敘事話語策略，意味著以「隱晦」將「否定意志」予以包裝，維持與權力者表面的和諧。發言者與權力主體的對話過程中，衍生出許多話語辯證的過程。話語便在庶民／官方、抗爭／妥協、言說／隱晦、拒斥／主體等兩極之間不斷游移，各種諧謔性的話語隨之衍生。套用後現代慣稱的學術用語，這代表了話語曖昧的不確定性，擴大了能指的敘述間隙，遂具有更深層的指涉。〔註 43〕黃慶聲便認爲諧謔話語的研究不容輕忽，他說：

　　由文人製作的笑話，更能看出這種以淺陋鄙俗的日常語言取代典正

〔註 39〕 轉引自班文編著：《幽默與人生》（北京：東方出版社，2006 年），頁 52。

〔註 40〕 參見〔清〕郭慶藩：《莊子集釋》（合肥：黃山書社據清光緒思賢講舍刻本影印，2009 年），卷 10 下，〈天下〉第 33，頁 563。

〔註 41〕 此說參見周作人：〈再談俳文〉，收入《周作人先生文集》《藥味集》（臺北：里仁書局，1982 年），頁 209。周氏以「漢朝倡優滑稽諷諫」爲第一時期，「魏晉六朝諧隱」爲第二個轉變期。

〔註 42〕 參見林佳燕：《世變、迂迴、荒唐之言：六朝諧隱研究》（臺南：國立成功大學中文所博士論文，2009 年），頁 7～8。

〔註 43〕 參見林佳燕：《世變、迂迴、荒唐之言：六朝諧隱研究》，頁 4。

　　含蓄的美文雅語之新趨勢，文人不在意悖理以傷雅正之美，不介意
　　嬉戲笑謔有失身分、招致浮薄之譏。這固然涉及審美觀之移易、群
　　眾對娛樂消遣有需求，但更重要的是：文人不再視特定文章體類與
　　辭藻修飾爲自我高尚人文層次屬性之象徵，出語下筆便無所顧忌；
　　此外，說笑話者創作之社會背景與其心理意識活動之密切關係，亦
　　值得注意。〔註44〕

　　準此，作爲中國易代世變的明清之際，話本小說諧謔話語的文化意涵，
其所指涉究竟爲何？在庶民／官方的妥協與抗爭中，留有許多的空白亟待我
們去探索。對於雅／俗文體的交涉移易產生何種影響？其所承載的世變信息
與遺民心理意識的活動又該如何解讀？對於諧謔話語所蘊含的批判意識、顚
覆策略與生活化的語言，如何以另類話語突破正統文化理性封閉的世界軌
跡？達到經典祛魅化的目的。這也將是後續幾節「諧謔話語的反思」所欲闡
釋的問題。下面段落擬針對同樣具有「世變」特徵的明清之際展開討論，尤
其自晚明始，深論整體社會文化的時代語境，如何影響、制約著創作者的書
寫策略與心理意識。

　　眾所皆知，近世學界凡論及易代劇變，不論五四學人或是晚清知識分子，
莫不以明清之際作爲一個參照點，其中所涉及的「晚明」，其絢爛光彩甚至不
斷地被人一再回味，成了一個「折照」〔註45〕的過程，奇異地盤旋不去。「晚
明」的獨特魅力，便在於它的兩重話語性——兼具「結束」與「開始」詮釋
的可能。〔註46〕是故此時期特殊的文化語境，成爲一極有趣的參照，它蘊含
的學術魅力正在於它詭譎多變的時代背景。誠如英國維多利亞時期著名的小
說家狄更斯（Dickens, Charles，1812～1870）在《雙城記》中的名言：「這是

〔註44〕參見黃慶聲：〈論《李卓吾評點四書笑》之諧擬性質〉，《中華學苑》第 51 期
　　　　（1998 年 2 月），頁 95。
〔註45〕「折照」的論點，乃中研院近史所熊秉眞於 1999 年 5 月 14 日，應中研院文
　　　　哲所舉辦之「晚明與晚清文化景觀再探——歷史現實與文學想像」座談會，
　　　　以「歷史之幻與文字之眞——折照晚清與晚明」爲題發表演說所提出的觀點。
　　　　熊氏以爲今日研究晚清者，乃是基於 20 世紀末的立場，而考慮晚明時，更是
　　　　透過多層的折照才能進行。參見胡曉眞：〈世變之亟——由中研院文哲所「世
　　　　變中的文學世界」主題計畫談晚明晚清研究〉，《漢學研究通訊》，頁 29。
〔註46〕這也就是說，不論是清初、晚清或是五四之人看待晚明，皆能從各自的需要，
　　　　在晚明文化中找到自己想要的文化論述。譬如清初三傑批判晚明心學空虛茫
　　　　昧誤國殃民，而五四學人卻盛讚晚明乃中國近代新思潮之啓蒙期。參見譚佳：
　　　　《敘事的神話：晚明敘事的現代性話語建構》。第一章與第三、第四章。

個最壞的時代，也是個最好的時代。是最光明的時代，也是最黑暗的時代。」
〔註47〕晚明是一個由輝煌走向頹敗的時代，也是由頹敗醞釀另一個開始的契
機。正是這麼一個詭譎多變、紛繁多彩的時代，也是一個亂離動盪的黑暗時
代，欲探究它如何涵養孕育那個時期的諧謔話語，就不能不對它進行全面的
認識與瞭解。為避免流於社會思想與文化史料的贅述，本文擇要摘取頗能代
表當時社會整體面向的「晚明士風」〔註48〕作為論述主軸，並旁涉其他諸如
社會、政治、經濟與文化學術等方向，勾勒出晚明的整體意象，作為鋪墊此
時期諧謔話語的主要成因背景。

二、晚明意象的多重指涉

（一）士風變異

《明史》曾云：「明之亡，實亡於神宗。」〔註49〕蓋因史家論晚明史，
通常是從神宗萬曆朝算起，原因大致不離晚明的末世亂象，皆可自萬曆一朝
尋繹出許多蛛絲馬跡，其敗亡的徵兆，亦從神宗開始攢聚累積。殊不談學界
歷來對「晚明」的時間斷限如何眾說紛紜，我們若僅就明朝國運的轉折，心
學思潮與士風的變異，以及各種積累的禍兆，均凸顯萬曆前後期的明代判若
兩朝〔註50〕；以後設的歷史發展軌跡視之，萬曆至崇禎，是國家走向滅亡

〔註47〕 參見〔英〕狄更斯著；石永禮譯：《雙城記》（臺北：光復書局，1998年），頁3。

〔註48〕 謝國楨曾指出：「學術思想是時代的反映，明末清初的學風，為什麼會有這樣
豪邁的風格、堅貞不屈的氣節和多種多樣的體裁呢？……這個時代正是當時
人士所謂『天崩地解』的時期……從而使比較前進有頭腦的人士觸目驚心，
寫下篇章，反映到學術思想、史學、文學、藝術、科學技術等方面。」參見
謝國楨：《明末清初的學風》，頁2。趙園在《明清之際士大夫研究》一書中，
也揭示「明代學術雖以『荒陋』為人詬病，明代士人卻不缺乏對自己時代的
批判能力，尤其在明清之交，……那一代士人中的優秀者所顯示的認識能力，
為此後相當一段時間的士大夫所不能逾越。」參見趙園：《明清之際士大夫研
究》，頁3。作為「世變」前夕的當口，「士風」如何「變異」，屢屢成為學者
關注的焦點，因此本文下節以「晚明士風」作為一觀察點，希冀「辨章學術，
考鏡源流」，勾勒出晚明至易代之際的末世景象。

〔註49〕 參見〔清〕張廷玉等撰；楊家駱主編：《新校本明史并附編六種》，卷21，〈本
紀〉21，頁295。

〔註50〕 《明史·選舉志》：「弘、正、嘉、隆間，士大夫廉恥自重，以掛察典為終
身之玷。至萬曆時，閣臣有所徇庇，間留一二以撓察典，而衛臣水火之爭，
莫甚於辛亥、丁巳……黨局既成，互相報復，至國亡乃已。」參見〔清〕
張廷玉等撰；楊家駱主編：《新校本明史并附編六種》，卷71，〈選舉志〉47，

的因果歷程，尤其更能從中看出晚明是一個可供選擇、而結果又未能改變歷史宿命的特殊階段。〔註51〕本文所論的「晚明」士風，約從明神宗萬曆朝（1573）起始，下迄崇禎十七年（1644）止，偶或述及萬曆之前，必有其縱向衍變脈絡不得不然的歷史文化因素，不可貿然界分，亦應一併看待。

　　何謂「士風」？趙園指出它作為一種複數概念，係指稱某種行為的集合，且無法付諸「實證」，只適合用來「描述」。而這種描述，通常出於直覺的判斷，預先設定它具有整體性的「文化性格」，也就是說這個群體，他們的精神取向較為統一，有其一貫「士」的姿態。〔註52〕身為中國社會知識分子的「士人」階層，自先秦以來便被賦予各種不同的使命。每個時期士人的思想、行止，動見觀瞻，引領風騷。士風的形成，與所處時代的政局、社會思潮、生活環境與學術文化等息息相關。誠如趙園所揭示，「晚明士風論」已儼然成為一個「方法論」，卻也議論紛紜、莫衷一是。正因如此，此時期所呈現的文化多元面貌前所未見，但都無法否認此時期是作為中國歷史發展的一個「關鍵時代」。晚明的社會自由經濟萌發，庶民意識覺醒與人文主義抬頭，呈現士風變異的多元面貌，清人沈垚（1795～1840）已早有發覺，他曾指出

頁1724。四庫館臣也提到：「隆、萬以後，運趨末造，風氣日偷。道學多侈談卓老，務講禪宗；山人競述眉公，矯言幽尚。或清談誕放，學晉宗不成；或綺語浮華，沿齊梁而加甚。著書既易，人競操觚。小品日增，卮言疊煽。」參見〔清〕阮元：《四庫全書總目提要》（臺北：漢京文化事業有限公司，1981年），卷132，雜家類存目九陶珽《續說郛》，頁704。由此可看出《四庫》館臣對晚明士風的蔑視態度，準確地指出了當時社會風氣與文人思想發生了明顯的變化，士人生活、人格與文學創作受到禪宗思想和李贄、陳繼儒等人的影響。所謂「小品日增，卮言疊煽」指的正是莊禪之風激起個性之潮，士人從傳統禁錮解脫，大膽追求現世的幸福、人間的樂趣，甚至是情慾放浪不檢和玩世不恭的品行，追求現世享樂的人生哲學，可以說是晚明文人的風尚。

〔註51〕關於「晚明」的歷史界定，各家說法雖然不盡相同，但對於萬曆一朝對明末時局產生重大影響的看法卻是一致的，所論者甚多，本文不逐一贅列，僅以樊樹志《晚明史》的時間斷限為準。參見氏著：《晚明史（1573～1644）》上卷（上海：復旦大學出版社，2003年），頁4～5。另外，李興源：《晚明心學思潮與士風變異研究》（臺北：花木蘭文化出版社，2009年），頁5～7。書中對於學界討論「晚明」的時間斷限，有完整翔實的論述。

〔註52〕參見趙園：〈關於「士風」〉，《中國文化研究》夏之卷（2005年），頁2。趙園在此篇文章中，主要分析了明代士人的當代士風論，並將清代士人的明代士風論作為分析材料。藉由趙文的參照，可以幫助我們瞭解明代士風衍化變異的軌跡與文化因素，尤其對觀察那個時代的文化語境頗有助益。

「明士大夫皆出草野，議論與古絕不相似」〔註53〕。雖然此話有些「語焉不詳」，仍不失爲一參考依據，暗示明朝士人有著獨特的行止與思維，標誌出此時代具有迴異於前朝的士人風範。劉季倫在《墮落時代・序》〈欲迴天地入扁舟〉一文有著深中肯綮地論述，他說：

> 在左翼史家筆下，這個時代是「資本主義萌芽」的時代；在黃仁宇看來，這個時代卻是明代的財政管理造成長期衰落與遲滯的時代。在文化思想方面，侯外廬以爲這個時代的陽明思想，「起著一種反個性鬥爭的麻痺人們頭腦而甘於妥協的奴婢作用」；但日本的思想史家溝口雄三卻在這個時代的思想中看到了「中國前近代思維的曲折與展開」。費絲言關懷著這個時代的「貞節烈女」，王鴻泰則注視著這個時代的「青樓名妓」……。〔註54〕

夏咸淳（1938～）的《晚明士風與文學》一書，則將此時期「士風」的「文化內涵」主要精神，歸結爲「植根於市民文化土壤的人文主義精神」，具體而言則是：

> 尊生貴人思想的高揚，自我意識的覺醒，對個性自由的憧憬，對人的情欲的肯定，對人世間幸福快樂的追求。〔註55〕

日本學者岡田武彥（1909～2004）描述其關於明代的印象則說：

> 在明代，以情爲中心比以理爲中心更突出的理情一致主義、興趣比技巧更受重視的感興主義、性情自然比理智規範更受尊重的自然主義、主觀比客觀更受強調的主觀主義、提倡反傳統並高喊從傳統中

〔註53〕 沈垚說：「六朝人禮學極精，唐以前士大夫重門閥，雖異於古之宗法，然尚與古不相遠，史傳中所載多禮家精粹之言。至明士大夫皆出草野，議論與古絕不相似矣。」參見〔清〕沈垚：《落帆樓文集》（合肥：黃山書社據民國吳興叢書本影印，2009 年），卷 8 外集 2，〈與張淵甫〉，頁 120。

〔註54〕 參見劉季倫：〈序——欲迴天地入扁舟〉，收錄於費振鐘：《墮落時代》，頁 3。值得注意的是，溝口雄三在分析明末思想史上重要的新現象時，一而再、再而三地強調對欲望予以肯定的言論表面化；提出對「私」的肯定，這種對欲望的肯定和「私」的主張，在明末時期具有一個歷史性的意義；以及明末時期對「欲」的肯定和「私」的主張，是儒學史上、思想史上的一個根本的變化。參見〔日〕溝口雄三：〈中國前近代思維的屈折與展開〉，收錄於氏著：索介然、龔穎譯：《中國前近代思想的演變》（北京：中華書局，1997 年），頁 10～27。

〔註55〕 參見夏咸淳：《晚明士風與文學》（北京：中國社會科學出版社，1994 年），頁 6～7。

解放出來的自由主義，都相當盛行，甚至出現了近代革新思想的萌芽。〔註56〕

　　該書提到明末的「自然主義」，極端地強調自我，已有反封建主義的精髓，即近代進步主義的萌芽。〔註57〕左東嶺（1956～）甚至認為，「晚明士人大都具有滑稽幽默的個性」〔註58〕。晚明意象在近代學者的關注下，正因其「矛盾衝突，參互錯綜，形成一個斑駁陸離的局面」〔註59〕。晚明的士風本就複雜多變，此時期的士風尤難以具體名狀，眾論亦僅止於抽象的描述，難以一窺全貌。惟中研院王汎森（1958～）以明代後期至清初士人用以修身的「日記」、「日譜」為切入點，嘗試掌握此一時期士人截然不同的面貌。王汎森說：

　　　　隨著商業的發展與習俗之日趨侈靡，明代後期生活有很大的變化，
　　　　這時士大夫中至少有兩種分化，有一類人，如屠龍、馮夢龍等文人，
　　　　是盡情地享這個時代。但是，另外有一群人拼命想抵抗這個時代。
　　　　從日譜中可以看出這些人是以近乎戰鬥般你死我活的態度在反省自
　　　　己。〔註60〕

　　這正是人心趨於兩極化的明顯走向，一方面是對情欲的反動，所謂「存天理，去人欲」；在民間，人欲的解放卻是一股時代潮流。禁欲與縱欲的並行，使得此時期的價值觀呈現種種「光怪陸離」的現象。王汎森以「道德嚴格主義」描述他所謂的另外那一群人，在另一方面卻又說這群人與主張自然人性論者可能正是同一些人，乍看之下其論述自相矛盾無法自圓其說。〔註61〕但趙園指出，王氏的觀點說明了恪遵「道德嚴格主義」與「尊情貴真」分化了的兩類人物「確實」難以斷然分割。這類「道德嚴格主義」的人，具有同一人物不同面相的特色。不論是性靈說、童心說，抑或狂禪，或是對心靈自由的追尋，對規範的破壞衝動，對道德律令的極端強調，甚至幾近自虐的道德

〔註56〕見〔日〕岡田武彥撰：吳光、錢明、屠承先等譯：《王陽明與明末儒學》（上海：上海古籍出版社，2000年），頁1。

〔註57〕見〔日〕岡田武彥撰：吳光、錢明、屠承先等譯：《王陽明與明末儒學》，頁8。

〔註58〕參見左東嶺：《王學與中晚明士人心態》（北京：人民文學出版社，2000年）。

〔註59〕參見嵇文甫：《晚明思想史論》（北京：東方出版社，1996年），頁170。

〔註60〕王汎森：〈日譜與明末清初思想家——以顏李學派為主的討論〉，《中央研究院歷史語言研究所集刊》第69本第2分（1998年6月），頁279。

〔註61〕王汎森：〈明末清初的一種道德嚴格主義〉，收入郝延平、魏秀梅編：《近世中國之傳統與蛻變——劉廣京院士七十五歲祝壽論文集》（臺北：中央研究院近代史研究所，1998年），頁69～81。

修煉，還是由理學發展而來的儒家理性主義，與宗教性狂熱地追求等等，皆是在探究那不可窮盡的「中介」型態，在「差異」中描述「參互錯綜」的晚明意象。〔註62〕換句話說，此時期的多元風貌，可從不同視角、不同領域切入，並可藉此建構出全然相異的時代特徵，但最後都能縮合收束在晚明整體時代的表徵之下。

隨著社會變遷和商品經濟的發展，晚明人口結構開始改變。城鎮興起，商業發達，新興市民勢力逐漸崛起茁壯，遍及全國，滲透到社會生活的各個領域，尤以江南地區最為繁榮。商賈風氣日盛，百姓逐利致富，生活寬裕，有些以地域形成的商幫如徽商、晉商等，甚至資本雄厚、富甲天下。商人濃厚的世俗氣習也薰染著自鳴清高的文人雅士。於是士人觀念開始跟著改變，業儒或經商常被等量齊觀，如出身鹽商的汪道昆（1525～1593）由商返儒，徽人李大祈棄儒從賈，宰相徐階（1503～1583）「家中多蓄織婦，歲記所織，與賈為市……」，士人儒商並舉、互利的情形，在當時非常普及，漸成慣例。〔註63〕馮夢龍（1574～1646）的話本小說《三言》，以善於描繪晚明世相、反映社會變遷著稱。對於這種「士商互滲」的社會趨向，他便在小說中藉由打破傳統文學士／商兩極對比映襯角色的模式，凸出兩者互滲的特徵。從中我們看到晚明士人脫離清高和迂腐，走向世俗，具體表現在「文人棄儒就商，商人賄選為仕」、「文人甘入俗流，商人附庸風雅」、「文人垂青商女，仕女下嫁商門」種種的變化上。〔註64〕在在顯示出這是一個「四民不分」的時代，經由士商互仿、互滲與互相交流，最終導致兩者形象的改變與社會地位破天荒的翻轉。

余英時探討明清變遷之際社會文化的轉折時，特別提到小說和戲曲的興起所凸顯的時代意涵。余氏指出，小說演述的內容已反映了士商關係的變化，而知識分子主動投入通俗文學的創作，創造出「文人小說戲曲」一詞，亦意味著一個新的讀者群已經出現。他說：

〔註62〕趙園：〈關於「士風」〉，《中國文化研究》，頁13。

〔註63〕參見夏咸淳：《晚明士風與文學》（北京：中國社會科學出版社，1994年），頁20。另可參閱高建立：〈商業文明的發展與晚明士林風氣的嬗變〉，《遼寧大學學報》（哲學社會科學版）第34卷第4期（2006年7月），頁67～68。二文對晚明官商融合、士商互滲的現象皆有翔實精闢的例證與說明。

〔註64〕此部分可參見李桂奎：〈論《三言》《二拍》世俗文化家園中的文士角色扮演〉，《貴州社會科學》第3期（2004年5月），頁81～84。李桂奎：〈論《三言》《二拍》角色設計的士商互滲特徵〉，《遼寧師範大學學報》第4期（2003年7月），頁71～75。

自十六世紀以後小說與戲曲已經成爲通俗文化的核心，並且由文人與商人共享。重要而應該注意的是，明清士商界線模糊以後，「士」一辭也有了新的社會意義。〔註65〕

商人地位提高，可從王守仁（1472～1529）修正傳統的「四民觀」——士農工商，商人居於四民之末的觀念——看出些端倪，他說：

> 古者四民異業而同道，其盡心焉，一也；士以修治，農以具養，工以利器，商以通貨，各就其資之所近，力之所及者而業焉，以求盡其心，其歸要在於有益於生人之道，則一而已。〔註66〕

由於商業經濟的繁榮與商人地位的提高，改變了人們傳統的士商觀念。陽明從「四民異業而同道」著眼，肯定各種職業對人民生活的貢獻。其他像是前七子之首李夢陽（1472～1529），以「修行」論士商；到了鍾惺（1574～1624）更進一步將「經商之術」與「治國用兵之道」相比擬，認爲士商交流，可以合作互利。〔註67〕原有「賤商」的社會觀念已被「重商」的意識取而代之，物質生活提高，欲求自然與日俱增。於是「嘉靖以來，浮華漸盛，競相夸詡」〔註68〕，導致官民縱欲豪奢、僭越倫常之事時有所聞。一個以功利爲尚的社會逐漸成形，人欲橫流，眾相趨競，鬆動了長期以來維繫中國社會之倫理觀與宗法秩序，風俗遂從淳厚趨於澆薄矣。〔註69〕如〔明〕伍袁萃（生

〔註65〕 參見余英時：〈明清變遷時期社會與文化的轉變〉，收入余英時等著：《中國歷史轉型時期的知識分子》（臺北：聯經出版事業公司，1992年），頁42。

〔註66〕 參見〔明〕王守仁：《陽明先生則言》（合肥：黃山書社據明嘉靖十六年刻本影印，2009年），〈陽明先生則言上〉，頁12。

〔註67〕 李夢陽：「夫商與士，異術而同心，故善商者，處財貨之場，而修高明之行，是故雖利而不污。」參見氏著：〈明故王文顯墓志銘〉，《空同集》（合肥：黃山書社據清文淵閣補配文津閣四庫全書本影印，2009年），卷46志銘，頁349。鍾惺則有「貨殖非小道也，經權取舍，擇人任時，管、商之才，黃、老之學，於是乎在」的說法，更認爲「富者餘貲財，文人饒篇籍，取有餘之貲財，揀篇籍之妙者而刻傳之，……非惟文人有利，而富者亦分名焉」。分別參見氏著：〈程次公行略〉，《隱秀軒集》（合肥：黃山書社據明天啓二年刻本影印，2009年），〈隱秀軒文冬集行狀一〉，頁195；〈題潘景升募刻吳越雜誌冊子〉，《隱秀軒集》，〈隱秀軒文餘集題跋一〉，頁216。

〔註68〕 參見〔明〕涂山：《明政統宗》（合肥：黃山書社據明萬曆刻本影印，2009年），卷25，頁779。

〔註69〕 林麗月指出「晚明『僭禮踰制』『華侈相高』的社會現象」不僅反映出「追求物質享受的自我意識」，也顯示道德法制約束力日趨薄弱。參見氏著：〈晚明「崇奢」思想隅論〉，《國立臺灣師範大學歷史學報》第19期（1991年6月），頁215～234，頁218。

卒年不詳，約 1595 年前後在世）在《漫錄評正》中即云：

> 吾鄉自正德以前，風俗醇厚，而近則澆漓甚矣！大都強淩弱、眾暴
> 寡；小人欺君子，後輩侮先達。禮義相讓之風邈矣！〔註70〕

　　觀察此時期士人文化性格的塑造便與前人迥然不同。自先秦以來，所謂
「士」者，即今稱之爲「知識分子」的群體，也就是余英時（1930～）在《士
與中國文化・自序》一文裡所說的，但凡政治或社會發生危機的時刻，他們
往往「大節凜然……良知呈露，每發爲不平之鳴……」〔註71〕之人。可是晚
明的士族，他們面對紊亂的時局與吏治的黑暗，自不免精神失範和頹喪，進
退失據。置身人情以放蕩爲快、世風以侈靡相高的大環境中，誠難以免俗。
豪門富室，揮霍無度，自不必說，就連小戶人家也追逐時尚，競相擺闊。如
崇禎七年刊刻的山東《鄆城縣志》就記載著當時地方競尚奢靡的現象：

> 邇來競尚奢靡，齊民而士人之服，士人而大夫之冠，飲食器用及婚
> 喪遊宴，盡改舊意。貧者亦捶牛擊鮮，合飧群祀，與富者鬥豪華，
> 至倒囊不計焉。〔註72〕

　　黃宗羲便曾直言當時士大夫「多市井之氣」、「有能不脫學堂之氣，則十
無一二也」。〔註73〕顧炎武形容得更爲貼切：

> 萬曆以後，士大夫交際，多用白金，乃猶封諸書冊之間，進自閽人
> 之手。今則親呈坐上，徑出懷中，交收不假他人，茶話無非此物。
> 衣冠而爲囊橐之寄，朝列而有市井之容。〔註74〕

　　王夫之針對此現象也說：

> 自萬曆季年以降，士習日靡，一變而虔矯，再變而浮誇，至於今日，
> 則沉埋於米鹽田舍之細，淫佚於胥史訟魁之交……。〔註75〕

〔註70〕見〔明〕伍袁萃：《林居漫錄》（合肥：黃山書社據明萬曆刻本影印，2009 年），
　　　　〈卷一畸集〉，頁 78。

〔註71〕參見余英時：《士與中國文化》（上海：上海人民出版社，2003 年），〈自序〉，
　　　　頁 10～11。

〔註72〕轉引自吳晗：《讀史箚記》（北京：三聯書店，1979 年），頁 36。

〔註73〕〔清〕黃宗羲：《黃宗羲全集》（臺北：里仁書局據 1985 年北京中華書局所刊
　　　　沈芝盈點校本排印，1987 年），第 1 冊，〈孟子師說〉，卷 7，頁 157。

〔註74〕〔清〕顧炎武：《日知錄》（合肥：黃山書社據清乾隆刻本影印，2009 年），卷
　　　　3，「承筐是將」條，頁 45。

〔註75〕〔清〕王夫之：《船山全書》（長沙：嶽麓書社，1988 年），第 15 冊，〈翔雲先
　　　　生傳〉，頁 949。

數十年之士風，每況而愈下；其相趨也，每下而愈況。師媚其生徒，
鄰媚其豪右，士媚其守令，乃至媚其胥隸，友媚其奔勢走貨之淫朋。
〔註76〕

　　士子見聞習染貪墨之風，納賄受賂，公行無忌，士風大壞。在上位者窮奢
極侈，造作無端；上行下效，朝野瀰漫充斥享樂主義。諷刺的是，明代自萬曆
之後，橫征暴斂，與民爭利，天災人禍導致變亂四起，江南卻呈現一片榮景，
遊宴風氣極爲盛行。如張岱（1597～1679）《陶庵夢憶》一書中所描述的南京、
杭州、蘇州、揚州等地民眾遊樂概況，令人眼花撩亂、目不暇給。此即「民貧
世富」的兩極寫照，朝廷麋擲公帑，不知民間疾苦，以應社會之揮霍。〔註77〕
國家財政日益虧空，社會危機愈深，道德淪喪，禮教崩壞，社會倫常徹底失序。
主政者面對日益無法挽回的頹勢便歸咎於「心學思潮」的氾濫，認爲心學強調
自我意識及「人欲」的合理化要求，對社會加速腐化有推波助瀾之嫌。

　　儒學發展至明朝中葉以後陽明學說大行於世，主張人只需向內求眞理良
知與道德標準，無須外求，既是對「存天理、去人欲」僵化教條的反動，也
是對個人主體意識的啓蒙與發揚。陽明後學「泰州學派」〔註78〕以王艮〔註79〕
（1483～1541）、何心隱〔註80〕（1517～1579）、李贄〔註81〕（1527～1602）

〔註76〕　〔清〕王夫之：《船山全書》，《薑齋文集》卷2，〈文學劉君崑映墓誌銘〉，頁
122。

〔註77〕　參見夏咸淳：《晚明士風與文學》，頁27～34。文中作者特別注意到晚明婦女
不顧各種禁忌，走出深閨，與公眾一起遊樂的情形，反映了晚明社會人心的
張揚與人性的覺醒。

〔註78〕　王門後學以「泰州學派」最受訾議。原因有二：首先是泰州人物具有「非名
教之所能羈絡」的特色，展現其「狂禪」的行徑，對名教之衝撞，可謂「掀
翻天地，前不見有古人，後不見有來者」，對時代產生極大的衝擊；其二，泰
州人物具有「鼓動得人」的本領，影響甚眾。此觀點可參見黃宗羲《明儒學
案》，卷32，〈泰州學案〉一，其文曰：「陽明先生之學，有泰州、龍溪而風行
天下，亦因泰州、龍溪而漸失其傳。……泰州之後，其人多能以赤手搏龍蛇，
傳至顏山農、何心隱一派，遂復非名教之所能羈絡矣。……所謂祖師禪者，
以作用見性。諸公掀翻天地，前不見有古人，後不見有來者。……」見氏著：
《黃宗羲全集》（臺北：里仁書局據1985年北京中華書局所刊沈芝盈點校本
排印，1987年），第8冊，頁703。

〔註79〕　王艮，原名王銀，字汝止，號心齋，泰州安豐場（今江蘇東台安豐）人，人
稱王泰州。明代思想家王陽明弟子，泰州學派創始人。

〔註80〕　何心隱，原姓梁，名汝元，字夫山。永豐（今屬江西吉安府永豐縣）人，泰
州學派代表人物之一。

〔註81〕　李贄，晉江（今福建泉州）人。初姓林，名載贄，後改姓李，名贄，字宏甫，

等爲代表的學人爲主。他們勇於創新，開創激進的理論風格令人痴狂目眩。他們除了大力宣傳人的主體意識和人的社會價值，鼓吹個性解放和人本主義外，還批判宋明理學的「存天理，滅人欲」悖離人性，並主張「理欲統一」說，從而使人性論從天理走向自然。他們挑戰孔聖先賢傳統的儒家威權，使得晚明思潮透顯出「狂放」的精神，對時代的衝擊甚鉅。由於晚明士風深受「王左心學」〔註82〕的影響，漸流於疏闊恣肆、空虛茫昧，尤其心學「用心於內」幾近禪學，且心性之學逃避現實，不能成就事功。譬如當時士林就頗好新說，以《莊》、《列》百家之言竄入經書；更有甚者，合佛老與儒家爲一，自謂「千載絕學」。以至出現了萬曆而後，禪風浸盛，士夫無不談禪，僧侶亦無不欲與士夫結納的局面。〔註83〕此種以禪證儒，援儒入禪的精神，其內涵正與晚明空疏學風互爲表裡、密切相關。「狂禪」派喜談孔孟與良知之學，但「未得其精而已遺其粗，未究其本而先辭其末」，此語詳見於顧炎武《日知錄》。顧氏批評他們「以明心見性之空言，代脩己治人之實學」〔註84〕，並於《日知錄》卷十八特撰〈李贄〉一文〔註85〕，其中轉引《神宗實錄》對李贄的判語，嚴辭批駁李贄「誕妄悖戾」、「猖狂放肆」，認爲萬曆以後士風大變，李贄難脫干係。

（二）重情貴真的本色姿態

前已述及，晚明思潮極具煽動性，即在於它兼具「結束」與「開始」詮釋的兩重話語性。晚明以學術空疏，政經內耗之弊，遂激起清初三傑（顧炎武、黃宗羲、王夫之）「崇實黜虛」的批判聲浪，這是學術思潮衍化的必然反動。由歷史環境的整體視野來看，晚明政局被權勢所壟罩，「情」反而是士人逃避權勢威脅，可以間接論述的題目。更由於文學藝術上，隨著廟堂文學逐

號卓吾，又號溫陵居士。

〔註82〕 參見嵇文甫：《左派王學》（臺北：國文天地雜誌社據開明書店 1934 年版重排，1990 年），頁 1。嵇氏稱王艮（心齋）泰州學派、龍溪派學者爲「王學左派」。

〔註83〕 士人「逃禪」的方式很多，或創立寺院、施田立碑；或接納高僧、談禪說理；或披剃空山、著書立說。如泰州學派的創始人王心齋，力主爲學「以悟性爲宗」，出入佛老爲是。參見陳垣：《明季滇黔佛教考》（北京：中華書局，1989 年），卷 3，〈士大夫之禪悅及出家第十〉，頁 129～130。

〔註84〕 〔清〕顧炎武：《日知錄》（合肥：黃山書社據清乾隆刻本影印，2009 年），卷 7，〈夫子之言性與天道〉，頁 126。

〔註85〕 參見〔清〕顧炎武撰；黃汝成集釋：《日知錄集釋》（合肥：黃山書社據清道光刻本影印，2009 年），卷 18，〈李贄〉，頁 506。

漸失去生命力，走向末流，以李贄爲首的文學家，遂掀起一股悖離傳統的文藝思潮，大放異彩，高舉「貴眞摯情」、「以情爲教」的大纛，鋪天蓋地襲捲而來。例如徐渭（1521～1593）的「本色論」，強調文學必須展現眞性情，任何作品都應該眞實呈現自然的眞實面貌，不能用「虛僞矯飾」來「反掩其素」，其在〈西廂序〉中云：

> 世事莫不有本色，有相色。本色猶俗言正身也。相色，替身也。替
> 身者，即書評中婢作夫人終覺羞澀之謂也。婢作夫人者，欲塗成主
> 母而多插帶，反掩其素之謂也。故余於此本中賤相色，貴本色，眾
> 人嘖嘖者我呴呴也。豈惟劇者，凡作者莫不如此。嗟哉，吾誰與語！
> 眾人所忽，余獨詳，眾人所旨，余獨唾。〔註86〕

徐渭以「正身」的「本尊」，說明「本色」即眞實地展現自己的原貌，若反掩其「素」，自然原本的性情，便淪爲「相色」，反而扭捏失眞。除了強調「眞」外，他還提倡爲文要通俗淺近。因爲文學創作的原意本來就是要感動人心，所以內容、詞語要儘量通俗，最好能讓所有人通曉明瞭。〔註87〕

李贄的「童心說」，則著眼於個人情欲的滿足，強調出乎「自然」的眞樂。此種眞樂的產生，在於不貶抑個人情欲的價值，並要人不以己身的欲求爲恥。李贄所說的「眞心」即「童心」。在他看來，讀書與聞見皆成了障蔽童心的主要來源。李贄於〈童心說〉云：

> 夫童心者，眞心也。若以童心爲不可，是以眞心爲不可也。夫童心
> 者，絕假純眞，最門念之本心也。若失卻童心，便失卻眞心，失卻
> 眞心，依失卻眞人。人而非眞，全不復有初矣。……童心者，心之
> 初也。夫心之初曷可失也！然童心胡然而遽失也？蓋方其始也，有
> 聞見從耳目而入，而以爲主于其內而童心失。其長也，有道理從聞
> 見而入，而以爲主于其內而童心失。……童心既障，於是發而爲言
> 語，則言語不由衷；見而爲政事，則政事無根柢。著而爲文辭，則

〔註86〕 參見〔明〕徐渭：《徐渭集‧徐文長佚草》（北京：中華書局，1983年），卷1，〈西廂序〉，頁1089。

〔註87〕 徐渭曰：「語入要緊處，不可著一毫脂粉，越俗越家常，越警醒，此纔是好水碓，不雜一毫糠衣，眞本色。……點鐵成金者，越俗越雅，越淡薄越滋味，越不扭捏動人越自動人。」參見氏著：《徐渭集‧徐文長佚草》，卷2，〈題崑崙奴雜劇後〉，頁1093。另，徐氏云：「夫曲本取于感發人心，歌之使奴、童、婦、女皆喻，乃爲得體；……與其文而晦，曷若俗而鄙之易曉也。」見氏著：李復波、熊澄宇注釋：《南詞敘錄注釋》（北京：中國戲劇出版社，1989年），頁49。

文辭不能達……天下之至文，未有不出於童心焉者也。〔註88〕

李贄凸顯「絕假純眞」本心的重要性，認爲讀書人一旦失去它，除了會
口是心非、言不由衷外，還會固執己見，悖離世俗的常態，甚至對於百姓「穿
衣吃飯」、好貨好色的人倫物理，皆無法領略其眞諦。是故屛除一切障蔽童
心之根源，回歸自然本心，毋須外求，著而爲文，自能創作出天下之至文。
這種思想反映在文學上，則是強調人本的價值，尊重人的個性，反對傳統僵
化的道德意識，批判擬古的文藝思潮，抒發對現實人生的喜怒哀樂和嗜好情
欲。〔註89〕形成一種重情求眞崇俗的人文主義，對程、朱理學和假道統予以
當頭棒喝，使文學走向了感悟心性唯我眞率的方向。

湯顯祖（1550～1616）在《牡丹亭》中則提出「以情反理」的「至情」
論，向世人赤裸揭露情／理之間的矛盾，並嘗試以人的至「情」，挑戰封建固
著的「理」，一出手就是異端姿態，作品與人生一以貫之。綜觀其思想自始至
終圍繞一「情」字鋪展開來。從宏觀角度視之，世界是有情世界，人生是有
情人生。在〈宜黃縣戲神清源師廟記〉與〈耳伯麻姑遊詩序〉二文的首句裡，
前者湯氏以「人生而有情」開端，後者則曰「世總爲情。情生詩歌，而行于
神。」〔註90〕「情」作爲詩歌創作的動力來源，且萬物之情，各有其志，意
味萬物各有其秉性與追求。是故人之喜怒哀樂與感知懷抱，皆是情感過程中
的不同面貌。世間之事，非「理」所能盡釋，情感的流洩適時地彌補了此種
缺憾。湯顯祖在〈牡丹亭題詞〉中說：「情不知所起，一往而深。生者可以死，
死可以生。生而不可與死，死而不可復生者，皆非情之至也。」〔註91〕說明
了有情人生的最高境界便是「至情」。湯顯祖藉由杜麗娘那貫通於生死虛實、
超越肉體的「至情」，呼喚著精神的自由和個性的解放。湯顯祖再三強調人的
情感需要，肯定人的審美欲求，這正是對程朱理學無視情感欲望的有力反撥，
是對統治階級所設置的重重精神枷鎖的掙脫與釋放。〔註92〕

〔註88〕 參見〔明〕李贄：《焚書》（合肥：黃山書社據明刻本影印，2009 年），卷 3，
〈童心說〉，頁 66～67。

〔註89〕 參見吳兆路：《中國性靈文學思想研究》（臺北：文津出版社，1995 年），頁
70。

〔註90〕 〔明〕湯顯祖：《玉茗堂全集》（合肥：黃山書社據明天啓刻本影印，2009 年），
《文集卷七記》，頁 61；《文集卷四序》，頁 29。

〔註91〕 〔明〕湯顯祖：《玉茗堂全集》（合肥：黃山書社據明天啓刻本影印，2009 年），
《文集卷六題詞》，〈牡丹亭記題詞〉，頁 47。

〔註92〕 參見袁行霈主編：《中國文學史》（臺北：五南圖書，2003 年），下冊「第七編」，

　　晚明公安三袁（袁宗道 1560〜1600、袁宏道 1568〜1610、袁中道 1570
〜1624）皆對李贄推崇備至，認爲李贄啓發了他們的文學觀。如袁宏道（中
郎）曾三訪李贄，袁中道（小脩）在〈吏部驗封司郎中中郎先生行狀〉一文
中記載此事：

> 先生（中郎）既見龍湖（李贄），始知一向掇拾陳言，株守俗見，死
> 于古人語下，一段精光不得披露。至是浩浩焉如鴻毛之遇順風，巨
> 魚之縱大壑。能爲心師，不師于心；能轉古人，不爲古轉，發爲語
> 言，一一從胸襟流出。蓋天蓋地，如象截急流，雷開蟄戶，浸浸乎
> 其未有涯也。〔註93〕

　　從文中可看出中郎深受李贄的影響，使得他思想豁然開朗，有如脫胎換
骨一般。公安三袁以文學進化的觀點，反對文壇盲目崇古、擬古的風氣，爲
文提倡「獨抒性靈，不拘格套，非從自己胸臆流出，不肯下筆」〔註94〕，主
張從通俗文學或民間文學裡汲取養分。吳小林《中國散文美學》一書中便指
出：「公安派提倡獨抒性靈，不拘格套，也就是強調打破種種人爲的束縛，
自由地表現作者的個性。這種觀點是和李贄的『童心說』一脈相傳的。」〔註
95〕李贄強調的「童心」即「眞心」，其目的就是希望文學創作應當表現眞心
──人是眞人，情是眞情，文是眞文，唯有如此才是眞正的文學，才能掌握
社會人心的脈動。是故公安派「以眞爲美」、「貴獨創、反模擬」的文學理論，
對晚明和以後的小品散文，產生決定性的影響。

　　奠基在「眞情」觀的基礎上，馮夢龍的《三言》與《情史》皆透顯出他
特有的「情教觀」。〔註96〕他在《情史》各類的愛情事略中，特別將「情貞」

　　　　第七章〈湯顯祖〉，頁583。

〔註93〕〔明〕袁中道：《珂雪齋集》（合肥：黃山書社據明萬曆四十六年刻本影印，
　　　　2009年），《前集卷十七文》，〈吏部驗封司郎中中郎先生行狀〉，頁321。

〔註94〕〔明〕袁宏道：《袁中郎全集》（合肥：黃山書社據明崇禎刊本影印，2009年），
　　　　卷1，〈敘小修詩〉，頁1。

〔註95〕參見吳小林：《中國散文美學》第2冊（臺北：里仁書局，1995年），頁377。

〔註96〕李志宏曾統計過《三言》（包含入話、故事類同）與《情史》共同本事作品計
　　　　44則，並引以爲「情教說」之論據。參見氏著：〈試從馮夢龍「情教說」論《三
　　　　言》之編寫及其思想表現〉，《臺北師院語文集刊》第8期（2003年6月），頁
　　　　77〜79。《情史》有兩篇序文，一是署名爲「吳人龍子猶序」，另一署名「江
　　　　南詹詹外史述」，根據學者考證，兩者皆爲馮夢龍所作。參見容肇祖：〈明馮
　　　　夢龍的生平及其著述〉，收錄於容肇祖等著：《馮夢龍與三言》（臺北：木鐸出
　　　　版社，1983年），頁166。以及傅承洲：〈《情史》輯評者考辨〉，收錄於氏著：

列為首位，用意在蒐錄忠孝節烈之事跡供讀者慕義而從之，以「佐經書史傳之窮」，並肯定小說具有「教忠教孝」的社會功能。不過與傳統儒家倫理觀不同的是，馮氏認為侍妾、妓女與再嫁婦女都可以成為「貞女」，此即是以「情真且深」的標準來衡量生命的價值與深度，破除社會既有的階級觀念。這種主張情感真切及自然流露，發自內心真誠的情感，與李贄的「童心說」如出一轍。而「情真」與「禮教」之間所產生的衝突與矛盾，可全然縮攝於「情教觀」之下。《情史·序》云：

> 情史，余志也。……天地若無情，不生一切物。一切物無情，不能
> 環相生。生生而不滅，由情不滅故。四大皆幻設，惟情不虛假。有
> 情疏者親，無情親者疏，無情與有情，相去不可量。我欲立情教，
> 教誨諸眾生：子有情於父，臣有情於君，推之種種相，俱作如是觀。
> 〔註97〕

　　對於馮夢龍的「情教觀」，學者一般多以「教化論」視之，也就是以文藝等各種手段宣傳「情」，推行社會教育。但是傅承洲（1958～）奠基在前人的研究基礎之上，另提出新解，認為馮氏的「情教」，頗有類似佛教、道教一樣的「宗教」意味。傅承洲認為情在馮夢龍的筆下有三層含意：第一，情首先是指男女之情，即愛情；其次，情又指人類的各種情感，包括君臣、父子、兄弟、朋友之情；第三，情又是指天地萬物生成的本原和聯繫的紐帶。〔註98〕「重情貴真」是晚明人性啓蒙思潮的重要特徵，前述李贄、湯顯祖、公安三袁都提出過類似的主張。馮夢龍以情立教，將「情」提升到前所未有的高度，他欲世人像信仰宗教那樣虔誠地相信情，如此世道人心將會徹底改變。

　　綜言之，晚明由於商業經濟的發達，庶民意識的覺醒與人文主義精神的張揚，撼動了中國傳統儒家理學及守舊封建的保守思想。強調禁欲主義的程朱理學備受質疑與嘲弄，作為天下官方一統的意識形態逐漸潰散瓦解。另一方面，就諧謔話語的範疇而言，明、清兩代為中國笑話作品集的鼎盛時期，現存古笑話書中至少三分之二為明、清人所編撰。此時期的笑話，以「寓莊於諧」的表述方式，承接中國的諷諭精神，尤其明代市民階層勃興，通俗文

　　　《明代文人與文學》（北京：中華書局，2007年），頁37～38。
〔註97〕〔明〕馮夢龍：《馮夢龍全集》（上海：上海古籍出版社，1993年），《情史·序》，頁1～8。
〔註98〕參見傅承洲：〈「情教」新解〉，收錄於氏著：《明代文人與文學》，頁84～86。

學盛行，此時期湧現大量的笑話書，超過前朝任何一代。這些庶民文學遊戲性質的作品，不論在語言以及形構的特質與文本所蘊含的社會性，或是說笑話者和文人在笑話中以文字戲耍，進而挑戰封閉的符號系統等意圖，皆能窺探笑話中所折射的晚明社會之時代表徵。這在明、清亂世之際，顯然有其文化研究特殊的重要意義和價值。誠如陳器文的《恣臆談謔──明代通俗小說試煉故事探微》一書中所指出的：

> 諧謔成為晚明文人的一種生活態度，一種處事哲學乃至於一種具有
> 實用意味的世界觀，貫穿其中的娛樂與遊戲觀念十分突出。〔註99〕

　　類似這種寓莊於諧、諧而不謔到謔而又虐的例子，置於晚明這前古未有的文話語境中視之，竟俯拾皆是。尤其以李贄為首的這類人物，他們在瀰漫末世悲情的時代氛圍中，高舉重情貴我的旗幟。集結笑話、戲仿小品、顛覆經典、嘲諷時局無所不為，謔人亦自謔；甚至自許為畸人、癖人、痴人或狂人，不惜自殘、自虐、自唱輓歌……。這種以話語遊戲的詼諧胡鬧，標舉個人主義，「頑而好叛」，集體的現象，適與晚明整體社會內在的抑制氛圍相抗衡。下文即將提到的經典的袪魅化與淫譚褻語，即是這類相關議題的延伸討論。

三、經典的袪魅化與淫譚褻語

（一）袪魅化特質：諧擬式的顛覆嘲諷

　　晚明笑話書大量出現，除商業經濟的因素外，直指人心對社會黑暗與政治窳敗的普遍絕望。通俗文學的生命力本孕育於民間社會，從文學反映社會的角度來看，笑話更能表現其社會性及民俗問題。〔註100〕這些笑柄橫生、謔浪詼諧的文字，貼近市井小民的生活趣味與觀點，或諷世佐教、勸善懲惡，或述因果報應、批判傳統世俗，或嘲諷科舉制度、賣官鬻爵的腐敗，或藉狎褻嘲謔打破文明禁忌等世間的眾生相，宣洩了百姓的苦處與鬱悶，因此大受人們的歡迎。在通俗文學家的眼裡，笑話更是有其不可抹滅的價值。它們是解愁卻悶的消遣品，是人生空幻的哲理，是針砭人性的烈性藥物，是人生處

〔註99〕陳器文：《恣臆談謔──明代通俗小說試煉故事探微》（未出版稿），頁162。
〔註100〕陳清俊曾以「家庭倫理問題」、「文化理想的式微」、「官僚政治的弊端」與「民俗信仰的偏失」四大面向探討古代笑話所反映的社會及民俗問題。詳見氏著：《中國古代笑話研究》（臺北：花木蘭文化出版社，2010年），頁97～128。

世的準繩，以及文學寫作的參考物。〔註101〕笑話書既屬於通俗文學，深受庶民普羅大眾的喜愛，但在市場商業的需求下，難免良莠不齊，優劣參雜。有別於純粹引人發噱的低俗笑話，本文所欲探討的對象，乃以笑話形式寓寄深遠主旨者爲範疇，也就是所謂的「笑話型寓言」〔註102〕，這與司馬遷在《史記·滑稽列傳》所說的「談言微中」是同一個道理，也是同一種類型。今依據林淑貞所言，「笑話型寓言」組構方式可分爲：

笑話＋寓言

笑話的機制是以簡短故事，呈現令人發噱的笑話。

寓言的機制是以簡短故事，表抒寓意所在。是簡型故事＋寓意。

笑話型寓言是指以笑話的形式寓寄「言內」或「言外」的寓意。是簡型引發笑意之故事＋寓意。若區分其同異，可得：

圖 3-1-1　笑話、寓言、笑話型寓言互涉圖

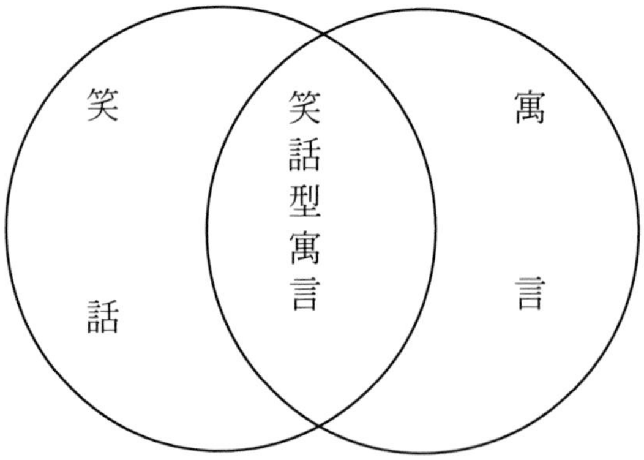

資料來源：林淑貞：《寓莊於諧：明清「笑話型寓言」論詮》（臺北：里仁書局，2006 年），頁 19。

　　本小節〈明清易代以前的喜劇觀〉一文中，已將中國自古以來各種喜劇性美學型態的辭彙略作說明。明人的笑話寓言，其表述方式亦是承繼春秋「優孟諫葬馬」的諷諭精神而來。這種中國式的幽默，最大的特色便是「寓莊於諧」，將一切嚴肅的課題隱藏在諧謔話語之下，而出之以滑稽、幽默的表象。

〔註101〕參見婁子匡、朱介凡：《五十年來中國的俗文學》（臺北：正中書局，1963 年），頁 103。

〔註102〕參見林淑貞：《寓莊於諧：明清「笑話型寓言」論詮》（臺北：里仁書局，2006 年），頁 18。

讀者若能透過文字的表層意義，去透視深層的言外之意，此乃諧謔話語意旨
實踐最為重要而精彩的部分。

晚明文士普遍具有佻達與偏好嘲謔之風習，譬如當時流行成立笑話社，
「噱社」即為一例。張岱《陶庵夢憶》裡記載，京師文人結噱社，言談滑稽，
令人噴飯；且由張氏所舉例證可知，逗笑題材多來自改寫古詩，以諧仿嘲諷
取樂。〔註103〕晚明笑話書的編纂者，如李贄、江盈科（1550～1605）、趙南星
（1550～1627）、馮夢龍等人，皆為飽讀詩書的文人，卻熱心編輯笑話書，足
見他們的文學視野已經超越狹隘的傳統文學觀，把興趣的觸角伸入通俗文學
的領域，不僅促成笑話書數量遽增，也讓世人對笑話書的印象改觀。在這些
大量出現的明清笑話型寓言當中，許多為社會各階層流傳已久的笑話，再經
文人整理編輯而成定本，充分展現「街談巷語，道聽塗說」，與民間的、口傳
的特色。輯錄的內容，屢有重出的現象發生，或有大同小異僅文字略異者；
或有笑話故事相同，但取意不同者。笑話既是由口傳而寫定，作品不免經過
文人集體的增刪潤飾，甚至有純粹的文人創作。笑話書一再地被轉引，選入
其他的笑話書，笑話文本間彼此存在著連鎖關係，出現不同文本之間的「互
文」性以及「對話」性。有趣的是，笑話正是因為口頭的一再傳播，遂造成
其文本自身極不穩定的現象，因此也最能反映笑話的語言和文本所蘊含的社
會性與民間性。〔註104〕以馮夢龍《笑府》卷十三第 6 則「公冶長」為例，此
則笑話又分別收入鄧志謨《洒洒篇》卷五「哄堂」、《廣笑府》卷一儒箴「孔
門弟子第二」以及周作人的《苦茶庵笑話選》等書，各版本間文字差異不大。
「公冶長」這則笑話運用「諧擬」的手法，挪用《論語》篇名，取笑藉丈人
庇蔭而高中功名的士子。這是上層社會雅正話語滲透到笑話裡的明顯例證。
而話語本身的意義，會因為背景情境轉變而產生差異，將時代性給凸顯出來，
笑話裡的喜劇感也因此更為強烈。這是利用諧仿嘲謔的話語形式，**褻瀆顛覆
了神聖的經典話語。**

〔註103〕參見〔清〕張岱：《陶菴夢憶》（合肥：黃山書社據清乾隆五十九年王文誥刻
　　　　本影印，2009 年），卷 6「噱社」，頁 39。文中言「仲叔善詼諧。在京師與漏
　　　　仲容、沈虎臣、韓求仲輩結噱社。唼喋數言，必絕纓噴飯。……沈虎臣出語
　　　　尤尖巧。仲叔候座師，收一帽套。此日嚴寒，沈虎臣嘲之曰：『座主已收帽套
　　　　去，此地空餘帽套頭。帽套一去不復返，此頭千載冷悠悠。』」其滑稽多類此。
〔註104〕參見黃慶聲：〈馮夢龍《笑府》研究〉，《中華學苑》第 48 期（1996 年 7 月），
　　　　頁 84～85。黃慶聲指出，與馮夢龍《笑府》關係最密切的笑話書為鄧志謨所
　　　　編《洒洒篇》卷五「哄堂」和楊茂謙編之《笑林評》及《續笑林評》。

　　在晚明的笑話型寓言當中，對於作者署名的呈現方式，常有兩種類型：一類是自標名姓或字號，不作隱匿；一類是隱沒其名者，或以鮮為人知的字號標示之。隱沒其名者又分二種，一種是人知其真實姓名者，一種是人不知其姓名者。採用名號者，多不欲人知，遂以採用字號、別號來署名，以保持距離的美感，但是在隱沒其名之中，亦有由作序者揭露編者之身分、名姓者，例如《笑林評》作者及序者皆以字號名之，不欲人知其真實姓名。〔註105〕

　　以下將有明一代之笑話書，創作／編纂、自標名姓／隱沒其名，及有無序言或題詞者，逐一彙編成表，臚列於次，作為討論的參照。

表3-1-1　明代笑話型寓言編著者姓名、題序一覽表

書　　名	編著者	文人獨創或編纂蒐集	自標名姓或隱沒其名	序言或題詞
《調謔編》	明王世貞	編著	標示姓名	
《楮記室・戲劇部》	明潘塤	纂集	標示姓名	
《權子》	明耿定向	撰著	標示姓名	
《露書・諧篇》	明姚旅園客	纂集	隱沒姓名	
《應諧錄》	明劉元卿	纂集	標示姓名	
《諧史》	明徐渭	撰寫	標示姓名	
《五雜俎》	明謝肇淛	撰寫	標示姓名	
《洒洒篇》	嘯竹主人	編撰	隱沒姓名	
《開卷一笑》（《山中一夕話》）	明李贄	編纂	標示姓名	他序
《李卓吾先生評點四書笑》	明李贄（託名）	評纂	標示姓名	他序
《舌華錄》	明曹臣	編著	標示姓名	自序
《諧語》	明郭子章	彙編	標示姓名	
《雅謔》	明浮白齋主人	撰寫	隱沒姓名	
《浮白主人笑林》	明浮白主人	撰寫	隱沒姓名	
《迂仙別記》	明張夷令	纂輯	標示姓名	
《七修類蒿・奇謔類》	明郎瑛	撰寫	標示姓名	

〔註105〕參見林淑貞：《寓莊於諧：明清笑話型寓言論詮》（臺北：里仁書局，2006年），
　　　　頁253。

《談言》	明江盈科	撰寫	標示姓名	
《雪濤諧史》	明江盈科	編寫	標示姓名	他序
《謔注》	明郁履行	纂輯	標示姓名	
《諧叢》	明郁履行	纂輯	標示姓名	
《笑贊》	明趙南星	撰寫	標示姓名	自序
《笑禪錄》	明潘游龍	撰寫	標示姓名	
《笑府》	明馮夢龍	編纂	標示姓名	
《古今譚概》	明馮夢龍	編纂	標示字號	眾序
《新話摭粹・詼諧類》	明起北赤心子	編纂	隱沒姓名	
《精選雅笑》	明醉月子	輯選	隱沒姓名	
《諧藪》	明佚名	撰寫	佚名	
《笑林》	明佚名	撰寫	佚名	
《續笑林》	明佚名	撰寫	佚名	
《解頤贅語》	明佚名	撰寫	佚名	
《胡盧編》	明佚名	撰寫	佚名	
《噴飯錄》	明佚名	撰寫	佚名	
《笑海千金》	明佚名	撰寫	佚名	
《時尚笑談》	明佚名	撰寫	佚名	
《華筵趣樂談笑酒令》	明佚名	撰寫	佚名	
《笑林評》	明憨憨子	編寫	隱沒姓名	他序
《听子》	明趙仁甫	編寫	標示姓名	自序
《諧鐸》	明沈起鳳	編寫	標示姓名	他序
《雅笑篇》	明李日華	纂輯	標示姓名	自序
《廣諧史》	明陳良卿	纂輯	標示姓名	他序、多序

資料來源：林淑貞：《寓莊於諧：明清笑話型寓言論詮》（臺北：里仁書局，2006年），
頁 254～255。

　　在這些大量出現、林林總總的笑話書中，要將其歸納分類，探究作者／編纂者之創作意圖誠非易事。藉由上表，我們或可依序、跋、題詞觀其賦意方式；或依編排理序與文本（text）構作方式觀其表意策略。〔註106〕以編排

──────────

〔註106〕參見林淑貞：《寓莊於諧：明清笑話型寓言論詮》（臺北：里仁書局，2006年），

理序爲例，有些笑話書乃作者隨意編輯而成，無統整性，呈現隨意編寫的模式，如趙南星的《笑贊》。《笑贊》九十則故事在排列上，漫無次序。作者在每則笑話後附上贊語，使笑話具有某種意涵，若不針對笑話重新歸類，難以掌握全貌。雖然如此，贊語是作者對笑話進行諷刺的關鍵，不可獨立而存。「笑」與「贊」之間，存在相互呼應的對話關係。《笑贊》九十則故事，內容記錄社會人情百態，作者蒐集的笑話略可分爲六類。即宗教術士、鬼神怪異、日常倫理、官宦顯要、讀書人與日常趣聞。根據統計，《笑贊》所錄故事，以日常趣聞爲最多，是貼近作者生活的民間趣事，其次爲讀書人與官僚顯要類。〔註107〕但由於讀書人與官僚顯要多屬「非民間敘事」，而《笑贊》故事選材適與趙南星的仕宦、鄉居時期有關。值得注意的是，趙南星居鄉時間多於爲官任期，其作品屬於民間敘事的數量應該遠多於非民間敘事。但事實上，這兩類故事幾乎各占一半。可見趙南星面對社會與日俱增的衰敗亂象有不得不抒發之感慨，遂在知識分子與官場事件這二類題目上多所著墨。如《笑贊·屁頌文章》中云：

> 一秀才數盡，去見閻王。閻王偶放一屁。秀才即獻屁頌一篇曰：「高竦金臀，弘宣寶氣。依稀乎絲竹之音，仿佛乎麝蘭之味。臣立下風，不勝馨香之至。」閻王大喜，增壽十年，即時放回陽間。十年限滿，再見閻王，這秀才志氣舒展，望森羅殿搖擺而上。閻王問是何人，小鬼說道：「是那做屁文章的秀才。」
>
> 贊曰：此秀才聞屁獻餡，苟延性命，亦無恥之甚矣。猶勝唐朝郭霸，以嘗糞而求富貴，所謂遺臭萬年者也。〔註108〕

《明史·馮從吾傳》載：「趙南星諸人，持名檢，勵風節，嚴氣正性，侃侃立朝，天下望之如泰山喬嶽。」〔註109〕作者贊曰「聞屁獻餡」的秀才比嘗糞求富的郭霸更爲無恥，這一評語顯然是作者針對當時士風曲變、阿諛奉承

頁257～258。

〔註107〕參見方巧玲：《趙南星《笑贊》研究》（臺北：中國文化大學中國文學研究所碩士論文，2008年），第四章〈《笑贊》所見敘事作品之內容分類及其與「贊」之關係〉，頁83～94。

〔註108〕參見〔明〕馮夢龍等著；李曉、愛萍主編：《明清笑話十種》（西安：三泰出版社，1998年），頁4～5。

〔註109〕參見〔清〕張廷玉等撰；楊家駱主編：《新校本明史并附編六種》，卷243，〈列傳〉131，頁6317。

的陋習而發的。從趙南星的文集屢見「世道衰微」、「士道大變」、「君子之氣漸鬱」、「有談道學者，不曰迂，則曰僞」等文句看來〔註110〕，應是趙南星目睹晚明的衰亡現象，使得《笑贊》說理成分極爲濃厚，除針砭世風外，希冀以民間笑話辨明是非或藉以通曉世俗人情與待人處事之道。

　　晚明思想啓蒙代表人物李贄，同時也是一位笑話書的作家。他在反對假道學，肯定私欲，破除權威與主張思想解放的論點上，在晚明思潮中佔有一席之地。由於李贄重情貴眞的意識主張，使得他的笑話書別具意義。我們發現，李贄藉由笑話的文體，描繪各階層荒謬滑稽的生活樣態，指出社會制度、官場文化、傳統禮教之不公，以及人心痴愚、沉迷於欲望的種種現象。意在點醒世人，以收木鐸之警。

　　李贄的笑話作品集《開卷一笑》〔註111〕乃蒐羅編輯歷代笑話、短篇而成，以供人談笑之資爲目的。李氏將對人性的嘲諷寓於《開卷一笑》笑話書中，他「顧茲集大都以滑稽調笑之中，含咨嗟太息之思」〔註112〕，笑話的意涵不僅作爲滑稽嘲諷的排調，在其笑鬧的背後確有發人深省的功能，「余特揭以醒世之汶汶者，敢云木鐸之警矣乎？有謂余而哂世傲物也，聽之，有謂余而舞蹈之甚于悲涕也，亦聽之」〔註113〕。他在《山中一夕話》的序言中說：

> 與君一夕話，勝讀十年書。謂話果勝於書乎？不知釋話成書，無書非話，因書及話，無話非書……此書行世行看，傳誦海宇，膾炙聖寰，笑柄橫生，談鋒日熾，時遊樂國，鯫鏃太平，不爲無補於事。謂話果勝於書乎？爲書果勝於話乎？書與話是一是二，未亦爲兩。
> 〔註114〕

　　李贄認爲笑「話」與笑「書」沒有異同，都能達到撫慰人心、勸諭世俗的功能，但笑話趣味性高，通俗性強，較易爲人接受與傳播。李贄生性灑脫

〔註110〕諸語彙見於〔明〕趙南星：《味檗齋文集》，載於新文豐出版公司編輯部編：《叢書集成新編》（臺北：新文豐出版公司，1985年），第75冊，頁632～633。

〔註111〕《山中一夕話》原名《開卷一笑》，版本名稱各異，舊題爲李贄所編，屠隆參閱。本文版本採用國立政治大學古典小說研究中心主編，明清善本小說叢刊初編，第六輯諧謔篇：《開卷一笑》（臺北：天一出版社，1985年）。

〔註112〕見李贄：《開卷一笑》，頁1。

〔註113〕見李贄：《開卷一笑》，頁3。

〔註114〕參見國立政治大學古典小說研究中心主編，明清善本小說叢刊初編，第六輯諧謔篇：《山中一夕話》（臺北：天一出版社，1985年），序2。

自然、眞情至上，從不視小說戲曲為小道，反認為詼諧文學能雅俗共賞，沁
人心脾。短短數語，便能逗人開懷大笑，抒解愁悶，兼達滌淨人心、寓教於
樂之效。他說：「竊思人生世界，與之莊嚴危論，則聽者寥寥；與之謔浪詼諧，
則歡聲滿座，是笑徵話之聖，而話實笑之君也。」〔註115〕其欲凸顯「笑話」
文學功能之企圖心極為明顯。這些作品雖不登大雅之堂，但其佳作亦偶具文
采，有豐富的想像與巧思。其文學價值或許不高，在捧讀經史詩文等雅正文
學之餘，將之視為茗點小茱，亦足以消煩解憂。就內容而言，此類文章無經
國偉論，稱不上不刊鴻教，但閒暇時偶一拈玩，或可將人生的咨嗟太息盡釋
於滑稽調笑之中。〔註116〕

　　《開卷一笑》正如同他的話語，談笑間，寓勸誠教化於人心之中。顯而
易見的，李贄希冀藉由笑話的詼諧戲謔的表現手法，諷刺社會現實的醜陋
面，在笑聲中啓迪人心。李贄晚年流寓異鄉，不喜俗客，「意所不契，寂無
一語。滑稽排調，衝口而發，既能解頤，亦可刺骨。」〔註117〕觀李氏言行
之放浪不羈，語言文字往往驚世駭俗、辛辣大膽，敢於揭發社會弊端。《開
卷一笑》諸篇勸誠的寓言笑話，內容多元豐富。上集九十篇文選中，常用莊
嚴肅穆的筆調，描繪對美色、酒氣、身體殘缺、昆蟲動物的嘲弄，由於文體
形式與內容差異性極大，營造出的幽默戲謔反差效果頗為強烈。李贄將規勸
諷誠之思寓於仿擬的文選中，頗有「解構」經典之痛快與面對亂世的無奈感。
上篇中許多模擬佛經經文、論、歌、賦、疏、文、傳、說等的文體，如〈村
學先生自敘〉便是描寫不得志的文人，屈就於塾師的感嘆，將落魄文人汲汲
營營生計的困窘如實呈現；又如〈妓家祝獻文〉一文，以妓女寫給佛祖的祈
禱文，諷刺妓女視錢如命，毫無眞情可言，規勸世人莫貪戀美色。觀其勸誠
文選多以經典雅正文類為主要文體，內容卻盡是描寫窮困潦倒、縱欲享樂與
世態炎涼等落差極大的人情世故，使得整體閱讀效果呈顯出一種荒誕不經的
反差「笑果」。而下集的三百六十七則短篇笑話，屬於機智幽默的對談式語
錄以及文人間互相揶揄嘲諷的笑謔，宛如一幅社會風情浮世繪。內容不拘類
別，有聞即錄，廣含奇聞軼事、神祇佛祖、因果規諫等，數量龐大，類目繁

〔註115〕參見李贄：《山中一夕話》，序2。
〔註116〕參見侯淑娟：〈「山中一夕話」初探〉，《東吳中文研究集刊》第3期（1996年），
　　　　頁78。
〔註117〕參見〔明〕袁中道：《珂雪齋集》（合肥：黃山書社據明萬曆四十六年刻本影
　　　　印，2009年），《前集卷十六文》，〈李溫陵傳〉，頁303。

多。其自言：「所輯無能立異也，第不關意中語不錄，則是編豈獨取資噴飯而已。」〔註118〕足見他賦予笑話深厚寓意之用心。

由於李贄言行獨特，性格卓犖不群，其著述學者爭相傳誦，風行情況甚至到了咳唾間非卓吾不歡，几案間非卓吾不適的地步，人人「全不讀四書本經，而李氏《藏書》、《焚書》，人挾一冊，以爲奇貨」〔註119〕。故書坊冒名僞託以謀利者時有所聞，時人亦嗜喜作戲謔擬仿，批判當政的詩文小語，遂在當時形成一股風潮。誠如明人錢希言（1596～1622）、周亮工（1612～1672）所言，李贄死後許多小說戲曲評點皆僞託李贄所作，其中一大部分疑出自葉晝（1595～1624）之手，《李卓吾評點四書笑》（以下簡稱《四書笑》）極可能就是葉氏僞作贋籍之一。據學者考證，因葉晝的評語時帶詼諧幽默，且好譏刺假道學，這兩方面和《四書笑》的風格主題相吻合，於是而有這樣的推論，但其中仍存在許多的疑點需要釐清。〔註120〕

暫且不論《四書笑》的編者、笑話的原始作者與評點者究竟何人？此書在明代的笑話書中占有獨特的地位不容置疑，即因此書大量運用「諧擬」（parody）的文學技巧，「毀侮聖賢，割裂經傳」。從後設的角度視之，頗有後現代思潮中所謂解構文學經典的「袪魅性」（demystification）特質〔註121〕，兩者的核心宗旨若合符節。《四書笑》一方面扭曲和醜化聖賢經傳，抹消《四書》所維護的道德立場；一方面製造喧笑戲謔、怪誕荒唐，以玩世不恭之姿態，宣洩對儒家典籍被工具化之不滿，甚至對士子被政權官僚機構制約淪爲唯利是圖、本末倒置的讀書態度表達出深惡痛絕的想法。從中我們可以看到

〔註118〕 參見〔明〕李贄：《開卷一笑》，〈例〉，頁3。

〔註119〕 〔明〕朱國禎：《湧幢小品》（合肥：黃山書社據明天啓二年刻本影印，2009年），卷16，〈李卓吾〉，頁238。

〔註120〕 此說法參見黃慶聲：〈論《李卓吾評點四書笑》之諧擬性質〉，《中華學苑》第51期（1998年2月），頁80～81。由於資料的缺乏，關於此書的編輯者與評點的來源，黃慶聲最後仍是語帶保留無法確定。但是黃氏認爲，「這部『毀侮聖賢，割裂經傳』的書在明代中葉以後問世，它的內容和時代意義值得我們詳加審視。」

〔註121〕 一般來說，「袪魅」是指對於科學和知識的神秘性、神聖性、魅惑力的消解；引申之，也可以指主體在文化態度上對於崇高、典範、儒雅、宏大敘事、元話語的能指疑慮或表徵確認。參見（荷蘭）杜威・佛克馬（Douwe Fokkema）：〈後現代主義文本的語義結構和句法結構〉，收錄於杜威・佛克馬、伯頓斯（Hans Bertens）編：王寧等譯：《走向後現代主義》（北京：北京大學出版社，1991年），頁98。

《四書笑》的創作者與編者如何運用諧擬的技巧，嘲諷儒學與宋明理學，樹立一種「入室操戈」的模式。〔註122〕

　　所謂的「諧擬」，又稱戲仿、仿擬、仿諷或諧仿。根據 Linda Hutcheon（1947～）"*A theory of parody: the teachings of twentieth-century art forms*" 引用《牛津英語辭典》描述諧擬的修辭手法為：

> 一種在散文與詩獨特的觀念與措詞的變化，作家以這種變化的模仿方式來製造荒謬可笑的效果。尤其是經由加入可笑的挪用主題，一種更多或更少的相似於原作的以原作為模型模仿，因此產生有趣的效果。〔註123〕

　　陳望道《修辭學發凡》一書中，以為「仿擬」原是「為了滑稽嘲弄而故意仿擬特種既成形式」。陳氏所說的仿擬實際是狹義的仿擬—仿諷。邦德（Richmond, P. Bond）在所著《英文仿諷詩》中則說：「仿諷在於刻意使用或模仿嚴肅事物或文體，藉形式與內容之不調和而產生滑稽悅人的效果。」〔註124〕仿諷在笑話中以兩種形式出現：一是模擬典雅的詩文，來寫平凡卑瑣的小事，這是昇格仿諷；一是將本來嚴肅的人物、論題，用戲謔的筆調來調侃，這是低貶仿諷。

　　諧擬本是以一種諧趣的方式擬仿某一種文本或經典，以達成諷刺、喜劇的效果。這個效果來自於讀者對於原經典和諧擬作品之間產生的閱讀差異，此差異乃因諧擬者在原著的「文本脈絡」上動了手腳，透過以笑鬧、膨脹、誇張、突出、身體怪誕、甚至變形等方法，達到修正或顛覆其文意的目的。而這種效果通常是致命的，藉由這些微的差異，消解原作品在讀者心中的神聖性。因此諧擬必有一個標的對象（target），亦即其「原典」；諧擬之所以不同於單純的模擬，是因為其模仿時的態度，是以與「原典」持相反的態度而對「原典」發出質疑，模擬則力求與原典保持一致的原則。因此也有學者認為諧擬兼有模擬（imitation）加反諷（irony）的意味。詹明信（Fredric Jameson，1934～）就曾經指出模擬與諧擬之間的概念常容易被人混淆，但他特別強調

〔註122〕參見黃慶聲：〈論《李卓吾評點四書笑》之諧擬性質〉，《中華學苑》第 51 期（1998 年 2 月），頁 89～90。

〔註123〕參見 Linda Hutcheon: "*A theory of parody :the teachings of twentieth-century art forms*"（New York: Methuen, 1985）。

〔註124〕姜普（Jump, John Davies）主編、顏元叔主譯：《西洋文學術語叢刊》（臺北：黎明文化事業股份有限公司，1978 年），頁 525。

諧擬的嘲諷性：

> ……把握它們的個別特色和標新手法，然後充分利用這些風格的獨
> 特性加以模仿……諧擬的整體效果是──去讓那些具個人風格的作
> 品成為笑料。〔註125〕

　　諧擬的標的對象可以是某單一文本，也可以是某個作家的全部作品，甚至是一個文類，某種文化現象等。莫生（Gary Saul Morson）在探討諧擬理論時，曾經指出巴赫金（Mikhail M. Bakhtin，1895～1975）將「諧擬」與「風格化」（stylization）視為典型的「雙聲語言」（double-voiced words）作品，詮釋時必然得涉及兩個說話者之話語。〔註126〕透過《四書笑》的研究，既可以瞭解「諧擬」文本之複合結構和雙聲語言所形成的對話與弔詭性質，也可以探索「諧擬者」的批判意識與寫作目的。簡言之，諧擬文本的後設性來自於改編文本脈絡，若借巴赫金的話來說，諧擬者針對原典，也就是所謂的「被諧擬文本」──「一度言語類型」進行改寫，使得「諧擬文本」成為「二度言語類型」，此即「後設語言」。〔註127〕在「諧擬文本」與「被諧擬文本」之間，存在著二重話語與複合結構，遂使「諧擬文本」具有參差模糊、曖昧弔詭的特質，幽默、諷刺和喜劇的效果於焉產生。例如《四書笑》第廿四則「居上不寬」，直言性事不諱，以女人陰部來諧擬《論語·八佾》中的「居上不寬」，其云：

> 夫妻交媾，夫嫌其妻陰寬。妻曰：「不難，放我在上便緊矣！」夫曰：
> 「何也？」曰：「居上不寬。」〔註128〕

　　此則笑話淺顯易懂，以夫妻間行房極其私密且涉及性交姿式的對話，將《論語·八佾》中的「居上不寬」經文戲謔化了。《論語》中記載孔子的本文原是「居上不寬，為禮不敬，臨喪不哀，吾何以觀之哉？」〔註129〕孔子說，

〔註125〕Fredric Jameson: *"Postmodernism and Consumer Society,"* in The Anti-aesthetic: Essay on Postmodern Cultureed. Hal Foster（Seattle, Wash.Bay Press, 1983），pp.113.

〔註126〕參見 Gary Saul Morson: *"The Boundaries of Genre: Dostoevsky's Diary of a Writer and the of Traditions Literary Utopia"*（Austin: University of Texas Press, 1981），pp.107～111.

〔註127〕參見 Gary Saul Morson:The Boundaries of Genre: Dostoevsky's Diary of a Writer and the Traditions of Literary Utopia,（Austin: University of Texas Press, 1981），pp.107-113.

〔註128〕國立政治大學古典小説研究中心主編，明清善本小説叢刊初編，第六輯諧謔篇：《開卷一笑》（臺北：天一出版社，1985 年），頁 24。

〔註129〕見（南宋）朱熹：《四書章句集注》（臺北：大安出版社，1987 年），卷 2，〈八

當自己面對身居上位，卻不能寬厚對待下屬；行禮時，內心不能恭敬莊重；
臨視父母之喪，缺少哀戚之情的人，不知道還能用什麼來觀察他？自古以來
中國傳統社會諱談男女性事，《四書笑》的諧擬者不避禁忌，直言不諱，顯見
當時民間社會風氣已開，允許出現經典滑稽化的怪誕喜劇，諸如此類的諧擬
蘊含了「身體的怪誕意象」。巴赫金曾說一般通俗喜劇或笑話常藉模仿性交、
死亡或生產時的「怪誕的身體」等意象凸顯指涉物之可笑性，口、鼻、肛門、
生殖器等往往成為誇大描寫的題材，同時這些形象往往與「詼諧」相關。〔註
130〕又《四書笑》第五十三則「苟合矣」云：

> 夫妻皆知文墨，雲雨時初進曰：「苟合矣！」事畢曰：「苟完矣！」
> 妻問夫可好？夫曰：「苟美矣！興猶未止。」妻捏其陽物，笑曰：「狗
> 臁且粗。註：『苟，聊且粗略之意。』」【評曰】：夫婦掉書幹事，可
> 謂「善居室」矣，何乃自居于狗，豈謂狗能久戰，故自方耶？其妻
> 能記傳註，足占鳳養，宜錄以式多士。〔註131〕

這則笑話同樣蘊含了「身體的怪誕意象」，在於妻之話語將朱註：「苟，
聊且粗略之意。」〔註132〕中的「苟」與「聊」二字諧擬為俗語「狗臁」（意指
男人陰莖），極其粗鄙淫穢。「苟合矣」的原文出自於《論語・子路》篇，本
為孔子稱讚衛國的公子荊善居室，在此被拿來比擬夫妻交媾之事。以過程論
之，似符合「循序有節」的三階段進程，其實荒腔走板，令人啼笑皆非。尤
其婦人之語顛覆了傳統婦德端莊矜持的刻板形象。這些在男性作家筆下的婦
女形象，悖反理學教條的閨誡，與傳統父權社會的女誡背道而馳。除具有使
經典滑稽化的怪誕喜劇風格外，不難看出諧擬者欲藉此反諷程朱理學與明代
士子的意圖。黃克武曾在〈明清笑話中的身體與情慾：以《笑林廣記》為中
心之分析〉一文中指出：

> 明清時期這類諧謔作品發揮了狂野的想像，挑戰世俗禁忌，此現象類

〔俗〉第3，頁69。

〔註130〕參見（俄）巴赫金著；李兆林、夏忠憲等譯：《弗朗索瓦・拉伯雷的創作與中
世紀和文藝復興時期的民間文化》，收入錢中文主編：《巴赫金全集：第6卷
——拉伯雷研究》（石家莊，河北教育出版社，1998年），頁164～172。劉康：
《對話的喧聲：巴赫汀文化理論述評》（臺北：麥田出版社，1995年），頁284
～285。

〔註131〕國立政治大學古典小說研究中心主編，明清善本小說叢刊初編，第六輯諧謔
篇：《開卷一笑》（臺北：天一出版社，1985年），頁60～61。

〔註132〕見（南宋）朱熹：《四書章句集注》，卷7，〈子路〉第13，頁143。

似巴赫汀所說的「狂歡節話語」，把「肉體的低下部位」和「肉體的物質性原則」提得很高，因而展現了大眾文化的顛覆性格。〔註133〕

由於笑話本身的話語表述方式不受社會規範所箝制，它們大膽的言論觸及當時社會所罕言的身體部位與情欲活動。狂野的情色想像足以使禮教禁忌崩解，也滿足了閱讀者偷窺、宣洩情欲的心理作用。這是對肉體感性欲望的正面肯定和讚美；「將一元統一的官方語言所掩蓋和壓制的眾聲喧嘩現象昭然於眾」，並「讓溫文爾雅、矯揉造作的官方和精英文化尷尬」〔註134〕，除充分展現庶民意識的積極覺醒外，其中所透露出來的身體觀與情欲世界，更證成了晚明社會多元而祛魅的一面。

前已述及明代從弘治至正德之際，整個社會生活習俗、民風、士風以及學風逐漸發生異變。士大夫及庶民生活形態轉向追逐感官享樂，物欲日熾。於是宋明以來強調禁欲主義之程朱理學備受社會懷疑嘲諷，程朱理學作為官方一統之話語霸權遂被推翻，繼之而來的是與正統儒學相悖之異端學說大行其道。《四書笑》的成書背景有其時代意義，由文人作品的笑話不避俚俗，漸顯露出以淺白鄙俗的日常語言取代雅正含蓄的詩文傳統，文學批評論的雅／俗範疇固然具有指涉「典正」／「日常」與「人文教養」／「粗俗淺露」的象徵意義，但此時期的文藝審美觀顯然產生重大移易，因為文人不再視「雅」為文學審美活動之終極標準〔註135〕，也代表著群眾對娛樂消遣的商業行為開始產生強烈需求。

（二）淫譚褻語的狂歡意識

無獨有偶的，晚明另一位通俗文學笑話大師馮夢龍，專事輯結歷代典籍趣聞與民間口頭笑話，其詼諧意識的表徵亦是建構在他對於笑的認知上。但與李贄強調回歸童心本真、穿衣吃飯的庶民性諧擬不同。不論在人物取材或是表現手法，馮夢龍的諧謔書寫固然有其庶民性，也同樣地對傳統禮教與威權話語進行祛魅的反諷，但單就對兩性的露骨描寫不避葷腥視之，實遠超過李贄而無不及。不論在笑話書或是話本小說裡，皆透顯出馮夢龍的諧謔意識

〔註133〕參見黃克武：〈明清笑話中的身體與情慾：以《笑林廣記》為中心之分析〉，《漢學研究》第 19 卷第 2 期（2001 年 12 月），頁 343～374。

〔註134〕劉康：《對話的喧聲：巴赫汀文化理論述評》（臺北：麥田出版社，1995），頁 261～305。

〔註135〕參見高大威：〈試析傳統文學批評的雅俗觀念〉，收錄於淡江大學中國文學研究所主編：《文學與美學》（臺北：文史哲出版社，1990 年），頁 277～298。

耽溺於描寫情色與猥褻的淫詞蕩語，分寸頗難以拿捏，他也因此深感困惑。馮氏曾自言其話本小說：

> 以《明言》、《通言》、《恆言》爲六經國史之輔，不亦可乎？若夫淫譚褻語，取快一時，貽穢百世，夫先自醉也，而又以狂藥飲人，吾不知視此《三言》者，得失何如也？〔註136〕

就像他在《三言》中書寫「三姑六婆」的喜劇角色與諧謔話語時，在卑賤人物所感所知的世情中體現人間可貴的眞情；但由於馮氏嗜喜淫譚褻語的創作傾向，因此「情教導愚」故作正經的訓誠，常與耽溺情色的敘事聲音同時出現。不同聲調的敘事話語，構成一種極不對稱的「悖反」喜感。〔註137〕佛洛伊德（Sigmund Freud，1856～1939）認爲，詼諧是在潛意識中形成的，快樂機制與詼諧的心理有莫大的關係。〔註138〕錢謙益（1582～1664）曾在〈馮二丈猶龍七十壽詩〉以「晉人風度漢循良」〔註139〕概括馮夢龍的個性，說他既有著魏晉名士的疏狂，又兼有漢儒中庸的傳統觀念，似已暗示馮氏具有此種人格的特殊傾向。

馮夢龍早年風流灑脫，根據年表的記載，《笑府》〔註140〕約成書於三十歲左右，《古今譚概》〔註141〕（又名《譚概》、《古今笑史》、《古笑史》或《古

〔註136〕〔明〕馮夢龍著；魏同賢主編，《馮夢龍全集》（上海：上海古籍出版社，1993年），《醒世恆言·序》。

〔註137〕參見莫瑞松：〈縫隙中的騷動──《三言》中三姑六婆的喜劇角色與話語研究〉，《興大人文學報》第 48 期（2012 年 3 月），頁 31。

〔註138〕（奧地利）佛洛伊德（Sigmund Freud）著；彭舜、楊韶剛譯：《詼諧與潛意識的關係》（臺北：胡桃木文化出版社，2006 年），頁 238。

〔註139〕高洪鈞：《馮夢龍集箋注》（天津：天津古籍出版社，2006 年），頁 9。

〔註140〕《笑府》共十三卷，分十三部：古豔部、腐流部、世諱部、方術部、廣萃部、殊稟部、細娛部、刺俗部、閨風物、形體部、謬誤部、日用部、閨語部等十三卷，內容依其性質差異，可略分爲卑陋、淫褻、機智、幽默、諷刺等五大類。參見〔明〕馮夢龍著；魏同賢主編，《馮夢龍全集》（上海：上海古籍出版社，1993 年），《笑府》，頁 1～23。

〔註141〕《古今譚概》一書，輯錄材料賅博，分門別類爲三十六部，每部均有其篇目名稱，大抵是收錄故事的要旨，方便讀者閱讀。分別爲：迂腐、怪誕、癡絕、專愚、謬誤、無術、苦海、不韻、癖嗜、越情、佻達、矜嫚、貧儉、汰侈、貪穢、鷙忍、容悅、顏甲、閨誡、委蛻、譎知、儇弄、機警、酬嘲、塞語、雅浪、文戲、巧言、談資、微詞、口碑、靈蹟、荒唐、妖異、非族、雜志。參見〔明〕馮夢龍著；魏同賢主編，《馮夢龍全集》（上海：上海古籍出版社，1993 年），《古今譚概》。另，可參考吳俐雯：《馮夢龍《古今譚概》研究》（臺北：東吳大學中文系博士論文，2009 年），頁 116。

今笑》）的時間稍晚，大概在四十多歲，這些書籍的刊行皆早於《情史》與《三言》編刊的時間。〔註142〕他在《笑府》的序文中，亦曾嘲弄儒家經典的荒謬，表達了他戲謔人間的心態。他以高度幽默感知世事無常與經驗的詮釋有各種可能性，更明白現象中無可避免的內在矛盾，於是他善用否定的策略來瓦解「主流意識形態」所認可之價值體系，提示讀者一套全新的思考模式和價值取向〔註143〕。馮氏在《笑府‧序》裡說道：

> 古今來莫非話也，話莫非笑也。……後之話今，亦猶今之話昔。話
> 之而疑之，可笑也，話之而信之，尤可笑也。經書子史，鬼話也，
> 而爭傳焉；詩賦文章，淡話也，而爭工焉；褒譏伸抑，亂話也，而
> 爭趨避焉。或笑人，或笑於人；笑人者亦復笑于人，笑於人者亦復
> 笑人，人之相笑寧有已時？〔註144〕

黃慶聲針對馮夢龍《笑府‧序》一文的重要理念，曾歸納出三項論點，值得我們省思：首先，他認爲馮氏此番話令我們明白，「話語」的意義是不被說話主體所保證的。馮氏示範了逆向思考的法則，以及如何運用「悖反」的思維邏輯，認知「話語」的弔詭與可笑性，並能辨識主流文化中「威權話語」的壟斷性。其次，馮氏的笑謔重要功能之一是和笑的對象保持距離，攻擊預設的規範和價值，反撲理性封閉的文化體系，達到顛覆的目的。最後，則是語言中存在的社會性。人類心理上常具有優越感和攻擊性，因此有所謂的「褒譏伸抑」、「或笑人，或笑於人」的語言表現。既然「話」是就既有的「話」的回響、詮釋或評論，它呈現所有文本之間的互動關係。所以話語本身所具有的「互文關係」（intertextuality），是解讀文本者不該忽略的部分。〔註145〕

總結上述的觀點，《笑府》作爲馮夢龍笑謔狂歡化的文學輯作，在在凸顯馮夢龍玩世不恭的搗蛋促狹的頑笑心理。他的視角總能從一般民眾的立場以及人情的好惡出發，所以他的態度更具彈性，論點自然趨向多元。我們發現《笑府》一書中盡是對世間迂腐、貪吝、淫藝、荒謬、虛僞的嘲諷，對官方

〔註142〕編刊「古今小說」的時候，馮夢龍已經五十歲。馮夢龍年表乃參考自龔篤清：
　　　　《馮夢龍新論》（湖南：湖南人民出版社，2002年）。
〔註143〕參見黃慶聲：〈馮夢龍《笑府》研究〉，《中華學苑》第48期（1996年7月），
　　　　頁85。
〔註144〕參見〔明〕馮夢龍著；魏同賢主編，《馮夢龍全集》（上海：上海古籍出版社，
　　　　1993年），《笑府》，頁1～3。
〔註145〕參見黃慶聲：〈馮夢龍《笑府》研究〉，《中華學苑》第48期（1996年7月），
　　　　頁87～89。

話語的顛覆翻轉。許多笑話內容，更能反映出當時習俗和中國文化中關於「性心理」的幽闇意識。

如《笑府》卷八〈刺俗部・學樣〉：

> 有于郊外見遺骸暴露，憐而瘞之。夜聞叩門聲，問之，應曰：「妃。」再問，曰：「妾楊妃也，遭馬嵬之難，遺骨未收，感君掩覆，來奉枕席。」因與極歡而去。鄰人聞而慕焉，因遍覓郊外，亦得遺骸，瘞之。夜有叩門者，問之，應曰：「飛。」曰：「汝楊妃乎？」曰：「俺張飛也。」其人懼甚，強應曰：「張將軍何爲下顧？」曰：「俺遭閬中之難，遺骨未收，感君掩覆，特……（按：缺「特」以下五字，當爲「以粗臀奉獻」)」〔註146〕

這則令人絕倒的笑話，在於作者運用「諧擬」（parody）古代聞人，以古人爲戲，發揮誇張、嘲諷和顛覆的喜劇效果。這種借用歷史素材，丑／醜化古人的手法，除了有嘲弄雅正文化的意味外，笑話中的那種低俗的語言和行徑，明顯悖離傳統禮教。作者刻意以雙關語的諧謔，營造一種現世、肉身的歡樂，反諷人間的荒謬愚妄與晚明男風的變相淫樂。〔註147〕

另外，僧尼道士等方外之士，務講四大皆空、無欲無求。尤其淫欲乃人類本性，甚難禁絕，因此淫戒是出家人的首戒要求，代表與塵俗關係的斷絕，受到世人嚴格的檢視。僧人若無法克制色欲本能，便會遭受嚴厲譴責。他們在世俗觀念中，皆因具備專業知能與道德修養，予人崇高神聖、不可輕慢褻瀆的形象，遂成爲某種文化威權的代表。爲了卸除、脫冕其神聖光環，解構其嚴肅性與專業性，馮夢龍以笑話中俗世猥褻之事，褻瀆原本具有聖潔形象的尼姑和和尚。以隱諱不潔的性事來汙蔑毀損他們的道德形象，動搖他們在文化機制中所扮演的威權角色之穩固性。

《笑府》卷五〈廣萃部〉便出現多則描寫和尚淫穢之事，茲摘錄數則於下：

〔註146〕〔明〕馮夢龍著：魏同賢主編：《馮夢龍全集》，《笑府》，卷8，〈刺俗部・學樣〉，頁272～273。缺「特」以下五字，可依據鄧志謨《洒洒篇》第17則「學樣」補足，因此兩則笑話的內容文字完全相同，「特」以下五字爲「以粗臀奉獻」。鄧志謨《洒洒篇》的版本，爲國立政治大學古典小說研究中心主編，明清善本小說叢刊初編第七輯鄧志謨專輯（臺北：天一出版社，1985年）。

〔註147〕參見吳存存：《明清社會性愛風氣》（北京：人民文學出版社，2000年），第四章〈明清社會男性同性戀風氣〉，頁115～226。

〈和尚宿娼〉

　　一僧宿娼家，以手摸娼前後，忽大叫曰：「奇哉！妙哉！前面好像尼姑，後面一似我徒弟。」

〈又〉

　　一僧宿娼，娼遽攀僧頭以就其陰。僧曰：「非也，此小僧頭耳。」娼意其嫌小，應曰：「儘勾了。」

〈硬〉

　　問和尚曰：「汝輩出家已久，此物還硬否？」和尚曰：「一月只好硬三次耳。」曰：「若如此，大好。」和尚曰：「只有一件不好，一硬就要硬十日。」有人自述一日行房三十度者，傍一老嫗聞之，合掌曰：「阿彌陀佛，也抵我門一箇月了。」以此嫗配此僧，方是對手。

〈跳牆〉

　　一和尚偷婦人，為人所追，既跳牆，復倒墜。見地下有光痕，乃捻拳印指痕其上，如冠子樣，曰：「不怕道士不認。」

〈對穿〉

　　彌初誘一師弟，興酣，師弟之陽亦舉，濕津津然。沙（彌）從後摸著，嘆曰：「阿彌陀佛，對穿。」

〈遇虎〉

　　和尚功德回，遇虎，惶迫甚，以鏡鈸一片擊之。虎銜訖，復進，再一片，亦如之。乃以經卷投虎，虎急走歸穴。穴中虎問故，答曰：「遇一和尚無禮，止擾得他兩片薄脆，就支一本疏簿來，不得不跑。」一說：「投之以經，虎啣訖又來，僧乃去帽，以光頭撞虎，虎急跑回。僧歸為人述之。人曰：『我曉得了，這決是箇雌虎。』更有味。

〈坐席〉

　　一老僧遣其徒代赴齋飲，歸，老僧問：「坐第幾？」答曰：「首席杜某，次席徐某，杜（肚）徐（臍）之下，就是小僧。」

〈雪〉

　　一僧從門外來時，雪花飄集僧頂，有見者問曰：「師父頭上白者何物？」僧以手摸其頭曰：「想是雪（洩）了。」又一婦人市豬血，從人叢中

行，觸汙僧衣，僧詈之。婦曰：「誰教你撞了我身上來？」〔註148〕

上述之〈遇虎〉、〈坐席〉二則須補充說明。〈遇虎〉這則笑話中，「僧乃去帽，以光頭撞虎，虎急跑回」，具有強烈性暗示。因時人譏諷僧人時，常以男子性器借代為僧（頭），如〈坐席〉、〈雪〉二例便是。鄧志謨《洒洒篇》第三冊第51則「嘲僧」，也是諧謔地將「僧」、「鳥」互為指涉的例子：

> 士人讀書寺中，戲摩其腹，而問僧曰：「你道我腹中何物！」僧曰：「相公滿腹文章。」士人曰：「不是到有一肚皮你在裏頭。」僧駁曰：「相公腹內如何到有小僧？」士人曰：「不信你看肚裏藏不去了，肚下還漏一個來。」評曰：「『鳥宿池邊樹，僧敲月下門』，以僧對鳥，古人有意存焉。」〔註149〕

馮氏對性事的著墨往往不加避諱，且另有所指，在《笑府》卷二〈腐流部‧行房〉有云：

> 有道學先生行房，既去褻衣，拱手大言曰：「吾非為好色而然也，為祖宗綿血食也。」乃凸一下，又曰：「吾非為好色而然也，為朝廷添戶口也。」又凸一下，復曰：「吾非為好色而然也，為天地廣化育也。」又凸一下，或問第四凸說甚麼？有識者曰：「如此道學先生，只三凸便完了，還有甚說。」〔註150〕

雖只是一則嘲弄性事的笑話，但在笑話背後，我們看到了晚明社會強烈質疑虛偽的儒學道統，並經由貶低戲擬的嘲諷手法，諷刺社會上惺惺作態的假道學與沽名釣譽的現象。儒生為免流於「不學無術」遭人詬病，應以勤敏好學為務，但社會上往往充斥胡混矇騙的半吊子。《笑府》卷二〈腐流部〉的「沒坐性」，更可看出一般世人對酸腐秀才的嘲弄：

> 夫婦夜臥，婦持夫勢問何物，夫曰：「先生也。」婦曰：「既是先生，有館在此，請他一處。」雲雨畢。明早，妻以二雞子煖酒啖夫。夫笑曰：「我知你是謝先生了，且問你先生如何？」妻曰：「先生儘好，只嫌他沒坐性些。」評曰：「不但沒坐性，還怕嫌他罷軟。」〔註151〕

〔註148〕以上摘錄《笑府》卷5〈廣萃部〉的數則笑話，參見〔明〕馮夢龍著；魏同賢主編：《馮夢龍全集》，《笑府》，卷5，〈廣萃部〉，頁123～136。

〔註149〕鄧志謨《洒洒篇》第3冊第51則「嘲僧」。

〔註150〕〔明〕馮夢龍著；魏同賢主編：《馮夢龍全集》，《笑府》，卷2，〈腐流部‧行房〉，頁58～59。

〔註151〕〔明〕馮夢龍著；魏同賢主編：《馮夢龍全集》，《笑府》，卷2，〈腐流部‧沒

　　《洒洒篇》第 144 則裡同樣也有「沒坐性」的笑話，稍有不同處則是將假陽具稱爲「角先生」。《笑府》與《洒洒篇》的「沒坐性」，皆是用夫妻行房私語和陽具轉義比喻「先生」，以葷笑話來取笑原本受到社會大眾尊敬的讀書人，藉人們觀念中認爲骯髒的性事話語等同於「坐館先生」，足見此類笑話對讀書人的不敬。另外，《笑府》中嘲弄秀才、業師胸無點墨，胡亂解書的笑話，俯拾可得。如卷二〈腐流部・川字〉：

　　　　一蒙師止識一「川」字，見弟子呈書，欲尋「川」字教之，連揭數
　　　　葉，無有也，忽見「三」字，乃指而罵曰：「我著處尋你不見，你到
　　　　睡在這裡。」〔註152〕

　　此外，如武將不嫻於文術、醫師疏於脈理、待詔不會剃頭等，也都是不學無術的表徵，落人笑柄。如卷一〈古豔部・夜巡〉：

　　　　一武弁夜巡。有犯夜者，自稱書生會課歸遲。武弁曰：「既是書生，
　　　　且考你一考。」生請題。武弁思之不得，喝曰：「造化了你，今夜幸
　　　　而沒有題目。」〔註153〕

　　又，卷四〈方術部・診僧脈〉：

　　　　有留僧宿書房者，僧適病，迎醫視之。醫見精室，疑以爲房帷中也，
　　　　及診脈，遂言經事不調，及胎前產後諸症。僧揭帳，視醫而笑。醫
　　　　謂僧曰：「小舍舍，你莫笑，令堂的病凶在那裡。」〔註154〕

　　以及卷五〈廣萃部・待詔剃頭〉：

　　　　一待詔剃僧頭，失刀割墜一耳。僧痛極失聲，待詔慌于地下拾此耳，
　　　　兩手捧之曰：「師父不要忙，原生不動在此。」〔註155〕

　　根據統計，這類笑話以諷刺儒林及醫師的爲數最多，也最具代表性。除此之外，木匠、鞋匠、待詔、武官、畫工因疏於本業，也都成笑話的對象。至於官吏或權貴或因不識字、不通文理而醜態百出，對曾深受官府擺佈、富

　　　　坐性〉，頁 51～52。
〔註152〕〔明〕馮夢龍著；魏同賢主編：《馮夢龍全集》，《笑府》，卷2，〈腐流部・川
　　　　字〉，頁 49～50。
〔註153〕〔明〕馮夢龍著；魏同賢主編：《馮夢龍全集》，《笑府》，卷1，〈古豔部・夜
　　　　巡〉，頁 19～20。
〔註154〕〔明〕馮夢龍著；魏同賢主編：《馮夢龍全集》，《笑府》，卷4，〈方術部・診
　　　　僧脈〉，頁 111～112。
〔註155〕〔明〕馮夢龍著；魏同賢主編：《馮夢龍全集》，《笑府》，卷5，〈廣萃部・待
　　　　詔剃頭〉，頁 147。

人欺壓的下層百姓而言，此類笑話適足以大快人心，紓解胸中積鬱。至於社會瀰漫鑽營矯飾的陋習，《笑府》的批判也不遺餘力：

例如，卷一〈古豔部・酸臭〉：

小虎謂老虎曰：「今日吃一個人，滋味甚異，上半酸，下半臭，是何人也？」老虎曰：「此必秀才納粟者。」〔註156〕

類似的尚有卷二〈腐流部・鑽刺〉：

鼠與蜂約為兄弟，固邀一秀才與盟。秀才不得已，往，列之行三。人問曰：「公何以屈居于鼠輩之下？」答曰：「他兄弟輩一會鑽，一會刺，我只索讓他罷了。」〔註157〕

以及卷八〈刺俗部・撒酒風〉：

酒房中鼠擾廁中鼠多次，乃邀至答席，以口銜廁鼠之尾，垂之酒甕中使吸。下鼠曰：「告飲。」上鼠不覺應曰：「請了。」口開鼠墮，因浴酒作聲。上鼠曰：「才告飲，又在那裡撒酒風了。」〔註158〕

以上三則，有的是以虛構的故事、語意雙關的敘事手法，嘲諷花錢買學位的人，以及批判世上擅於鑽刺一類的無恥小人；有的像〈撒酒風〉一則，藉由二鼠擬人的對話，嘲弄世人死守儀節的行為。晚明社會弊端叢生，笑話所譏刺者，只是末世將臨的冰山一角。從「士習大壞」到「世風沉淪」，廣廈將傾、日落西山，反映出晚明文人精神逐漸異化，社會整體價值觀已趨於墮落腐敗。

明人呂坤（1536～1618）便指出：「世之病講學者，其說有二，曰偽曰腐。偽者行不顧言，腐者學不適用。」〔註159〕嚴詞抨擊了當時學風假偽的現象。李贄的見解更為深入，他說：

今之所謂聖人者，其與今之所謂山人者，一也，特有幸不幸之異耳。幸而能詩，則自稱謂曰山人，不幸而不能詩，則辭卻山人而以聖人名。幸而能講良知，則自稱曰聖人，不幸而不能講良知，則謝卻聖人而以山人稱。展轉反覆，以欺世獲利，名為山人而心同商賈，口

〔註156〕〔明〕馮夢龍著；魏同賢主編：《馮夢龍全集》，《笑府》，卷1，〈古豔部・酸臭〉，頁11。

〔註157〕〔明〕馮夢龍著；魏同賢主編：《馮夢龍全集》，《笑府》，卷2，〈腐流部・鑽刺〉，頁31。

〔註158〕〔明〕馮夢龍著；魏同賢主編：《馮夢龍全集》，《笑府》，卷8，〈刺俗部・撒酒風〉，頁264。

〔註159〕參見〔明〕呂坤：《去偽齋文集》（合肥：黃山書社據清康熙三十三年呂慎多刻本影印，2009年），卷3，〈楊晉菴文集序〉，頁123。

談道德而志在穿窬。〔註160〕

假道學的文章以摘引聖賢語錄為能事，以掩飾自己的無能，嚇唬無知的讀者，其中並無真實情感。由《古今譚概·迂腐部》的序文可知，馮夢龍編纂笑話的主旨在「欲後學大開眼孔，好做事業」，破除迂腐的陋習。〔註161〕「韻社第五人」在〈題古今笑〉文中，曾經提到笑聲的重要，說它不僅「雷霆不能奪，鬼神不能定，混沌不能息」，它還可以「療腐」。〔註162〕這裡的「腐」，即指僵化腐朽的正統官方文化教育下所形塑的嚴肅古板、沉悶僵滯與枯燥乏味的生活方式，以及所有迂闊不通的處世態度，馮夢龍皆要用笑聲來加以摧毀，撕破那正經八百、崇高莊嚴的假面，揭發其可笑可鄙、可悲可嘆的本質；同時在笑聲中翻轉代表官方文化「腐儒」的人生態度與生活趣味，使其生活重獲生機與活力，在笑聲中鞭笞一切虛偽與腐敗的社會現象。〔註163〕馮夢龍的譚笑話語，正是與前文所說的「祛魅化」同屬於一個道理。

與馮夢龍的「淫譚褻語」笑理論相類似，巴赫金的狂歡理論亦是奠基在戲謔的笑聲中，充斥著對占有統治地位的真理和權力的相對性意識的挑戰。易言之，也就是要顛覆官方傳統的固著文化。巴赫金以民間文化的第二種生活、第二個世界作為對日常生活，即非狂歡節生活的戲仿，即是作為「顛倒的世界」而建立的。〔註164〕在第二個世界裡，有別於官方（教會和封建國家）嚴肅和階級森嚴的秩序世界，它是個狂歡節的時空。在此期間，整個世界，無論是廣場、街道，還是官方、教會，都呈現出狂歡狀態，不同階級的人們打破界線，不顧一切限制與禁忌，盡興狂歡，國王甚至可以被打翻在地，小丑亦可加冕成王。若將馮夢龍的「笑話」與巴赫金的「狂歡」相比，不難發現「笑話」的「笑」與「狂歡」同樣具有消解嚴肅僵化的意味；「笑話」的「話」，也同樣具有顛覆官方話語的涵義。「笑話」與「狂歡」同為反抗霸權獨斷提供

〔註160〕參見〔明〕李贄：《焚書》（合肥：黃山書社據明刻本影印，2009年），卷2，〈又與焦弱侯〉，頁32。

〔註161〕參見〔明〕馮夢龍著；魏同賢主編：《馮夢龍全集》，《古今譚概·迂腐部》，頁7。

〔註162〕參見高洪鈞：《馮夢龍集箋注》（天津：天津古籍出版社，2006年），頁112。

〔註163〕參見張開焱：〈雷霆不能奪我之笑聲——馮夢龍小說笑謔性思想研究〉，《江淮論壇》第2期（2007年），頁159。

〔註164〕（俄）巴赫金著；李兆林、夏忠憲等譯：《弗朗索瓦·拉伯雷的創作與中世紀和文藝復興時期的民間文化》，收入錢中文主編：《巴赫金全集：第6卷——拉伯雷研究》（石家莊：河北教育出版社，1998年），頁13。

了一種虛擬話語。〔註165〕中國雖沒有狂歡節的歷史傳統，也沒有類似西方幽默詼諧的喜劇史，但審視馮夢龍與巴赫金兩人對於文學發展與笑的內在關聯，卻頗有異曲同工之妙。他的潛意識裡流竄著促狹戲謔的心理因子，它指涉晚明「尊情貴眞」的時代氛圍與人們內心潛藏的欲望。這不僅是內在欲望驅力（力比多，libido）〔註166〕的必然導向，亦是他調笑戲擬現實世界的書寫策略。

值得一提的是，晚明社會是個極端矛盾、兩極思維（理／欲）嚴重對立的時代，民間風俗「忽庸行而尚奇激」〔註167〕，充斥著標榜「矯死干譽」的僞善文化。浸淫在此種氛圍的通俗小說家，也表現出對自我與社會，對新思潮與舊傳統的兩重態度。他們筆下的小說人物，均帶有神秘性和傳奇性，透顯出「明代社會瀰漫著好奇誕、重俗豔，與追求名利的市商氣氛」，遂有禮教與情色並存的歧異現象。〔註168〕馮夢龍話本小說《三言》中除出現勸善懲惡的道德說教外，別出心裁地提出「情教觀」，對於有情者違背社會禮法以及主人公耽溺情色的現象，均給予寬容的評價。〔註169〕例如《三言》敘事話語的特色之一，便是馮氏經常以文本加工改造者的身分，也就是相當於說書人的敘述者立場，介入整個故事的進行。在文本中隨處可見他的干預，包括了議論、描寫、預敘與註解等等。〔註170〕馮夢龍時而故作正經的訓誡，時而帶著

〔註165〕參考自秦勇：〈狂歡與笑話——巴赫金與馮夢龍的反抗話語比較〉，《揚州大學學報》第 4 卷第 4 期（2000 年 7 月），頁 11。

〔註166〕此爲佛洛伊德發明的辭彙，它是佛氏所假設的一種能量，作爲性欲力轉變——在對象上（投資移置）、在目的上（如昇華）及在性刺激來源上（動情帶的多樣化）——的基質。參見尚‧拉普朗盧（Jean Laplanche），尚－柏騰‧彭大歷斯（J.-B. Pontalis）原著；沈志中、王文基譯：《精神分析辭彙》（臺北：行人出版社，2000 年），頁 241。

〔註167〕參見〔清〕張廷玉等敕修、楊家駱主編：《新校本明史並附編六種》（臺北：鼎文出版社，1975 年），〈列女傳一‧序言〉，卷 189，頁 7689。

〔註168〕參見陳器文：《中國通俗小說試煉故事探微》（香港：香港大學文學院博士論文，1997 年），頁 62。

〔註169〕當時文人受到李贄「童心說」的影響，主張「情」是文藝創作的動力。馮夢龍提出「自來忠孝節烈之事，從道理上做者必勉強，從至情上出者必眞切。夫婦其最近者也，無情之夫，必不能爲義夫；無情之婦，必不能爲節婦。」參見〔明〕馮夢龍著；魏同賢主編：《馮夢龍全集》，《情史》，卷 1，〈情眞類總評〉，頁 82。

〔註170〕康韻梅：《唐代小說承衍的敘事研究》（臺北：里仁書局，2005 年），頁 262～263。法國熱奈特將預敘定義爲「預先講述或提及以後事件的一切敘述活動」。預敘的部分可參考〔法〕熱拉爾‧熱奈特（Gérard Genette）著；王文

嘲諷調侃的口吻；豔情色欲的書寫，在他文人工筆的潤飾下，有時呈現唯美浪漫的風格，有時卻又赤裸煽情，更多時候呈現出極度壓抑的話語雙重性，構成一種隱晦、不對稱的悖反張力。宛如一位道貌岸然卻侈言規訓的學究，強作正經，仍不免馬腳畢露。有學者便指出，《三言》中存在著兩種性別話語的博弈。規範性話語是主流性別規範在《三言》文本上的圖解和演繹，非規範性話語則是詩意激越的本真人性的自然表達。〔註171〕《三言》有關性描寫的篇章類別，以男女私會最多，其次是出軌與偷情，以及僧、尼、道的淫逸事件等，還有少數幾篇是描寫同性交媾的情節。作者的情色意識，貫穿全書。雖說宣淫的目的在於戒色，但此種與「戒淫」立意背道而馳的結果，過於鉅細靡遺的性描寫與極為猥褻的意淫，不禁讓人聯想到那些深受明代淫風影響的作品，諸如《金瓶梅》、《玉嬌李》等書，兩者不過五十與百步之間爾。〔註172〕敘事者與角色話語之間所呈現的兩重悖反性，即在於《三言》同時並呈宣淫與戒色的矛盾。說明了人之食色本性，最終也只能在宣淫與戒色的兩難中悄然蠢動，此成為馮夢龍「情教觀」與狂歡意識共存的歧異結果。理／欲的衝突，馮氏在小說中勢必另謀解決之道。置身晚明波詭雲譎的時代氛圍，馮夢龍潛意識裡存在著內心欲望的糾葛，理／欲之間的矛盾與衝突，最後在《三言》配角人物的話語中獲得安置，讓禮法與禁忌的對立，縮合在性笑謔的戲仿之下，讓一切變得合於情理。〔註173〕

　　楊義於《中國敘事學》（圖文版）一書中，特別舉艾衲居士的《豆棚閒話》為例，指出清代初期盛行「翻案文章」，即是由於改朝換代之際，理學鬆弛，文人不再拘泥傳統，各在不同程度上與傳統標新立異，於是有人以民氣談歷史，有人依山林治學問，形成一股活潑的文化思潮，並在敘事結構上趨於自由化和多元化。〔註174〕從上文提及的晚明意象與重情貴真的士風視之，明清之際接續晚明歷史與時代脈絡，此種對傳統文化成規的質疑與顛覆的精神，

　　　　融譯：《敘事話語・新敘事話語》（北京：中國社會科學出版社，1990年）。

〔註171〕參見劉果：《〈三言〉性別話語研究：以話本小說的文獻比勘為基礎》（北京：中華書局，2008年）。

〔註172〕胡士瑩認為《金瓶梅》、《玉嬌李》以及《三言》、《二拍》中的色情作品，正是明代社會淫風下的產物。參見氏著：《話本小說概論》（臺北：丹青圖書公司，1983年），頁435。

〔註173〕此部分可參龔瑞松：〈縫隙中的騷動──《三言》中三姑六婆的喜劇角色與話語研究〉，《興大人文學報》第48期（2012年3月），頁27～59。

〔註174〕參見楊義：《中國敘事學（圖文版）》（北京：人民出版社，2009年），頁103。

依舊存留於民間，此亦是晚明文化語境的延續與發揚。下節「諧謔話語」的反思，便擬從艾衲居士《豆棚閒話》的諧謔話語談起。

第二節　艾衲神聖人物的降格書寫

本論文第二章第二節曾針對艾衲居士的《豆棚閒話》，論述其「末世話語」的指涉涵意。「末世話語」，顧名思義，為改朝換代之際，文人面對末世景象的囈語。《豆棚閒話》近來受到學者矚目，在於創作者思想的深刻性與複雜性，藝術上展現的創新手法，以及文本蘊涵了多重符號意義等各種有趣的課題。例如在這十二則故事裡，艾衲居士採用了古今雜揉、時空交錯的手法，或驅遣人、鬼、神、獸作為表意符號，或創造悖離現實環境的奇人，或跨越夢境，建構仙／凡二元的離幻世界，以人物荒誕可笑、悖謬滑稽的言行舉止，凸顯出現實人生的諸多無奈與困惑。〔註175〕以話本小說創作論出發，借史事以澆胸中塊壘，隱含強烈的遺民意識，為多數人對《豆棚閒話》的解讀。總而言之，「艾衲居士在感情上對亡明有所懷念，但在理智上卻是主張『應天順人』，認同新朝」，這是陳大康（1948～）提出的見解。〔註176〕他認為不再糾纏於作者是否為遺民問題，我們自然會發現存在於書中大量對於政情世風的批判與揭發。準此而論，我們相信，就在艾衲居士一方面於心靈深處懷戀亡明的同時，在現實上又不得不順應新朝，承認清朝的統治，做一個順民。所以作者的內心充滿極端的矛盾，憤懣、苦悶的複雜情感是可想而知的。是故文中時露辛辣諷刺的筆調，而創作主體卻始終保持冷然嘲謔的遠距客觀的敘事態度，遂成為艾衲居士的書寫特色。更重要的是，艾衲居士延續了晚明思潮中對「存天理，去人欲」僵化教條的反動，「重情貴真」強調人性本真的精神，尊崇個體生命、回歸人道主義的省悟，使得文人在面對歷史變異之際，對於訓誡常規有了更為直視的懷疑態度。

另外，《豆棚閒話》在明清之際話本小說裡的重要意義，即在於作者嘗試以「邊緣話語」的姿態，超越中國傳統經典「主流話語」的神聖地位，它

〔註175〕以上論述可參考蔡慶：〈淺談《豆棚閒話》的荒誕性〉，《安徽文學》第 7 期（2008 年），頁 48。

〔註176〕此段議論為陳大康校注《豆棚閒話照世盃（合刊）》一書所寫「引言」部分的摘錄，見解精闢，值得參考。參見陳大康校注；艾衲居士、酌元亭主人編撰：《豆棚閒話照世盃（合刊）》（臺北：三民書局，1998 年），頁 1～10。

帶來的影響廣大而深遠。我們可從兩個方面來加以說明：一是在話本小說形式的演變上，設計出以豆棚相牽諸故事的格局，許多學者如鄭振鐸、胡士瑩（1901～1979）等人都曾指出《豆棚閒話》體裁的特殊性。〔註 177〕艾衲將文人創作的擬話本小說形式加以改變，最明顯的便是省略或改造「頭回」。艾衲創發的「豆棚」，將書中各卷小說有機的組織起來，即為一例。其二，以文學的話語性而言，本各自有其時代意義，歷史文化的話語性。社會上的任何一種文化現象，就是一種話語構成，而影響和控制話語的根本因素便是權力。換句話說，話語實踐有著歷史文化語境的制約，也充滿了政治運作的意識表徵。《豆棚閒話》豐富的話語性，在於其深邃的哲學思考與話語辯證，尤其作者有意以「閒話」的形式開展其敘事模式，顯現此書紛繁的議論與駁雜冗長的話語性，而這正是「眾聲喧嘩」情景必然的有趣之處。

　　巴赫金認為，複調小說最主要的特點就是「對話」的特徵。對話是日常生活中的普遍現象，人與人之間的交流互動，理解溝通都要仰賴它。文學藝術也經由對話，展開交流。巴赫金將不同形式的對話型態，除了言說的對話外，諸如眼神、肢體動作以及藝術作品所欲傳達的想法或概念，甚至個人的自言自語，不論外在的行動或內在的心理活動，均統一概括稱之為「對話性」。如此一來，不同的語言、文化和階級彼此交融，社會思想得免於被壟斷、單一化，便構成了巴赫金心目中所謂的「雜語」現象。〔註 178〕王德威巧妙地將「雜語」改譯成「眾聲喧嘩」（heteroglossia）一詞，用來符應巴赫金所描述的語言傳佈的周折輾轉、喧騰銷磨的現象，他說：

> 「眾聲喧嘩」……意指我們在使用語言、傳達意義的過程裡，所不可免的制約、分化、矛盾、修正、創新等現象。這些現象一方面顯現文字符號隨時空而流動嬗變的特性，一方面也標明其與各種社會文化機構往來互動的多重關係。〔註179〕

〔註177〕胡士瑩指出《豆棚閒話》「書的體裁很特別，全書皆以豆棚之下的閒話為線索，將十二個故事貫串下去。」參見氏著：《話本小說概論》（臺北：丹青圖書公司，1983 年），頁 630。關於《豆棚閒話》在中國文學史上的顯著地位，可參閱本論文第二章第二節的整理。

〔註178〕參見〔美〕卡特琳娜‧克拉克（Katerina Clark）、邁克爾‧霍奎斯特（Michael Holquist）著；語冰譯：《米哈伊爾‧巴赫金》（北京：中國人民大學出版社，2000 年），頁 32。

〔註179〕王德威：《眾聲喧嘩：三○與八○年代的中國小說》（臺北：遠流出版，1988 年），〈序〉，頁 5～7。

這種「眾聲喧嘩」的話語特徵，置於非「單音獨鳴」（monoglossia，王德威語）、多元文化雜沓並陳的明清之際，適切地提供我們一個深入認識《豆棚閒話》的機會。《豆棚閒話》的敘事話語匯聚了村野百姓的聲音，而這些敘事者皆具有某種隱微的或是潛在的共性：他們可能屬於不同的年齡層，知識水平普遍不高，卻都關心世道人心；他們不迂腐偏執，性情直率，淡泊名利；這是一群遠離政教中心的鄉野村夫，敦厚樸實，卻能明辨是非，有豐富的人生閱歷，未受世風的影響而保有一片赤子之心。〔註 180〕作者藉由他們這種獨特的荒誕、諧謔的話語方式與故事內容，顛覆了傳統話語的言說模式，由此產生一種喜劇性的美學情感。許多學者皆指出，「笑是一種社會的活動，諷刺、譏嘲的用意大半都是以遊戲的口吻進行改正的警告」〔註 181〕。艾衲居士對社會文化與歷史傳統的批判與訕笑，正是承繼了中國喜劇觀的美刺傳統，頗得「倡優俳笑」、「隱諷嘲謔」的精髓。艾衲居士書寫諧謔話語的敘事基調，「顛覆成規」爲其擅長的手法之一〔註 182〕，正如天空嘯鶴在《豆棚閒話》序言中所言：

> 收燕苓雞壅于藥裏，化嘻笑怒罵爲文章。莽將廿一史掀翻，另數芝麻帳目；……那趁舊聞，便李代桃僵，不聲冤屈；倒顛成案，雖董帽薛戴，好像生成。（《豆棚閒話・敘》頁 148）

艾衲居士《豆棚閒話》中第一則〈介之推火封妒婦〉、第二則〈范少伯水葬西施〉與第七則〈首陽山叔齊變節〉，皆屬於將翻案文章當作遊戲之筆，或故發驚人之語以顯己之高明的文章。艾衲居士將這些中國經典原型人物予以降格書寫，對他們進行改造，使得他們成爲人們眼中的凡夫俗子、村夫匹婦，亦是芸芸眾生中的飲食男女，有著個人的情欲與好惡，彰顯人性本能之欲望。是故其諧謔話語的表層結構顯而易見，人物無不充滿滑稽、可笑、卑賤的形象。在文學中，「醜」（或可稱之爲庶民化）一直是作爲「美」的對立面而存在的，當審美藝術被理想化時，醜便是清醒的旁觀者，它主觀的距離

〔註 180〕《豆棚閒話》第 5 則〈小乞兒真心孝義〉提到聚集在「豆棚」下「閒話」的眾人的特色：「到是那不讀書的村鄙之夫，兩腳踏著實地，一心靠著蒼天，不認得周公、孔子，全在自家食影夢寐之中，一心不苟，一事不差，倒顯得三代之直、秉彝之良，在于此輩。」，《豆棚閒話》，頁 49。

〔註 181〕參見朱光潛：《文藝心理學》（臺北：臺灣開明書店，1982 年），頁 298。

〔註 182〕見黃巧倩：《《豆棚閒話》敘事藝術及其在白話短篇小說中的意義》（南投：國立暨南國際大學中國語文學系碩士論文，2000 年），第 4 章〈顛覆成規〉。

與客觀陌生化的效果，足以讓人深思與反省。艾衲居士選擇用極其平凡、庶民的形象來包裝嚴肅深刻的人生哲理，就是運用此種反襯效果來凸顯其主旨。他筆下的醜怪和變形的歷史人物都是些荒誕滑稽、庸俗可笑之輩。叔齊、范蠡、西施、介之推等這些在中國民間經由道德典範所型塑出來的人格符號的意義，都成了作者戲謔嘲弄的對象：例如叔齊是個狡黠善變、棄暗投明的變節者；西施不過是個相貌平庸、毫無德行的村婦；范蠡變成了一意為己、居心叵測的陰謀家。忠義之士被解構成為小奸小惡的凡夫俗子，一切崇高的行為，都是個人私欲的外在包裝。寒食、採薇與美人計的背後，其實不過是「被功名、女色牽動，又想兩全其美，結果是雞飛蛋打，因歷史的誤會而傳美名於後世」〔註 183〕。艾衲居士用凡夫俗子對抗道德典範，借私欲來抨擊崇高的節操，「在胡說八道般的敘說中傳達了作者對史書的保留態度」〔註 184〕。企圖顛覆千百年來禮教對人們所灌輸的傳統價值觀，重新定義了正／邪、善／惡與尊／卑的二元關係。它們彼此間的界線不僅趨於模糊，亦沒有所謂的絕對，甚至可以互相涵蓋，打破舊有的界線。

　　我們發現艾衲居士這種強烈的歷史疑古精神與時代背景脫離不了關係。在天崩地裂、朝代更迭的亂世裡，他採取顛覆歷史的敘事策略，重新詮釋所謂的忠臣義子，說穿了，就是他根本不信歷史上真有聖賢這種人物。對照於明亡後清初的社會現象，出降稱臣求聘者「紛紛奔走，絡繹不絕」（《豆棚閒話》頁 76），〈首陽山叔齊變節〉故事裡講的雖是戲擬商亡後周初的景象，實為現實社會的模擬翻版。此為艾衲居士的曲筆敘事手法，極具諷刺性，亦為戲擬現實的絕佳範式。鴛湖紫髯狂客的評語說得好，觀其文須洞悉艾衲居士「幻中之真，真中之幻」（《豆棚閒話》頁 80）的寓意。易言之，即指出艾衲居士「滿口詼諧，滿胸憤激。把世上假高尚與狗彘行的，委曲波瀾，層層寫出」（《豆棚閒話》頁 80）。作者向讀者揭示的，應是不去計較故事中人物事跡的真假，而要體會作品「鼓勵忠義」、揭露與批判「假高尚與狗彘行」的主旨，並理解是由於明清之際文化語境的制約，作者在表現手法上才採用了「顛覆成規」的曲折言說方式，此部分正為敘事話語展現其意旨實踐之精髓處。本章節以《豆棚閒話》中三則取材自歷史故事家喻戶曉的經典人物——介之推、

〔註 183〕參見崔子恩：《李漁小說論稿》（北京：中國社會科學出版社，1989 年），頁124。

〔註 184〕參見崔子恩：《李漁小說論稿》，頁 123。

西施（范蠡）與叔齊，擬從後設的角度，探討作者身處易代之際，在社會政治動盪亂離的時代背景下，承繼晚明以來「重情貴眞」、「狂狷士風」的反思精神，如何在運用荒誕、諧謔等喜劇性話語上，對於常規進行的質疑與顛覆，並嘗試解讀作者在文本意義的消解與重構後的創作意圖。

一、歷史人物的喜劇性置換

艾衲居士將「顛覆」作爲諧謔與荒誕性喜感的生成來源，與前述明末清初盛行的文化思潮有直接的關聯，尤其江南地域文化對小說作家的影響是大家有目共睹的。晚明在文學領域上，強調表現自我，追求個性，寧爲狂狷，反對邯鄲學步。文人不再拘泥於傳統，各在不同程度或領域上與傳統標新立異。乍看之下，《豆棚閒話》此三則故事，表面上似爲翻案文章，深究之，其敘事話語充滿了對歷史的紀實與虛構的諧謔化，並藉歷史素材進行符號的喜劇性置換。艾衲居士嘗試將歷史的「典範人物」〔註185〕，塑造成爲文學上的「典型人物」〔註186〕。在這個意義上，艾衲居士將歷史的留白，進行庶民話語的歷史性想像，鬆動了歷史話語的權威性。就敘事對現實的再現而言，當歷史成爲一種敘事話語模式，任何「過去」，皆可視爲由事件、過程和結構等條件所構成的敘事性歷史，都被認爲是不可再見的，除非是以「想像的」方式「再現」於意識或話語之中。〔註187〕艾衲居士當然不知道後現代新歷史主義所強調的話語流動之不確定性，但他對小說所進行的想像書寫，卻頗爲暗

〔註185〕所謂的「典範人物」，乃中國自先秦以來，儒家所塑造出來聖賢人物的典範。這些具有典範意義的歷史人物，是儒家思想中的所謂「集體記憶」（collective memory）的重要組成部分，而以堯、舜、禹最爲儒者所稱道。參見黃俊傑：《歷史思維、歷史知識與社會變遷》（臺北：時報出版社，2006 年），頁 70。

〔註186〕小說寫人往往是爲了再造典型化的人物。小說中的人物是作家對紛擾複雜的社會生活現象進行分析選擇，剔除其中非本質的部分，凸顯其中最突出的特質，以各種側面精雕細琢，並以此深刻反映一定的社會本質。在具體的環境中，展現人物，是小說的一個重要特徵。屠格涅夫曾經說：「如果被描寫的人物，在某一個時期來說，是最具體的人，那就是典型。」這裡所說的「某一個時期」就是指小說中所塑造的特定時代背景、社會風貌和人物活動的場景。小說中的人物可以說是特定時空的產物，有了典型環境，才得以展示故事情節、人物形象的眞實性。參見曹明海、宮海娟著：《理解與建構：語文閱讀活動論》（青島：青島海洋大學出版社，1998 年），頁 209。

〔註187〕參見〔美〕海登・懷特（Hayden White）著；陳永國、張萬娟譯：《後現代歷史敘事學》，頁 168。

合後現代主義中的解構精神。

歷來學者認爲《豆棚閒話》屬「洩憤」之作，爲發憤著述的典範，歸因於易代之際的文人無法排遣自己的憤疾，欲借舊事翻新意，以清除胸中的塊壘，同時達到隱諷世事人情的目的。〔註188〕這種傳統說法，顯示艾衲居士努力地將話本小說躋身於「主流話語」之列，俾能有益於國家民生，回歸勸善懲惡的詩文傳統。但艾衲居士屬中下層文人，早已耳濡目染鄉野百姓的嬉笑怒罵的聲音，其諧謔話語與雅正話語迥然有別，不僅在故事中出現令人錯愕的顛覆結局，還將偉人形象「猥瑣化」、「鄙夷化」甚至「怪誕化」，不避村夫野老的鄙言俚語，重視人欲的書寫等，這些均爲傳統主流話語鮮見的敘事表現手法；再加上科考落選的失意與江南名士放蕩不羈的風度，塑造他與眾不同的思維史觀。作者本身的生活際遇，以及整體時代的文化語境，還有自己對歷史常規與社會傳統的反思與批判精神，意味著某種諧謔話語策略潛能自由開展的構成即將出現。誠如苗軍在《在混沌的邊緣處湧現——中國現代小說喜劇策略研究》一書中所言：

> 喜劇靈感的構成意味著，創作主體面臨著湧現爆發前的「僵化」，形象思維出現最大熵（按：爲一物理學名詞，作者藉此表現創作主體爆發的狀態）。而靈感的啓動是對「邊緣系統的僵化」的補救，是重建情感層與理智層的新的開放性溝通模式，是對某一種關於世界的見解的侷限的打破，是打破後的想像的自由馳騁，是新的結構的形成，是新奇性取代確定性。〔註189〕

艾衲居士《豆棚閒話》對歷史經典人物顛覆性的嘲弄，顯現了社會政治動盪對主體所產生的衝擊，亦是宋明理學傳統文化的僵固，迫使主體尋求活化的一種反動。這種反動充滿了各種可能，自由地馳騁無邊際的想像，表明了話語敘事策略的不可預測性。以《豆棚閒話》爲例，其庶民性話語表徵非常明顯，爲知識階層對下層民眾的關注；相對的，也是俗文學逐漸滲入雅文學的一種過程。作者突破話本小說的窠臼，適切地展現庶民話語歷史想像的

〔註188〕對明清小說的創作動機而言，學界一般將它歸納爲「洩憤」、「勸懲」與「炫才」三種類型。參見吳波：《明清小說創作研究》（長沙：湖南人民出版社，2006年），頁5～18。另見李夢生：《中國禁毀小說百話》（上海：上海古籍出版社，1994年），頁321。

〔註189〕苗軍：《在混沌的邊緣處湧現——中國現代小說喜劇策略研究》（北京：民族出版社，2004年），頁14。

喜劇性。不僅以新奇性取代確定性，也是一種嶄新的話語結構的形成。

巴赫金曾提出西方中世紀文學語言的特色之一「神聖的戲仿」，就是對所有具有崇高價值、神聖的事物與對象進行戲仿與諧擬，諸如戲仿彌撒的作品、戲仿讀經、祈禱與戲仿最神聖的對象的作品。〔註 190〕「神聖的戲仿」將民間詼諧文化的話語特徵表露無遺，因為「戲擬展示的，乃是日常生活中的各類話語……以亦莊亦諧、調侃諧謔的手法，……在哄堂大笑中盡情地暴露了高雅體裁與風格蒼白軟弱和矯揉造作」〔註 191〕當然這些充滿詼諧嘲諷的笑聲，在巴赫金的觀念中認為，都與中世紀和文藝復興時期的狂歡節的廣場息息相關。儘管這些獨特的現象和不拘形跡的廣場言語體裁，乃是針對西方的文化背景而言。可是不容置疑的，巴赫金所討論的重點，欲凸顯出與官方站在對立面的庶民話語之重要性，此亦是《豆棚閒話》敘事話語的特色，也正是《豆棚閒話》諧謔話語的可貴之處。

二、叔齊：嫉羨情結與口腹之欲的雙重焦慮

為了再現所謂的歷史，艾衲居士將歷史傳說的「罅隙」（discrepancy）予以諧謔化的補白。相對於原典以沒有雜音、定於一尊來樹立威權形象的寫作模式，滿佈雜音與不和諧意蘊的諧擬文本，可說是形式與文化上的越界。原典與諧擬文本間的「罅隙」，具有二元對比、參差對照的效果。它們涵蓋了古／今、高／下、真／偽、雅／俗、嚴肅／荒唐、道德／不道德等種種的出軌越界與多元思維的解構意涵。〔註 192〕而有時候這些想像書寫並非空穴來風。以《豆棚閒話》中第七則〈首陽山叔齊變節〉的伯夷、叔齊為例，他們是歷史上忠孝節義的典範，孟子曾推崇他們與孔子同位聖人之列。〔註 193〕他們身

〔註 190〕參見（俄）巴赫金著；李兆林、夏忠憲等譯：《弗朗索瓦‧拉伯雷的創作與中世紀和文藝復興時期的民間文化》，收入錢中文主編：《巴赫金全集：第 6 卷——拉伯雷研究》（石家莊，河北教育出版社，1998 年），頁 17～19。

〔註 191〕參見劉康：《對話的喧聲：巴赫汀文化理論述評》（臺北：麥田出版社，1995年），頁 235。

〔註 192〕參見黃慶聲：〈論《李卓吾評點四書笑》之諧擬性質〉，《中華學苑》第 51 期（1998 年 2 月），頁 100～101。

〔註 193〕《孟子‧萬章》：「伯夷，聖之清者也；伊尹，聖之任者也；柳下惠，聖之和者也；孔子，聖之時者也。」參見〔宋〕孫奭：《孟子注疏》（臺北：藝文印書館，1960 年景清嘉慶二十年江西南昌府學刻本），卷 10 上，〈萬章〉下，頁 176～2。

處商、周更替之際，義不食周粟，堅守節操，最後卻餓死在首陽山上。在中國歷史上，伯夷、叔齊的故事經過儒家典籍的神話化，早已成爲經典的象徵寓意，但其中不乏問題與矛盾之處。有識者如漢代的司馬遷便提出他的疑惑，《史記・伯夷列傳》云：

> 或曰：「天道無親，常與善人。」若伯夷、叔齊，可謂善人者非邪？積仁絜行如此而餓死！且七十子之徒，仲尼獨薦顏淵爲好學。然回也屢空，糟穅不厭，而卒蚤夭。天之報施善人，其何如哉？盜蹠日殺不辜，肝人之肉，暴戾恣睢，聚黨數千人橫行天下，竟以壽終。是遵何德哉？此其尤大彰明較著者也。若至近世，操行不軌，專犯忌諱，而終身逸樂，富厚累世不絕。或擇地而蹈之，時然後出言，行不由徑，非公正不發憤，而遇禍災者，不可勝數也。余甚惑焉，儻所謂天道，是邪非邪？〔註194〕

行善未必得福，作惡未必得禍，歷史和現實社會往往充斥這樣的不公不義，天道何嘗以此爲意呢？史遷面對宇宙中普遍存在的道德原則發出不平之鳴，繼之他以孔子所言「道不同不相爲謀」，亦各從其志也，爲「天道公正，惟降福於善人」的道德標準所存在的矛盾，尋求解決之道。史遷云：

> 故曰「富貴如可求，雖執鞭之士，吾亦爲之。如不可求，從吾所好」。「歲寒，然後知松柏之後凋」。舉世混濁，清士乃見。豈以其重若彼，其輕若此哉？〔註195〕

與其相信虛妄不可知的天道及毫無標準的道德賞罰，不如盡人事而行其志，重返人道經驗的價值判斷。伯夷、叔齊的歷史故事正凸顯出儒家道德體系的矛盾。二人恥食周粟，堅守節操而死，理當固然；但另一方面，他們所死守的商朝卻早已眾叛親離，失去民心，天理難容。伯夷、叔齊的固守，在儒家天道觀的觀照之下，違反了朝代更迭、應天順人的情勢。這是儒家思想無法解決的兩難處境，亦是司馬遷的困惑之處。艾衲居士於明清鼎革之際，重拾伯夷、叔齊的歷史故事，顯然有其現實意義。他將「忠於舊朝」與「應天順人」的兩難主題分派給伯夷、叔齊，小說的視角不停地在「舊朝」與「新

〔註194〕〔漢〕司馬遷〔宋〕裴駰集解；〔唐〕司馬貞索隱；〔唐〕張守節正義：《史記》（臺北：鼎文書局，1977 年），卷 61，〈伯夷列傳〉第 1，頁 2124～2125。

〔註195〕〔漢〕司馬遷〔宋〕裴駰集解；〔唐〕司馬貞索隱；〔唐〕張守節正義：《史記》，卷 61，〈伯夷列傳〉第 1，頁 2126。

朝」之間交替轉換，讀者的價值判斷也隨之在「是」與「非」之間不斷游移著。〔註196〕

　　《豆棚閒話》裡的伯夷形象變化不大，成為叔齊的一個對立參照點。伯夷「念頭介然如石，終日徜徉嘯傲，策杖而行⋯⋯」（《豆棚閒話》頁73）；反觀叔齊成了一個為沽名釣譽上山，後又不耐飢寒困頓，下山歸順新朝，以謀求功名富貴的小人。想像書寫起自於《豆棚閒話》文末的眾人之語：

> 怪道《四書》上起初把伯夷、叔齊並稱，後來讀到「逸民」這一章書後，就單說著一個伯夷了。其實有來歷的，不是此兄鑿空之談。
>
> 敬服敬服！（《豆棚閒話》頁79）

　　中國宗法社會，自古有分別嫡庶長幼，以別親疏，以示系統，以明親親合族之義的傳統。伯夷為嫡長子，史書寫一人之名實際上即囊括二人之義，司馬遷《史記‧伯夷列傳》即為例證。眾人口中所謂的「逸民」一章只書伯夷，或為此因。艾衲居士單就表面文字做遊戲，鬆動了傳統歷史話語的權威性。不過編撰叔齊歸降的故事以諷刺失節之士構想，據考並不是艾衲的首創，有不少來自於民間的無名氏之作，如清乾隆諸生顧公燮《丹午筆記》一二八條〈滑稽詩〉即云：

> 國初開科取士，諸生皆高蹈遠行。次年丙戌，補行鄉試，告病諸生俱出。滑稽者作詩嘲之：「天開文運舉賢良，一陣夷齊下首陽。家裏安排新雀頂，腹中打點舊文章。昔年曾恥食周粟，今日翻思吃國糧。豈是一朝頓改節，西山薇蕨已精光。〔註197〕

　　又如清人王應奎（1732～？）《柳南續筆》卷二〈諸生就試條〉亦云：

> 鼎革初，諸生有抗節不就試者。後文宗按臨出示：「山林隱逸，有志進取，一體收錄。」諸生乃相率而至。人為詩以嘲之曰：「一隊夷齊下首陽，幾年觀望好淒涼。早知薇蕨終難飽，悔殺無端諫武王。」及進院，以桌橙限於額，仍驅之出，人即以前韻為詩曰：「失節夷齊下首陽，院門推出更淒涼。從今決意還山去，薇蕨堪嗟已喫光。」聞者無不捧腹。〔註198〕

〔註196〕參見朱海燕：《明清易代與話本小說的變遷》，頁203～204。

〔註197〕〔清〕顧公燮著；甘蘭經等點校：《丹午筆記》（南京：江蘇古籍出版社，1999年），頁112。

〔註198〕〔清〕王應奎：《柳南續筆》（合肥：黃山書社據清借月山房彙鈔本影印，2009年），卷2，〈諸生就試條〉，頁91。

　　陳大康認為，將小説中的描寫與上述詩句作對照，其構想的相似程度幾乎如出一轍。按照時間順序判斷，顯然是那些詩句民間流傳在先，艾衲居士從中獲得啓發，才創作了嘲諷叔齊變節的小説。〔註199〕《豆棚閒話》充滿冗長雜沓的話語聲音，乃鄉里小民於三伏炎天夥聚豆棚，搖扇納涼談天説地的生活場景。閒談時必然出現不同的聲音與意見，這種敘事話語有著強烈的民間性值得我們注意。民初以來，以顧頡剛（1893～1980）為首的民間文學研究者一致認為，記述人民對於某些歷史事件的情感和風俗方面，傳説的反映具有很大的參考價值。這些想像手法與附會情節，雖是虛構，可視為民眾美化現實生活、反映信仰習俗和寄託理想的符號。〔註200〕然而有趣的是，《豆棚閒話》中的群眾又可視為一個整體，處在同一社會文化、地位居住空間的人們，他們的言説自然會展現出一具有共性的心智；加上作者對敘事話語的操控，當故事背後由某一敘事者講述的時候，他的背後匯聚著眾人的聲音，但作者的身影無所不在。

　　很顯然的，艾衲居士從民間流傳的詩文那兒得到啓發，展開歷史空白扉頁的想像書寫，將叔齊「降格」（degradation）〔註201〕成一個具有「妒羨情結」與「飢餓焦慮」的凡夫俗子。從人欲的角度出發，説明凡人皆有生理上的需求。但人性本能的欲望一旦過於強烈，往往會扭曲人格，使人的心理從正面轉向負面發展，進而衍生醜惡與禍害。作者安排叔齊耐不住飢餓，也學著其他棄商從周的民眾謀求出仕。〔註202〕這種對人物身分、品格的置換與貶抑，產生了融荒誕、戲謔於一體的喜劇效果。昂利・柏格森（Henri Bergson，1859

〔註199〕參見陳大康：〈引言〉，收錄於艾衲居士編撰；陳大康校注：《豆棚閒話照世盃（合刊）》（臺北：三民書局，1998 年），頁 4。

〔註200〕參見〔美〕洪長泰著；董曉萍譯：《到民間去：1918～1937 年的中國知識分子與民間文學運動》（上海：上海文藝出版社，1993 年據哈佛大學出版社 1985年版翻譯），頁 170～175。

〔註201〕佛洛伊德曾謂「諷刺」與諧擬、滑稽化，實質上都是「揭露假面具」，目的在反對某些「崇高」的人或事物，除去威權和尊敬，就文學表現手法來説，我們可稱之為「降格」。參見（奧地利）佛洛伊德（Sigmund Freud）著；彭舜、楊韶剛譯：《詼諧與潛意識的關係》（臺北：胡桃木文化出版社，2006 年），頁 262～263。

〔註202〕李世珍認為艾衲居士此種的表現手法，「在歷來的文學作品中皆不曾見，屬千古未聞」，李氏對於艾衲居士得自民間傳説的啓發相關文獻可能有所疏漏，才作此結論。參見李世珍：《艾衲居士《豆棚閒話》研究》（臺中：東海大學中國文學研究所碩士論文，1989 年），頁 51。

年～1941）《笑：論滑稽的意義》一書中便提到這樣的觀點，他說，「在某種情景下的幾個人物，如果你把情景顛倒過來，角色的地位換過，你就可以得到滑稽的場面。」〔註203〕《豆棚閒話》裡的諧謔性源自於對人欲的鋪陳，不刻意偽裝與壓抑，戳破崇高的假面，卸除威權與神聖性。此種敘事話語的特徵，可說是延續了晚明「重情貴真」的敘事傳統。

　　叔齊的妒羨情結，來自於中國社會家族向來以長子為尊的傳統有關。奧地利著名精神分析師梅蘭妮·克萊恩（Melanie Klein，1882～1960）曾談到「妒羨」（envy）與「感恩」（gratitude）這兩種對立的態度。她認為從根本逐漸侵蝕愛和感恩的感覺，最強而有力的因素就是「妒羨」。據說妒羨情結與嬰兒時期得不到或不滿於母體給予的欲求有極大的關係，因而內化成為一種焦慮與憤怒的感覺。當別人擁有、享受我所欲求的東西時，妒羨的衝動便油然而生。〔註204〕故事中描寫眾人因仰慕夷、齊二人之名，皆來此座深山隱居，但人人只道伯夷，叔齊逐漸生妒羨之心，「我卻是孤竹君次子，又比長兄大不相同……我大兄有人稱他是聖的、賢的、清的、仁的、隘的，這也不枉了丈夫豪傑。或有人兼著我說，也不過是順口帶契的。若是我趁著他的面皮，隨著他的根腳，即使成得名來，也只做個趁鬧幫閒的餓鬼。」（《豆棚閒話》頁 73～74）妒羨情結讓叔齊因此而起了動念，想要下山另謀前程。且首陽山上「借名養傲」與「托隱求徵」者日益增加，食物逐漸短缺，薇蕨野菜又被那些「起早佔頭籌的採取淨盡」（《豆棚閒話》頁 74）。在吃不飽的情況下，叔齊的飢餓焦慮開始作祟，亟思下山覓食之計。即便忠臣義士也是「人」，都會肚子餓，作者的出發點合乎人道常倫。尤其叔齊在食物搶奪戰中明顯居於劣勢，十分狼狽，「弄得一副面皮薄薄澆澆，好似晒乾癟的菜葉，幾條肋骨彎彎曲曲，又如破落戶的窗櫺」（《豆棚閒話》頁 74），落魄的處境令人憐憫。但從另一角度視之，作者描寫叔齊的敘事話語充滿調侃與訕笑的餘音，應是針對明清之際「托隱求徵」與「假高尚與狗彘行」所發出的批判之聲。

〔註203〕〔法〕柏格森著；徐繼曾譯：《笑：論滑稽的意義》（臺北：商鼎文化出版社，1992 年），頁 59～60。

〔註204〕克萊恩認為妒羨是一種憤怒的感覺：「別人擁有、享受我所欲求的東西」，妒羨的衝動就是「我要去搶走它或破壞它」。更明確一點說，妒羨是指只介於一個人和另一個人的關係，來自於最早與母親的兩人關係。參見（奧地利）梅蘭妮·克萊恩（Melanie Klein）著；呂煦宗、劉慧卿譯：《嫉羨和感恩》（Envy and gratitude）（臺北：心靈工坊文化事業公司出版，2005 年）。

除了「妒羨情結」與「飢餓焦慮」的敘事主線外，故事中艾衲居士將動物、雒邑頑民與人類並置的副線，可視爲其對「人」的「變形」或「怪誕化」展演的一種參照。證成人與獸之間僅存的些微差異（仁義道德），一旦淪喪，人跟動物實在沒有兩樣。諷刺的是，雒邑頑民已是焦頭爛額、有手沒腳、有頸無頭的死人，卻仍謹守商家氣脈，毫無貳心。兩相對比之下，眾獸其實就是叔齊私欲的異化表徵。當叔齊的內心趨於獸性，他／牠們必須共同面對的處境就是「飢餓」。滿足口腹之欲本爲動物之天性，外在的道德規範雖能短暫壓抑與生俱來的本能，信念倘若開始動搖，規範終究難以恪守。叔齊的內心獨白與勸導眾獸的話語，看似冠冕堂皇、天經地義，實則牽強附會、勉強類比。畢竟人獸殊途，豈能相提並論？有學者以爲，此乃作者藉機揭露貳臣們自我開釋的陰暗內心世界。〔註205〕回頭審視孟子曾說過的「人之異於禽獸者幾希」〔註206〕這句話，讀者當欽服艾衲居士在原本歷史經典華麗的語彙包裝下，置換成人性本能的欲望書寫，產生可鄙可笑的諧謔性話語，讓多重張力下的歷史話語，在作者嘗試消解文本意義之後，予以重構詮釋的創作意圖。

三、西施／范蠡：「反才子佳人」〔註207〕敘事模式的顛覆話語

《豆棚閒話》第二則〈范少伯水葬西施〉，乃針對明人梁辰魚（約 1521～1594）傳奇《浣紗記》中「忠君報國，功成身退，才子佳人放浪江湖」情節模式的反諷式戲擬。由於受到言情、寫情文藝思潮的影響，明清時期的傳

〔註205〕朱海燕：《明清易代與話本小說的變遷》，頁 205。

〔註206〕孟子曰：「人之所以異於禽獸者，幾希，庶民去之，君子存之。舜明於庶物，察於人倫，由仁義行，非行仁義也。」參見〔宋〕孫奭：《孟子注疏》（臺北：藝文印書館，1960 年景清嘉慶二十年江西南昌府學刻本），卷 8 上，〈離婁〉下，頁 141～1。

〔註207〕關於「才子佳人小說」之定義，周建渝指出：「總而言之，才子佳人小說是清代愛情婚姻小說的一個流派。它以描寫才子與佳人的愛情婚姻故事爲主要內容，敘述了才貌雙全的男女青年一見鍾情，私訂終身，後又遭受亂離和磨難，才子終於科舉及第，並與佳人結成婚姻。」關於「才子佳人小說」之流變，參見周建渝：《才子佳人小說研究》（臺北：文史哲出版社，1998），頁 1～18。另見胡萬川：《話本與才子佳人小說之研究》（臺北：大安出版社，1994 年），頁 207～220。本小節所謂的「反才子佳人」，意味著才貌雙全男女婚戀的浪漫愛情敘事模式，在這裡獲得全然的否定與解構，顛覆了人情小說情節模式的傳統思維。此種「反才子佳人」小說敘事模式，歷來以李漁話本小說《無聲戲》第 1 回〈醜郎君怕嬌偏得艷〉出現的奇醜奇臭的「闕里侯」爲代表。

奇戲曲作品，出現了許多以才子佳人遇合、婚戀爲題材的佳作〔註208〕，形成了李漁所說「十部傳奇九相思」〔註209〕的文學現象。明末清初才子佳人小説延續了此種文藝思潮，成爲清初通俗小説的重要流派。艾衲居士以反「才子佳人」的顛覆敘事，大唱歷史的反調，在明清才子佳人小説盛行的年代，獨特的言説方式頗爲新奇。此與李漁所追求的「情事不奇不傳」〔註210〕，在創作中刻意地以一種反「才子佳人」的敘寫模式，從不同角度重新詮釋「情事」的表現手法〔註211〕，頗有異曲同工之妙。

關於西施及吳亡越興故事，散見於諸子、史著和文人作品，至明代梁辰魚作傳奇《浣紗記》始得以集其大成。梁氏之後，這個故事仍以各種文學體裁在民間流傳。先秦典籍中，西施的事蹟屢被提及。如《莊子・天運》云：「故西施病心而矉其里。其里之醜人見而美之，歸亦捧心而矉其里。」〔註212〕又《墨子・親士》云：「西施之沉，其美也。」〔註213〕由這些記載可知，西施乃古時著名美女，她每因病而蹙眉捧心時，更增嬌媚。她的美，卻給她帶來了沉水而亡的悲慘命運。自《左傳》至《史記》等史冊均載有吳越戰爭之事，其中雖提及越國獻美女於吳王，但均未確指爲西施。將西施與吳越爭戰聯繫在一起，言越國以西施獻吳王而完成興越滅吳的大業，始於東漢《越絕書》和趙曄的《吳越春秋》。《後漢書》引《越絕書》曰：「越王句踐得採薪二女西

〔註208〕有關才子佳人戲曲之文藝思潮及其藝術表現的論述，可參見王璦玲：〈明末清初才子佳人劇之言情內涵及其所引生的審美構思〉，《中國文哲研究集刊》第18期（2001年3月），頁139～146。

〔註209〕語出李漁《憐相伴》最後一齣〈歡聚〉下場詩：「傳奇十部九相思，道是情癡尚來癡；獨有此奇人未傳，特翻情局愧塡詞。」參見李漁：《李漁全集》（浙江：浙江古籍出版社，出版年不詳），第4卷《笠翁傳奇十種（上）》，《憐相伴》第36齣〈歡聚〉，頁109。

〔註210〕見〔清〕李漁：《李漁全集》（浙江：浙江古籍出版社，出版年不詳），《笠翁一家言文集》，卷1，〈香草亭傳奇序〉，頁47。

〔註211〕楊義認爲，「『才貌風流』和『一男多女』的模式，滲透著李漁式的享樂主義。但是當這種模式的一再重複，李漁式的懷疑主義也逐漸滋生了。因爲在現實社會中，才貌往往不可兼得，……導致李漁的『才貌風流』的理想主義破滅的『反模式』的形成。這類反模式大體有三個蛻化的方向：一是才貌變作醜陋……敘事態度是嘲諷的。」參見氏著：《中國古典白話小説史論》（臺北：幼獅文化事業公司，1995年），頁241～242。

〔註212〕〔清〕郭慶藩：《莊子集釋》（合肥：黃山書社據清光緒刻本影印，2009年），卷5下，〈天運〉第14，頁276。

〔註213〕〔清〕孫詒讓：《墨子閒詁》（合肥：黃山書社據清光緒三十三年刻本影印，2009年），卷1，〈親士〉第1，頁3。

施、鄭旦，以獻吳王。」〔註214〕《吳越春秋》進一步在〈勾踐陰謀外傳第九〉
敘述西施覆亡吳國的過程，記文種破吳九術，其四便爲「遣美女以惑其心而
亂其謀」。於是，越王「使相者國中，得苧蘿山鬻薪之女，曰西施、鄭旦。飾
以羅縠，教以容步，習於土城，臨於都巷，三年學服而獻於吳。」〔註215〕《越
絕書》與《吳越春秋》在古籍中皆歸於「史部」類，但二書多采傳聞，頗近
小説家言，所載是否確爲史實，已難以稽考，只能姑妄聽之。而吳亡後關於
西施的下落，更是眾說紛紜，後人有「淹死」、「與范蠡泛五湖而去」以及「被
縊死」等多種揣測。〔註216〕艾衲居士深諳歷史話語的不確定性，直接切入歷
史空白處進行續寫，站在人性本欲的基礎上，展開各種揣度與想像。

　　〈范少伯水葬西施〉從豆棚下老者與眾後生的一場話語辯證開始，充分展
現客觀事件與主觀情志之間的對話關係。少年唯美浪漫，較鍾情於才子佳人的
愛情故事。老者或受時代背景、戰爭亂離之影響，從現實出發，堅信才、貌、
德、色四者不可兼得，並列舉史籍諸女，證明才貌無法雙全。少年則以鄰村演
出的《浣紗記》爲例，說明西施就是四者具備的完美女子，越國的復興正是由
於西施的犧牲奉獻，誠如范蠡所言「江東百姓，全是賴卿卿」（《豆棚閒話》頁
16）。從接受美學的角度視之，眾少年對於范蠡、西施二人，在歷經了聚散離合
的艱難險阻後，終能泛湖遁跡而去的結果，產生強烈地認同，這是在閱讀的期
待視野中抱持「慣例預期」的必然結果。當才子追尋佳人的冒險歷程，作爲一
種原型模式展示在讀者面前，讀者便能在文體期待中，將不同文本依其文體特
質進行歸類與串連，形成一種互文性關係。這是由於在程式化書寫儀式的操演
下，讀者早已傾向於以相似方式詮釋作品。〔註217〕眾少年喜歡《浣紗記》，乃
因「忠君報國，功成身退，才子佳人放浪江湖」的情節模式，是他們所熟悉的
一種敘事型態。而這種集體敘事現象，也是建立在故事賴以存在的文學和文化
的慣例熟悉程度之上的。換句話說，對於一個故事情節，當大家都認爲「這樣
比較好」時，「這樣」的結局總是在眾人的期待下出現。

　　對於明清之際才子佳人小説而言，其敘事精神與中國傳統文化中的經、

〔註214〕〔南朝宋〕范曄：《後漢書》（臺北：鼎文書局，1975 年），卷 80，〈文苑列傳〉
　　　　第 70，頁 2643。
〔註215〕〔漢〕趙曄：《吳越春秋》（合肥：黃山書社據四部叢刊景明弘治本，2009 年），
　　　　〈勾踐陰謀外傳第九〉，頁 50，頁 52。
〔註216〕參見李世珍：《艾衲居士《豆棚閒話》研究》，頁 49。
〔註217〕參見李志宏：《明末清初才子佳人小説敘事研究》，頁 396～397。

史敘事傳統之影響有關，既包含了對客觀事件的展示，亦蘊含主觀情志的抒發，在寫實與言情之間形成一種內在的對話。〈范少伯水葬西施〉誇張地凸顯此種敘述者聲音的介入，以及故事序列展示的矛盾辯證關係。在話語實踐上，不斷激發讀者的內在情感和道德判斷，試圖引發讀者連結小說文本外的現實。浦安迪（Andrew H. plaks，1945～）論及敘事文學的美學特徵時曾經指出：

> 我們翻開某一篇敘事文學時，常常會感覺到至少兩種不同的聲音存
> 在，一種是事件本身的聲音，另一種是講述者的聲音，也叫「敘述
> 人的口吻」。敘述人的「口吻」有時要比事件本身更為重要。〔註218〕

當老者以「戲文雖則如此說，人卻另有一個意思」（《豆棚閒話》頁 17）反駁少年之語，我們知道老者之言就是講述者的聲音，它凌駕所有的話語聲音之上，並試圖不斷干擾讀者的閱讀期待。〈范少伯水葬西施〉「反才子佳人」的敘寫模式，以在場／不在場，看見／不見，重啟對話，如後生所言「老伯說來差矣！那范大夫湖心中做的事，有誰作證，你卻說他如此？」（《豆棚閒話》頁 19）故事以此召喚讀者進入小說文本情境並參與解讀。老人舉了前人作品《野艇新聞》與《杜柘林集》證明自己所言不誣。〔註219〕弔詭的是，民眾的「閒話」往往都是道聽塗說，近於野史。越是「有憑有據」的荒誕戲擬之言，反而越受到群眾的喜愛與傳播。相對於正史官方話語，常受制於意識形態單一取捨標準，故屢有曲筆掩飾或偏袒隱諱的情事發生，「野史」多是民間的街談巷語、遺聞佚事。它們雖非真正的歷史，但不一定是假的，當然也不全然正確。就歷史的敘事、講故事的話語特質而言，「野史」多了一些來自於民間記憶的想像空間，反映了人民的想望與心靈的依歸。是故不論歷史事件本身，或是話語辯證的過程，此篇小說充斥對歷史敘事權威性的質疑與嘲弄，顛覆傳統話語的思維模式。伴隨著作者對人物的醜化與訕笑之聲，其喜劇美學意識不言而喻。

首先是西施。她的美麗形象深植人心，歷來為騷人墨客所詠嘆。但今人誰見過西施？作者從根本上否定西施的美貌，並質疑世人的審美標準，以為視覺印象乃虛幻不實的「假面」，「真相」容易被謊言與外在環境影響而遮蔽。在「反才子佳人」的敘寫模式中，將「才貌變作醜陋」，其敘事態度是嘲諷的，

〔註218〕〔美〕浦安迪：《中國敘事學》（北京：北京大學出版社，1996 年），頁 14。
〔註219〕在中國文學史中，這兩部作品均未見著錄或記載，有可能已佚失，或是出於
作者的杜撰。

且往往針對女性的命運予以諧謔性的嘲弄。譬如李漁《無聲戲》第一篇〈醜郎君怕嬌偏得艷〉，便以「紅顏薄命」將「才貌風流」的模式解構。〔註 220〕世間所謂美醜均爲比較而來，平常范蠡總見濃妝艷抹的女人，乍見「淡雅新妝波俏」的西施便驚爲天人，實乃自然的反應，但其實西施「也只平常」（《豆棚閒話》頁 17）。艾衲居士巧妙地挪引「東施效顰」的典故，說「又見他小門深巷，許多醜頭怪腦的東施團聚左右，獨有他年紀不大不小，舉止閒雅，又曉得幾句在行說話，怎麼范大夫不就動心？」（《豆棚閒話》頁 17）「美麗」的西施，可能只是容顏略勝東施的村姑，不見得貌美。且其稟賦甚是庸俗，舉止輕佻，與范蠡一路上「混混帳帳⋯⋯學了些吹彈歌舞，馬扁的伎倆」（《豆棚閒話》頁 17）。入吳邦後，一邊腌腌臢臢，害越王奴顏嘗糞，一邊弄得吳王怠廢朝政，民怨沸騰。西施臨落水前，尚逞吳國娘娘舊時氣質，對范蠡加害之心竟毫無防備，顯然欠缺知人之明，徒增「妝妖作勢」的窘迫。當敘述者聲音不斷地介入讀者閱讀的期待視野，產生雜音，它所造成的影響，就是迫使讀者改變他們原本被社會所建立的保守成見〔註 221〕；而「古典新用」的修辭策略，便是讓文本之間產生對話關係與新的意象，從而引發反諷的戲謔笑感。此爲作者在歷史與常規的留白處所進行的反思，對眾人慣熟的故事與審美價值進行徹底的顛覆與懷疑。

其次，范蠡的形象在〈范少伯水葬西施〉裡也被艾衲居士徹底的「猥瑣」化。但司馬遷《史記・越王句踐世家》所描寫的范蠡卻全然與之不同，其文曰：

> 自與其私徒屬乘舟浮海以行，終不反。⋯⋯范蠡浮海出齊，變姓名，自謂鴟夷子皮，耕于海畔，苦身戮力，父子治產。居無幾何，致產數十萬。齊人聞其賢，以爲相。范蠡喟然嘆曰：「居家則致千金，居官則至卿相，此布衣之極也。久受尊名，不祥。」乃歸相印，盡散其財，以分與知友鄉黨，而懷其重寶，閒行以去，止于陶，以爲此天下之中，交易有無之路通，爲生可以致富矣。於是自謂陶朱公。
> 〔註 222〕

〔註 220〕楊義：《中國古典白話小說史論》，頁 242。
〔註 221〕參見〔英〕帕特里莎・渥厄（Patricia Waugh）著；錢競、劉雁濱譯：《後設小說：自我意識小說的理論與實踐》（臺北：駱駝出版社，1995 年），頁 76。
〔註 222〕〔漢〕司馬遷撰；〔南朝宋〕裴駰集解；〔唐〕司馬貞索隱；〔唐〕張守節正義：《史記》（臺北：鼎文書局，1977 年），卷 41，〈越王句踐世家〉第 11，頁 1752。

　　在司馬遷的筆下，范蠡淡泊名利、不慕權貴，總能在關鍵時刻急流勇退，致「三遷皆有榮名」。《史記‧田叔列傳》更言：「故范蠡之去越，辭不受官位，名傳後世，萬歲不忘。」〔註223〕對於范蠡高遠的心志與隱遁之情，史遷給予極高的評價，後人基本上也遵循這種說法，成了歷史上乘舟浮海、高人逸士的美談。艾衲居士卻將范蠡刻畫為一個沽名釣譽、聚斂錢財的陰險小人。說他在越國復興之路上，曾經策畫許多「陰謀詭秘，有許多不可告人的話頭；下賤卑污，有許多令人不忍見的光景」（《豆棚閒話》頁18）。唯恐被越王想起「平日勾當」，聚斂錢財，一朝追究，身家不保。於是駕著一葉扁舟，隱姓埋名，泛遊五湖去了。歷史上，范蠡浮海隱逸之灑脫豪情，頓時成為畏懼事跡敗露的無恥小人。敘事者且以范蠡別名「陶朱公」為例證，言『『陶朱』者，『逃』其『誅』也」（《豆棚閒話》頁18），證明自己所言不誣。范蠡改名「鴟夷子」，根據文中老者說法，乃因其水葬西施之故。「鴟者，梟也；夷者，害也。西施一名夷光，害了西施，故名『鴟夷』。」（《豆棚閒話》頁19）追根究柢，文中對於范蠡卑劣形象的塑造，仍與後世描寫西施歧異的結局有絕大的關係。

　　關於吳亡後西施的下落，前人說法不一。前引《墨子‧親士》言西施被沉於水。今存《越絕書》、《吳越春秋》則未言其終。既然世人無從「目睹」西施的下落，且自唐、宋以降，西施被文人貶斥為妖姬的負面形象時有所見，說她是「紅顏禍水」、「亡國迷君」的女子，如此一來，便給了艾衲居士「借題發揮」的機會，趁機消滅禍根。如唐代李紳（772～846）〈過吳門二十四韻〉就曾直指西施為妖：「苧蘿妖覆滅，荊棘鬼包羞。」〔註224〕其〈姑蘇臺雜句〉亦云：「西施醉舞花豔傾，姤月嬌娥恣妖惑。」〔註225〕不過在詩詞創作中，這類聲音尚未成為主流；但是隨著時間的推移，在宋元劇曲中，視西施為妖孽的現象卻有逐漸增加的趨勢。

　　南宋初董穎（生卒年不詳）〈薄媚‧西子詞〉即把西施歸於「妖類」。此曲完整敘述吳越爭戰的故事。其中側重描寫句踐被釋歸國後，文種獻「破吳

〔註223〕　〔漢〕司馬遷撰；〔南朝宋〕裴駰集解；〔唐〕司馬貞索隱；〔唐〕張守節正義：《史記》，卷104，《田叔列傳》第44，頁2783。

〔註224〕　見〔清〕曹寅：《全唐詩》（合肥：黃山書社據清文淵閣四庫全書本影印，2009年），卷481，李紳，〈過吳門二十四韻〉，頁3301。

〔註225〕　〔清〕曹寅：《全唐詩》（合肥：黃山書社據清文淵閣四庫全書本影印，2009年），卷481，李紳，〈姑蘇臺雜句〉，頁3307。

策，唯妖姬」之計。於是，范蠡微行，得傾城佳麗。西子受越王隆恩，願效死入吳。從此，夫差迷於宮闈，信讒佞，戮子胥，國勢漸趨衰敗，終至國破身殉。其中敘寫吳亡後西子之結果，終難逃沉江的悲慘命運：

> 鸞存鳳去，辜負恩憐，情不似虞姬。尚望論功，榮還故里。降令曰：
> 吳亡赦汝，越與吳何異。吳正怨，越方疑，從公論，合去妖類。蛾
> 眉宛轉，竟殞鮫綃，香骨委塵泥。渺渺姑蘇，荒蕪鹿戲。〔註226〕

宋金元之際，以范蠡、西施故事為題材的戲曲作品，今知至少有五種。除元代趙明道（生卒年不詳）〈滅吳王范蠡歸湖〉雜劇尚存第四折佚曲外，其餘均已失傳。趙明道〈滅吳王范蠡歸湖〉第四折，為范蠡助句踐復國後，歸遊五湖時所唱。曲中批評越王無道有如商紂，故自己急流勇退，與山妻稚子「趁著這五湖煙浪長相守」。曲中提到西施之處頗多貶抑之詞，其文云：

> 西施，你如今歲數有，減盡風流，人老花羞，葉落歸秋。往常吃衣
> 食在裙帶頭，今日你分破俺帝王憂。我可甚為國愁？失潑水再難收，
> 我心去意難留，您有國再難投！俺輕撥轉釣魚舟，趁風波蕩中流。〔梅
> 花酒〕〔註227〕

從中可見，劇中西施在吳亡後未被沉於水，也未隨范蠡歸隱；而范蠡自有「山妻稚子」相守。劇中西施被描述為一個會進讒言、不知羞恥的不賢不貞之婦。不僅靈魂醜陋，其容貌亦已「減盡風流」。其餘幾部失傳的戲曲〈范蠡沉西施〉、〈陶朱公五湖沉西施〉，從題目上看，已經有范蠡沉西施的情節，惜不見全貌。

《浣紗記》之後，有無名氏的《倒浣紗傳奇》面世。其題目已標明為反《浣紗記》之意而作。《倒浣紗》情節接續《浣紗記》，由越滅吳開始。敘伍子胥之子伍封借兵為父報仇，破越復吳。劇中吳亡後，西施一心盼望與范蠡共踐溪紗之盟；不料范蠡卻憂念將西施迎歸，句踐見後，「必納後宮，倘昏昧君王，此乃亡吳之續矣」。於是命中軍準備皮囊，內裝鐵百斤，作為沉西施之用。西施責他忘恩負義，他乃歷數西施三大罪狀，與〈范少伯水葬西施〉有相似的說法：

〔註226〕〔清〕陶樑：《詞綜補遺》（合肥：黃山書社據清道光十四年刻本影印，2009年），卷4，董穎，〈薄媚・西子詞〉，頁48。

〔註227〕〔元〕關漢卿等撰；楊家駱主編：《元人雜劇鉤沉》（臺北：世界書局，1964年），趙明道〈陶朱公范蠡歸湖〉第四折，頁50。

娘娘既爲吳國夫人，當諫吳王遠佞親賢、修治國政，每進讒諂之言，殺害大臣，其罪一也；引誘吳王，荒淫無度，宮建八景，勞民傷財，其罪二也；忘寵倖之恩情，爲反間之柔奸，致令國破家亡，其罪三也。臣不敢道其過犯，娘娘請自思之。〔註228〕

最後西施終於被沉。劇中亦有爲西施叫屈之處，對婦人「百年苦樂由他作」的處境表示了一定程度的同情，故劇終讓其轉世爲雉雞，在山中修煉十載後亦得成仙，與范蠡共列仙班。

明清之際又有徐石麒（1577～1645）作《浮西施》雜劇，蓋本《墨子》所言「西子之沉、其美也」的故事情節敷演而來。寫范蠡功成身退、辭卻封賞、遁跡歸山之時，念及西施是個妖孽女子，留向國中，終爲禍本，故而載西施同去，將她投入江中，令從鴟夷以終。此劇言論與《倒浣紗》傳奇如出一轍，對西施的批評，措辭更爲尖銳。

對比以上材料，我們可以發現《豆棚閒話》中的〈范少伯水葬西施〉在情節的取捨上深受《倒浣紗記》和《浮西施》的影響，傾向於將西施視爲「女禍」〔註229〕。其背後象徵的符碼，爲父權體制下面對「紅顏禍水」所產生的集體焦慮，也就是女人如何被男人所恐懼，又如何成爲揹黑鍋的替罪羊所衍生的一種敘事話語。中國自古以來即有所謂的「女禍」史觀，尤其在國家敗亡動亂之際，這些妖豔女子諸如夏之妹喜、商之妲己、周之褒姒與吳國之西施等，均背負亡國的罪名。她們在一種凌駕於文學文本、意識形態與現實之間的歷史話語之下，被塑形出女色乃「禍水亡國」的刻板印象。從先秦或更早的文明機制裡深根發芽，形成一道固著的、無法動搖的緊箍咒，束縛著中國女子的思維，成爲父權歷史話語底下無辜的替罪羊。〔註230〕替罪羊的概念

〔註228〕林侑蒔主編：《倒浣紗傳奇》（臺北：天一出版社，出版年不詳），卷上，第7齣〈沉施〉，頁16。

〔註229〕「女禍」二字始見於《新唐書・本紀・玄宗》：「女子之禍於人者甚矣！自高祖至于中宗，數十年間，再罹女禍，唐祚既絕而復續，中宗不免其身，韋氏遂以滅族。玄宗親平其亂，可以鑒矣，而又敗以女子。」參見〔宋〕歐陽修、宋祁撰：《新唐書》（臺北：鼎文書局，1979年），卷5，〈本紀〉第五，頁154。「女禍」簡單來說，即「女性帶來的禍害」。在古代中國，「女禍」的主要內容包含兩個層面：「色禍」與「弄權」。參見劉詠聰：《德・才・色・權：論中國古代女性》（*Virtue, talent, beauty, and power: women in ancient China*）（臺北：麥田出版社，1998年），頁15。

〔註230〕參見徐欣怡：《明代神魔小說中的替罪羊現象——以《西遊記》《封神演義》爲對象》（臺中：國立中興大學中國文學系碩士論文，2010年），頁96～97。

起自於「滌罪除魅」，簡言之，時代集體共通的罪過可由一人去承擔或是止禍〔註231〕。西施亡吳的歷史塑像所產生的歧異，充分說明了男人的厭女症先是從倫理上開始，諸如女書、夫妻綱常的訓誡等，再從文學上塑造女禍形象，然後將女性從政治上抹滅，指責女性干預的不正當性。〔註232〕〈范少伯水葬西施〉裡也說，「前人將西湖比西子者，正說著西湖無益于杭城，卻與那西施具那傾國傾城之貌有害吳國意思一樣。」（《豆棚閒話》頁 20）全文在「反才子佳人小說」情節模式的鋪墊下，我們看到的是卑劣小人與妖姬女禍合演的一齣鬧劇，全然解構了歷史所謂的真相。誠如李歐塔（J. F. Lyotard，1924～）所言：

> 歷史故事的合法性（包括歷史人物、進程和目的等），其實在很大的程度上是一個政治問題。是它所要傳達的知識本身決定了人們應該說些什麼（否則就沒人聽）、應該聽什麼（否則你不知道說什麼）、應該充當什麼樣角色的傳統思維模式（這樣才能成為某一敘述的對象）。〔註233〕

如此一來，歷史的真相彷彿充滿變數，由「所要傳達的知識本身」，決定人們「應該說些什麼」。所謂的「真實」，原來與「事實」存在著敘事話語建構上的不同。就像文中老者不斷以「其中還有一個意思，至今還沒有一個人參透這段道理」（《豆棚閒話》頁 20）一樣，提醒後生看待歷史事件總有不同的看法。我們方知前人將西湖比西子者，言外之意還意味著西湖無益於杭州，顛覆了蘇軾讚賞西湖與西子的美意。西湖湖心寺柱上，有楹聯一詩為證：

> 四季笙歌，尚有窮民悲歲月；六橋花柳，渾無隙地種桑麻。（《豆棚閒話》頁 20）

艾衲居士「極靈極警，開人智蕊，發人慧光」（《豆棚閒話》頁 22）的敘事話語，令人眼界大開，甚為絕妙。回末書評更將他與漆園、龍門相提並論，正是著眼於艾衲居士筆下話語的「顛覆性」，「詼諧聖賢、談笑帝王」，以及帶有「史筆」意味的嘲謔等，頗有莊子、史遷的影子。

〔註231〕關於「替罪羊」的概念，可參見唐諾導讀，〔法〕勒內・吉拉爾（Rene Girard）著；馮壽農譯：《替罪羊》（臺北：臉譜出版社，2004 年）。

〔註232〕參見〔美〕米莉特（Kate Millett, 1934）著；宋文偉、張慧芝譯：《性政治》（臺北：桂冠出版社，2003 年），頁 76。

〔註233〕參見盛寧：《新歷史主義》（臺北：揚智出版社，1995 年），頁 77～78。

四、介之推：「療妒」與「妒塊」狂想曲

「療妒」的歷史淵源，最早可溯源自《山海經》。根據《山海經》中《南山經》的記載：「亶爰之山，多水，無草木，不可以上。有獸焉，其狀如狸而有髦，其名曰類，自爲牝牡，食者不妒。」〔註 234〕大意是說亶爰之山有一種獸，形狀像狸貓，長有頭髮，牠的名字叫「類」，身上具有雌雄兩種性器官，可自行交配。據說吃了牠能夠使人不嫉妒，這大概是古書關於「療妒」方法最早的記載。歷史上，呂后和武則天堪稱妒婦之首，手段殘忍毒辣，讓人毛骨悚然。史書有云，因爲戚夫人自恃得寵，望其子成爲太子。劉邦死後，呂后遂命人挖去戚夫人的雙眼、熏聾其耳、灌藥致啞、斷其手足，然後丟進茅房，名爲「人彘」。〔註 235〕武則天爲了爭奪后座，謀廢皇后王氏，又與蕭良娣爭寵，將蕭氏廢爲庶人。王、蕭二人皆被打進冷宮，後又逼高宗下詔，各杖二人一百，砍去手足，並把她們投入釀酒的缸中，說是「令二媼骨醉」。〔註 236〕妒婦報復手段令人怖懼，遂衍生懲治的方法。《喻世明言》卷三十七〈梁武帝累修歸極樂〉，載梁武帝之郗皇后性妒心毒，武帝強令郗后以鶬鶊（按：黃鶯）爲膳，服後其妒果然稍減。〔註 237〕將妒婦處死，應算是最嚴厲的療妒手段。《宋書·後妃傳》記載：「宋世諸主，莫不嚴妒，太宗每疾之。湖孰令袁慆妻以妒忌賜死。」〔註 238〕又，野史曾提到朱元璋聽說常遇春侍女被妻砍斷雙手，於是密令校尉殺掉常妻，砍成碎塊，「各以一臠賜群臣，題曰悍婦之肉」。明萬曆進士謝肇淛（1567～1624）述及此事，竟稱「此事

〔註 234〕袁珂校注：《山海經校注》（臺北：里仁書局，1995 年），頁 5。

〔註 235〕詳見〔漢〕司馬遷：《史記》（臺北：鼎文書局，1977 年），卷 9，〈呂太后本紀〉，頁 397。原文曰：「太后遂斷戚夫人手足，去眼，煇耳，飲瘖藥，使居廁中，命曰『人彘』。」

〔註 236〕詳見〔宋〕歐陽修、宋祁合撰；楊家駱主編：《新校本新唐書》（臺北：鼎文書局，1976 年），卷 76，〈高宗王皇后〉列傳，頁 3474。

〔註 237〕〔明〕馮夢龍著；魏同賢主編，《馮夢龍全集》（上海：上海古籍出版社，1993年），《喻世明言》卷 37，〈梁武帝累修歸極樂〉：「原來郗后是梁主正宮，生前最妒，凡帝所幸宮人，百般毒害，死於其手者，不計其數。梁主無可奈何，聞得鶬鶊鳥作羹，飲之可以治妒，乃命獵戶每月責取鶬鶊百頭，日日煮羹，充入御饌進之，果然其妒稍減。」此事亦見載於〔明〕周清原：《西湖二集》（合肥：黃山書社據明崇禎刊本影印，2009 年），第 11 卷，〈寄梅花鬼鬧西閣〉，頁 106～107。〔明〕謝肇淛：《文海披沙》（合肥：黃山書社據明萬曆三十七年刻本影印，2009 年），卷 5，〈郗氏〉，頁 43。

〔註 238〕見〔梁〕沈約撰；楊家駱主編：《新校本宋書》（臺北：鼎文書局，1975 年），卷 41，〈后妃列傳〉，頁 1290。

千古之快」。〔註239〕這些在歷史著作或文學作品裡出現的例子，其實只是眾多妒婦故事的冰山一角。男女情愛本容不下第三者，具有強烈的排他性。但中國傳統社會的男權思維，允許一夫多妻的婚姻制度，婦女為了維護婚姻、愛情與個人的生存空間，只能藉由悍妒的非理性行為，反抗不公平的社會制度。是故妒婦，除專指嫉妒丈夫納妾嫖妓的婦女外〔註240〕，更可擴大解釋，泛指嫉妒丈夫納妾宿娼，或因女色之美而引起同性之間嫉妒的婦女。〔註241〕

　　本文所謂的「療妒」，乃指「療癒婦人嫉妒之心」之意，並刻意忽略男性嫉妒的部分。因中國文學裡所謂的「療妒」主題，本具有性別歧視的意味。男性將婦女愛憎過程中產生的「妒恨」，視為女性天生的惡德，甚至是一種婦女專有的心理疾病，並期望藉由書寫、藥物、宗教信仰等方式，予以嘲弄、醫治或療救。「療妒」一詞既由男性所創造，其中必出自於中國社會以男性為本位的父權觀。晚明世風荒淫奢靡，禮教崩解，婦女意識抬頭，對丈夫的態度不再是婉約順從、恭敬有禮。此時期的女性悍妒行徑乖張，儼然成為一股時代風氣。儘管我們可從史書或文人筆記舉出許多妒婦故事，但明末清初之前女性的悍妒，總顯得是一種孤立的存在，遠不如明末清初悍妒竟成為一個嚴重的社會問題，也是當時作家集體的切身感受。〔註242〕貝西・科罕（Betsy Cohen）認為：

> 社會裡男女權利、地位的不均等，是另一項麻煩。首先，女性因嫉
> 妒傳統以來，社會賦予男性的特權和優惠，因而更奮力爭取自由權。
> 對於男性而言，當他們發覺自己鞏固的地位逐漸受到威脅而不保
> 時，生氣和擔憂也會隨之而來。〔註243〕

〔註239〕詳見〔明〕謝肇淛：《文海披沙》，卷7，〈戮妒婦〉，頁64。

〔註240〕參見牛志平：〈古代的妒婦〉，《歷史月刊》第72期（1994年1月），頁28；與〈唐代妒婦述論〉，收錄於鮑家麟編著：《中國婦女史論集續集》（臺北：稻鄉出版社，1999年），頁55。兩文為「妒婦」有明確之定義。

〔註241〕參見許妙瑜：《明末清初小說中的療妒主題研究》（臺中：逢甲大學中文系碩士論文，2004年），頁9。

〔註242〕吳秀華：《明末清初小說戲曲中的女性形象研究》（南京：江蘇古籍出版社，2002年），頁92～105。吳氏羅列整理明清之際小說文本對妒婦現象的反映，詳實完整，可參看，其中當以蒲松齡於《聊齋志異》所言「懼內，天下之通病也」、「每見天下賢婦十之一，悍婦十之九」與「家家床頭有個夜叉在」最為傳神。

〔註243〕參見貝西・科罕（Betsy Cohen）著；戴國平譯：《嫉妒》（臺中：三久出版社，1995年），第三章，〈日益嚴重的嫉妒危機〉，頁56。

　　當男性發覺自己鞏固的地位逐漸受到威脅而不保時，他們開始對這個獨特的社會現象產生危機感。閨誡既已無法約束妒婦的言行，男性便試圖藉由文學書寫，將妒婦的惡行惡狀描繪出來，成為眾人討伐的箭垛，導致明清大量湧現有關「療妒」主題的通俗小說、戲曲的文學現象，一時之間蔚為風潮，如野火燎原，由此可見男人的「積怨」頗深。而妒婦潑辣強悍的鮮明形象，恰可成為小說嘲謔取笑的對象，稍吐不平之氣；她們本身也是一個「笑點」，誇張的行徑或醜怪的外貌，與素來婦女柔順溫婉的傳統形象大相逕庭。就如宋代陳慥（字季常，生卒年不詳）之妻柳氏善妒凶悍，蘇軾（1037～1101）遂作詩調侃之，「河東獅吼」〔註244〕之名不脛而走，傳遍天下。

　　《豆棚閒話》第一則〈介之推火封妒婦〉裡的介之推（或做介子推、介之綏等），是一個家喻戶曉的歷史人物故事，初見於《左傳・僖公二十四年》的「介子推不言祿」。大致寫晉獻公之子重耳遭難，流亡國外十九年，介子推忠心追隨，不離不棄。後因介子推隱居緜山，文公燒山欲迫其出，介子推竟抱樹焚死。文公不勝哀嘆，伐樹製履以為紀念，並於介子推焚死之日禁火志痛，後世遂衍為寒食節。寒食故事類型自古至今廣於中國各地流佈，說法不盡相同，但無不與紀念介子推有關。祁連休將它稱為「介子推型故事」，為春秋戰國時期的民間故事類型，可見其深遠的影響力。〔註245〕如此忠臣，落在艾衲居士手裡，竟成了懼內狼狽的溫吞模樣，徹底解構了人們對介之推根深柢固的良好印象。作者的企圖，在於呈現以自身面對現實世界的理解，反映當代社會文化的意義，並試圖重構歷史的本然面目，藉此展現歷史書寫絕無陳規的包袱。在馳騁想像之際，得以突破僵化的思維，回歸人性的本真。

　　首先，值得注意的是，介之推與妒婦的關係，正史並無相關記載。介之推其事，原出於《左傳》。史載介之推隨重耳在外流浪十九年，割股救主與晉文公焚山請臣等敘事情節在本篇小說中被保留，但將《左傳》介之推之母改

〔註244〕陳慥，字季常，北宋眉州青神人，自稱龍丘居士，又曰方山子。性好客，喜蓄聲妓。其妻柳氏善妒凶悍，蘇軾嘗作詩〈寄吳德仁兼簡陳季常詩〉調侃之，詩云「誰似龍丘居士賢，談空談有夜不眠。忽聞河東獅子吼，拄杖落手心茫然。」後遂戲稱善妒婦女為「河東獅子」。參見（南宋）洪邁：《容齋三筆》（臺北：新興書局，1978年），《筆記小說大觀》29編2冊，卷3，〈陳季常〉條，頁1109～1110。

〔註245〕參見祁連休：《中國古代民間故事類型研究》（卷上）（石家莊：河北教育出版社，2007年），頁106～110。

寫為介之推之妻石氏。〔註246〕這種改寫在此前筆記小說集中已有先例，如唐人段成式（約 803～863）的《酉陽雜俎》也有類似的情節，妒婦則改為劉伯玉之妻。〔註247〕《太平廣記》所敘的妒婦則為介之推之妹〔註248〕。艾衲居士巧妙地將兩個故事中的妒婦，縮合為介之推的妻子，「隱沒」介之推母親的角色。人物身分的轉化，顯然有其敘事話語的目的，這種目的在小說的「入話」與「頭回」部分表現得極為明顯。以入話部分出現「我」的評論視之：「可見『妒』之一字，男男女女，日日在口裏提起、心里轉動」（《豆棚閒話》頁 1）。顯示出明清之際「妒風盛行」的整體時代語境。清初蒲松齡（1640～1715）《聊齋志異・馬介甫》中，就曾以「娘子軍肆其橫暴，苦療妒之無方，胭脂虎啖盡生靈」〔註249〕的文句，道出這類的社會現象。

　　其次，〈介之推火封妒婦〉隨後出現的「老成人」與「少年人」的對話，針對「最毒婦人心」展開辯論。老者經由中國傳統的節氣（寒食節），兩部史籍《左傳》與《妒鑒》，以及山東妒婦津與山西妒婦津兩個實有的地名，強化了「妒婦」敘事的真實性。史載的三個妒婦，申生因驪姬譖言而亡，段氏因丈夫頌〈洛神賦〉而沉身，石氏害介之推焚於緜山，更進一步強化了妒婦悍戾的性別認知。這種敘事，顯示出敘事者對於妒婦的譴責敘事語調。〔註250〕在中國傳統社會採行的兩性雙重標準之下，男性賦予了「妒婦」單一詞義與形象。一方面，社會允許男人獨享齊人之福，另一方面卻極力褒揚貞節烈女。婦女長期置身此種矛盾價值觀下，所受的壓抑可想而知。婦女只能藉由嫉妒

〔註246〕傳說石氏女與其夫尤郎情好甚篤，尤為商遠行，妻阻之，不從。尤久不歸，妻思念致病，臨亡嘆曰：「吾恨不能阻其行，以至於此。今凡有商旅遠行，吾當作大風為天下婦人阻之。」見〔元〕伊世珍輯：《瑯嬛記・卷中・引江湖紀聞》（合肥：黃山書社據明萬曆刻本影印，2009 年），頁 26。故後稱逆風、颶風、頂頭風為石尤或石尤風。本篇小說襲用了此典故，但移石尤為介之推妻，則為作者的杜撰。

〔註247〕參見〔唐〕段成式：《酉陽雜俎》（合肥：黃山書社據四部叢刊景明本，2009 年），〈諾皋記〉上，頁 70。

〔註248〕參見〔宋〕李昉：《太平廣記》（合肥：黃山書社據民國景印明嘉靖刻本，2009 年），卷 291 神 1，〈妒女廟〉，「俗傳妒女者，介子推妹，與兄競，去泉百里，寒食不許斷火，至今猶然。」，頁 1292。

〔註249〕〔清〕蒲松齡：《聊齋志異》（合肥：黃山書社據清鑄雪齋鈔本影印，2009 年），卷 6，〈馬介甫〉，頁 215。

〔註250〕參見彭體春、范明英：〈〈介之推火封妒婦〉性別敘事的兩重語調〉，《重慶師範大學學報》第 3 期（2009 年），頁 83。

的行爲，對抗這種畸形的社會制度。就男性觀點而言，只要是不守禮法、吃醋撚酸，並在家庭中掀起醋海波濤，甚至波及家庭以外的親朋好友之婦女，皆屬「妒婦」之流。李漁在《連城璧》午集〈妒妻守有夫之寡　懦夫還不死之魂〉中，借書中人物費隱公之口，向天下「懼內」者傳授心法時說道：

> 天下的妒婦，不是些無用之人，皆女中之曹孟德也，「亂世之奸雄，
> 即治世之能臣」。化得他轉來，都是絕好的內助，可惜爲男子者，不
> 能駕馭之耳。男子駕馭婦人，要以氣魄爲主，才術副之。有才術而
> 無氣魄，究竟用不出來，與癡蠢之人無異。〔註251〕

本該爲男人所駕馭的女人，如果反過來駕馭了男子，其後果如何可想而知。太平盛世，物阜民豐，男有分，女有歸，「妒婦」尚能有所節制；遭逢明清亂世、綱常廢弛之際，妒婦問題便伴隨著男權失序的焦慮與恐慌並時叢生。

明末清初反映妒婦問題的話本小說數量頗豐，足見問題之嚴重。大致可分作兩類：一類是在整部小說中，以描寫妒婦的潑悍行爲爲主，通過故事情節展現妒婦的悍妒，忤逆不道。代表性的作品有《型世言》中的〈悍婦計去孀姑　孝子生還老母〉，《西湖二集》中的〈李鳳娘醋妒遭天譴〉、〈寄梅花鬼鬧西閣〉，《連城璧》中的〈妻妾敗綱常　梅香完節操〉、〈妒婦守有夫之寡　懦夫還不死之魂〉，《五色石》中的〈雙雕慶：仇夫人能回獅子吼　成公子重慶鳳毛新〉等。另一類是在小說情節中穿插妒婦潑悍行爲的片段性描寫，妒婦的敘事情節只是作爲故事發展的因素之一，而不構成整部小說的主要部分。如《型世言》中的〈完令節冰心獨抱　全姑醜冷韻千秋〉和〈拔淪落才士君擇婿　破兒女態季蘭成夫〉，《連城璧》中的〈清官不受扒灰謗　義士難伸竊婦冤〉、〈乞兒行好事　皇帝做媒人〉，《醉醒石》中的〈失燕翼作法於貪　墮箕裘不肖惟後〉、〈假虎威古玩流秧　鬥鷹擊書生仗義〉，《八洞天》中的〈收父骨千里遇生父　裹兒屍七年逢活兒〉、〈幻作合前妻爲後妻　巧相逢繼母是親母〉、〈兩決疑假兒在反眞　三滅相眞金亦是假〉，《照世盃》中的〈走安南玉馬換猩絨〉等。

〈介之推火封妒婦〉通篇敘寫妒婦，屬於上述的第一類。由本篇置於全書第一則看來，艾衲居士欲凸顯「妒風爲患」的時代風氣極爲明顯。入話有云：

〔註251〕詳見〔清〕李漁：《李漁全集》（浙江：浙江古籍出版社，出版年不詳），《連城璧》午集，頁325。

鄉老們有說朝報的，有說新聞的，有說故事的。除了這些，男人便
說人家內眷：某老娘賢，某大娘妒。大分說賢的少，說妒的多。那
女人便說人家丈夫：某官人好，某漢子不好。大分愛丈夫的少，妒
丈夫的多。可見「妒」之一字，男男女女，日日在口裡提起，心裡
轉動。（《豆棚閒話》頁1）

　　介之推乃忠誠苦節之臣，作者卻將之降格描寫為「短小身材、傴僂苦楚
形狀的男人，朝著左側神廚角裏」（《豆棚閒話》頁6）。其妻石氏貌甚醜怪，「碧
眼高顴、紫色傴兜面孔，張著簸箕大的紅嘴，乃是個半老婦人，手持焦木短
棍，惡狠狠橫踞在上」（《豆棚閒話》頁6），完全符合妒婦誇張扭曲的變形摹
寫。尤其兩尊塑像，石氏「手持焦木短棍，惡狠狠橫踞在上」，而介之推「朝
著左側神廚角裏」，其滑稽戲謔的效果躍然紙上。介之推因隨晉公子重耳倉皇
出奔，不及告知石氏，其妻以為之推外遇拋棄自己，而心生妒意。終日哭天
搶地，忿恨咒詛，痴情眷戀不已。恨不得將他揪在跟前，生吞下肚，方快遂
意。不料日復一日，年復一年，胸中漸漸長起一塊堅凝如石的「妒塊」。東漢
許慎（約58～147）《說文解字》釋為「婦妒夫也。从女石聲。」〔註252〕可見
「妒塊」是婦女嫉妒丈夫怨憤情緒具象化的一種表徵。與歷來療妒故事比較，
此則雖沒有婢妾作為妒婦確切的嫉妒目標，但石氏對丈夫的禁錮行為，在意
義上與其他的妒婦對丈夫的防閑手段是相同的，且石氏更將防閑的守備範圍
擴大，不僅僅是對其他女人的防備，就連所有會「分去丈夫心思」的人事物
也一概不放過。〔註253〕只見石氏將原本藏在衣箱內的一條紅綿九股套索取了
出來，把之推扣頸縛住，頃刻不離，一毫展動不得。說道：

我也不願金紫富貴，流浪天涯，只願在家兩兩相對，齏鹽苦守；還
要補完我十九年的風流趣興，由那一班命運大的做官罷了！（《豆棚
閒話》頁7～8）

　　艾衲居士延續了晚明「重情貴真」的本色姿態，認同男性在追求人性本
我欲望的同時，也意識到了女性合理的生理需求。〔註254〕在這個意義上來

〔註252〕參見〔清〕段玉裁：《說文解字注》（合肥：黃山書社據清嘉慶二十年刻本影
　　　　印，2009年），卷12篇下，頁1064。

〔註253〕參見許妙瑜：《明末清初小說中的療妒主題研究》（臺中：逢甲大學中文系碩
　　　　士論文，2004年），頁106。

〔註254〕參見吳存存：《明清社會性愛風氣》（北京：人民文學出版社，2000年），第
　　　　三章〈晚明的縱欲主義思潮〉，頁59～115。對於晚明社會女性性愛觀，有完

說，艾衲居士不僅沒有迴避女性的這一現實存在，反而從人皆有情處來著
筆，將女性自我的情欲，凌駕於男性的物質欲求與權力欲望之上。〔註255〕
石氏的敘事話語，適與儒家傳統的倫理觀相悖，其結果可能導致女性改變原
本從屬於男性的支配關係，使得自古以來維繫夫妻綱常的基礎崩解，必須重
新加以調適。

　　石氏產生妒塊的原因，其實源自於對介之推的深情與痴愛。小說中處處
可見作者的敘事話語，無不從人性的考量出發，在「療妒」的主旨之外，反
而同情石氏的處境。例如介之推面對妻子糾結著恨與愛的情感變化，「那依戀
妻子的心腸端然如舊」（《豆棚閒話》頁 7），便是身爲丈夫體諒妻子的眞情流
露；面對石氏「手擓口咬，頭撞腳踢」，也只是「垂頭喪氣，一言也不敢發」
（《豆棚閒話》頁 7），這是「衹緣兒女深情，遂使英雄短氣」〔註256〕的緣故；
寫到「火封」下的石氏，深陷火海絕不著忙，「只願與之推相抱相偎，毫無退
悔」（《豆棚閒話》頁 7），這是「浴火鴛鴦」的至情見證；最後，雖然上帝也
曉得「妒婦罪孽非輕」，但石氏以自己十九年的「等待」和「血誠」，贏得了
仙子的同情，死後與之推位列仙籍供人祭饗。

　　今日所見的療妒小說，大多是以妒婦受到報應，或泯除其妒心作爲結局
的敘事情節模式。但是艾衲居士在這篇小說中卻大唱反調，試圖推翻療妒小
說既定的情節化模式。我們發現作者雖以介之推「火封」妒婦，作爲懲治石
氏的手段，而石氏也確已眞心悔改「此後再不妒了」（《豆棚閒話》頁 9）。然
其妒心終究不化，最後更藉由封爲神祇所獲得的神力，變本加厲的施展妒行。
明清兩朝，時代對於男女愛情占有的尖銳對話與眾寫女性的嫉妒，其實反映
了人性的本眞與情欲的本然。兩性劇烈地衝突，撼動社會朝綱，任其一方皆
爲輸家，其結局或如本文所謂的「浴火鴛鴦」，俱成灰燼。艾衲居士將當時男
性文人意圖通過療妒小說的書寫，進而勸戒婦女化妒爲賢的幻想與期望狠狠
的戳破。無非是欲喚醒人們應重新找回人性本然的眞情，亦是對中國父權「一
夫多妻」制的衝撞與解構。

　　　　整的說明。
〔註255〕參見胡豔玲：〈只緣兒女情長——試析〈介之推火封妒婦〉〉，《名作欣賞》第
　　　　14 期（2006 年），頁 23。
〔註256〕此觀點乃參考自胡豔玲：〈只緣兒女情長——試析〈介之推火封妒婦〉〉，《名
　　　　作欣賞》第 14 期（2006 年），頁 24。

第三節　明清易代之際話本小說小人物的浮世繪

一、話本小說喜感人物三姑六婆的生活百態

　　在中國小說發展史上，話本小說的重要性除因其獨具的文學價值和歷史地位外，更在於它開啓了中國白話小說的扉頁。沒有話本小說，就沒有後來明、清白話小說的豐碩成果。由於話本小說最早是由唐、宋「說話」伎藝的文本演化加工而來，「說話」就是當時說書人的一種說唱故事伎藝。這些民間伎藝者，在繁榮富庶的市商經濟陪襯下更顯活躍。他們聚集在都會城鎮的賣藝場所──「瓦舍勾欄」〔註 257〕裡表演，爲庶民百姓帶來歡樂與笑鬧。據《東京夢華錄》卷五〈京瓦伎藝〉條所記載，文中充分反映了民間伎藝表演廣受歡迎與市民熱烈參與的盛況：

> 崇（寧）、（大）觀以來，在京瓦肆伎藝，張廷叟、孟子書主張。小唱：李師師、徐婆惜、封宜奴、孫三四等，誠其角者。嘌唱弟子：張七七、王京奴、左小四、安娘、毛團等。教坊減罷並溫習：張翠蓋、張成弟子薛子大、薛子小、俏枝兒、楊總惜、周壽奴、稱心等。般雜劇：枝頭傀儡任小三，每日五更頭回小雜劇，差晚看不及矣。懸絲傀儡：張金線。李外寧……孫寬、孫十五、曾無黨、高恕、李孝詳，講史。李慥、楊中立、張十一、徐明、趙世亨、賈九，小說……孔三傳、耍秀才，諸宮調。毛詳、霍伯醜，商謎。吳八兒，合生。張山人，說諢話……霍四究，說《三分》。尹常賣，《五代史》。文八娘，叫果子。其餘不可勝數。不以風雨寒暑，諸棚看人，日日如是。〔註258〕

　　引文中所提到的孟子書、講史、小說、合生、說諢話、說三分、五代史等，都與說話伎藝表演有關。這些說書人除具有豐富的知識和藝術修養外〔註259〕，

〔註257〕「瓦舍」是宋人市語，亦稱「瓦」、「瓦子」、「瓦市」、「瓦肆」，是都市中遊樂場所的總稱。「勾欄」原是欄杆的意思，用欄杆圍成一座演藝場所，後來就習稱「勾欄」，也稱「勾肆」。「勾欄」內有「棚」，也稱「邀棚」或「樂棚」，張開巨幕以避烈日風雨，也可遮外人眼目。一切伎藝多在「棚」內表演，遊人出錢進去欣賞。參見歐陽代發：《話本小說史》（湖北：武漢出版社，1997 年），頁 54。

〔註258〕〔宋〕孟元老撰：《東京夢華錄》（合肥：黃山書社據清文淵閣四庫全書本影印，2009 年），卷 5，〈京瓦伎藝〉條，頁 16。

〔註259〕從宋代有些說話人的名字如王六大夫、陳三官人、喬萬卷、許貢士、張解元、戴書生、周進士、徐宣教等等看來，他們雖然不一定出身科第，但同行藝人

他們高超俐落的說話藝術，往往成為票房的最大保證。再加上書會才人參與話本的寫作或加工，故使得小說話本取得了頗高的藝術成就。這些藝術成就主要表現在三個方面：一是塑造了生動鮮活的市民形象和其他人物形象；二是結撰了許多內容豐富、情節曲折的生動故事；三是熔煉出了一種全新的通俗、生動、樸素而精煉的白話語言，這種白話語言從此便成為中國古代通俗小說的主要載體。〔註260〕宋、元以前的小說，像唐人傳奇在時代性與寫實性的表現上也曾有過輝煌的成就。唐人小說中很多題材皆是取材自當朝現實生活的，如《鶯鶯傳》、《霍小玉傳》、《李娃傳》與《長恨歌傳》等，這些作品皆淋漓盡致地表現出社會上的生活樣貌，也塑造了一些敢愛敢恨、個性鮮明的人物形象。但唐傳奇與宋、元話本小說之間存在極大的差異，在於唐代的士大夫與文人作者，往往視傳奇小說為一種高雅的消遣，為貴族階層的「沙龍」文學，並藉此展現自己的才華文筆，以期獲得上層社會的青睞，有助於科舉功名的發展。〔註261〕因此他們所塑造出來的人物題材，大多為才子佳人與將相遊俠，故事格局受到很大的限制。相反的，宋、元話本小說的作者都是生活在下層民眾中的說書人和書會才人，他們的作品庶民性特徵非常明顯。不論是基於商業考量或是自身的創作背景，故事題材和人物形象不僅來自人們所熟悉的市井小民和生活百態，敘事話語也要儘量俗語化，以求為市民群眾所喜聞樂見。人物形象便從才子佳人、將相遊俠的單一題材，擴大到市民群眾的各個階層，包括了工匠、夥計、商人、作坊老板、婢妾、吏卒、僧侶、三姑六婆、盜賊、官兵、乞丐等等，宛如一幅人間浮世繪。

　　時序進入明代以後，經由藏書家晁瑮父子的《寶文堂書目》對宋、元小說話本的著錄，洪楩於短篇話本小說的叢刻，以及書坊主熊龍峰刊行的短篇話本小說，為明代短篇話本小說創作打開了先路。〔註262〕而明代短篇話本小說的繁榮，始自馮夢龍的《三言》，不久後凌濛初編撰的《二拍》也相繼問世。馮、凌兩位大家的作品，引出了短篇話本小說的撰、刊熱潮，僅在明末的最

對他們如此稱呼，則可見他們都是淪為遊藝場中的讀書人，有一定的文化修養，他們完全可以找一些故事文本或參考書來看，有的甚至自己動手編寫話本。參見蕭欣橋、劉福元著：《話本小說史》（杭州：浙江古籍出版社，2003年），頁3。

〔註260〕參見蕭欣橋、劉福元著：《話本小說史》，頁243。

〔註261〕參見石昌渝：《中國小說源流論》（北京：生活・讀書・新知三聯書店出版，1994年），頁149～150。

〔註262〕參見蕭欣橋、劉福元著：《話本小說史》，頁295。

後十幾年和明清之際，就有《型世言》、《鼓掌絕塵》、《石點頭》、《西湖二集》、《天湊巧》、《貪欣誤》、《歡喜冤家》、《一片情》、《十二笑》、《鴛鴦針》、《筆㿻乿》、《壺中天》、《清夜鐘》等多部話本小說的出現，掀起了話本小說史上的第二個繁榮期。馮夢龍作爲晚明通俗話本小說風潮的開創者，其《三言》裡面呈現許多的美學藝術表現手法，對後起小說作家產生極爲深遠的影響。專就諧謔話語部分，其重情貴眞、賦予庶民百姓發聲的機會，以及強調人欲本然的主張，不斷衝撞與啓發末世將頹的生命思維。《三言》故事裡的人物角色與敘事者／讀者之間所產生的對話性，透過宣淫以戒色的創作意圖，讓我們發現原來話語本身存在許多悖反的根本矛盾。而晚明社會對情色的解放，更促成諧謔話語以色或性作爲其話語構成的基本潛在元素之一。

　　馮夢龍蒐集宋、元至明代之間筆記、戲曲及傳奇等小說中的名作加以編纂改寫，成爲《喻世明言》（原名《古今小說》)、《警世通言》與《醒世恒言》三部話本小說集，後人簡稱爲《三言》。〔註263〕馮夢龍早就意識到通俗口語與庶民文化對於小說創作的重要，他在《喻世明言》的敘言裡，就已經根據作者的創作心態、讀者的閱讀品味，指出唐人傳奇和宋元話本的不同性質。韓南也曾經指出，馮夢龍是第一位注意到白話短篇小說和文言短篇小說複雜關係的文人，尤其外國文學幾乎不存在類似的問題，因此這便成爲中國古典小說研究極具吸引力的課題。〔註264〕

　　早期從事《三言》之研究，拘囿在詮釋主人公與其衍生的相關問題，鮮少關注配角，也就是前文所提到的社會各階層的市井小民。由於馮夢龍擅長描寫感知小人物的形象，自從巴赫金（Mikhail M. Bakhtin，1895～1975）在《小說理論》中揭櫫「第三者」〔註265〕角色功能的重要性後，《三言》從此便可深

〔註263〕本文所選用之《三言》刊本，乃上海古籍出版社影印《喻世明言》明天許齋刊本；《警世通言》爲明金陵兼善堂本；《醒世恒言》爲明葉敬池刻本。參見：〔明〕馮夢龍著；魏同賢主編：《馮夢龍全集》（上海：上海古籍出版社，1993年）。《喻世明言》原名《古今小說》，後再刊時爲與《警世通言》、《醒世恒言》相一致，故將《古今小說》更名爲《喻世明言》。本文因論述之便，文中但凡出現《三言》引文，《古今小說》一律以《喻》代替，《警世通言》、《醒世恒言》則分別以《警》、《醒》替換，並同時標註頁碼，不再另外註明出處。

〔註264〕參見〔美〕韓南著；尹慧珉譯：《中國白話小說史》（杭州：浙江古籍出版，1989年），頁25。

〔註265〕本文中闡釋話本小說相對於主角的配角定義，與巴赫金所謂的「第三者」意義相疊合。巴赫金認爲小說中某些特定的角色，例如騙子、冒險家、僕人、妓女與交際花，往往是以「第三者」局外人的立場處身於主角的生活。他們

掘出更豐富的意義來，譬如說《三言》裡廣為人知、形象鮮明的「三姑六婆」〔註266〕，即是很好的例子。

兩千多年前的亞里斯多德（Aristotle，西元前384～322）在《詩學》裡曾為喜劇角色寫下定義指出：

> 喜劇傾向於表現比今天的人差的人，悲劇則傾向於表現比今天的
> 人好的人。……如前面所述，喜劇摹仿低劣的人；這些人不是無
> 惡不作的歹徒——滑稽只是醜陋的一種表現。滑稽的事物，或包
> 含謬誤，或其貌不揚，但不會給人造成痛苦或帶來傷害。現成的
> 例子是喜劇演員的面具，它雖然既醜又怪，卻不會讓人看了感到
> 痛苦。〔註267〕

《三言》裡「三姑六婆」這類的配角人物對故事裡主人公的影響可說是極為深遠，不論在單元情節或是故事內容上，均有「推波助瀾」或「破壞阻撓」的敘事效果。她們滑稽戲謔、不拘禮教的言行，本身就流露出很大的煽惑力，屬於非常特殊的一群人物。就雅、俗文學審美觀之異同而言，相對於雅正文學，通俗文學本身襲裹了更多的民間性，它們非常刻意地迎合市民的趣味，貼近市井巷陌的生活原貌，專寫民間之人事、風尚與情緒，總而言之，就是寫「俗」。〔註268〕因此《三言》裡出現的文化語境，提供我們一條辨識大眾化主體的方式，藉此可以了解當時人與世界的關係如何以「話語」的方式具體化、模式化，使得話語模式的研究，能夠透過考掘小說主體化的話語實

在小說中的位置，有利於揭示和表現私人生活中不欲為他人瞥見的敗德與隱晦之處。是故本文論述使用的「配角」或「邊緣小人物」等名詞，等同於巴赫金所謂的「第三者」，他們在小說中均扮演相同的角色功能。參見（俄）巴赫金（Mikhail M. Bakhtin）著：白春仁、曉河譯：《巴赫金全集：第3卷——小說理論》（石家莊：河北教育出版社，1998年），頁306～320。

〔註266〕「三姑六婆」為元明以來對尼姑、道姑、卦姑、牙婆、媒婆、師婆、虔婆、藥婆、穩婆的合稱。上述前三種人即稱為三姑，後六者為六婆。「三姑六婆」原是對古代不同職業婦女的代稱，但後來這一集合名詞，經由歷代文人筆下的著墨渲染，自元末明初後，便背負了淫盜之媒的惡名，其形象不離巧為詞說、貪財好利、媒介姦淫等。參見衣若蘭：《「三姑六婆」：明代婦女與社會的探索》（板橋：稻香出版社，2002年），頁1～32。

〔註267〕〔希臘〕亞里斯多德（Aristotle）著：陳中梅譯注：《詩學》（臺北：臺灣商務印書館，2001年），「第2章」，「第5章」，討論喜劇定義的部分，頁38，頁58。

〔註268〕周啓志、羊列容、謝昕等著：《中國通俗小說理論綱要》（臺北：文津出版社，1992年），頁167。

踐而得以呈現。〔註269〕這類在文本裡人物表現的行為模式，與大多數人們的水準接近或更低，弗萊（Northrop Frye，1912～1991）《批評的剖析》中曾提出「低模擬」（low mimetic，或稱之為「貶低模擬」）的概念，說明其中的喜劇成因。〔註270〕在話本小說裡，「三姑六婆」被作者以貶低模擬的手法，讓她們拋頭露臉地去穿門踏戶，以嬉謔笑罵的姿態，製造出許多誇張詼諧的喜劇趣味，不僅滿足讀者窺伺與使壞的欲望，也產生一種來自貶低他人後莫名的無比榮耀感〔註271〕；她們或推展、或阻礙故事情節的進行，以利結局的產生，有些篇章即便只有寥寥數語，仍不減她們在整體故事情境中被大量形塑、展演的集體形象。

　　《三言》中的配角人物，依功能類型加以歸納，男性有十九類，女性則有十二類，類目包括士農工商、軍、醫、僧道、乞丐、盜匪、八老〔註272〕、奴僕、三姑六婆、娼妓、丫環、妻妾與神仙妖怪等，涵蓋了社會各個階層。〔註273〕這群為數不少的配角人物，以「三姑六婆」的獨特作風，最引人側目。根據本文「表3-3-1」的統計，《三言》中的「三姑六婆」，屬於「三姑」者，計有五人；屬於「六婆」類者，人數較多，共有三十一人，且大部分為牙婆、媒婆與虔婆。而「六婆」中的師婆、藥婆與穩婆，只有《喻世明言》卷九曾出現穩婆一路與黃小娥相伴，可能是穩婆熟諳女體，便利與女性為伴，而師婆與藥婆在其他篇章中均付之闕如。就比例而言，此三類明顯少於牙婆、媒婆與虔婆的人數。究其因，實與工作性質有關，因為牙婆、媒婆與虔婆乃屬於買賣仲介的職業，經常出入人家，與閨閫婦女接觸，並常成為男女私情的媒介者，遂成為小說中情欲流動的表徵，形象特別鮮明。自古以來，凡以「三姑六婆」指稱巧詞狡黠、媒介姦淫以及貪財好利的婦女，大多屬於這類人物。

〔註269〕參見高桂惠：〈世道與末技──《三言》、《二拍》演述世相與書寫大眾初探〉，《漢學研究》第25卷第1期（2007年6月），頁305。

〔註270〕〔加拿大〕諾思羅普・弗萊（Northrop Frye）著；陳慧、袁憲軍、吳偉仁等譯：《批評的剖析》（天津：百花文藝出版社，1998年），頁4。

〔註271〕這是屬於笑與喜劇的心理機制中的「鄙夷說」，請參見朱光潛：《文藝心理學・笑與喜劇》（臺北：臺灣開明書店，1982年），頁279～299。

〔註272〕舊時謔稱妓院中的僕役為「八老」。《喻世明言》卷3：〈新橋市韓五賣春情〉：「吳山心下正要進去，恰好得八老來接，便起身入去。」亦稱為「烏龜」。

〔註273〕參見廖珮芸：《邊緣人物的功能與意義──馮夢龍《三言》中的配角研究》（臺中：東海大學中國文學系碩士論文，2004年），「表七：三言各篇配角分類表」，頁110～129。

表 3-3-1　《三言》三姑六婆人物分配表

篇章／配角分類	三　姑			六　婆					
	尼姑	道姑	卦姑	師婆	藥婆	穩婆	牙婆	媒婆	虔婆
《喻》1〈蔣興哥重會珍珠衫〉							薛婆	張七嫂	
《喻》3〈新橋市韓五賣春情〉									韓母
《喻》4〈閒雲菴阮三償冤債〉	王尼姑								
《喻》9〈裴晉公義還原配〉						穩婆			
《喻》15〈史弘肇龍虎君臣會〉								王婆	
《喻》17〈單符郎全州佳偶〉									楊媼
《喻》21〈臨安里錢婆留發跡〉								王婆	
《喻》23〈張舜美燈宵得麗女〉	尼師								
《喻》24〈楊思溫燕山逢故人〉		劉金壇							
《喻》28〈李秀卿義結黃貞女〉								媒婆	
《喻》33〈張古老種瓜娶文女〉								張媒	
《喻》35〈簡帖僧巧騙皇甫妻〉								婆子	
《警》13〈三現身包龍圖斷冤〉								張媒	
《警》14〈一窩鬼癩送人除怪〉								王婆	
《警》16〈小夫人金錢贈年少〉								張媒	
《警》20〈計押番金鰻產禍〉								媒婆	
《警》24〈玉堂春落難逢夫〉								王婆	一秤金

《警》29〈宿香亭張浩遇鶯鶯〉	惠寂						
《警》31〈趙春兒重旺曹家莊〉							鴇兒
《警》32〈杜十娘怒沉百寶箱〉							杜媽媽
《警》38〈蔣淑眞刎頸鴛鴦會〉						王嫂嫂	
《醒》1〈兩縣令競義婚孤女〉					李牙婆		
《醒》3〈賣油郎獨占花魁〉							劉四媽 王九媽
《醒》8〈喬太守亂點鴛鴦譜〉						張六嫂	
《醒》14〈鬧樊樓多情周勝仙〉						王婆	
《醒》15〈赫大卿遺恨鴛鴦絛〉	空照						
《醒》16〈陸五漢硬留合色鞋〉						陸婆	
《醒》19〈白玉孃忍苦成夫〉					牙婆		
《醒》23〈金海陵縱欲亡身〉					女待詔		
《醒》32〈黃秀才徼靈玉馬墜〉							薛嫗
《醒》34〈一文錢小隙造奇冤〉						田婆	
《醒》36〈蔡瑞虹忍辱報仇〉					牙婆		鴇子

　　回溯馮夢龍前後期的思想，皆與「眞情論」脫離不了關係。前期他以主人公個體之眞情來超越虛僞的名教，後期則不再限於眞情，而是較重視如何將「情」與「禮」統一起來，欲以人間之眞情，彌補名教之缺漏。這個思想上的轉變，導致眞情與教化之間時有衝突，《三言》中便出現了此種矛盾的現象。我們見到馮夢龍一方面讚揚摯性純眞的行爲，讓男女主人公憑藉眞情衝破禮法與名分的藩籬；但另一方面，馮夢龍卻在小說結尾處將源於眞情的逸

軌之舉，收編在傳統社會秩序之中。〔註274〕在強調「情教導愚」的結果下，讓《三言》時見濃重的訓誡意味。這看似矛盾的情節，不期然卻在配角人物裡獲得了極好的詮釋與展演，配角人物在整部小說裡於是有了其功能上的重要意義。〔註275〕配角的謔笑行止與話語，固然展現人性純情的一面，他們的聲音也往往代表作者的潛在意識，有時甚至還會逸出作者的筆端，在潛藏作者、敘述者以及角色話語之間，譜寫出饒富趣味的對話。

藉由傅柯話語分析理論所衍生之「諧謔話語」策略，分析《三言》裡有關「性」的話語結構，發現其實為推動全書諧謔話語從靈感到成篇的原創動力。〔註276〕而配角人物在小說裡所扮演的職能，亦如同巴赫金的「狂歡」理論，具有反抗霸權獨語的敘事效果。其精神是凸出喜劇意識的非自覺形態，而狂歡的笑——即詼諧，亦是人類才有的高級精神特權。〔註277〕它反映了馮夢龍思想中重視真情、擺脫名教的觀念，凡此皆與馮氏早年對於「笑」的深刻認知極有關係（詳見第三章第一節）。

眾所周知，晚明社會是個極端矛盾、兩極思維（理／欲）嚴重對立的時代，民間風俗「忽庸行而尚奇激」〔註278〕，充斥著標榜「矯死干譽」的偽善文化。浸淫在此種氛圍的通俗小說家，也表現出對自我與社會，對新思潮與舊傳統的兩重態度。他們筆下的小說人物，均帶有神秘性和傳奇性，透顯出「明代社會瀰漫著好奇誕、重俗豔，與追求名利的市商氣氛」，遂有禮教與情色並存的歧異現象。〔註279〕因此馮夢龍在《三言》中除出現勸善懲惡的道德

〔註274〕有關馮氏的「情教論」，目前學界的研究成果豐碩，如陳萬益：〈馮夢龍「情教說」試論〉，收錄於氏著：《晚明小品與明季文人生活》（臺北：大安出版社，1988年），頁165～185。李志宏：〈試從馮夢龍「情教說」論《三言》之編寫及其思想表現〉，《臺北師院語文集刊》第8期（2003年6月），頁59～109。

〔註275〕參見廖珮芸：《邊緣人物的功能與意義——馮夢龍《三言》中的配角研究》，頁26～27。

〔註276〕關於喜劇話語策略，請參看苗軍：《在渾沌的邊緣處湧現——中國現代小說喜劇策略研究》一書，本文參考其提煉自法國學者米歇爾‧傅柯（Michael Foucault）的話語分析理論。參見苗軍：《在渾沌的邊緣處湧現——中國現代小說喜劇策略研究》（北京：民族出版社，2004年），頁7～13。

〔註277〕參見蘇暉：《西方喜劇美學的現代發展與變異》（湖北：華中師範大學出版社，2005年），頁15。

〔註278〕參見〔清〕張廷玉等敕修、楊家駱主編：《新校本明史并附編六種》（臺北：鼎文出版社，1975年），〈列女傳一‧序言〉，卷189，頁7689。

〔註279〕參見陳器文：《中國通俗小說試煉故事探微》（香港：香港大學文學院博士論文，1997年），頁62。

說教外，別出心裁地提出「情教觀」，對於有情者違背社會禮法以及主人公耽溺情色的現象，均給予寬容的評價。〔註280〕《三言》敘事話語的特色之一，便是馮氏經常以文本加工改造者的身分，也就是相當於說書人的敘述者立場，介入整個故事的進行。在文本中隨處可見他的干預，包括了議論、描寫、預敘與註解等等。〔註281〕馮夢龍時而故作正經的訓誡，時而帶著嘲諷調侃的口吻；豔情色欲的書寫，在他文人工筆的潤飾下，有時呈現唯美浪漫的風格，有時卻又赤裸煽情，更多時候呈現出極度壓抑的話語雙重性，構成一種隱晦、極不對稱的悖反張力。宛如一位道貌岸然卻侈言規訓的學究，強作正經，仍不免馬腳畢露，讀來極為諷刺。有學者便指出，《三言》中存在著兩種性別話語的博弈。規範性話語是主流性別規範在《三言》文本上的圖解和演繹，非規範性話語則是詩意激越的本真人性的自然表達。〔註282〕《三言》有關性描寫的篇章類別，以男女私會最多，其次是出軌與偷情，以及僧、尼、道的淫逸事件等，還有少數幾篇是描寫同性交媾的情節。作者的情色意識，貫穿全書。雖說宣淫的目的在於戒色，但此種與「戒淫」立意背道而馳的結果，過於鉅細靡遺的性描寫與極為猥褻的意淫，不禁讓人聯想到那些深受明代淫風影響的作品，諸如《金瓶梅》、《玉嬌李》等書，兩者不過五十與百步之間爾。〔註283〕敘事者與角色話語之間所呈現的兩重悖反性，即在於《三言》同時並呈宣淫與戒色的矛盾。此說明了人之食色本性，最終也只能在宣淫與戒色的兩難中悄然蠢動。理／欲的衝突，馮氏在小說中勢必另謀解決之道。

〔註280〕當時文人受到李贄「童心說」思想的影響，主張「情」是文藝創作的動力。馮夢龍提出「自來忠孝節烈之事，從道理上做者必勉強，從至情上出者必真切。夫婦其最近者也，無情之夫，必不能為義夫；無情之婦，必不能為節婦。」參見〔明〕馮夢龍評輯；周方、胡慧斌校點：《情史》（江蘇：江蘇古籍出版社，1993年），頁36。

〔註281〕康韻梅：《唐代小說承衍的敘事研究》（臺北：里仁書局，2005年），頁262～263。法國熱奈特將預敘定義為「預先講述或提及以後事件的一切敘述活動」。預敘的部分可參考〔法〕熱拉爾・熱奈特（Gérard Genette）著；王文融譯：《敘事話語・新敘事話語》（北京：中國社會科學出版社，1990年）。

〔註282〕參見劉果：《《三言》性別話語研究：以話本小說的文獻比勘為基礎》（北京：中華書局，2008年）。

〔註283〕胡士瑩認為《金瓶梅》、《玉嬌李》以及《三言》、《兩拍》中的色情作品，正是明代社會淫風下的產物。參見氏著：《話本小說概論》（北京：中華書局，1980年），頁462～463。

（一）敘述／角色話語的兩重悖反

1、敘述者話語

　　馮夢龍化身爲不同的作者在《三言》所作之序，目的只有一個，就是希望以通俗小説發揮教忠教孝、潛移默化的效果，使凡夫俗子可爲義夫節婦。開篇、文中與結局，「入話」、「有詩爲證」或「詞曰」成爲馮氏宣講道德、說教勸世之處。一派義正詞嚴，在全書裡俯拾皆是，長短兼有。較短的俗諺俚語，如〈范鰍兒雙鏡重圓〉《警》卷十二：「寧爲短命全貞鬼，不作偷生失節人」（《警》頁 438），或〈玉堂春落難逢夫〉《警》卷廿四：「酒不醉人人自醉，色不迷人人自迷」（《警》頁 906）等是。長篇者如聯語詩句，後有引文此不贅述。但在入話之後的正話，卻又以情色風月之異聞，吸引讀者的目光，某些篇章甚至赤裸裸地摹寫性交，耽溺色欲的描述更是達到無以復加的程度。

　　從敘述者話語的觀點視之，「全知視角」的客觀距離讓說書人超越了個人經驗，即使內容涉及淫穢，憑著「威權式的認知語氣與超然態度」，敘述者在描述露骨的細節似在暗示我們，他的用意無非是讓聽眾（讀者）相信，他的故事是在超標的道德內省下有感而發。顯而易見的，敘述者也就是說書人，同時扮演了兩個角色，一爲偷窺者，另一爲社會尺度的代言人。〔註 284〕

　　馮夢龍在〈赫大卿遺恨鴛鴦縧〉《醒》卷十五將「好色」與「好淫」略作區分，何爲「好淫」？馮氏以爲「若是不擇美惡，以多爲勝，如俗語所云：『石灰布袋，到處留跡。』其色何在？但可謂之好淫而已。」（《醒》頁 741）「好淫」者出現的主角均「嗜欲如命」，他們的人生是以洩欲爲樂。摹寫情色的尺度，依照裸露、淫藝程度的不同，而有深淺的差異。但與凌濛初的《二拍》對於情色的描寫甚至到了以「奇」制勝、大膽聳動的地步相比較，《三言》這方面又略顯保守。《三言》呈現的情色畫面，是較爲「片段」而「唯美」的，非一味競逐肉欲之能。〔註 285〕也正因爲存在著此種差異，以及雙重角色的扮演，《三言》隱晦的兩重性格外受人注目。在偷窺者與道德代言

〔註 284〕參見宋若雲：《逡巡于雅俗之間：明末清初擬話本研究》（北京：中國社會科學出版社，2006 年），頁 170～171

〔註 285〕根據陳秀珍《《三言》、《兩拍》情色探究》的歸納整理，《三言》中涉及性愛的描寫多屬片段式的，某些出版社因道德考量將其刪節，以便刊行面世。可見《三言》對於情色的描寫，在部分章節手法亦屬大膽裸露，礙於版本的不同，一般讀者難窺原貌。參見氏著：《《三言》、《兩拍》情色探究》（臺中：東海大學中文研究所碩士論文，2000 年），頁 58～65。

人之間，既包含了渴求肉欲滿足的快感，也隱藏著耽溺肉欲後隨之而來的恐懼與罪惡感，小說處處存在這樣的書寫焦慮，敘述者話語的節奏因而快慢不齊。此種矛盾的心態，反映男人對女人有著原欲生理上的強烈需求，不論是話本敘述者或是故事中的角色皆有。情色故事人物的行為是近乎「原欲」且不顧道德原則的，正如佛洛伊德所說的「本我」（id），他們依循「快樂原則」而我行我素。〔註 286〕雖然有時馮夢龍僅以「久旱逢甘雨，他鄉遇故知」或是「如魚藉水，似漆投膠」等語側寫男歡女愛的過程，這不過是馮氏矯飾含蓄的文人之筆。以〈任孝子烈性為神〉《喻》卷三十八入話的詞曰為例：

> 參透風流二字禪，好姻緣作惡姻緣。癡心做處人人愛，冷眼觀時箇箇嫌。閒花野草且休拈，贏得身安心自然。山妻本是家常飯，不害相思不費錢。（《喻》頁 1489）

這闋詞一開始，馮夢龍便指出色欲乃忘身之本，為人決不可苟且。馮氏在書中不只一次諄諄勸人要安分守己，千萬不要被酒、色、財、氣四字來損精虧行；而四字中又以「色」為害最大，輕則傷風敗俗，重則喪魄銷魂，且果報不爽云云。〈任孝子烈性為神〉文中描述梁聖金與周得偷歡的場面如詩似畫，其文曰：

> 摟抱上牀，解帶卸衣，敘舊日海誓山盟，雲情雨意。……摟定香肩臉貼腮。手捻香酥奶，綿軟實奇哉。退了袴兒脫繡鞋。玉體靠郎懷，舌送丁香口便開。倒鳳顛鸞雲雨罷，囑多才，明朝千萬早些來。（《喻》頁 1494～1495）

馮氏行文不脫文人風格，刻意詩化交媾的情節，似有若無。在〈喬彥傑一妾破家〉《警》卷三十三開卷云：「世事紛紛難訴陳，知機端不誤終身；若論破國亡家者，盡是貪花戀色人」（《警》頁 1341）。宣戒好色貪淫的下場，便是身亡家破。但文中描摹周氏引誘董小二成姦的段落，馮氏就漸露出肉欲的成色，其文曰：

> 周氏叫小二到床前，便道：「小二你來你來，我和你喫兩盃酒，今夜

〔註 286〕（奧地利）佛洛伊德（Sigmund Freud）著；宋廣文譯：《性學三論——愛情心理學》（臺北：米娜貝爾出版公司，2005 年），頁 17～18。佛洛伊德指出人格的結構分為「本我」（id）、「自我」（ego）以及「超我」（superego）三部分，其中「本我」是指最原始的、與生俱來的潛意識的結構部分，它像一口本能和欲望沸騰的大鍋，具有強大的心理能量。它依照「快樂原則」，急切尋找出路，一味追求滿足。

你就在我房裡睡罷。」小二道：「不敢！」周氏罵了兩三聲「蠻子！」雙手把小二抱到床邊，挨肩而坐。便將小二扯過懷中，解開主腰兒，教他摸胸前麻團也似白奶。小二淫心蕩漾，便將周氏臉摟過來，將舌尖兒度在周氏口內，任意快樂……。（《警》頁1353）

如前所述，戒色與宣淫往往是一體兩面。讓貪色者引以為戒，本是小說主旨，且讓讀者知道姦淫的下場與因果報應是緊緊牢合在一起的。是故淫人妻女者，人必淫我妻。萬惡淫為首，貪色的下場，大則喪命，小則傷身。在此前提下，馮夢龍的耽色之筆，似乎是情節所需，要極力鋪陳淫邪迷人之髓，方能顯出世人沉淪之癡。但細究之則頗有玄機。古來坊間原就有許多刪節本流通，所謂刪節本，乃印行者以文本因涉及淫穢，內容有害人心，而將文本逕自刪節刊行的版本。刪節的內容，大多是刪去那些直接描寫「性行為」、「性器」或引誘成姦情態的「露骨」細節。整體而言，對於小說敘事內容前後的連貫、情節的發展影響不大。〔註287〕既然刪節不至於影響故事情節的發展，馮氏為何獨鍾煽情淫穢的表述方式？其動機令人費解。原因可能除了挑戰禁忌、感官刺激外，企圖以「情色」挑逗讀者、討好讀者的傾向亦十分明顯，正如現在坊間獨以煽情媚俗的刊物暢銷大賣可為明證，古今皆然。此舉不僅可滿足讀者的好奇心，作者似也「樂在其中」。試觀〈賣油郎獨占花魁〉《醒》卷三即可見一斑：

將美娘灌得爛醉如泥……臥于床上，不省人事，此時天氣和暖，又沒幾層衣服，媽兒親手伏侍，剝得他赤條條，任憑金二員外行事，金二員外那話兒，又非兼人之具，輕輕的撐開兩股，用些涎沫，送將進去，正及美娘夢中覺痛醒將轉來，已被金二員外要得勾了。……直待綠暗紅飛，方始雨收雲散，正是——雨中花蕊方開罷，鏡裏娥眉不似前。（《醒》頁97～98）

倘若文中少了「雨中花蕊方開罷，鏡裏娥眉不似前」等具詩意的句子烘托陪襯，全文簡直與春宮淫圖無異。類似的例子不少，如〈金明池吳清逢愛愛〉《警》卷三十，描寫吳清與愛愛芳魂雲雨交歡的部分：

〔註287〕陳秀珍：《〈三言〉、「兩拍」情色探究》，頁60～61。然有些版本確有刪節太過，導致讀者彷彿霧裡看花的弊病，那又是衛道人士的褊狹主觀意見，至於如何取捨的標準與本文論述無關，予以省略。且所佔比重不大，應該以特例來處理。

搭定女兒香肩，摟定女兒細腰，捏定女兒纖手，醉眼乜斜，只道樓
兒便是床上，火急做了一班半點兒事。端的是——春衫脫下，繡被
鋪開；酥胸露一朵雪梅，纖足啓兩彎新月。未開桃蕊，怎禁他浪蝶
深偷，半折花心，忍不住狂蜂恣採。潛然粉汗，微喘相偎。（《警》
頁 1239～1240）

在〈喬太守亂點鴛鴦譜〉《醒》卷八、〈蔣淑貞刎頸鴛鴦會〉《醒》卷三
十八等，皆出現相同煽情猥褻的畫面。〈月明和尚渡柳翠〉《喻》廿九描寫紅
蓮色誘長老時，索性將男女交媾的情節如實呈現，連「長老玉莖」、「陰戶」、
「精污」等字眼均不避諱。但論及荒淫至極者，莫如〈赫大卿遺恨鴛鴦絛〉
《醒》卷十五裡的赫大卿與尼姑女童群交之事，以及〈金海陵縱欲亡身〉《醒》
卷廿三裡的金主亮與嬪妃淫樂的誇張敘述，還有描述隋煬帝沉迷女色、設「御
女車」等荒淫之事的〈隋煬帝逸遊召譴〉《醒》卷廿四等篇。對照〈金海陵
縱欲亡身〉的入話，詩曰：「昨日流鶯今日蟬，起來又是夕陽天。六龍飛轡
長相窘，何忍乘危自著鞭。」（《醒》頁 1289）雖說縱欲亡身眾所皆知，勸人
莫貪色戀，更是馮氏一貫秉持的初衷。但為了襯托亂性者在跨越道德藩籬後
的淫穢形象，將性事描寫得如此淋漓盡致，難保讀者在閱覽之餘不會心蕩神
馳？是故原本用以勸善懲戒的初衷，是否因此而打了折扣，未能盡收戒色之
效？堪為值得斟酌商榷、極端諷刺的強烈對比。

2、角色話語

在《警》卷二〈莊子休鼓盆成大道〉裡的莊子試妻故事，主要人物有莊
周與其妻田氏。此故事雖源自《莊子・外篇・至樂》第十八，但這裡的莊周
卻能分身隱行，頗曉神通。故事在莊子故布陷阱，「誘竇」田氏後，結果鬧
出人命。整起事件令人感到「謔至於虐，極失厚道」〔註 288〕，令人匪夷所
思。小說在使用反諷、戲擬的手法堪稱一絕，製造出荒誕不經的幽默笑感，
可謂馮氏的「黑色幽默」〔註 289〕之作，《三言》數十文例也僅此一則。誇張

〔註 288〕參見金榮華：〈馮夢龍《莊子休鼓盆成大道》故事試探〉，《黃淮學刊（社會科
　　　　學版）》第 12 卷第 2 期（1996 年 6 月），頁 52。
〔註 289〕「黑色幽默」源自於西方，定義眾說紛紜，但其敘事操作語言大致不離反諷、
　　　　戲擬手法，製造怪誕、荒誕與嘉年華場景。說得淺白一些，黑色幽默「就是
　　　　悲劇出諸喜劇的形式，即把痛苦和不幸當作玩笑的對象。」參見劉有元《第
　　　　二十二條軍規》導讀〉，收錄於王秋榮編：《西方文學名著精選》（杭州：浙江
　　　　大學出版社，2002 年），頁 894。關於「黑色幽默」理論，可參看賀淑瑋：《黑

的戲「謔」性來自於搧墳少婦，那婦人道：

> 冢中乃妾之拙夫，不幸身亡，埋骨於此。生時與妾相愛，死不能捨。
> 遺言教妾如要改適他人，直待葬事畢後，坟土乾了，方纔可嫁。妾
> 思新築之土，如何得就乾，因此舉扇搧之。（《警》頁43）

口口聲聲誓言與夫生前相愛，死不能捨，結果就在剛死的丈夫墳壘邊，
竟出現性急的少婦持扇搧墳，前後不一的言行引人發噱，也預示田氏後來的
轉變；再者，莊周神通應能勘破紅塵卻執意試妻，致田氏羞愧自縊，就像設
下圈套引誘人誤入陷阱一樣，此與莊周自己連取三房，卻要求田氏守貞相比，
其詐死試探之舉，顯然有「虐」妻之嫌。倘若田氏對於搧墳少婦急欲再婚沒
有那麼強烈的批評，面對莊子的質疑勿以「忠臣不事二君，烈女不更二夫」
的堅定語氣回覆，那麼田氏在莊子假死之後再婚的情節便不會顯得如此諷
刺。且本文的主角應該是田氏而非莊子，主旨為譏諷世俗之侈談節烈，而心
口不相應者[註290]，至於莊周是否悟出甚麼大道理，反倒不是這麼重要了。
從讀者的接受角度來看，很清楚地知道敘事者借由莊子之口，宣講嚴責於人
者，往往不能反求諸己的道理，尤其是寡婦守貞這件事。文中莊周不斷以預
敘的話語，像「不是冤家不聚頭，冤家相聚幾時休？早知死後無情義，索把
生前恩愛勾」（《警》頁44），還有「生前個個說恩愛，死後人人欲搧墳；畫龍
畫虎難畫骨，知人知面不知心」（《警》頁45）等，暗示著田氏的不貞。「莊周
試妻」，反映普天之下所有男子內心對女子「出軌」的集體焦慮。他們要求婦
女在夫死後從一而終，不事二夫，完成理想婦德的型範。歷代女子在禮法不
斷規訓內化下，貞節成為她們終生堅守的唯一範式。但苦節守身，談何容易。
歷來小說以試妻／戲妻為故事母題的結局，以悲劇收尾的多，像《列女傳》
裡的秋胡戲妻，終因婦恥夫無義，投河而死。[註291]〈況太守斷死孩兒〉《警》

色幽默在中國：毛話語創傷與當代中國「我」說主體》（臺北：輔仁大學外語
學院比較文學所博士論文，2002 年）。

〔註290〕參見金榮華：〈馮夢龍《莊子休鼓盆成大道》故事試探〉，《黃淮學刊（社會科
學版）》，頁52。

〔註291〕秋胡故事最早見於西漢劉向的《列女傳》與晉葛洪的《西京雜記》，從兩漢魏
晉至唐，秋胡故事廣為文學家所喜愛，以此故事母題為軸，蔓衍孳生出許多
優美的文學作品，惟最後有些雜劇將之改為大團圓喜劇收場，其妻經秋胡母
子急救方轉危為安，秋母責子，並讓秋胡向其妻賠禮道歉，夫妻和好。有關
秋胡故事母題衍化情形，請參見汪志勇：《度柳翠、翠鄉夢與紅蓮債三劇的比
較研究》（臺北：學生書局，1980 年），頁5～8。

卷三十五中的寡婦邵氏也是禁不住情欲與貴得通姦，最後喪命毀節。寡婦守節不易，商婦亦是如此，如〈蔣興哥重會珍珠衫〉《喻》卷一的三巧兒，也是在蔣興哥遠行經商後，守貞不成而屈從了欲望。她們的角色，皆成為本我與超我之間糾葛交涉的場域。當田氏信誓旦旦自己絕不會像掘墳少婦一般時，其心志是不容懷疑的。最後她選擇走向再婚一途，正應驗了佛洛伊德所說的本我原欲在作祟，它是人們內心深處最原始的、與生俱來的潛意識本能，它就像一口欲望沸騰的大鍋，具有強大的心理能量，依照「快樂原則」，到處尋找宣洩情欲的出口。

　　值得一提的是，中國民間或笑話集，對於寡婦再嫁的嘲諷古今未見，〈莊子休鼓盆成大道〉的譏諷情節似乎不是傳統中國社會的產物，因此有學者懷疑馮氏乃是取材自外國的民間故事而成。〔註292〕少婦掘墳所呈現的「黑色幽默」，後來在中國似有生根繁衍的跡象。清初話本小說中，如酌玄亭主人的《照世盃》等，便出現以糞坑為寶的財主，將不協調的現象加以放大、扭曲，變成畸形，使它們顯得更加荒誕不經、滑稽可笑。〔註293〕藉由故事角色的發聲，讓我們知道所謂的話語，是掌握在主流權威敘事者的手中。莊周的口吻極端男權化，儼然成為敘事者的代言人，而田氏的聲音未嘗不是敘事者心中的暗影（shadow）。笑中帶淚的故事，說穿了，不過是馮氏個人欲望騷動下的一種書寫策略。由上述可知，馮夢龍內心欲望的糾葛，理／欲之間的矛盾與衝突，在《三言》的配角人物裡獲得安置，禮法與禁忌的對立，歸結在諧謔的戲仿之下，讓一切看起來變得合於情理。而這種專以市井小民或俗人俗事作為書寫對象的敘事策略，不僅成為晚明話本小說的一大特色，更成為清初話本小說蛻化新變的主要因素，孕育了明清之際話本小說的萌發。

（二）人物的戲謔話語

　　不論古典或現當代小說，諧謔式的話語永遠是故事裡的鮮活資材。話語不僅標示著差異，也確定其時代的共性。從小說敘事建構的話語運作形式及其意義產生來看，諧謔話語與社會中的其他話語系統共同成為參與現實的一

〔註292〕參見金榮華：〈馮夢龍《莊子休鼓盆成大道》故事試探〉，《黃淮學刊（社會科學版）》，頁53。

〔註293〕參見〔清〕酌玄亭主人著：徐中偉、袁世碩校點：《照世盃》（江蘇：江蘇古籍出版社，1993年）《中國話本大系》，卷4〈掘新坑慳鬼成財主〉，頁64～96。

種表達形式，除了受到作家自身的創作觀影響外，也受到歷史文化語境的影響。在某種意義上來說，諧謔話語，可說是體現了作家群體欲望的文化表徵（cultural representation），因而也可能隱含了特殊的意指實踐。〔註294〕以通俗小說中庶民角色的言談而言，他們自成一縝密而活絡的對話場域，有其特定的話語存在。套用傅柯的話來說，諧謔話語在日常生活中，不管人們意識與否，那些正在起作用的語句或知識，表達了欲望也顯示了權力，它們本身即是一種權力／實踐的關係。中國較早體現諧謔話語思維的記載，是《詩經》裡讚美衛武公的詩句。雖然我們無法從「善戲謔兮，不為虐兮」〔註295〕這八個字去瞭解衛武公如何與人戲謔談笑，但他的諧謔話語顯然改變了百姓對他的看法，並對當時的政治文化起了一定的作用。而且據說武公之器德已成，心性寬緩弘大，所以在張弛之間，分寸拿捏得宜。故鄭箋云：「君子之德，有張有弛。故不常矜莊而時戲謔。」〔註296〕同樣的，春秋時的俳優，他們主要以滑稽笑謔兼歌舞雜技以取悅人君，但有時也會借著滑稽笑罵的話語，寄寓諷諫譏刺之意。如《史記‧滑稽列傳》記載楚莊王以棺槨大夫之禮厚葬愛馬一事，就被優孟的諧謔話語改變了。一般我們認知的諧謔話語，從表層結構分析，可能具有修辭學上的誇飾、雙關與倒反等語法，或是英美文學裡常見的象徵、反諷、隱喻與荒誕等文學表現技巧，它們或多或少分別組成了文本裡的諧謔話語。傅柯曾指出話語的多義性，他具體地從對象構成、陳述模式構成、概念構成與策略選擇構成等四個方面，討論了話語構成規則的複雜運作。他指出「話語是由符號所組成；但話語所作的『不僅是』運用這些符號去指認事物。而也就因為這一點『不僅是』，使得話語不可被化約為語言（langue）或議論」〔註297〕傅柯念茲在茲的，就是希望我們能對話語背後產生的複雜現象加以「顯示」和「描述」，尤其是話語並不是像人們所想的那樣，僅是「文字和事物的交集」而已：

> 我（傅柯）要表現「話語」不是真實和語言相對或相接觸的一個纖

〔註294〕參見李志宏：《明末清初才子佳人小說敘事研究》（臺北：大安出版社，2008年），頁242。

〔註295〕《詩經‧衛風‧淇奧》第五，參見唐‧孔穎達：《毛詩正義》（臺北：藝文印書館，1960年景清嘉慶二十年江西南昌府學刻本），卷3～2，頁128。

〔註296〕參見〔唐〕孔穎達：《毛詩正義》，卷3～2，頁128。

〔註297〕〔法〕米歇爾‧傅柯（Michael Foucault）著；王德威譯：《知識的考掘》，頁131。

　　弱的外貌，一套字辭和一件經驗的紛亂糾結。〔註298〕

　　易言之，從話語構成分析的角度視之，諧謔話語並非「僅止於」一般我們所認知的修辭學或文學創作上的敘述模式，也不是一個狹窄表層所顯現的辭彙關係。話語既然是由符號所組成，符指過程便充滿了變數，尤其文學裡的符號學，在「詩性即符號的自指性」〔註299〕主張之下，文學話語更顯詭譎難明。因此話語在什麼樣的實際環境與關係中如何被釋義，就變得很重要，也就是說，解符者不能離開具體語境來理解其意義。「語境」（context）的定義，簡單來說就是「言語環境」，它是指「言說者生存與活動的現實環境，它決定著言說者的思維方式與話語意義」〔註300〕。由此視之，諧謔話語在語用學（pragmatics）層面的觀照下，它可能指向的是「一個時代敘述行為的潛意識層次」，又或者是指小說的隱藏作者在敘述過程中，「被潛在的語法所控制、誘導的陳述規則」〔註301〕。前已述及，晚明社會人心趨於兩極化的走向極為明顯，天理／人欲彼此扞格不容，情色的解放絕對是文明社會禁忌的一大挑戰與突破。從性的禁忌到性的放縱，本可使人獲得無比的快感，亦是潛意識的願望浮現到意識界的一種滿足。〔註302〕亦有學者認為話本小說中的情色描寫是具有「宣洩功能」的，這種功能被認為是深層的、潛在的勸世說教，與寓教於樂的目的相一致。〔註303〕準此而論，色或性，便可能成為明代諧謔話語構成的基本元素之一。藉由考察諧謔話語在指稱或構造有關特定話題的實踐下，它所產生的知識如何與權力聯結，如何規範行為，產生或構造各種認同的主體性，並強調它特殊的語言及意義，在各個特定時期、特殊的地方被配置的方式。〔註304〕換句話說，諧謔話語有其時代

〔註298〕〔法〕米歇爾‧傅柯（Michael Foucault）著；王德威譯：《知識的考掘》，頁131。

〔註299〕趙毅衡：《文學符號學》（北京：中國文聯，1990年），頁106。

〔註300〕曾慶元：〈全球化語境與文學的民族性問題〉，收錄在童慶炳主編：《全球化語境與民族文化、文學》（北京：中國社會科學出版社，2002年），頁131。

〔註301〕上兩句引文皆摘錄自苗軍：《在渾沌的邊緣處湧現——中國現代小說喜劇策略研究》，頁8。

〔註302〕參見姚一葦〈論滑稽〉一文，收錄自氏著：《美的範疇論》第五章（臺北：臺灣開明書店，1992年），頁231。此章節乃當前詮釋亞里斯多德《詩學》滑稽的最重要論著。

〔註303〕參見寧俊紅：〈市民階層與擬話本小說的興起〉，《社科縱橫》第5期（1997年），頁70。

〔註304〕參見〔英〕斯圖爾特‧霍爾（Stuart Hall）編；周憲、許鈞譯：《表徵——文

性，它是文化與表徵運作方式的外顯型範，當代語言文化的一大特色。

馮氏於晚明啓蒙時代輯作的《三言》，他除了大量蒐集前代和當代的話本小說加以整理改寫外，還保留話本文學的庶民風格，向廣大的群眾生活中擷取豐富的寫作材料。〔註305〕《三言》作爲中國短篇白話小說的代表著作外，亦爲整個時代社會的縮影，文化語境的最佳載體。難能可貴的是，馮夢龍爲中國首位自覺並身體力行編纂大眾讀物的文人，他在《喻世明言》的序言中，率先指出「通俗小說」的重要性，爲觀察中國小說發展的階段性指標，他說：

> 大抵唐人選言，入於文心，宋人通俗，諧於里耳。天下之文心少而里耳多，則小說之資於選言者少，而資於通俗者多。試今說話人當場描寫，可喜可愕，可悲可涕，可歌可舞，再欲捉刀，再欲下拜，再欲決脰，再欲捐金。怯者勇，淫者貞，薄者敦，頑鈍者汗下，雖日誦《孝經》、《論語》，其感人未必如是之捷且深也。噫，不通俗而能之乎？（《喻世明言・綠天館主人敘》頁5～7）

馮夢龍欲從貼近市井小民的話語中，來達到小說的教化功能，希望藉由通俗的故事題材，以庶民文化爲基準，使人「觸性性通，導情情出」（《警世通言・敘》頁8），進而「說孝而孝，說忠而忠，說節義而節義」（《警世通言・敘》頁7～8）。而《三言》的敘事結構也就在這種情節傳奇化、結構程式化、趣味大眾化的烘托之下，保留下來特色鮮明的庶民話語；再者，從小說承衍的脈絡觀察，角色人物、背景的具體化，乃文本敘事必然的趨勢，於是將小說人物的對話大量增加，使其形象鮮明，更是通俗小說由「入於文心」的初貌過渡到「諧於里耳」的流衍標記。〔註306〕韓南（Patrick Hanan，1927～）也認爲，白話小說在語言方面的長處，除了能表現人物的個性，對環境的描寫細緻外，就是「說話」很自然，使讀者有親臨其境之感。〔註307〕在一切均以庶民話語爲基本前提的要求下，小說裡的人物，說自己的語言，講符合他們身分地位的話，組成息息相關綿密的社群網絡，擬仿現實生活的原貌。透過他們的話語，不僅可以廓清因爲年代久遠所產生的文化或語言隔閡，更重

化表象與意指實踐》（北京：商務印書館，2003年），頁1～9。

〔註305〕參見徐志平、黃錦珠著：《明清小說》（臺北：黎明文化出版社，1997年），〈第二節：馮夢龍和話本小說的寶庫——《三言》〉，頁136～147。

〔註306〕參見康韻梅：《唐代小說承衍的敘事研究》，頁236～260。

〔註307〕〔美〕韓南著；尹惠珉譯：《中國白話小說史》（浙江：浙江古籍出版社，1989年），頁26。

要的是，希望能在話語所能指涉的範圍之內／外，去挖掘出更多的文化意涵，而這也是傅柯在論述話語形構的概念中，極欲闡明的重點。

1、言語的性戲謔

《三言》中「三姑六婆」的話語含藏了大量情色的成分。《三言》出現「三姑六婆」的篇章，約有三十卷，共計三十五人（詳見表 3-3-1）。她們原本是專指古代某些特殊職業婦女的代稱，到了宋代尚未出現，元代始將其合稱，「三姑」分別是指尼姑、道姑、卦姑；「六婆」指牙婆、媒婆、師婆、虔婆、藥婆、穩婆等。元、明以來，她們背負著貪財好利、媒介姦淫的惡名，尤其在戲曲、小說裡，大都以反派或丑角的姿態出現。〔註 308〕我們可藉由凌濛初（1580～1644）《初刻拍案驚奇》裡傳神的描述略窺一斑：

> 話說三姑六婆，最是人家不可與他往來出入。蓋是此輩功夫又閒，
> 心計又巧。亦且走過千家萬戶，見識又多，路數又熟。不要說那些
> 不正氣的婦女，十個著了九個兒，就是一些針縫也沒有的，他會千
> 方百計弄出機關，智賽良、平，辯同何、賈，無事誘出有事來。所
> 以官戶人家有正經的，往往大張告示，不許出入。〔註 309〕

時至今日，「三姑六婆」依舊是大眾用來形容長舌婦人的代名詞。她們或因深諳女子修容之好惡，或因熟悉女性心理與疾病，最重要的是，以其性別之便，得以出入閨閣，活躍於市井巷弄之中。她們在禮教吃人、嚴防男女分際的年代，開啟了一扇「挑動」之窗──「挑」起了人們壓抑已久本我欲望的潛在騷動，啟「動」了女性身體與自我對話的機制〔註 310〕；衝撞著倫

〔註 308〕衣若蘭：《「三姑六婆」：明代婦女與社會的探索》（板橋：稻香出版社，2002年），頁 14。衣若蘭指出，就「三姑六婆」的分類而言，「三姑」係以宗教區分，尼姑、道姑分別屬於佛、道二教，卦姑屬於民間信仰的師巫系統，是在家為人扶乩、卜卦、算命的婦女；「六婆」則以工作性質區分，牙婆與穩婆分別為媒介買賣與幫人接生的婦女，媒婆專為人介紹婚嫁，師婆即女巫，虔婆為妓院鴇母，藥婆為兜售草藥兼治病的婦人。可參看此書第三章〈「三姑六婆」所反映的明代女性職業〉，頁 33～88。

〔註 309〕〔明〕凌濛初撰；楊家駱主編：《初刻拍案驚奇》（臺北：世界書局，1975 年），卷 6，〈酒下酒趙尼媼迷花‧機中機賈秀才報怨〉，頁 101。

〔註 310〕傳統禮教約束下的女子，生活空間、行睡坐臥不外乎其「閨閣」，人因此多以「閨閣」作為女性禁錮、落寞、封閉的隱喻象徵。是故得以延伸視野、跨出凝滯封閉世界的甬道──「窗口」，成為打破禁忌、解放心靈欲望的中介元素。「三姑六婆」所引來的危疑騷動，正如〈蔣興哥重會珍珠衫〉中，蔣興哥外出經商時告誡三巧之語「莫在門前窺矚，招風攬火」，它具有「窗口的危機」

常禮教的秩序並揭露出衛道人士內心的焦慮與不安。她們因為職業之故，必須巧口利言地營生，話語便是她們擅長表意的工具。文人筆下的她們，大多與貪、盜、淫、竊、禍害相連，又因其得以自由進出女子閨舍，招致淫亂，所以官宦世家莫不強加查察，以嚴內外之禁。像〈李秀卿義結黃貞女〉《喻》卷廿八描述媒婆口之麻利，即可見一斑。故事裡的媒婆，將黃善聰如何女扮男粧，千古奇事，又且恁地貞節，世間罕有的事情，「走一遍，說一遍，一傳十，十傳百，霎時間滿京城通知道了」（《喻》頁 1106）。最後出來個守備太監李公，撮合李秀卿與黃善聰的婚事，才能玉成其美。大家都知道，「梁祝故事」乃〈李秀卿義結黃貞女〉故事的原型。梁祝傳說本是個悲劇，但拜媒婆口之賜，李黃故事最後竟能翻轉成大團圓喜劇收場。因此馮夢龍說，天下有三種嘴最屬害，其中的媒婆嘴便能「傳遍四方」，可知其話語的煽動力有多麼強烈，其文曰：

> 東家走，西家走，兩腳奔波氣常吼。牽三帶四有商量，走進人家不怕狗。前街某，後街某，家家戶戶皆朋友。相逢先把笑顏開，慣報新聞不待扣。說也有，話也有，指長話短舒開手。一家有事百家知，何曾留下隔宿口？要騙茶，要喫酒，臉皮三寸三分厚。若還羨他說作高，伴乾涎沫七八斗。（《喻》頁 1105）

傅柯一再強調，話語的功能不僅在「發出話語者」與「聽眾」彼此之間密切的關係，尤其在訊息傳遞的過程中，暗含了權力的施加和承受的意義，這種權力的運作是話語進行的一大特色。〔註 311〕由此可見，媒婆的話語儼然是一種權力施加的操作。而她的話語，無非代表一種「真理」，具有強烈的排他性（exclusion）。不同的傳播過程，均有類似的結果，如〈蔣興哥重會珍珠衫〉《喻》卷一的薛婆，她「能言快語，況且日逐串街走巷，那一家不認得？」（《喻》頁 20）「俐齒伶牙，能言快語，又半癡不顛的慣與丫鬟們打諢」（《喻》頁 42）；為了撩撥三巧兒，薛婆盡說些「街坊穢褻之談……自家少年時偷漢的許多情事」（《喻》頁 45），說到自己十三歲被隔壁官人破瓜的經驗，「初時好不疼痛，兩三遍後，就曉得快活」（《喻》頁 50），「那話兒到

的禁忌。參見康正果，〈話說偷情〉，收入氏著：《重審風月鑑——性與中國古典文學》（臺北：麥田出版社，1996 年），頁 236。

〔註311〕參見〔法〕米歇爾‧傅柯（Michael Foucault）著；王德威譯：《知識的考掘》，頁 20。

是不曉得滋味的到好，嘗過的便丟不下，心坎裡時時發癢……」（《喻》頁 50
～51），當晚三巧兒便在薛婆強烈的性話語挑逗下，終於春心蕩漾，與陳大
郎發生關係。還有〈賣油郎獨占花魁〉《醒》卷三的劉四媽，受王九媽之託，
遊說美娘接客，她精心設計的「從良之策」〔註 312〕，句句說到美娘的心坎
兒裡。試列舉其中一段，說明《三言》諧謔話語隱含的「性」騷動確是無所
不在，劉四媽說：

> 你便要從良，也須揀個好主兒。這些臭嘴臭臉的，難道就跟他不成？
> 你如今一個客也不接，曉得哪個該從，哪個不該從？假如你執意不
> 肯接客，做娘的沒奈何，尋個肯出錢的主兒，賣你去做妾，這也叫
> 做從良。那主兒或是年老的，或是貌醜的，或是一字不識的村牛，
> 你卻不骯髒了一世！比著把你抖在水裏，還有撲通的一聲響，討得
> 傍人叫一聲可惜。依著老身愚見，還是俯從人願，憑著做娘的接客。
> 似你恁般才貌，等閒的料也不敢相扳，無非是王孫公子，貴客豪門，
> 也不辱莫了你。一來風花雪月，趁著年少受用，二來作成媽兒起個
> 家事，三來使自己也積趲些私房，免得日后求人。過了十年五載，
> 遇個知心著意的，說得來，話得著，那時老身與你做媒，好模好樣
> 的嫁去，做娘的也放得你下了，可不兩得其便？（《醒》頁 110～111）

文中有支〈掛枝兒〉，單說劉四媽：「嘴兒好不利害！便是女隨何，雌陸
賈，不信有這大才！……好個烈性的姑娘，也被你說得他心地改。」（《醒》
頁 112～113）虔婆的厲害，正在於她說的話可讓貞女變心、節婦出軌，正搔
到人們的癢處。一個人以職業之便若能同時享有性愛與財富，不僅滿足身體
的欲望，同時也滿足了追求物欲的心理，豈不一舉兩得？美娘遂在劉四媽的
說服之下眉展眼笑。貞／淫本是相對的兩極，在注重禮教的中國自無法相容。
美娘的下海，其背後所代表的意義涵蓋層面很大，它指涉的不僅止在美娘的
「下海」而已。再看〈金海陵縱欲亡身〉（《醒》卷廿三）的媒婆女待詔，爲

〔註312〕依照小說中劉四媽的說法，從良也有幾等不同，有真從良，假從良，苦從良，
　　　　樂從良，趁好的從良，沒奈何的從良，了從良，不了的從良等等之分，聽得
　　　　美娘笑而不言，一塊硬鐵溶做熱汁。參見〔明〕馮夢龍著：魏同賢主編：《馮
　　　　夢龍全集》，《醒世恆言》上冊，頁 106～109。劉四媽的巧言，在於能設身處
　　　　地爲美娘著想，不全然以妓院生意爲考量，因此句句能打動美娘的心。日後
　　　　朱重與美娘成親，美娘不僅奉送劉四媽許多謝禮，還請她代大媒送親，相較
　　　　於美娘對待王九媽的冷淡，可知美娘心中對劉四媽是心存感恩的。

撮合定哥與海陵幽會，終於搭上貴哥這條線，讓定哥與海陵得以苟合，與〈陸
五漢硬留合色鞋〉（《醒》卷十六）陸婆的作法如出一轍。而陸婆與張藎的對
話，還有她替潘壽兒想出以咳嗽爲暗號的方法，略勝女待詔一籌。除此之外，
還有一些非全心向佛的出家人也擅長以猥瑣話語搭訕別人，如〈赫大卿遺恨
鴛鴦絛〉（《醒》卷十五）的尼姑空照，她因七歲喪父而入空門，所謂「眞念
佛、假修行、愛風月、嫌冷靜、怨恨出家的主兒」（《醒》頁 748），終按捺不
住，出言勾搭尋花問柳的赫大卿。

作爲人類精神現象原型之一的色／性，在這些故事裡充分發揮了話語構
成基因的效應，蓄積了風月的能量。「三姑六婆」所代表的文化符碼，不是爲
了故事主人公提供某種行動的情境，而應該是建構出與「性」的指涉有關的
話語，鋪敘潛在氛圍，並進而引發由性欲、飢餓、偷盜、騷亂等混合而成的
人物本能意義上的僭越衝動，這些話語都受制於該時代對外在世界的一特定
認知模式。〔註313〕在〈陸五漢硬留合色鞋〉《醒》卷十六也說到：

> 浪子心，佳人意，不禁眉來和眼去。雖然色膽大如天，中間還要人
> 傳會。伎倆熟，口舌利，握雨攜雲多巧計。虔婆綽號馬泊六，多少
> 良家受他累。不怕天，不怕地，不怕傍人閒放屁；只須瞞卻父和娘，
> 暗中撮就鴛鴦對。朝相對，暮相對，想得人如痴與醉。不是冤家不
> 聚頭，殺卻虔婆方出氣。（《醒》頁 848～849）

即便故事裡的主人公色膽包天，眾目睽睽之下，仍不敢逾越禮法；遞情
送意，還需「中間人」傳會，突破層層封鎖。中國自古避談性事，尤其視淫
亂爲一大禁忌，而明代對禁欲的反動、情色的解放卻是一股時代風潮，人心
不古、詭變百出。一方面，從漢代劉向（約西元前 79 年～前 8 年）傳列女、
重婦德始，以貞節爲典範，歷經千年，演變到明代竟然創下烈女歷史空前的
紀錄。根據《明史》的記載，官方「旌表節烈」的婦女載於實錄及郡邑志的
人數，不下萬餘人〔註314〕；另一方面，明神宗萬曆年間（1573～1620），正值
中國文化重大轉型的時期，宋明理學以來的「理欲之辨」，使正反思維對立加
劇，禮教禁錮之嚴無以復加，但人心與道德卻遭逢史所未見的騷動。社會上
高倡道貌與競逐奢靡者兼而有之，節烈同淫蕩共存的異象屢見不鮮。今日流

〔註313〕參見苗軍：《在混沌的邊緣處湧現：中國現代小説喜劇策略研究》，頁 10～11。
〔註314〕〔清〕張廷玉等敕修；楊家駱主編：《新校本明史并附編六種》，〈列女傳一〉，
卷 189，頁 7689～7690。

傳的豔情文學乃至於春宮畫卷，大部分出自晚明，即可窺知當時社會的情況。
於是就在欲望陳述與道德訴求的「夾縫」中，向來隱晦難言的性，成了文人
筆下戲謔的一種投射，成為兩性禁錮之下的一塊鬆動之石。

　　除此之外，就話語接受的環境而言，擬話本小說與宋元以來說書人在瓦
舍勾欄裡的話本最大的差別，即在於它的「密室性」。擬話本小說乃文人將話
本案頭化的結果，因此有些不適合在大庭廣眾下宣講的情節，由於「密室性」
之便，在描寫猥褻情色方面特別露骨。〔註315〕而當故事裡的敘事者一方面以
寫實的聲音大膽述說情色時，卻又聲稱勸善懲戒、道德感人，便形成了一種
馮氏所慣用的特殊雙聲話語，在《三言》中屢見不鮮。

　　《三言》潛藏欲望之騷動，與社會文化心理是緊密相關的。前面提到，
明代社會充溢著動能力比多，為文學的戲劇性提供了原創動力，成為人物性
格趨向複雜，展現多層面精神品格的根本原因。〔註316〕《三言》之欲望陳述，
換句話說，就是利用世俗化的嬉鬧甚至辱罵，去間接消解所謂的神秘、嚴肅
和永恆的課題，揭開民間禁忌的面紗。以〈喬太守亂點鴛鴦譜〉（《醒》卷八）
為例，當我們省思「喬太守故事群」它背後是否反映了性壓抑症候群的社會
現象時〔註317〕，尤不能忽略像張六嫂這類配角人物在其中所扮演的重要性。
張六嫂等人所代表的意義，絕不僅僅在於表象的「利口」（能言善道）而已，
而是作為能指（signifer）的媒婆，已成為欲望流動的所指（signified），甚至
她們的話語是大於性／色暗示所能涵蓋的一切。馮夢龍筆下「三姑六婆」的
形象，不論是他自覺與否，也不僅是單純、負面的「刻板印象」（stereotype）
〔註318〕而已，其意涵更具有繁複深遠的文化意義。

2、主題的性戲謔

　　晚明城市經濟發達，帶動市民階層蓬勃發展，商品經濟與社會生活高度
繁榮。明人王錡（1433～1499）《寓圃雜記》卷五〈吳中近年之盛〉中曾提及
當年江南的盛況：

〔註315〕宋若雲：《逡巡在雅俗之間：明末清初擬話本研究》，頁170。

〔註316〕參見陳器文：《中國通俗小說試煉故事探微》，頁62。

〔註317〕參見陳器文：〈沖喜故事的四階段演變——「文化殘餘」課題探討〉，中興大
　　　　學《文史學報》第25期（1995年3月），頁17～21。

〔註318〕衣若蘭引用心理學家將人們對某些人或事物產生特定的、畫一的單純化觀
　　　　念，稱為「刻板印象」（stereotype），並說文人眼中的「三姑六婆」正是呈現
　　　　這樣的形象。參見氏著：《「三姑六婆」：明代婦女與社會的探索》，頁19。

> 吳中素號繁華，……。逮成化間，余恆三四年一入，則見其迥若異
> 境，以至於今，愈益繁盛，閭簷輻輳，萬瓦甃鱗，城隅濠股，亭館
> 布列，略無隙地。輿馬從蓋，壺觴罍盒，交馳於通衢。水巷中，光
> 彩耀目，游山之舫，載妓之舟，魚貫於綠波朱閣之間，絲竹謳舞與
> 市聲相雜。凡上供錦綺、文具、花果、珍羞奇異之物，歲有所增……
> 人性益巧而物產益多。〔註319〕

經濟的繁榮使得農業、手工業與商業都有長足的發展，庶民文化與自覺
意識隨著社會型態轉變而逐漸抬頭。處於下層階級的「三姑六婆」，原本就
比深閨女子有較多自由的活動空間，市井成為她們營生的舞台。在文人虛構
的小說與現實生活的雙重場域裡，負責扮演傳遞訊息的媒介，突破男女壁壘
分明的界線；也對外展示素來神秘、隱晦不為人知的女性身體，顛覆傳統以
父權為主的兩性關係，更進而成為衛道之士內心潛在的集體焦慮。馮夢龍不
斷以「三姑六婆」作為情欲解放的催化劑，並藉由她們的視角，對眾多女性
的身體恣意飽覽與進行話語上的挑逗。例如〈蔣興哥重會珍珠衫〉（《喻》
卷一）的薛婆對三巧兒性挑逗的那一幕，讀者對於三巧兒的生理與心理微妙
的變化，在薛婆的引介下一覽無遺。同時我們也對三巧兒單純近於無知的想
法，心生愛憐。尤其是當她不斷追問薛婆「女人做對」與「救急的法兒」後，
嬌滴滴的一副嫩臉，紅了又白，白了又紅，連說二次「妳說謊」（《喻》頁 52）。
三巧兒其實是在講反話，她期待薛婆能給個明確的答案。此時薛婆早已洞悉
三巧兒生理強烈的需求，於是在她的安排下，三巧兒初嘗與其他男人雲雨的
滋味，其文略曰：

> 一箇是閨中懷春的少婦，一箇是客邸慕色的才郎。一箇打熬許久，
> 如文君初遇相如；一箇盼望多時，如必正初諧陳女（按：指潘必正
> 與陳妙常）。分明久旱逢甘雨，勝過他鄉遇故知。（《喻》頁 54）

自宋以來，女子「餓死事小，失節事大」，尤其烈女不更二夫，忠臣不
事二君，是中國婦女長久被規訓內化的貞操觀念。三巧兒不僅無法抗拒誘
惑，還「顛鸞倒鳳，魂不附體」（《喻》頁 55），暗示女子在生兒育女之外，
也有享受性高潮的權利，傳宗接代不再是性的唯一條件。還有〈玉堂春落難
逢夫〉（《警》卷廿四）的一秤金，百般勸誘三官梳攏玉堂春，他們兩人終在
一秤金的撮合下相見，公子看見姑娘果然生得好：

〔註319〕〔明〕王錡：《寓圃雜記》（北京：中華書局，1984 年），頁 42。

鬟挽烏雲，眉彎新月。肌凝瑞雪，臉襯朝霞。袖中玉笋尖尖，裙下
金蓮窄窄。雅淡梳妝偏有韻，不施脂粉自多姿。便數盡滿院名姝，
總輸他十分春色。（《警》頁 901）

　　這是男性欲望書寫下的女子胴體，但必透過虔婆的介入才能順理成章，
即在於「三姑六婆」具有媒介男女、衝破禁忌的本領。老尼惠寂於〈宿香亭
張浩遇鶯鶯〉（《警》卷廿九）扮演的角色亦很吃重，三番兩次替張浩傳遞書
信，促成張浩終於宿香亭與鶯鶯相會。當兩人解帶脫衣，入鴛幃共寢時，只
見：

寶炬搖紅，麝裀吐翠。金縷綉屏深掩，紺紗斗帳低垂。並連鴛枕，
如雙雙比目同波；共展香衾，似對對春蠶作繭。向人尤殢春情事，
一搦纖腰怯未禁。（《警》頁 1216）

　　不同於男女主人公，當「三姑六婆」自己成為欲望投射的對象時，她們
的身體也必然成為展演的一部分，滿足文人逸軌的想像，也更加說明了「三
姑六婆」本身即是結合了所有欲望的綜合體。如〈楊思溫燕山逢故人〉（《喻》
卷廿四）裡的道姑劉金壇，在人們面前曼妙地秀出了她的裝扮，主人公思厚
初見之，竟然神魂散亂，目瞪口呆，其文略曰：

頂天青巾，執象牙簡，穿白羅袍，著翡翠履。不施朱粉，分明是梅
萼凝霜；淡竚精神，彷彿如蓮花出水。儀容絕世，標致非凡。（《喻》
頁 983～984）

　　又如〈赫大卿遺恨鴛鴦絛〉（《醒》卷十五）的尼姑空照，在大卿色眼
觀看下，只見：「這尼姑年紀不上二十，面龐白皙如玉，天然豔冶，韻格非
凡。」（《醒》，頁 747）倆人勾搭上後，空照又叫二女童加入，四人打得火熱，
但見：

當下四人杯來盞去，吃到半酣，大卿起身捱至空照身邊，把手勾著
頸兒，將酒飲過半杯，遞到空照口邊。空照將口來承，一飲而盡。……
大卿上前抱住，扯開袖子，就做了個嘴兒。二女童年在當時，情竇
已開，見師父容情，落得快活。四人攢做一團，纏做一塊，吃得個
大醉，一床而臥，相偎相抱，如漆如膠。赫大卿放出平生本事，竭
力奉承。尼姑俱是初得甜頭，恨不得把身子并做一個。（《醒》頁 754
～755）

　　明清之際民間宗教風氣盛行，信徒們為宣揚教義而男女雜處，共同修行，

模糊了自古以「夫爲妻綱」的倫理綱常,常引起政府官紳的不安與憂慮。〔註320〕
在世俗的眼光中,一般人認爲尼道諸多行徑悖離傳統禮教,已令人不齒;倘若
稍具姿色,更易引人遐想。且她們常藉宣經化緣之便,哄拐良家婦女。是故官
方與仕紳不斷禁止女子出入寺觀廟宇,欲以律法確保男女之防,當時就有明文:
「有官及軍民之家,縱令妻女於寺觀神廟燒香者,笞四十。罪坐夫男。無夫男
者罪坐本婦。其寺觀神廟住持及守門之人,不爲禁止者,與同罪」〔註321〕等規
定,皆是用來維繫社會善良風俗與嚴禁亂性的防範措施。《三言》中尼道的出現,
擴大並深化了此種焦慮的存在,其中還糾結著男性欲窺伺女體的獵豔心理。馮
氏恣意展演女性的身體/情欲,顛覆了傳統的兩性關係,賦予女性擺脫第二性
附庸論述的意義,將女性身體解放開來。雖說這些情色文字皆出自馮夢龍之手,
但何嘗不是作者在演述「世相」與書寫「大眾」、如實地反映出晚明普遍的人心
思潮?這是否意謂著女體不再成爲一種隱晦的禁忌?成爲當代集體潛意識的共
同表徵外,亦成爲《三言》諧謔話語的獨到之處。

　　馮夢龍早年在笑話選集中,充分表現出他的詼諧與幽默的一面。不論是
後來的「情教」觀,或是近於俚俗的庶民話語,皆可視爲其「眞情」初衷的
模擬再現。在貶低模擬的話語中,「三姑六婆」的形象,就是一種極具喜感的
角色。她們的出現,不僅可以反映出晚明男性於女體窺伺的潛在欲望,亦是
馮夢龍笑話狂歡化的產物,將游移在眞情與禮教間縫隙中的騷動,予以合理
化。她們的集體發聲,往往逸出作者的筆端,在主角人物之外,向我們展示
一個「人性之眞」的世界,並保留了當代十分可觀的庶民文化與作者潛在的
意識。事實上,許多學者留意明代的笑話文集,即在於其中所蘊含的批判意
識、顛覆策略與生活化的語言,皆能凸顯文人在主流/雅正文化的宰制下,
以另類話語/民間文化來打破正統文化理性封閉的世界之軌跡。〔註322〕本章
節藉助於巴赫金揭櫫的邊緣人物在小說中扮演的重要意義,深究其背後的意
涵,反覆印證擬話本小說裡有關「性」的話語結構,實爲推動全書諧謔話語
的關鍵,更進而推論出馮夢龍一生思想中重視眞情、擺脫名教的想法,實源

〔註320〕喻松青:〈明清時期民間宗教教派中的女性〉,《南開學報》第 5 期(1982 年),
　　　　頁 29～33。
〔註321〕黃彰健:《明代律例彙編》(南港:中央研究院歷史語言研究所,1994 年),
　　　　卷 11,〈禮律一・祭祀〉,頁 588。
〔註322〕參見黃慶聲:〈馮夢龍《笑府》研究〉,《中華學苑》第 48 期(1996 年 7 月),
　　　　頁 80。

於馮氏對於「笑」的深刻認知有密切關係。

馮夢龍潛藏於《三言》中的喜劇美學，不斷地在卑賤小人物所感所知的世情中隱隱透顯，但又由於馮氏本人潛意識中存有幽默詼諧的因子，因此「情教導愚」故作正經的訓誡，常與諧擬情色的聲音同時出現。不同聲調的敘述話語，構成極不對稱的一種悖反喜感。透過《三言》諧謔角色與話語的研究，我們可略窺在時代影響下所展現的話本小說喜劇特色。此種特色隨著明朝將亡，不但沒有消失，反而後繼有人，不斷予以深化轉精，推陳出新。李漁作為一時代怪傑，由於他的出現，話本小說即將邁入一個全新的境界。

二、李漁亂世從權與觀衆本位的求生之道

論及明清鼎革之際話本小說中的諧謔話語，倘若忽略李漁（1611～1680）的短篇小說，肯定會相形失色、有所缺憾。當時不論在政治或是社會上，均遭逢風雲詭譎、失序動亂的劇變，作為反映現實的話本小說，連帶也產生不小的衝擊與變化。此際的中國，尚驚魂未定於改朝換代所帶來的動盪不安，在在考驗著文人的自處之道。然而此時期的話本小說形式與內容，經過宋、元話本時期與明代擬話本時期的發展後，開始步入蛻變。以非情節因素為例，諸如篇目、回目的新形式和多樣化，或是插詞的變形和套語的減少等等，皆頗有可觀之處。〔註323〕除此之外，內容情節則出現了別出心裁、奇巧有趣的喜劇性，而「以文為戲」、「遊戲翰墨」的創作風格，正是李漁所謂的「嘗以歡喜心，幻為游戲筆」的諧謔〔註324〕，堪謂此時期的一大特色。所謂的「歡喜心」，即是寫作喜劇時的一種創作心理；而「遊戲筆」，則是喜劇所採用的種種敘事結構手法。另外，李漁所謂的「無損益」，是指藝術功能的非實指性。至於發「悲願」以娛人，則是宣示一種「寓教於樂」的文學主張。〔註325〕有

〔註323〕參見徐志平：《清初前期話本小說之研究》，頁143～175，文中有翔實精闢的論述。

〔註324〕李漁曾言：「嘗以歡喜心，幻為游戲筆。著書三十年，於世無損益。但願世間人，齊登極樂園。縱使難長久，亦且娛朝夕。」參見李漁：〈偶興〉，《笠翁一家言詩詞集》，載於《李漁全集》（杭州：浙江古籍出版社，出版年不詳），卷2，頁25～26。他也曾說過「一夫不笑是吾憂」，見李漁：〈風箏誤〉，《李漁全集》，卷4，頁203。本章節中關於李漁之著作引言，皆以浙江古籍出版社之《李漁全集》為參照，獨立引言的部分採取隨文註的方式，並標示出書名、卷數及頁碼，不再另外註明出處。

〔註325〕參見王璦玲：《晚明清初戲曲之審美構思與其藝術呈現》（臺北：中研院文哲

論者以為，明清之際話本小說不再囿於勸懲的目標，異於晚明話本小說作家之「虔心」說教，原因可能與清人實施高壓統治政策和大興文字獄有關。明清之際宣揚忠孝節義以及貞夫烈婦的事蹟，難保不會有國族書寫的影射暗喻，遂成為清廷極為忌諱之處。文人在充滿肅殺詭譎的氛圍中進行創作，於是藉遊戲神通以規避現實。採用曲折隱晦或是荒誕離奇的敘事話語策略，已非咄咄怪事。其文體或以寓言體式來書寫，或以神／人／獸三界，建構虛實兩境的世界觀，或化嬉笑怒罵為筆下之文。例如李漁的《無聲戲》、《十二樓》，艾衲居士的《豆棚閒話》，墨憨齋主人的《十二笑》以及酌玄亭主人的《照世盃》等等〔註 326〕。他們皆在勸世主旨之外，翻出各種新鮮奇特的題材，但往往輕薄笑鬧有餘，思想深度不足，且其意專在求趣，實不及晚明話本來的樸實厚重。〔註 327〕就在這種過度講究形式的技巧，忽略了內容的弊病下，小說缺乏真實感人的藝術力量。孫楷第（1898～1986）曾針對李漁小說提出批評，不僅貼切精準地指出此種現象，也道出此時期話本小說的通病：

> 長處是關目新，人物配置的好；短處是有意求新，人工多而天工少，
>
> 其結果不免失之纖巧。〔註 328〕

即便如此，此時期的話本小說為人詬病處雖不少；但相對的，它們卻能呈顯出迥異於前朝晚明話本小說的面貌，開展當代小說藝術的獨特風貌，並在這些特定情境的語彙中傳達了某些具有時代意義的文化信息。明清之際的李漁，就是在這種特殊氛圍中孕育出來頗具代表意義的「怪傑」。世人給予其言行之褒貶，往往就在一念之間。觀李漁之思想，明顯淵源於晚明的啟蒙思

所，2005 年），頁 418。

〔註 326〕本小節除《十二笑》為古本小說集成的版本外，其他版本為江蘇古籍出版社《中國話本大系》中的《覺世名言十二樓等兩種》、《西湖佳話等三種》，其中《十二樓》由崔子恩校點，《無聲戲》由胡小偉校點，《豆棚閒話》由張道勤校點，《照世盃》由徐中偉、袁世碩校點。以下引文但標頁碼，書名分別以《樓》、《戲》、《豆》、《笑》、《盃》代替，不再註明版本。

〔註 327〕由《三言》、《二拍》帶動的擬話本小說創作高峰，經過晚明的繁榮，至明清之際仍在持續，只是已經出現了新的發展變化，此時期小說奇巧戲謔的喜劇性為其共同表徵。可參考崔子恩：《李漁小說論稿》（北京：中國社會科學出版社，1989 年），第八章〈明清之際話本小說的個性煥發〉，頁 118～128。歐陽代發：《話本小說史》（湖北：武漢出版社，1997 年），第十二章第二節〈明清之際擬話本小說的新變化〉，頁 447～456。

〔註 328〕孫楷第：〈李笠翁與十二樓〉，載於《滄州後集》（北京：中華書局，1985 年），頁 188。

潮和享樂主義，又受到明清之際特定的政治、經濟與文化等條件因素的制約而發生了某種變異，並在其個人的生存環境、生存方式以及資稟個性的因緣下，最終形成了複合、複雜而又獨特的形態結構。〔註329〕

　　李漁無疑是位受人矚目的特殊人物。作為一位才情豔逸的通俗作家，他為世人留下眾多膾炙人口的小說戲劇與理論作品，將中國古典戲劇理論推向高峰。李漁其人行事多變，作風特立獨行。他不僅是位小說家、劇作家、藝術總監，同時他也涉足出版業、園林藝術與詩詞創作；興之所至，有時還客串起山人清客與旅行家的身分，是個集多重角色於一身的藝術家。而每個「頭銜」後面，大抵都對應著一種文化領域與文化現象，其文化行為與文學作品之間的敘事話語值得我們深究與考察。

　　李漁的創作品類繁多，目前學界以浙江古籍出版社所出版之二十卷本《李漁全集》為主要參考版本。該書大量地歸納整理李漁的作品及研究資料，最為詳盡豐贍。本章節的討論範圍，主要以李漁兩部話本小說集《十二樓》、《無聲戲》〔註330〕共計三十篇的內容為主，然依照論述的需要亦旁涉其他作家的文本以供比較，並參酌《李漁年譜》、《李漁交遊考》、《李漁研究資料選輯》與《現代學者論文精選》等文獻，俾便深入瞭解李漁的生平經歷及思想內涵。

　　歷來研究者，皆認為李漁的戲曲小說，素有濃烈的「市民喜劇」〔註331〕

〔註329〕參見黃果泉：《雅俗之間：李漁的文化人格與文學思想研究》（北京：中國社會科學出版社，2004 年），頁 1。

〔註330〕蕭欣橋：〈李漁《無聲戲》、《連城璧》版本嬗變考索〉一文中指出，《連城璧》乃李漁將《無聲戲合集》及《合集》之外的幾篇刻印成外編。該文收錄於《現代國內外學者論文精選》，《李漁全集》，第 12 卷，頁 332～3352。另外，徐志平亦指出，李漁在順治十二年刊行《無聲戲》一集，今存。後又刊行《無聲戲》二集，已佚，但其中五篇保留在《無聲戲合集》（康熙年間改名為《連城璧全集》），因此《無聲戲》一、二集現共存十七篇小說。另外，李漁將一、二集編入《合集》時剩下的取六篇合為《連城璧外編》，而其中一篇轉為《十二樓》中的〈拂雲樓〉，於是補寫了一篇〈說鬼話計賺生人顯神通智恢舊業〉。順治十五年，李漁又完成了《十二樓》中的十二篇小說，因此李漁的話本小說現一共留下三十篇。詳見氏著：《清初前期話本小說之研究》，頁 21～26。本文中關於《無聲戲》、《連城璧》之引文，標註方式以《李漁全集》第 4 卷《笠翁小說五種》中的編排為主。

〔註331〕早期中國大陸研究李漁的學者，陸續發表喜劇相關的研究論文，諸如湛偉恩：〈李漁的市民喜劇初探〉，《廣州師院學報》第 3 期（1983 年）；湛偉恩：〈李漁的喜劇創作論〉，《蘇州大學學報》第 4 期（1984 年）；湛偉恩：〈李漁喜劇

意識，甚至有人稱他爲「我國戲曲史上第一個專門從事喜劇創作的作家」，可與西方的喜劇大師莎士比亞（1564～1616）、莫里哀（1622～1673）等人相提並論。〔註332〕這是由於話本小說自明代馮夢龍、凌濛初的「三言二拍」時期，擺脫了市井勾欄中百藝爭長的口頭化階段後，進入了書面化和文人化的階段所使然。而李漁的小說，創新色彩濃厚，充分展現其求新求變的高度自覺性。李漁本著「變則新，不變則腐；變則活，不變則板」的求新精神〔註333〕，爲話本小說注入了新的生命力，也加深了這種文學形式的文人化與個性化的特色。譬如說，他力主文章務去陳言，如此方能達到新穎的效果，在《閑情偶記‧詞曲部上‧脫窠臼》云：

> 人惟求舊，物惟求新。新也者，天下事物之美稱也。而文章一道，
>
> 較之他物，尤加倍焉。戛戛乎陳言務去，求新之謂也。〔註334〕

李漁更自負地以「有我之境」，創造出中國話本小說史無前例的趣味性出來，編織其「程式化」與「個性化」的審美張力〔註335〕，是故他的小說到處可見他的身影。杜濬言李漁之作，說他「無一語不入世情三昧」；佩服他的構思，言其「文章之妙，至此極矣，豈復前有古人，後有今人乎？」〔註336〕李

理論初探〉，《廣州師院學報》第 1 期（1983 年）；陸元虎：〈李漁喜劇典型論〉，《中國古代、近代文學研究》第 3 輯（1991 年）；陸建祖：〈論李漁市俗喜劇的創作特色〉，《遠程程教育雜誌》第 6 期（1999 年）；許金榜：〈李漁劇作思想成就芻議〉，《山東師大學報》第 2 期（1986 年）等。崔子恩則以「喜洋洋的喜劇氛圍……喜劇主義」來概括李漁小說世界的藝術內核。參見氏著：《李漁小說論稿》（北京：中國社會科學出版社，1989 年），頁 29。

〔註332〕參見黃天驥：〈論李漁的思想和劇作〉，《文學評論》第 1 期（1983 年）；馬焯榮：〈笠翁莎翁比較研究導論〉，《地方戲藝術》第 2 期（1992 年）；付少武：《李漁與莫里哀比較研究》（南京：南京大學中文系博士論文，2003 年）；潘薇：〈李漁與莫里哀喜劇創作跨文化研究〉，《吉林藝術學院學報》第 3 期（2003 年）。

〔註333〕李漁提出「隨時更變」的觀念，就是希望以創新求變來保持文體維持鮮活生命力的方法。在《閒情偶寄‧演習部》他說：「才人（李漁自謂）所撰詩賦古文，與佳人所製錦繡花樣，無不隨時更變。變則新，不變則腐；變則活，不變則板。」《李漁全集》，卷3，《閒情偶寄‧演習部》，頁 69～70

〔註334〕〔清〕李漁：《李漁全集》，卷3，《閒情偶記‧詞曲部》，頁9。此類例子很多，像趙毅衡便從「文學符號學」的角度指出，李漁擅長以「顛倒字句」追求比喻再義化的可能，這是符形學變形的能指效果。參見趙毅衡：《文學符號學》（北京：中國文聯出版社，1990 年），頁 180。

〔註335〕見楊義：〈李漁小說：程式化和個性化的審美張力〉，載《中國古典白話小說史論》（台北：幼獅文化公司，1995 年），頁 228。

〔註336〕參見〔清〕李漁：〈妒婦守有夫之寡　懦夫還不死之魂〉，《無聲戲》第 7 回，

漁對於時代的**趨**向與好惡，具有敏銳的觀察力。其小說在當時受到市民的喜愛，成為暢銷的通俗文學作家，正是由於他的敘事話語具有強烈的「媚俗」傾向，寧願捨棄「陽春白雪」，而甘用「下里巴人」迎合大眾，不惜降低作品格調以博取讀者的青睞。〔註337〕這種講求諧趣的文字語言，力求通俗淺顯的敘事手法，確易為大眾所理解接受，但同時也讓李漁遭來許多負面的批評。

　　晚明以來，中國歷經巨大的社會和文化變遷，伴隨著經濟成長，也促進教育的發展，民眾參與文化活動的能力不斷提升。而教育的普及又促進印刷出版業的蓬勃發展。對於書籍的需求增加，出版商和私家刻書為了滿足各種讀者的需求，便傾全力出版各式各樣的印刷品，而那些與城市文化相關的藝術，融娛樂、戲劇與商業性於一體的消費刊物，諸如戲曲、小說、笑話及消遣性讀物自然廣泛流播。且清初文人不但將賣文筆耕視為獲取生活之資的重要來源，有的更公然以「沽者」自居毫無愧色，具有濃厚的營利意識。〔註338〕李漁在戲曲小說上的創作，堪稱職業性的文人，而且他還從事編輯出版的工作，走上一條自外於功名利祿的文藝經營之路。由於李漁世俗化及商業化的生活方式，使得他的人品備受世人爭議。時人吳梅村（1609～1671）曾以「江湖笑傲誇齊贅，雲雨荒唐憶楚娥」〔註339〕來形容他的風流倜儻；但袁于令就非常鄙夷他，訾議「李漁性齷齪，善逢迎，遊縉紳間，喜作詞曲小說，及淫藝。常挾小妓三四人，子弟過遊，便隔簾度曲，或使之捧觴行酒，並縱談房中，誘賺重價。其行甚穢，真士林所不齒者也。」〔註340〕李漁或迫於生計，混跡市廛，從事經營，托缽干謁，縱談聲色；或與文友詩酒唱和，兼以歌舞觀演、養姬蓄婢；帶領家班四方獻藝，夤緣交結，以「打抽風」〔註341〕的行

　　　　收入於《笠翁小說五種》，頁333。
〔註337〕李漁曾說：「弟則巴人下里，是其本色。非至調不能高，即使能高，亦憂寡和，所謂『多買胭脂繪牡丹』也。」參見《李笠翁一家言》，卷3，〈復尤展成先後五札〉之五。李漁曾不無得意地宣稱：「大約弟之詩文雜著，皆屬笑資。以後向坊人購書，但有展閱數行而頤不疾解者，即屬贗本。」見《笠翁詩集‧與韓子蘧》，卷3，頁91。
〔註338〕參見黃果泉：《雅俗之間：李漁的文化人格與文學思想研究》（北京：中國社會科學出版社，2004年），頁33～34。
〔註339〕〔清〕吳偉業：《梅村家藏稿》（合肥：黃山書社據四部叢刊景清宣統武進董氏本，2009年），卷16後集8，〈贈武林李笠翁〉，頁145。
〔註340〕〔清〕袁于令：《娜如山房說優》，收錄於《李漁研究資料選輯》，《李漁全集》（浙江：浙江古籍出版社，出版年不詳），第12卷，頁310。
〔註341〕孫楷第：「《四庫全書總目提要》別集存目七趙宧光《牒草》條：『有明中葉後，

徑維生,「遊蕩江湖,人以俳優目之」〔註342〕,言行實有失讀書人的氣節。士林出現視李漁爲逢迎權貴的文人敗類的批判聲浪。若欲探究形成李漁特殊敘事話語的成因,隱含了什麼樣的文化表徵與意指實踐?這裡牽涉的層面極爲廣泛。按照常理推論,應該依據年表考察他經營文藝活動背後的各種因素。通常認爲包括以下三點:賣賦筆耕、出版經營和家班獻藝等。本文爲論述之便,將之統稱爲李漁「本業治生」〔註343〕的士商心態。但士人之種種文化行爲,歸根究底,實與其文化人格、文化思想息息相關,雖然二者誠難截然劃分。本文尤其著重在基於時代的文化背景下,其思想人格中那些富於文化意味的成分,特別是李漁在面對明清易代所表現出來的處世哲學與文藝主張,這些均深刻地影響了李漁的創作理念。因爲我們知道,話語是指稱或構造有關一個特定話題的實踐,其中包含了觀念、形象與實踐活動(在此指涉爲話

山人墨客,標榜成風。稍能書畫詩文者,下則側食客之班,上則飾隱君之號,借士大夫以爲利,士大夫亦借以爲名。』所謂山人者,是借士大夫以爲利的。明季山人甚多,最闊氣的是陳繼儒。清初山人著名的,便是李漁。這些先生們,非工非商,不宦不農,家無恒產而需要和士大夫一樣的享受。一身而外,所有費用皆取之於人。所以遊蕩江湖,便是他們的職業。明白這個道理,便知道笠翁之負笈四方,是爲生計問題所驅使,不得不如此的。」參見氏著:〈李笠翁與十二樓〉,《李領漁研究資料》下,載於《李漁全集》,卷12,頁5~65。

〔註342〕〔清〕黃文暘撰;董康(1876~1943)校訂:《曲海總目提要》(天津:天津古籍出版社,1992年),上冊,卷21,頁925。

〔註343〕宋人袁采論及士人治生之道時云:「其才質之美,能習進士業者,上可以取科第致富貴,次可以開門教授,以受束修之奉。其不能習進士業者,上可以事筆札,代牋簡之役,次可以習點讀,爲童蒙之師。」參見〔宋〕袁采:《袁氏世範》(合肥:黃山書社據清知不足齋叢書本影印,2009年),卷2,〈子弟當習儒業〉,頁26。「開門授徒」與「童蒙之師」屬同一類型,「牋簡之役」則大略包括幕僚與傭書賣文兩種。可見,除仕途外,「士」只有教授、入幕、傭書賣文三種治生途徑。這也是晚明以來,一般士人「本業治生」的重要手段與基本生存空間。本文所謂的「本業治生」,顧名思義,是指士人通過自身的知識與智能同社會進行交換,並獲得物質生活資料的生存途徑。關於「本業治生」,可詳見劉曉東:〈明代士人本業治生論——兼論明代士人之經濟人格〉,《史學集刊》第3期(2001年7月),頁70~75。而李漁的藝術經營雖然包括賣賦筆耕、出版經營和家班獻藝等三種,三者中前兩項的營利傾向最爲明顯,但在營利的方式、規模等方面卻有差異;至於家班獻藝,情況更爲複雜,實不當與前兩者相提並論。參見黃果泉:《雅俗之間:李漁的文化人格與文學思想研究》,頁28。筆者將之概括統稱爲「本業治生」的士商心態,乃著重於強調其「商賈」色彩的營利性行爲,即使李漁家班不同於民間戲班,其性質是自娛性而非經營性的。但李漁藉此夤緣交結,並獲有財物是不爭的事實,筆者關注的重點也在此。

本小說）。從中可考察話語所生產的知識如何與權力聯結，如何規範行為，產生或構造各種認同與主體。〔註344〕本小節擬先從李漁身處歷史世變特殊的「遺民」身分說起，繼之回溯其「本業治生」的士商文化人格，探究他在瞬息萬變的鼎革之際，如何以話本小說建構其隱蔽幽微的意旨實踐。

（一）亂世從權的逍遙逸民

　　李漁字笠鴻，號笠翁，生於明萬曆三十九年（1611），卒於清康熙十九年（1680）。李漁出身於浙江蘭谿的藥商家庭，早年家境優渥。據敦睦堂《龍門李氏宗譜》載，原名仙侶，字謫凡，號天徒。中年後，更名李漁。別署伊園主人（李漁〈伊園十便〉詩序）、隨庵主人（黃鶴山農《玉搔頭‧序》）、覺道人（杜濬《覺世名言十二樓》序）、覺世稗官（《覺世名言十二樓》署名）、湖上笠翁（《閒情偶寄》署名）等各種不同的稱號。〔註345〕

　　李漁一生，跨越了明末、清初兩個時期。此一時期，也是中國政治、文化與思想相當紛亂的歷史階段。它實際上包括了明朝覆滅、易代兵燹、清初由混亂漸趨穩定的不同社會形態。他雖親身經歷了明清易代的衝擊，不過世人鮮少將李漁視為明遺民，這是一個值得探究的課題。甲申之後忠義死節的歷史情境，似與李漁無關。因為入清後的李漁，不以遺民自居，選擇進入市井，成為具有士商色彩的文人，「挾策走吳、越間，賣賦以糊其口」〔註346〕。賣藝糊口的李漁，形象顯得通俗，甚至帶有些江湖味，和素負氣節的遺民故老形象，顯得格格不入。然世局的劇變，並非未在李漁心理烙下深刻印記，親身經歷了亡國劫難的過程，焉能無悲憤之心？觀其〈甲申紀亂〉所言，「可

〔註344〕在人類長存的歷史中，權力於其中寄寓的東西就是語言。語言是一種立法，全部語言結構就是一種普遍化的支配力量。而話語所具有的社會化的構造功能，把語言的這種支配力量納入社會權力系統的整合運作，因而話語的權力是雙重的，來自語言內部的「組織化力量」與社會實踐的「制度化力量」。參見陳曉明：《解構的蹤跡：歷史、話語與主體》（北京：中國社會科學出版社，1994年），頁62。

〔註345〕參見黃麗貞：《李漁研究》（臺北：國家出版社，1995年），頁24～62。沈新林：《李漁評傳》（南京：南京師範大學出版社，1998年），頁7～148。

〔註346〕〔清〕黃鶴山農：《玉搔頭‧序》，見《李漁全集》，卷5，頁215。《玉搔頭‧序》原署「黃鶴山農題」，《巧團圓‧序》原署「樗道人書」，據黃強之考證，黃鶴山農及樗道人皆為杜濬之化名；又《比目魚》原署「秦淮醉侯批評」，由於本篇改篇自李漁小說〈譚楚玉戲裡傳情〉，而杜濬為該篇之評者，黃強比較二評，發現乃出自一人之手，故秦淮醉侯亦為杜濬之化名。詳見黃強：《李漁研究》（杭州，浙江古籍出版社，1996年），頁348～352。

憐山中人，刻刻友魑魅。飢寒死素封，憂愁老童稚。人生貴逢時，世瑞人即瑞。既為亂世民，蜉蝣即同類。難民徙紛紛，天道胡可避。」〔註347〕亦吐露了生逢亂世的無奈之感；〈避兵行〉，讓李漁深刻地體驗到戰火所帶來的亡國傷痛；尤其〈剃髮〉數詩，表達了對清廷剃髮易服政策的不滿。

經歷世變的衝擊後，隱居在蘭溪的生活，使李漁暫忘塵世的紛擾，而這段時間也是李漁在人生道路上的一個重要的轉折時期。他正式更名易字為「李漁」，「人生態度由入世到避世」，「精神寄託由立功、立德到立言，藝術風格也由莊重變為詼諧。」〔註348〕由此可知，青年李漁在易代後，經過短暫的沈澱，而逐漸在其處世哲學與人生態度上發生變化。有趣的是，根據許多李漁傳記論著的評析，如黃麗貞《李漁研究》、黃強《李漁研究》、俞為民《李漁評傳》與沈新林的《李漁評傳》等專著，內容除介紹李漁傳奇的一生，包括其生平、思想與創作論曲，為李漁研究提供了基礎的評述外，其中沈新林歸納各家說法，清楚指出「改朝換代」是李漁所處時代的最大特點。由於朝代的革故鼎新，必然帶來政治、經濟、文化等諸領域的不同風貌，李漁置身此大環境，勢必難以絕緣。盰衡明遺民或出於自覺，有的選擇身殉國主，死節以明志；有的以所謂的「逃禪」避居亂世；有的迫於主客觀因素，變節投降；但更多的人態度曖昧，心有依違，在夾縫中求生存。這種複雜多變的政治氣候及特定的文化藝術氛圍，造就了一代畸形的文化巨匠——李漁。〔註349〕

1644 年的甲申之變，不僅出現了忠義殉節之士與無數的遺民，同時也產生了許多的變節者與貳臣。而李漁本人的思想行為卻頗為特殊，他一方面於國變之際即棄舉業，入清後未再復舉、出仕；所作憂時傷亂之作，於乾隆時曾被當局斥為「狂悖」而遭禁燬。就此觀點視之，李漁似與一般的遺民行徑無根本上的差異。但在另一方面，卻又與清廷各級官員廣為交結，往來頻繁，在經濟生活乃至思想意識上均依附於新的王朝。就此而言，李漁與眾多親附新朝的文人並無二致。這種矛盾的處世之道，黃果泉認為：

　　這一奇特的思想行為自然使他處於一個奇特的社會位置之上：他固
　　然不屬於明確歸附清朝文人行列（和他同為普通文士的尤侗、金聖

〔註347〕〔清〕李漁：《李漁全集》（浙江：浙江古籍出版社，出版年不詳），《笠翁詩集》卷1，頁9。

〔註348〕參見沈新林：《李漁評傳》（南京：南京師範大學出版社，1998年），頁32～33。

〔註349〕參見沈新林：《李漁評傳》，頁7。

嘆等或出仕、或參加科舉），但又被拒於遺民一族的門外（清人所撰的各種《遺民傳》均未收錄其名）。李漁的這種思想行爲具有特殊性，也具有典型性。〔註350〕

　　自古遺民之辨，即與逸民的區分互相混淆，學界歷來看法頗爲分歧。但不論定義如何駁雜，趙園〈遺民論〉一文中明白指出，遺民論述已成爲古代社會一種重要的政治、文化現象；而遺民的形象，從其生存狀態、生活方式、表達手法以及作爲一種自我想像（包含了自我指稱，自我描述，歸屬確認……），形成了遺民自我形象的塑造。〔註351〕在各種辨析與眾說紛紜的闡述之中，王夫之《讀通鑑論》綜結以「考其行，論其世，察其志，辨其方，則其高下可得而覩矣。」〔註352〕概括考察遺民的方式，不外乎「行」、「世」、「志」、「方」等四項原則。明清鼎革之際，論人著重在出處去就之政治態度，評準也大致不離這些範圍。但確有一類人，他們游離於敏感擾攘的政治因素之外，而是挾以技藝、浮沉於世俗。關於這一點，明亡後耕讀隱居、絕意仕進的張履祥（1611～1674）便說道：「托跡皇都車馬繁華之地，以遨遊搢紳間……既非不求聞達之概，又弗類乎憤時病世之所爲。」〔註353〕所指正是此種混跡於亂世之中、苟且求存的另類「遺民」。其實當明清之交的鏖戰紛亂漸趨穩定之後，許多面臨生死抉擇、悲泣感人的士大夫死節故事早已成爲過往雲煙；取而代之的，是面對新朝的種種現實生存問題。當天下局勢甫定，即使是處而不出的堅貞遺民，也難免與世浮沉，從而使他們的思想行爲出現了某種程度的變異。易堂九子之一的魏禧（1624～1681），就道出了其中的兩難：

> 士君子生際今日，欲全身致用，必不能遺世獨立。然浮沉二字最是難爲，浮者便浮，沉者便沉，獨浮沉之間，稍方則忤人，稍圓則失己，古人所謂絕跡易，無行地難也。

> 士人獨居，不與物交時，廉隅易飭。及至盤辟於群人，旁午於事會，則不能不務其通。務通而失畔，則浸淫至於喪其所守。古人隱居負

〔註350〕黃果泉：《雅俗之間：李漁的文化人格與文學思想研究》，頁97～98。

〔註351〕參見趙園：《明清之際士大夫研究》，第五章，〈遺民論〉，頁217～243。

〔註352〕〔清〕王夫之：《讀通鑑論》（合肥：黃山書社據清船山遺書本影印，2009年），卷18，頁330。

〔註353〕參見〔清〕張履祥：《楊園先生全集》（合肥：黃山書社據清重訂楊園先生全集本影印，2009年），卷20，〈書六戒後〉，頁375。

高名，一涉世途，則談者失望，正坐此也。〔註354〕

魏禧一生重氣節，束身砥行，明亡後不仕，隱居翠微峰，尚且有如此的疑難困惑，遑論其他庸碌諸生。且隨著明亡日久，新朝漸穩，人們對往事的記憶以及國族情感漸趨淡化，於是對新朝由牴觸而至順應，由拒絕而至接受。魏禧於〈答楊友石書〉一文中，便透露了清初士民此種思想情感微妙的變化：

> 竊觀二十年來，刀鋸鼎鑊，森列羅布，蹈義於前，趣死於後，而天
> 下士激發而起，其無所知名者，甘死如飴，百折而氣不挫，往往崛
> 出於通都大邑，窮鄉僻壤之間。及其既久，禁網少疏，時和物阜，
> 天下相安無事，則委靡銷鑠、偷息屈首、走利乘便者，狷介賢明之
> 士接踵而有。〔註355〕

儘管清初士人面對異族統治的心態有如上述，但作爲傳統儒家的名教觀，在士人內心仍然具有根深柢固的影響。臨難之際，士人出處進退一旦失據，往往墮入自責悔疚漫長的痛苦深淵。如錢謙益（1582～1664）、吳偉業（1609～1671）、龔鼎孳（1615～1673）、周亮工（1612～1672）等人，莫不在降清之後，屢爲自己的失節表達惶恐慚愧的辯解之意。反觀李漁對故國喪亡的反映，雖有前述之〈甲申紀亂〉等詩文的撰寫，但揆諸其全部作品實爲鳳毛麟角。且書寫亡國之情乃清初文壇的一大基調，不論明遺民（如歸莊、方文、屈大均）或是變節者（如錢謙益、吳偉業、尤侗等），莫不如是。因此我們無法明確判斷他有無故國之思或是亡國之痛。〔註356〕但可以肯定的是，李漁的自棄舉業，與晚明動亂、明清易代有直接的關聯。

根據黃果泉的論證，李漁的自棄舉業應屬一種自覺性的選擇，並非基於某種政治考量，而是「全身遠害」之策。因爲在其《閒情偶寄·頤養部·行樂第一》「夏季行樂之法」中，曾說到自己棄舉在「明朝失政之後，大清革命之先」〔註357〕。這句自我表述的話語顯然有其弔詭性。除一方面聲明自己棄舉之作爲，與當今政權絕無關係，撇清國族意識形態所帶來的政治疑慮；另

〔註354〕此二文參見﹝清﹞魏禧：《魏叔子文集外篇》（合肥：黃山書社據清寧都三魏全集本影印，2009 年），文集卷 7，〈答陳元孝〉、〈與門人熊養及〉，頁 168，頁 175～176。

〔註355〕參見﹝清﹞魏禧：《魏叔子文集》（北京：中華書局，2003 年）上冊，〈魏叔子文集外篇〉文集卷 5，〈答楊友石書〉，頁 114～115。

〔註356〕參見黃果泉：《雅俗之間：李漁的文化人格與文學思想研究》，頁 111。

〔註357〕﹝清﹞李漁：《李漁全集》（浙江：浙江古籍出版社，出版年不詳），《閒情偶寄·頤養部·行樂第一》「夏季行樂之法」。

一方面，藉此宣示避禍的用心昭然若揭，刻意遠離清初嚴峻肅殺的政治是非圈。這裡涉及到他本人面對富貴功名的基本態度，也就是他認為功名利祿在承平之時固然可喜，但相對的，在亂世則會予人災禍。因此他在明末不僅慶幸自己因匪亂而罷考，同時對於他人的棄舉絕仕極表讚賞。是故黃果泉將李漁劃歸為「逸民」，而不能躋身「遺民」之列的主要原因，即在於其政治動機，是否含有政治意向的選擇。〔註358〕身逢亂世，李漁嚮往的只是一個太平安定閑適的生活環境。個人的安逸與快樂，才是他最終追尋的人生目標。對他而言，儒家所強調的忠君節義的觀念，包袱未免過於沉重。當天下甫定，清廷政權獲得大多數人的支持時，李漁已薙髮做好歸順的準備，而非遺民之「好亂待變」。因為李漁的政治態度接近「民本思想」，而非所謂的「正統王權」思想。清人陸以湉（1802～1865）《冷廬雜識》曾歸納李漁之政治基本精神為「重民命」、「惜民力」、「省刑罰」與「薄稅歛」等幾項，可知李漁的政治態度，無一不站在庶民百姓的位置上替他們（也為自己）發聲，而這也是李漁本人內心的潛在欲求。〔註359〕延續晚明以來重情貴真的風尚，李漁強調人欲之本我需求，注重民生物質與人身逸樂的享受。這使得他的世界觀與市民階級的黎庶百姓趨於同流，擅於體現感知小人物的愛欲悲喜，迥異於傳統士大夫的忠君王權思維。尤其在亂世中，宜從「權變之義」的傾向十分明顯，此即所謂的「亂世從權」、「守經達權」的道理。也就是在堅守原則的大方向之下，凸顯變通、不固執的特性。〔註360〕人們若一味拘執於禮教，反寸步不行。

〔註358〕參見黃果泉：《雅俗之間：李漁的文化人格與文學思想研究》，頁112。

〔註359〕〔清〕陸以湉：《冷廬雜識》（合肥：黃山書社據清咸豐六年刻本影印，2009年），卷4，〈李笠翁〉條，頁126。其文云：「惟史論二卷，持論較勝，如謂漢文問決獄，所以重民命，問錢穀出入，所以惜民力，為宰相者正，當因勢利導，勸之省刑罰、薄稅歛。……」

〔註360〕在儒家的經典中，本有「權變」的意識，如《孟子》曾言：「大人者，言不必信，行不必果，惟義所在，必斤斤焉避其小嫌而守其小節，他日事變之來，不能盡如所料，苟執一不移，則如荀息之忠，尾生之信。」也就是在必要的時候，可以損小節以補大節。著名的例子，就是他對於小叔援手救嫂子的說法。其云：「男女授受不親，禮也；嫂溺，則援之以手，權也。」古人將守禮稱為常經，靈活稱為權變。晉人王弼注《論語‧子罕》云：「權者道之變，變無常體，神而明之，存乎其人，不可豫設，尤至難者也。」參見〔南朝梁〕皇侃：《論語集解義疏》（合肥：黃山書社據清知不足齋叢書本影印，2009年），頁117。《韓詩外傳》卷二，記孟子論衛女亦曰：「常謂之經，變謂之權。」參見〔清〕陳壽祺：《韓詩遺說考》（合肥：黃山書社據清左海續集本影印，2009年），頁42。這都是說明在遵循大原則的前提下講究其靈活性。

關於這點，李漁終生身體力行、奉行不渝，戲曲小說等作品亦將之詮釋得淋漓盡致。

說李漁是個務實主義者，一點也不為過。亂世中面對理學家批評「餓死事小，失節事大」〔註361〕的貞節觀，李漁便有「略事原心」（《十二樓》中〈生我樓〉之語）的看法以為應對。他注意到在喪亂之世有許多不能死節的婦女，實在是情非得已，因此要看他求生存的動機為何，不要太計較他的作為。就像〈奉先樓〉裡的舒娘子，為存孤而忍辱偷生，舒秀才並不因為她曾經失身而怨悔，反而感謝她。清軍將領更讚美她是「存孤的節婦」，要「替她起個節婦牌坊，留名後世。」（《十二樓》頁 227）另外，《無聲戲》第五回〈女陳平計生七出〉篇中的耿二娘，為了保全自己的「名器」，決定採用「救根本不救枝葉」的權宜之術。除了名器，其餘身上的朱唇絳舌、嫩乳酥胸、金蓮玉指，都視為土木形骸，任憑那流賊含咂摩捏、輕薄非禮。文中李漁現身說法，說道：

> 看官，你們若執了「《春秋》責備賢者」之法，苛求起來，就不是末
> 世論人的忠厚之道了。（《無聲戲》頁86）

對照李漁本人的處世哲學與行事風格，不難看出上述話語幾同於他個人政治觀點的宣告。「亂世從權」乃末世不得不然的作法。有論者曾指出，「李漁在道德觀念與道德實踐之間是存在裂隙的……其忠孝節義觀念的基本態度——有限度的真誠。」〔註362〕但這本來不足為奇，明季文人大率如此。晚明士風的異變，從人生價值觀的轉化，連帶地影響政治風氣的窳敗。而人欲／天理兩極化的人心取向，造成文人精神的失範和頹喪，更進而顯露士子放蕩不羈的人生態度，一切以回歸本我的安適逸樂為依向。明末清初，從流寇亂變到改朝易代，多少性命生靈塗炭、流離失所。因此在亂世中如何趨吉避凶、安身立命，其實不僅李漁本人的作品，同時代的話本小說，皆可在他們的作品中發現此種共同的生存哲學，普現人心的根本欲求。例如《飛英聲》卷一〈合玉環〉篇中的和氏，為了保住腹中的孩子，也是忍辱屈從。作者在文末結語時說道：

> 假如和氏當時若殉節身亡，卻沒有這番富貴，反經為權，是一番道

〔註361〕參見〔宋〕程顥、程頤：《二程遺書》（上海：上海古籍出版社，1992 年），
　　　　卷 22 下，〈伊川先生語〉8 下，頁 235。
〔註362〕黃果泉：《雅俗之間：李漁的文化人格與文學思想研究》，頁 115～116。

理。雖然拋離四十餘年，反得子孫世享爵祿，這是失便宜處得便宜也。〔註363〕

　　還有《珍珠舶》卷四中的杜仙珮為清兵嚴將軍所獲，只為見情郎一面，「含羞忍辱，每不欲生。」〔註364〕這兩則故事最後的結局都很圓滿，足見作者並不苛責這些失節婦女，反映了反經為權的變通作法。除婦女貞節之外，亂世從權的思想還表現在其他方面。例如《珍珠舶》卷五篇中的東方生向瓊芳小姐的母親提親一事，因瓊芳的父親為流寇所劫，母親不敢作主。東方生族兄子期便以「況在離亂時節，拘不得平常的禮數，須要反經行權，見機而動。」〔註365〕促成這門姻緣。行聘之後，東方生亦展現誠意，北上救回岳父，全家得以團圓。又如《五更風》〈聖丐編〉裡的中年商人凌振湖，因友人王生不幸身亡，拗不過眾人以「天下事有權有變，未可固執一經。守經行權方是大豪傑、大英雄舉動。」〔註366〕遂於戰亂中接納友人之妾代為照應。

　　由上述分析可知，太平盛世的許多社會規範與道德操守，在明清動亂之際顯得詞窮理屈、窒礙難行，必須有所應變方能生存。通權達變的結果，使得李漁人生哲學與文學思想的表現極為獨特且富有時代意義。而這兩者不僅相為表裡，且彼此互滲潤飾著對方。觀諸李漁一生的文學作品，堪為其思想品格的直接投射。其獨特的思想人格，導致李漁具有強烈的創新精神與求奇尚巧的個性，特別是講究立意的新穎和形式的別緻。而自適其樂、追求縱逸之人生態度，延伸為自娛其情的創作心態。凡此皆不離其「亂世從權」的根本精神。基於本業治生的士商身分，又使得他在創作中格外重視「娛人」的審美取向。這在晚明素來以傳統教化勸世之外，另闢「娛樂」異說，這也是促使李漁的戲曲小說，充斥大量喜劇元素的根本原因。於是李漁的文學作品有了嘗試跨越雅／俗之間鴻溝的企圖，也間接肯定通俗文學的價值，並在無形中將「求雅化俗」的文學觀念深耕拓植。李漁扮演通融雅俗的文化角色，

〔註363〕〔清〕釣鰲逸客著：《飛英聲》（上海：上海古籍出版社，1990年），《古本小說集成》第一批影清初刊本，卷一〈合玉環〉，頁67。

〔註364〕參見〔清〕徐震原著；丁炳麟點校：《珍珠舶》（江蘇：江蘇古籍出版社，1993年），《中國話本大系》，卷四，第三回〈嚴協鎮幕中贈美〉，頁107。

〔註365〕參見〔清〕徐震原著；丁炳麟點校：《珍珠舶》（江蘇：江蘇古籍出版社，1993年），《中國話本大系》，卷五，第二回〈賈瓊芳燕釵聯鳳偶〉，頁107。

〔註366〕參見〔清〕五一居主人編、鬺湖夢史較：《五更風》（上海：上海古籍出版社，1993年），《古本小說集成》，頁222。

主要原因仍與他經營的需求密切相關。下文幾個小節，擬從本業治生的士商心態說起，繼之論及李漁在通俗小説雅化的努力過程來作著墨，最後探究其諧謔話語的根本成因與意旨實踐。

（二）李漁的經濟人格與創作觀

1、本業治生的士商心態

本文所謂的「本業治生」，是指士人通過自身的學識與技能與社會進行交換，並獲得物質生活資源的一種生存途徑。宋人袁采（？～1195）曾論及士人治生之道，他以爲除仕途外，士人只有教授、入幕與傭書賣文等三種治生途徑。而這也是明季以來，一般士人「本業治生」的主要方法與基本生存空間。

李漁出身於浙江蘭溪一個優渥的藥商世家，早年生活安逸富足。明代末葉，朝綱解紐，社會動盪。李漁雖有濟世之才，無奈科舉失意，壯志難酬，曾言：「自知不是濟川材，早棄儒冠辟草萊。」〔註367〕科場的挫敗令他憤懣、繼而失望，再加上生逢亂世，流寇蠭起，清兵入侵。之後終其一生，絕意浮名，自棄舉業，以布衣終老江湖。但他並非眞正地像農民那樣躬耕田園，只不過藉此陶冶性情、營構園林而已，如他自稱：「老農不可作，圃事尙堪娛。寧爲夫子薄，吾願學樊須。」〔註368〕他既不能治農爲生，養家度日；又不能安貧樂道，杜絕外界誘惑。是故雖自棄仕途，文采風流的李漁對於尋求自我價值實現的努力未曾片刻稍減。

李漁在戰亂之際，爲了生計，曾入婺州司馬許檄彩幕下兩年。〔註369〕大約在順治七年（1650），李漁離開故鄉，舉家遷徙杭州，開始了浪跡江湖的飄泊生涯。也就在此時，李漁走上了撰文作劇、賣藝餬口的人生之途，並且「吮毫揮灑，怡如也」〔註370〕。居杭十年，是李漁創作力最爲旺盛的時期，也是作品產量最爲豐碩的階段。根據文獻記載，此時期的他沒有職業，全靠筆耕賣文養家活口。除了大量詩文外，他的「笠翁十種曲」中的《憐香

〔註367〕參見〔清〕李漁：〈六秩自壽四首〉其二，《笠翁一家言詩詞集》，載於《李漁全集》（浙江：浙江古籍出版社，出版年不詳），卷2，頁185。

〔註368〕參見〔清〕李漁：〈治圃〉，《笠翁一家言詩詞集》，載於《李漁全集》（浙江：浙江古籍出版社，出版年不詳），卷2，頁267。樊遲（前515～？），名須，字子遲。春秋末魯國人（一說齊國人），孔子學生。他興趣廣泛，除學道德、文章，還曾向孔子問「學稼」和「學爲圃」之事，受到孔子的斥責。

〔註369〕參見黃麗貞：《李漁評傳》（臺北：國家出版社，1995年），頁30～31。

〔註370〕〔清〕黃鶴山農：《玉搔頭·序》，見《李漁全集》，卷5，頁215。

伴》、《風箏誤》、《意中緣》、《玉搔頭》、《奈何天》、《蜃中樓》和白話短篇小說集《無聲戲》一集、二集，《十二樓》等，均完成於此時。〔註371〕從其賦文方式來看，基本上是將文稿交由坊間印行，或由官員出資刊刻，李漁再從中獲取潤資。綜觀李漁後半生平，大致遵循了「本業治生」的入世途徑，同時也形塑其自身的經濟人格。

　　明代隨著社會變遷和商品經濟的發展，人口結構改變，商品市場形成。城鎮興起後，江南、沿海和交通要地蓬勃發展，形成許多商業繁華之區。物質充裕之後，個人享受漸趨無度，逐利為尚、僭越規範蔚為風氣。正由於晚明商品經濟的發展、庶民文化的興起與社會風氣的變化，在一定程度上促進了晚明士人生存觀念的轉變。明清之際的陳確（1604～1677），便提出了「學生以治生為本」的主張：

> 學問之道，無他奇異，有國者守其國，有家者守其家，士守其身，如是而已。所謂身，非一身也。凡父母兄弟妻子之事，皆身以內事。仰事撫育，決不可責之他人，則勤儉治生洵是學人本事。……確（指陳確本人）嘗以讀書、治生為對，謂二者真學人本事，而治生尤切於讀書。……唯真志於學者，則必能讀書，必能治生。天下豈有白丁聖賢、敗子聖賢哉！豈有學為聖賢之人而父母妻子之弗能養，而待養於人者哉！魯齋此言，專為學者而發，故知其言之無弊，而體其言者或不能無弊耳。〔註372〕

　　陳確認為，儒家為學有二事，一為「治生」、二是「讀書」，而「治生」比「讀書」還來得重要。士必須有獨立的經濟生活才能有獨立的人格。是故陳確重視個人的物質基礎，反對將「天理」和「人欲」予以絕對的對立化，肯定人個體之「私」，肯定「欲」，也肯定學者的「治生」之道，反映了明清之際儒家思想一種新的轉化。經商獲利為士民另闢一條謀生途徑，於是在社會上，業儒或經商，往往被人等量齊觀。此時期士人觀念較為務實開朗，有的業商賈，以豐富生活；有的取功名，以顯耀門楣。惟商人好附庸風雅，喜結交文人墨客，自古皆然，有明一代尤甚。袁宏道（中郎）說：「徽人近益彬彬，算緡料籌者競習為詩歌，不能者亦喜蓄圖書及諸玩好，畫苑書家，多有

〔註371〕參見沈新林：《李漁評傳》，頁 39。
〔註372〕參見〔清〕陳確：〈學者以治生為本論〉，《陳確集》（臺北：漢京文化公司，1984 年），頁 158～159。

可觀。」﹝註373﹞文人則是棄儒就賈，與商人交遊的例子屢見不鮮。前面章節曾提及之徽人李大祈，始爲儒而後經商，他曾說：「丈夫志四方，何者非吾所當爲？既不能拾朱紫以顯父母，創業立家亦足以垂裕後昆。」﹝註374﹞汪道昆（1525～1593），則是由商返儒。他本出身鹽商家庭，經商獲利，富可敵國，但仍以考取功名，進入仕途爲目標。余英時（1930～）在〈中國近世宗教倫理與商人精神〉一文中指出，明代中葉以後，士與商的界線不僅模糊，士商相混業已成爲一種普遍現象。﹝註375﹞士商在社會上逐漸成爲一新興階層，且影響力與日俱增。他們不復強調以往儒家所謂的「安貧樂道」，或是拘泥在傳統文人義／利觀念上的取捨。祁彪佳（1602～1645）、倪元璐（1593～1644）同爲明末節臣、廉吏，兩人經營私家園林卻揮金如土。趙園以爲，

> 或許可以認爲，祁、倪以營園示人以不廢風雅，不以爲做好官就應當茹淡食貧。他們所理解的節操，想必也不以節制物欲爲條件，不認爲這方面的欲求會成爲道德人格之玷。﹝註376﹞

「富裕」是一種人生境界，能影響人的心性乃至一朝之民風，趙園以爲有明士子深諳物質欲望的享樂之道，並不妨礙他們的操守與識見。就社會風貌的一隅視之，明末士大夫費心營園之「痴絕」，歷史上確屬罕見。﹝註377﹞但也不難看出其中園主所呈現的富足與閑適，教養與品味。李漁也是置造園亭的簡中高手，不論是早期的伊山別業或是後來精心設計的金陵芥子園，皆是李漁居室美學的具體實踐。北京城內不少官吏的園林別府、疊石翠池，據說便是出自李漁手筆。﹝註378﹞時人對於經營園林莫不講究，諸園之格局陳設、

﹝註373﹞〔明〕袁宏道著；錢伯城箋校：《袁宏道集箋校》（上海：上海古籍出版社，1981年），卷10，〈新安江行記〉。

﹝註374﹞參見張海鵬等編：《明清徽商資料選編》（北京：出版者不詳，1985年），頁470。

﹝註375﹞余英時在〈中國近世宗教倫理與商人精神〉一文中，引用明人歸有光〈白菴程翁八十壽序〉時說道：「此文在『士而商』、『商而士』之上都加上『所謂』兩字，表示這兩句話已是當時流行的成語。」見氏著：《中國思想傳統的現代詮釋》（臺北：聯經出版事業公司，1990年），頁350。

﹝註376﹞參見趙園：《想像與敍述》，頁58。

﹝註377﹞此部分可參看趙園：《想像與敍述》，〈廢園與蕪城〉，頁54～84。。

﹝註378﹞如清人錢泳（1759～1844）《履園叢話》記載：「惠園在京師宣武門內西單牌樓鄭親王府，引池疊石，饒有幽致。相傳是園爲國初李笠翁手筆。園後有雛鳳樓。樓前有一池，水甚清冽……」見〔清〕錢泳：《履園叢話》（合肥：黃山書社據清道光十八年刻本影印，2009年），卷20，頁288。

閣榭樓臺、匾額碑文等，皆各自有其名目與性情，且有品級高下的區分。〔註379〕為呈現園亭居室整體雅緻的文化氛圍，園主不僅延攬名師費心構築工事，且往往「一宮室臺榭之費，至用銀數百兩」〔註380〕。江南蘇、松、杭等地的紳士家中都建築了園林，培養和延聘了一批園林設計和疊造假山的名手，如張南垣父子就是代表人物之一。這種風氣一直流傳到北方。明清之際的米萬鐘在北京海澱建構的勺園（現北京大學校地），據說就頗有江南山水的風致，時人稱「米家園」或「米家燈」。〔註381〕李漁晚年寓居的「層園」，便曾因短缺資金，而有「層園無力勢難乘，竭蹶才完第一層」之嘆。〔註382〕足見當時構築園林蔚為一股風潮，而耗費鉅大的資金與人力，實非一般寒傖庶民所能負擔。

　　在文學創作方面，此種士商合一的社會風氣導致了文學藝術的商品化、大量刊刻化與「以文經商」職業的萌生。李漁置身江南繁華的環境下耳濡目染，加上才情稟性崇尚自由逸樂，遭遇落第的挫折以及戰亂、易代等多重因素，使得李漁於清初之際，即自棄仕途，選擇了一條自外於主流政治的人生道路。他自覺地融入城市市民經濟文化生活中，採取了以文經商、經營書鋪，以個人的知識技能謀生的經濟生活方式。值得注意的是，李漁將戲曲小說等通俗文學創作視為營生方式，自然導致他在文學思想實踐上與傳統文學觀念的偏離。文學不僅僅是文人抒情言志的「自娛」方式〔註383〕，也不再是高高在上、勸俗化民的意識表達，而是娛樂民眾的消費品。文人搖身一變，成為向民眾提供娛樂消費品的服務者。李漁鮮明地體現出「觀眾本位」思想以及

〔註379〕參見〔清〕張岱：《西湖夢尋》（合肥：黃山書社據清康熙刻本影印，2009年），頁 17～18。文中所記既有作者自家之園，也有其時公認的名園，諸園各有其風貌、品級，通常是園以人名，且分為名士之園，與庸夫俗子的園林。

〔註380〕〔明〕陳子龍：《明經世文編》（合肥：黃山書社據明崇禎刻本影印，2009年），卷 144，〈民財空虛之弊議〉，頁 1263。

〔註381〕見謝國楨：〈明末資本主義萌芽的出現及其遲緩發展的原因〉，收入氏著：《明末清初的學風》，頁 65。

〔註382〕參見〔清〕李漁：《李漁全集》（浙江：浙江古籍出版社，出版年不詳），《笠翁詩集》，卷 2。

〔註383〕根據黃果泉的觀察指出，李漁在詩文與小說戲曲不同文體的創作中，其表現出的「自娛」狀況是有所差異的。譬如以其詩歌為例，商業營利性質相對較弱，又非李漁擅場，故遊戲色彩明顯。小說戲曲則不然，和李漁經營活動相關，娛人意圖相當明確，而自娛性則相當複雜。見氏著：《雅俗之間：李漁的文化人格與文學思想研究》，頁 217～218。

相關的服務供給意識，由此形成了特有的「娛人」的審美取向。李漁用「買」和「賣」來劃定觀眾與作家之間的關係。觀眾是「買」方，作家為「賣」方，兩者以「錢」為中介。作家得人錢財自當製造歡笑，以滿足觀眾的消遣取樂基本需求。〔註384〕是故「笑資」成為李漁作品的鮮明標誌，而詼諧幽默乃至謔浪調笑幾乎成為李漁特有的文學風格，其自稱：

> 大約弟之詩文雜著，皆屬笑資。以後向坊人購書，但有展閱數行而頤不疾解者，即屬贗本。〔註385〕

為了吸引讀者的注意，當作家將娛人的關注點指向受眾時，便非常容易導向或有意追求作品的娛樂性。李漁文學創作的生產消費意識，是其經濟人格形成的重要表現。當文學創作趨於商品化的同時，在一定程度上影響了李漁文學創作的深度與思維。他既需要通過硯田筆耕來維持家計，又需逞奇炫能、取悅他人以博取青睞獲得酬庸。種種現實的需要與考量，皆強化著他的娛人意識，也使得李漁與社會產生了更廣泛，更密切的聯繫，世俗化的程度更是達到無以復加的地步。在「治生」的同時，為他提供了一條雖脫離仕途亦能粉飾太平、勸世化俗的堂皇之路。李漁文學創作的生產消費意識，呈現出觀眾與作家商業買賣式的供需關係，茲以圖表呈現如下：

圖 3-3-2　觀眾與作家商業買賣式的供需關係

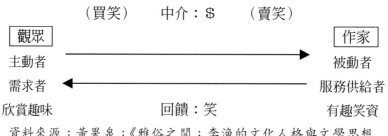

資料來源：黃果泉：《雅俗之間：李漁的文化人格與文學思想研究》，頁 231。

關於李漁作品所流露的娛人意識，他自己是頗感自負的。譬如說，他常以「談笑功臣、編摩志士」〔註386〕自居，又說：

〔註384〕參見黃果泉：《雅俗之間：李漁的文化人格與文學思想研究》，頁 229～237。
〔註385〕〔清〕李漁：《笠翁文集·與韓子蘧》，卷3，載於《李漁全集》（浙江：浙江古籍出版社，出版年不詳），頁 91。
〔註386〕〔清〕李漁：《笠翁一家言文集》，卷3，載於《李漁全集》（浙江：浙江古籍

鴻文大篇，非吾敢道；若詩歌詞曲以及稗官野史，則實有微長。不

效美婦一顰，不拾名流一唾，當世耳目，爲我一新。使數十年來，

無一湖上笠翁，不知爲世人減幾許談鋒，增多少瞌睡？〔註387〕

　　李漁認爲稗官傳奇最能顯示他的機趣才能，因而在任何時候他都不會放棄表現自我的機會。從人物的描寫、關目的布設與敘述者的介入等方面，都要強調趣味化的主觀色彩。他絲毫不以「爲人役以求博人之笑」〔註388〕是件苦差事，反能自得其樂，藉此獲得極大的藝術快感，沉浸於藝術創造的妙境。這意味著李漁不僅酷嗜文學創作，且憑恃著本身的縱橫才氣，亦滿足於創作所帶來的樂趣；當然，優渥可觀的回饋亦讓他樂此不疲、筆耕不輟，兩者適切地結合方能有如此完美的呈現。

　　李漁創作中娛人的主要方式就是詼諧善謔，提供笑資，極富喜劇精神。最具有代表性的便是他的劇作「笠翁十種曲」，今存十種皆爲喜劇。歷來學界論之者甚多，但不在本章節討論的範疇內，今從略。本文擬針對李漁的話本小說展開論述。眾所周知，李漁一生對於文學的貢獻，除兼擅小說、戲曲創作外，亦致力於戲曲理論的探討，唯獨很少涉及討論小說的觀念。論戲曲，他有《閒情偶寄》；論小說，則無專著或專論。李漁在創作實踐上，多是將小說改編爲戲劇，未見將戲劇改寫爲小說的例子。同題材的創作中，也都是小說在前，戲劇在後，無一例外。可見李漁有意地視兩者（戲劇與敘事小說）爲姊妹藝術之作，在文學審美上有其共通性。另外，李漁視小說爲「無聲戲」的說法，「其實就是李漁對小說創作的最根本理解」〔註389〕，是其小說創作的理論基礎。在李漁看來，所謂的小說，就是無聲的戲劇。《十二樓》〈拂雲樓〉第四回回末說：「各洗尊眸，看演這出『無聲戲』。」（《十二樓》頁158）以及現存其第一部小說集被命名爲《無聲戲》，《合錦回文傳》第二卷末素軒先生（孫楷第認爲素軒先生或許就是笠翁先生）評語：「稗官爲傳奇藍本」〔註390〕，皆清楚指出了李漁確實是把小說當作傳奇劇本來寫的例證。其實早在宋人話

　　　　出版社，出版年不詳），頁 91。

〔註387〕〔清〕李漁：《笠翁一家言文集·與陳學山少宰》，卷 3，載於《李漁全集》（浙
　　　　江：浙江古籍出版社，出版年不詳），頁 164。

〔註388〕〔清〕李漁：《笠翁一家言文集》，卷 1，《古今笑史序》，載於《李漁全集》（杭
　　　　州：浙江古籍出版社，1992 年）。

〔註389〕參見李時人：〈李漁小説創作論〉，《文學評論》第 3 期（1997 年），頁 97。

〔註390〕素軒先生評語，出自於《合錦回文傳》第二卷卷末，載於《李漁全集》（浙江：
　　　　浙江古籍出版社，出版年不詳），頁 326。

本中，便有和官本雜劇、金院本、宋元南戲彼此襲用題材的跡象；而戲劇中的對白、說白與話本中的對話，其語言的簡續、明朗，皆有相似之處。〔註391〕話本的說書形式，使得小說的語言與對話呈現淺顯、通俗、簡要等特色，與戲劇要求俚俗之賓白不謀而合。由此可見，戲曲有著向說話藝術家汲取白話、通俗特點的傾向。

　　李漁的戲曲理論是在創作實踐的經驗中累積而來，這些理論明顯地影響其小說創作經驗。李漁將他的戲曲理論付諸小說創作，使他的小說成爲充分戲劇化、尤其是李漁式戲劇化的小說，從而營造了一個迴異於他人的小說世界。李漁認爲戲曲創作必須考慮故事的新奇，所謂「有奇事方有奇文」（《閒情偶寄·詞曲部·結構第一》）。所以他的《無聲戲》、《十二樓》中的故事，除了篇篇匠心獨運、憑空結撰，與明末《石點頭》、《西湖二集》等白話短篇小說集中的故事，常常要依傍《情史》、《西湖遊覽志餘》等文言稗史不同以外，還爲故事拈出許多窮奇工巧的敘事情節結構。這便是李漁小說常爲人所詬病之「纖巧」缺點，崔子恩在《李漁小說論稿》中分析：

> 李漁並沒把人物作爲小說的主體來寫，他關注的不是人物的心理、性格、行爲和生命價值，而是考慮他們的言行舉止能不能造成喜劇故事。〔註392〕

　　當李漁有意識地將戲劇的技巧與觀念融入小說創作的風格時，基於兩種文體的創作訓練及需要，很容易促使他將這兩種不同的藝術形式連通起來，貫穿其間的便是「情節結構至上」的共同的敘事主張。這些敘事一系列的技巧與方式，包括巧設矛盾、突出因果、節奏明快、轉化突然等。〔註393〕易言之，也就是故事中人物的意圖與行動往往是隨著故事情節而走的，人物服務於情節，而不是情節塑造人物。李漁小說中有些人物都是爲情節而設，他也很少爲人物進行內心世界的挖掘，我們看不到這些人物的複雜性格，有的也只是千篇一律的人物形象。爲了營造出小說的喜劇趣味，反而造成各個人物的平板與單調。

〔註391〕關於小說與戲劇藝術觀點之交涉，學界歷來多有討論。本文說法乃參照胡士瑩：《話本小說概論》，頁 87～94。黃清泉、蔣松源、譚邦和著：《明清小說的藝術世界》（武昌：華中師範大學出版社，1992 年），頁 91。

〔註392〕參見崔子恩：《李漁小說論稿》（北京：中國社會科學出版社，1989 年），頁 42。

〔註393〕參見黃果泉：《雅俗之間：李漁的文化人格與文學思想研究》，頁 254。

2、觀眾本位的娛人取向

李漁重視小說的喜劇性源於他對讀者的重視，出於商業動機的考量，讓讀者產生消遣性的娛樂快感，是李漁創作小說的首要任務。他曾說：

> 機趣二字，填詞家必不可少。機者，傳奇之精神；趣者，傳奇之風致，少此二物，則如泥人土馬，有生形而無生氣。……所謂無道學氣者，非但風流跌宕之曲、花前月下之情當以板腐爲戒，即談忠孝節義與説悲苦哀怨之情，亦當抑聖爲狂，寓哭于笑，如王陽明之講道學，則得其中三昧矣。陽明登壇講學，反覆辨説良知二字，一愚人訊之曰：「請問『良知』這件東西，還是白的？還是黑的？」陽明曰：「也不白，也不黑，只是一點帶赤的，便是良知了。」照此法填詞，則離合悲歡，嘻笑怒罵，無一語一字不帶機趣而止矣。〔註394〕

李漁反對矯揉造作的文學創作，強調機趣自然、追求新穎、娛樂的文藝觀。這固然延續了晚明揚情抑理和重情貴眞的文化氛圍，尤其是反對模擬而力主創新，注重個體生命與肯定情欲等的主張。但不能忽略李漁創作戲曲小説的商業動機──在於提供世人「笑資」。此與晚明諸多笑話的集結出版，體現了嘻笑、戲謔新風潮的興盛，反映了幽默謔浪的文化意義，並非只是單純地否定以理統情的矯作，而是以另一種角度思考世間人們習以爲常的價值觀，兩者之間有其程度與意義上的相異〔註395〕。其早期劇作《風箏誤》的〈尾聲〉一曲，說得很清楚：

> 傳奇原爲消愁設，費盡杖頭歌一闋；何事將錢買哭聲？反令變喜成悲咽。唯我填詞不賣愁，一夫不笑是無憂；舉世盡成彌勒佛，度人禿筆始堪投。〔註396〕

〔註394〕〔清〕李漁：《李漁全集》（浙江：浙江古籍出版社，出版年不詳），卷3，《閒情偶寄》，頁20。

〔註395〕晚明幽默諧謔而又文采斐然的文學作品不勝枚舉，例如馮夢龍的《古今笑》、江盈科的《雪濤小說》和《雪濤諧史》、劉元卿的《應諧錄》；小說的代表有《西遊記》；戲曲的代表則有湯顯祖的《牡丹亭》。另外，公安派的詩歌與小品文也都機趣橫生，深具直刺時事的現實性和俗化易懂的通俗性，呈現了雅俗共賞的傾向。參見夏咸淳：《晚明士風與文學》，頁142～144。

〔註396〕〔清〕李漁：《李漁全集》（浙江：浙江古籍出版社，出版年不詳），卷4，〈風箏誤〉，頁203。

　　李漁所處的時代雖然還沒有西方「接受美學」〔註397〕的理論，但李漁憑藉自己對戲曲這種特殊文藝的理解以及對戲曲創作的切身體會，關注作者、作品與觀賞者之間的「對話關係」，用他自己的方式，闡釋了現代接受美學所謂的文藝審美觀。在接受美學理論中，強調文藝審美活動並不是在創作過程結束，作品到達讀者手中後才開始的。讀者的作用也不只表現在閱讀和欣賞過程之中，而是貫穿於文藝的全部過程。伊瑟爾（Wolfgang Iser，1926～2007）在後期發展了姚斯（Hans Robert Jauss，1920～）的這個論點，進一步提出了「隱在讀者」（implied reader）的理論。在〈讀者作爲小說結構的重要成分〉一文中，他寫道：「在文學作品的寫作過程中，作者頭腦裡始終有一個『隱在的讀者』，寫作過程便是向這個隱在的讀者敘述故事並與其對話的過程。因此，讀者的作用已經蘊含在文本的結構之中。」〔註398〕準此，我們發現李漁在《閒情偶寄·詞曲部》中，處處向我們提示他的文學作品存在所謂「隱在的讀者」這一現象。誠如《閒情偶寄·詞曲部》所言：

　　　　傳奇不比文章，文章做與讀書人看，故不怪其深，戲文做與讀書人與

　　　　不讀書人同看，又與不讀書之婦人小兒同看，故貴淺不貴深。〔註399〕

　　這裡面提到的「讀書人與不讀書人」、「婦人與小兒」，便是戲曲創作中的「隱在讀者」。戲曲創作過程中，要時時刻刻注意這些人的接受效果。對此，李漁不厭其煩地多次提醒。在「立主腦」條中指出，作品無主腦，如散金碎玉，會使「觀者寂然無聲……有識梨園，望之而卻走」，得不到應有的審美快感。「減頭緒」條中，講頭緒清晰可使「三尺童子觀演此劇，皆能了了於心，便便於口……」，「使觀者各暢懷來，如逢故物之爲愈」；反之，頭緒繁多卻會「令觀場者如入山陰道中，人人應接不暇」。「貴顯淺」條中云，「凡讀傳奇而又令人費解，或初閱不見其佳，深思而後得其意之所在者，便非絕妙好詞……」。「詞別繁減」中言「……常有觀刻本極其透徹，奏之場上便覺糊塗

〔註397〕接受美學理論，爲德國康士坦茨學派主要代表人物姚斯與伊瑟爾所倡導。姚斯對文學接受的研究是從對「期待視域」的分析入手，伊瑟爾則是注重「反應研究」，也就是文本、文學作品與讀者三方面的關係，因而提出了所謂的「文本的隱在讀者」說。參見朱立元主編：《當代西方文藝理論》（上海：華東師範大學出版社，1999年），頁286～296。

〔註398〕參見章國鋒：《文學批評的新範式：接受美學》（海口：海南出版社，1993年），頁36。

〔註399〕〔清〕李漁：《李漁全集》（浙江：浙江古籍出版社，出版年不詳），《閒情偶寄·詞曲部》，詞采第2，「忌填塞」條。

者，豈一人之耳目，有聰明聾聵之分乎？因作者只顧揮毫，並未設身處地，
既以口代優人，復以耳當聽者……」。其他如「意取尖新」、「縮長爲短」等等，
皆以「隱在讀者」的需要爲立論依據，體現出李漁注重觀眾的需要以及讀者
閱聽效果的創作思維。套用現今服務業常用的商業性話語來說，就是凡事要
以「觀眾本位」作爲創作的依據，並且以之爲隨時修正文本內容的參考。

　　這裡涉及一個問題，就是作者雖然顧及觀眾的需求與反應，但未必非得
從事喜劇創作不可。因爲清初其他戲曲名家，尚有以李玉爲代表的蘇州派等
作家。他們注重舞台的表演效果與設身處地考慮觀眾欣賞需要的目標，與李
漁並無不同。然蘇州派作家並未如李漁那樣，專門從事風情喜劇的創作。李
漁之所以傾向以喜劇娛人，或有更深一層的思想認知，那就是他發現了在當
時的世人，其觀賞趣味普遍嗜於笑樂，而不喜流於嚴肅的評論。〔註400〕不單
是李漁，對晚明大多數的人來說，尊情尚眞的社會風氣所形成的特殊文化氛
圍，即常與正統的僵化教條思想發生裂變，因而出現「人但知天下事不認眞
做不得，而不知人心風俗皆以太認眞而至於大壞」〔註401〕這樣淡化嚴肅思想
的論述。這股龐大的力量，從民間走出，匯聚天下人氣，致景從而雲集。此
種民間「笑」文化所釋放出來的積極力量，異常可觀，誠如巴赫金所說的民
間詼諧性：

> 眞正的詼諧是雙重性的、包羅萬象的，並不否定嚴肅性，而是對它
> 加以淨化和補充。清除教條主義、片面性、僵化、狂熱、絕對、恐
> 懼、或恐嚇成分、說教、天眞和幻想、拙劣的單面性和單義性、愚
> 蠢的瘋狂。詼諧不讓嚴肅性僵化，不讓它與存在的未完成的完整性
> 失去聯繫。它使這種雙重性的完整性得以恢復。〔註402〕

　　對照李漁對於喜劇娛人的重新詮釋與認知，與《古笑史序》中的充分說
明，亦指向民間的詼諧，有其普遍的趨向性：

> 同一書也，始名《譚概》而問者寥寥，易名《古今笑》而雅俗并嗜，
> 購之惟恨不早，是人情畏談而喜笑也明矣。不投以所喜，懸之國門

〔註400〕參見黃果泉：《雅俗之間：李漁的文化人格與文學思想研究》，頁229。
〔註401〕參見〔明〕馮夢龍著；魏同賢主編：《馮夢龍全集》（上海：上海古籍出版社，
　　　　1993年），《古今笑史自序》。
〔註402〕〔俄〕巴赫金著：李兆林、夏忠憲等譯：《弗朗索瓦·拉伯雷的創作與中世紀
　　　　和文藝復興時期的民間文化》，收入錢中文主編：《巴赫金全集：第6卷──
　　　　拉伯雷研究》（石家莊：河北教育出版社，1998年），頁140。

奚裨乎？〔註403〕

《譚概》一書原爲明末馮夢龍所編，後改名爲《古今笑》，專爲雅人逸士佐清談、供談樂之用。從上文可知，李漁由讀者對《譚概》易名爲《古今笑》後所產生的不同反應，發現並認定了「人情畏談而喜笑」的普遍趣味與社會風氣。因此李漁主張小說戲曲創作對於觀眾要投以所喜，勿一味地教條訓誡，因爲人們已厭倦道貌岸然的僞道學。「不投以所喜，懸之國門奚裨乎？」可見李漁專事喜劇創作，動輒站在「觀眾本位」的立場，態度非常明確，非僅出自於本人的癖好。再者，黃果泉指出，李漁這種「觀眾本位」的創作自覺意識，應該自其從事戲曲創作之始便已確立〔註404〕，《笠翁文集》卷二〈曲部誓詞〉有云：

> 不肖硯田糊口，原非發憤而著書；筆蕊生心，匪托微言以諷世。不
> 過借三寸枯管，爲聖天子粉飾太平；揭一片婆心，效老道人木鐸里
> 巷。既有悲歡離合，難辭譴浪詼諧。加生旦以美名；既非市恩於有
> 托；抹淨丑以花面，亦屬調笑于無心。凡以點綴劇場，使不岑寂而
> 已……〔註405〕

李漁的這番誓詞，說穿了無非是想明白昭告世人，自己實在是迫於經濟壓力才選擇賣文維生的。要戲曲小說賣座，不二法門就是必須爲觀眾帶來歡樂。他的創作既無干預時事之意，也無影射當局之嫌，惟以譴浪詼諧，供人娛樂，點綴劇場，使不岑寂而已。當然這種公開宣稱自己的創作旨趣，必授人以「媚俗」的口實。楊義就曾撰文替他辯解，說在此誓詞背後，實際上隱含著許多難言之隱。認爲李漁生逢動亂的易代之世，又面臨日益嚴重的文字獄，是以他把怨忿嘲諷換作譴浪詼諧，在一片笑聲中表現自我和隱藏自我。〔註406〕黃果泉則另有不同看法，直指歷來對李漁〈曲部誓詞〉的諸多誤解，其中之一便是以〈曲部誓詞〉爲故設辭以逃避清廷文網之說，言持此論者失於不察云云。若真有弦外之音，充其量只是懲於明清曲壇的「私人化」

〔註403〕參見〔明〕馮夢龍著；魏同賢主編：《馮夢龍全集》（上海：上海古籍出版社，1993 年），《古笑史序》，頁 21～23。

〔註404〕根據黃果泉的考證，李漁文集中〈曲部誓詞〉一文，當作於順治七年前後，依據李漁年譜，此時期正是他大量創作戲曲小說之際。參見氏著：《雅俗之間：李漁的文化人格與文學思想研究》，頁 231。

〔註405〕〔清〕李漁：《李漁全集》（浙江：浙江古籍出版社，出版年不詳），《笠翁文集》，卷 2，〈曲部誓詞〉，頁 130。

〔註406〕參見楊義：《中國古典白話小說史論》，頁 231。

傾向而已。〔註407〕這種見仁見智的說法，筆者認爲皆有其根據，不應斷然抹煞任何一方。因爲清初年間，是一個從破壞到建設的階段，滿人採取「又拉又打」的兩手統治策略，是過渡初期的必然措施。〔註408〕雖然順治年間許多作爲如致力於崇儒興學、開科取士、推廣教化、招民墾荒等，頗能收到攏絡讀書人與安定民心的效果。但當年清兵南下「揚州十日」、「嘉定三屠」與「江陰屠城」等慘絕人寰的劫殺屠戮，所遺留下來的陰影勢必無法忘記。然就在此同時，清廷又推行圈地、投充、追捕逃人與嚴懲窩主等弊政。且順治十四年的「科場案」，十八年的「通海案」、「哭廟案」、「奏銷案」等，均給了江南仕紳以無情的打擊。〔註409〕值此時局混亂的大環境之下，李漁此番誓言，無疑具有明哲保身、避禍就福的作用。說他是故設疑辭以逃避清廷文網也好，或是譏諷他爲欺世之言也好，趨吉避凶乃人之常情，以李漁入世圓融的處世哲學視之，似乎皆能透顯亂世之下，臨難苟免的人生卑微欲求。

三、浮世繪底下的哈哈鏡

（一）熙攘世界中的「非常」人物

　　李漁追求創新的寫作手法，皆能如實地反映在小說中，他常穿梭在情節夾縫中現身說法、大發議論，隨處可見他的身影。李漁的作法在後現代主義論述中，被認爲與西方所謂的「後設小說」（meta-fiction）的敘事方式極爲類似。〔註410〕宋元以來的話本小說，說書者爲了說書的方便，原本就可任意穿梭、出入故事，不受時間、空間的限制。話本逐漸衍變爲文人案頭創作的紙本後，此種特殊的敘事手法依然存在。說書者（敘事者）不時地從作品中跳

〔註407〕黃果泉引用歸莊（1613～1673）《歸莊集》卷10〈隨筆廿四則〉與方文（1612～1669）《嵞山集》卷3〈贈別周穎候〉二詩文指出，清初順治年間「禁網疏闊」。參見黃果泉：《雅俗之間：李漁的文化人格與文學思想研究》，頁232。
〔註408〕詳見謝國楨：〈清初利用漢族地主集團所施行的統治政策〉，收入氏著：《明末清初的學風》，頁69～85。
〔註409〕參見徐志平：《清初前期話本小說之研究》，頁3～4。
〔註410〕例如楊義在論及〈合影樓〉時說：「作者在這裡使用了一種有點類似西方元小說（metafiction，即後設小說）的敘事方式，讓路子由跳出小說之外來評述這篇小說。」見〈李漁小說：程式化和個性化的審美張力〉，載《中國古典白話小說史論》，頁241。而所謂的後設小說，就是關於小說的小說，它的主要特點是在文本裡加進了編製故事的過程，其目的爲了打破它所講述的故事的真實性，同時強化敘述者個人的觀點。參見陳思和主編：《當代大陸文史教程（1949～1999）》（臺北：聯經文學出版社，2001年），頁321。

脫出來，以後設的「干涉性」話語，表達作者的想法。

　　李漁小說為展現他獨特的喜劇趣味，經常在營造的喧鬧笑聲中表現自我，將怨忿嘲諷轉化為謔浪詼諧。他創作小說總是抱著一種遊戲心態。如他所說，就像在搬演一齣「無聲戲」。他對愛情、貞操、性欲的描寫，實在是同老氣橫秋的道學家開了個葷黃的笑話〔註411〕，但是我們卻可從中發現李漁一向不為人知的話語觀與意旨實踐。

　　李漁傳奇式的生平，讓他跨足於小說、戲劇、建築、藝術與出版業而游刃有餘，其眼界之開闊、人生閱歷之豐富，奠定了他創作小說靈感的泉源。小說中出現大量取材自民間故事的原型人物，諸如騙子、傻子、機智人物與畸形人物等。他們巧妙地化身為李漁引以自豪的創新內容與敘事手法之中，成為逗人發笑的故事題材。由於晚明城鎮興起，商業發達，市民經濟空前繁榮。城鎮人口的激增，社會上出現許多新興市民階層。為了營生牟利，鄉村與城市之間，人口流動很大。尤其是商人，凡是有利可圖的地方，不管通都大邑，抑或窮鄉僻壤，都有他們的足跡。城市遂成為商業網絡的樞紐，亦是商人的聚居之地，這裡匯集了來自四面八方、光怪陸離的信息。職是之故，生活在這種時代背景之下的市井庶民，夏咸淳指出，「其思想之活躍，眼界之開闊，心態之展放，均為前人所不及。」〔註412〕此種階級流動異常活絡的現象，堪謂能充分反映當時民間生活的浮世繪。熙攘世界中汲汲營營的這些「非常」人物，不僅為大社會底下的縮影，也成為文人筆下鮮活的資材。在這些人物所代表的文化符碼背後，皆蘊藏了可觀的隱喻象徵。不論東西方，小說裡的笑聲必定寓有深義，它是社會的一面鏡子，同時也是一把利刃，可直接撕破任何虛偽的假面，透顯原初的意義。下節論述的騙子、機智人物、畸形人物與傻子等就是很好的例子。

1、狡點騙子貝去戎

　　中國古代民間故事中關於騙子的題材非常多，豐富了古典小說的諷刺趣味性，其中的騙術五花八門，讓人為之目眩、瞠乎其後。〔註413〕此時期的話

<hr>

〔註411〕參見楊義：〈李漁小說：程式化和個性化的審美張力〉，載《中國古典白話小說史論》，頁232。

〔註412〕參見夏咸淳：《晚明士風與文學》，頁14～15。

〔註413〕依照祁連休的《中國古代民間故事類型研究》所載，明清以前至少有「羅漢騙局型」、「假親騙局型」、「活佛騙局型」、「丹客行騙型」與「試騎騙馬型」等各種騙子故事，足見騙子乃一流傳各地的原型人物，為小說中經常出現的

本小說中，像《風流悟》〔註414〕第一回〈圖佳偶不識假女是眞男　悟幼囮失
卻美人存醜婦〉出現的一幫拐子，做假美人局，騙走了暴發戶曹家一千多兩；
《照世盃》〈百和坊將無作有〉篇則爲眞美人局，利用歐滁山貪財好色之心，
將他打秋風來的錢財全部騙光。觀其騙術，均極爲詭詐，讓人不禁稱奇道絕。
不過這兩篇小說諷刺的對象皆爲受騙者，騙徒本身反成爲配角。爲免於失焦，
我們以《十二樓》中〈歸正樓〉篇的貝去戎爲討論重點，因爲他才是故事裡
的主人公。

　　〈歸正樓〉裡的拐子叫做貝去戎，騙術神乎其技，李漁刻意營造他爲「拐
子中第一人」。當他騙完了十三個省城，心裡思量道：「若使輦轂之下，沒有
一位神出鬼沒的拐子，也不成個京師地面。畢竟要去走走，替朝廷長些氣概。」
（《十二樓》頁92）這分明就是「天下第一」的口氣了。自古以來，自視甚高
的騙子，貝去戎不是第一人。在祁連休《中國古代民間故事類型研究》中收
錄的「試騎騙馬型」故事，便有前例。此故事初見於明代馮夢龍編纂的《古
今譚概》：「《湖海奇聞》：『肱篋（此指盜賊）唯京師爲最黠。』有盜能以一錢
誆百金者……」祁連休認爲這則故事裡的肱篋，採用連環套的方式行騙，一
再得手，騙術高明，是京師最機靈狡猾的騙子。同樣的故事也曾出現在馮夢
龍《智囊補》雜智部卷二十七《狡黠・一錢誆百金》。〔註415〕李漁夸言創新，
但前人已有文本是不爭的事實，且還不止一處。小說中貝去戎行騙大江南北

角色。參見氏著：《中國古代民間故事類型研究》（共三卷）（石家莊：河北教
育出版社，2007年）。要注意的是，祁連休認爲中國近代民間故事裡「機智
人物」的各種言行，也包括「哄騙」（扯謊），與本文所論述之「騙子」意涵
不盡相同。祁連休指出二者若不加以區分，就容易混淆好與壞、善與惡、正
義與非正義的界線。參見祁連休：〈試評「騙子」說〉，《民間文學論壇》第2
期（1984年），頁53。日人鈴木健之將機智人物的「欺騙性」統稱爲行使詐
術斂財的騙徒，並認爲其是一種原始存在，具有雙重矛盾的人格。見〔日〕
鈴木健之著；賴育芳譯：〈「機智人物故事」──試論其欺騙性〉，《民間文學
論壇》第2期（1984年），頁60～66。本論文所論述之貝去戎，其實就是鈴
木健之筆下的騙子，與中國民間機智人物表現的欺騙行爲雖有若干相似處，
但畢竟不同。然鈴木健之與祁連休二人所依據之理論背景不同（一是神話論
／一是階級論），但就普遍性與共同性來看，「騙子」乃原始文化的「殘遺」
（survival）不容置疑。

〔註414〕本書全稱《新鎸繡像風流悟一編》，扉頁右上題「雪窗主人評」，回前署「坐
花散人編輯」，評者、編者生平皆不詳。共八回，回演一故事。參見《風流悟》
（臺北：天一出版社明清善本小說叢刊續編，1990年）。

〔註415〕參見祁連休：《中國古代民間故事類型研究》（卷下），頁1044～1046。

後，隨蘇一娘（淨蓮）厭棄紅塵逃之方外，道號歸止。所起建之雙層大殿，為貝去戎巧施詐術，讓人們虔心捐造的。他的騙術，與宋元時期民間故事「羅漢騙局型」〔註416〕十分雷同。皆是利用某人（僧）與寺中羅漢相像之法，來騙取信眾的財物。惟李漁後出轉精，添加「龜尿入木」與「劍插葫蘆」二事，使得情節更加曲折離奇。還有在故事剛開始的時候，貝去戎便施展「騙下樓」的伎倆，不僅輕易將他父母騙下樓來，並且成功地說服了他的父母。李漁在故事中說：「這句舊話傳流至今，人人識得。但不辨是誰人所做的事，如今纔揭出姓名。」（《十二樓》頁86～87）由「這句舊話傳流至今」來看，這則「騙下樓」的民間故事，早在當時已是家喻戶曉、人盡皆知的故事，祁連休稱之為「誘出戶型」故事。內容大致是寫甲讓乙將其騙下樓（或出戶，下同），乙道：「你若在樓下（或戶外），我便可騙將上去（或入戶）。」甲果下樓，乙笑道：「我已騙你下樓了。」〔註417〕將其內容與〈歸正樓〉原文對照，幾乎一字不差。

　　巴赫金論述騙子、小丑、傻瓜在小說中的功用時說，這些遠古以來便有的人物形象，他們的存在本身具有「轉義」而不是「直義」；他們的外表、所作所為，均是意有所指，有時甚至是相反的意思，不可照字面意思理解。〔註418〕換句話說，原型人物／騙子藉由嘻笑怒罵來批判人事，並達到一種假想的勝利之外，還有他更為深遠的寓意，絕不僅僅是表層敘述的故事而已。他們象徵的是人們潛在的欲望與恐懼，提醒了我們賴以生活的意識形態其實怎容輕言打破？〔註419〕貝去戎尚未皈依三寶前，與徒弟「流徙四方，遇物即拐，逢人就騙」（《十二樓》頁92）。他們相對於社會之間，永遠扮演圈外人（the other）的角色，有清醒、風趣而狡黠的頭腦，所行之事「絕類神仙，凡人不能測識」（《十二樓》頁102）。他們反映現實，也揭穿虛偽的

〔註416〕參見祁連休：《中國古代民間故事類型研究》（卷中），頁633～635。這一故事類型，現當代仍在湖北等地流布，如《巧化緣》。

〔註417〕參見祁連休：《中國古代民間故事類型研究》（卷下），頁905～907。這一故事類型，最早見於明朝江盈科所撰之《雪濤諧史》，現當代仍在中國各地流布，名稱稍有異同，如《讓王爺下轎》、《哄縣官》、《上樓下樓》等等。

〔註418〕參見（俄）巴赫金著：白春仁、曉河翻譯：《小說理論》，收入錢中文主編：《巴赫金全集：第3卷——小說理論》（石家莊：河北教育出版社，1998年），頁355。

〔註419〕王德威：〈論搗蛋鬼——兼探兩種神話理論的交鋒〉，收錄於王德威：《從劉鶚到王禎和：中國現代寫實小說散論》，頁259。

陋規。他們拒絕進入人們賴以生存的社會體系，選擇遊戲人生，徘徊家門之外，即便感情世界也是如此。但看小說裡許多曾接受過他的恩惠之人，都是昔日被貝去戎嫖褻過的妓女即可知。只因她們終日思念，竟然不約而同地從各地聚集南京，四下尋訪，但仍被貝去戎「變臉」脫逃。貝去戎騙得的財物「竟以萬計」，最後卻選擇急流勇退，出家修行，成了正果。試觀其不論入世／出世，均維持其圈內／圈外人二元對立的特質，與外界保持相當的距離，成為一批判性極強的客體。似是一個冷眼旁觀的第三者，透露出些許「反諷」的味道。這個號稱天下第一的騙子，隱隱然召喚出李漁的身影。李漁以貝去戎之眼，冷然看淡人生。正如反諷在語言形式上的特徵，強調創作主體與創作客體對象及其自身，必須保持一定距離的觀照，而反思便有了雙重性。〔註420〕是故在李漁一貫的勸世主旨外，貝去戎所代表的意義，因而更加耐人尋味。這點在淨蓮所說的話裡面，似有若無地透露了出來：

> 他（貝去戎）有如此聰明，為甚麼不做正事：若把這些妙計用在兵
> 機將略之中，分明是陳平復出，諸葛再生，怕不替朝廷建功立業，
> 為甚麼將來誤用了。可見國家用人，不可侷限資格，穿窬草竊之內，
> 儘有英雄，雞鳴狗盜之中不無義士。惡人回頭，不但是惡人之福，
> 也是朝廷當世之福。（《十二樓》頁 109）

貝去戎飄忽不定、拐子營生的行事作風，是其擺脫不去的宿命。他曾對淨蓮自陳造殿一事，就脫口說了「賊星將退，還不曾離卻命宮」的話（《十二樓》頁 109）。正值命運交關的他，不知不覺又做出兩件事情來，而這事情卻是全文故事情節最為高潮的「懸念」所在。〔註421〕天下第一的騙子，在神諭

〔註420〕D.C.Muecke 曾說：「一位真正的藝術家只有一個可能，那就是要和的作品保持距離，而同時把這種自覺態度賦形於作品上，這樣他所創造的作品──比方是小說時──便不只是一種單純的故事了，而是作者和敘述，讀者和閱讀，文體和文體選擇，虛構和事實間距離因素的大成，而這時，我們的看法便是作品具備有互相矛盾的藝術和人生。」參見 D.C.Muecke 撰；顏銀淵譯：《反諷》（臺北：黎明文化出版社，1973 年），頁 26。

〔註421〕喜劇小說往往藉由「懸念」的技巧，提高讀者的期待與好奇，使讀者最後恍然大悟時，在心靈上獲得滿足與愉悅感。所謂「懸念」指的是作者製造出故弄玄虛、故布疑陣的故事情節，令讀者產生強烈好奇心。以上參見賈文仁：《古典小說大觀園》（臺北：丹青圖書公司，1983 年），頁 151。「巧設懸念」也是李漁喜用的小說技巧，他說：「宜作鄭五歇後，令人揣摩下文，不知此事如何結果。」李漁的懸念，在於透露蛛絲馬跡之後，挑起讀者欲知後事的欲望，而不停地揣摩、猜測，產生一種閱讀上的樂趣。見於〔清〕李漁：《李漁全集》

之下改邪歸正，過程充滿仙道色彩。他的位階不僅聖化，且被眾人以崇敬的神明加以膜拜。但諷刺的是，贖罪的方法仍不離拐騙的老行當。懸念製造的高潮已吊足人們的胃口，最後真相大白，又讓讀者拍案稱奇。拐子回頭，千金不換，本是李漁勸世之言。但在原型人物的背後，潛藏作者隱喻的深義，足令讀者啞然失笑之餘，省思嗟嘆不已。

2、機智女流耿二娘

與上述騙子行徑相似，在中國流傳的廣大民間故事群裡，亦有所謂的機智人物為人所津津樂道。根據統計，中國各民族機智人物故事，就多達 300 多個類型，篇數則不計其數。〔註422〕如流傳在民間的徐文長故事，保守估計約有兩百多則或更多。他們詼諧幽默，喜歡惡作劇，常以欺騙的手段揭露、戲弄對方為目的。因此不少人將騙子與機智人物混為一談，譬如日人鈴木健之的〈「機智人物故事」筆記——試論其欺騙性〉一文，便說「機智人物無非是一種騙子，一個得以流傳下來的騙子。」〔註423〕上節的注釋業已稍微闡述其中之差異性（參見注釋第413）。大要歸納之，我們可以祁連休的說法為代表。在《中國傳說故事大辭典》與《中國民間文學大辭典》兩處的「機智人物」故事條更有如此的說法：「故事主人公詼諧風趣，常熱忱扶持窮苦百姓，嘲弄和懲處各種邪惡勢力，以機智的手段排難解紛，克敵制勝」〔註424〕；「大多反映被壓迫者同壓迫者之間的鬥爭，通常是以勞動人民機智反抗剝削者為內容，有較強的現實性。」〔註425〕綜言之，機智人物所對付、欺騙的對象，乃是以擁有邪惡勢力，壓迫、剝削百姓者為主，不純然以惡作劇為樂，與騙子行徑的動機明顯不同。

〈女陳平計生七出〉中的耿二娘，堪為此類機智人物箇中翹楚。她在動亂中落入流寇手中，卻能夠「智完節操」，全身而退。而機智人物與對手進行鬥智時，一般是短兵相接，面對面接觸。耿二娘機智地以破布、巴豆等物，

（浙江：浙江古籍出版社，出版年不詳），《閒情偶寄》，頁53。

〔註422〕參見祁連休：〈試論中國機智人物故事中的類型故事〉，載於《民俗曲藝》第111期（1998年）。

〔註423〕參見〔日〕鈴木健之著；賴育芳譯：〈「機智人物故事」——試論其欺騙性〉，《民間文學論壇》第2期（1984年），頁63。

〔註424〕見祁連休、蕭莉主編：《中國傳說故事大辭典》（北京：中國文聯出版公司，1992年），頁21。

〔註425〕見姜彬主編：《中國民間文學大辭典》（上海：上海文藝出版社，1992年），頁81。

不但保全自己的貞節，還讓原本如狼似虎的賊頭，最後變成人人喊打的過街老鼠。李漁以生動又鄙俗的情節，讓我們看到這位目不識丁的村婦如何戲耍賊頭，甚至回過頭來反諷那些熟諳女教的諸輩以及當代的父權社會，實遠不如耿二娘這類的女流之輩懂得廉恥與從權之道。

　　耿二娘才智橫溢，與大多數民間故事裡的機智人物一樣，經常替人排難解紛，故村人又叫她「女陳平」。她利用圓熟的謊言，出奇制勝的計謀，與壓迫者及其幫凶較量，爭取生存的權利。她先是用散發爛血腥氣的破布，成功地抵擋住賊頭的翹然硬物；繼之二娘的巴豆，不僅保全了自己的「名器」，且使得賊頭那話兒腫個「水晶棒槌」，又連日痢疾，瀉倒不起。二娘的作為，正符合祁連休所說，機智人物的思想內容在揭露、戲弄、鞭撻形形色色的反動統治者和剝削者，展示人民群眾的聰明才智和生活情趣。〔註426〕另外，根據史實指出，明代貞節烈女衍變到後來漸有宗教殉道化的傾向。貞女為了表明自己對男性的貞操，守節勢以苦，盡節必以烈，以死明志者更是大有人在。前文曾提到的《明史·烈女傳》，記載有明一朝烈女死節者竟「不下萬餘人」，即為明證。這種嚴苛畸形的文化氛圍，看在置身於易代亂世的李漁眼中，卻頗不以為然。他在〈女陳平計生七出〉中就說出了自己的看法：

　　　　話說忠孝節義四個字，是世上人的美稱，個個都喜歡這個名色。只
　　　　是奸臣口裡也說忠，逆子對人也說孝，奸夫何曾不道義，淫婦未嘗
　　　　不講節，所以真假極是難辨。（《無聲戲》頁85）

　　由此來看本篇之創作主體李漁，在倡導女子貞節觀念如此嚴峻的明清之際，尤其是當時更有所謂的遺民節臣，視婦女的死節為忠貞不貳的表率，並弔詭地與國族意識產生連結，李漁自己卻有一套價值標準來看待女性的貞淫問題，表現出通達客觀、亂世從權的處世思維。小說裡耿二娘為了能全身而退與丈夫重逢，不得不與賊頭周旋。她所做的讓步與犧牲，也就是前文所說的「救根本不救枝葉」的權宜之術。除了名器外，其餘身上的唇舌乳胸、玉體四肢，都視為土木形骸，任憑賊人輕薄非禮。她這種悖離傳統禮教的作法，在當時嚴厲的貞節社會風氣中，堪稱膽識過人。〔註427〕李漁筆下的耿二娘，

〔註426〕祁連休：〈試評「騙子」說〉，《民間文學論壇》第2期（1984年），頁52。
〔註427〕在當時極力獎勵貞節的時代，對女性貞、烈標準的界定可謂嚴厲至極，在人們的認知中，甚至連女性的肌膚、手臂被男性觸碰就算是失節。貞、烈類型，有以身殉夫、守節終身、反抗強暴等類，這種節烈風氣其實是男性對女性身心佔有慾的強烈表現，繼而形成許多變態、荒謬的現象，如「寡婦斷臂」、「乳

並不愚昧地盲從社會禮教對女子的箝制，否則她的下場也會如其他貞烈女子般，走上殉節一途，於事無補。李漁之所以讚賞耿二娘爲女陳平，正在於耿二娘懂得權變：

> 看官，妳說二娘的這些計較奇也不奇，巧也不巧？自從出門，直到回家，那許多妙計，且不要説，只是末後一著，何等神妙！她若要把他弄死在路上，只消多費幾粒巴豆，有何難哉？她偏要留他送到家中，借他的口，表明自己的心迹，所以爲奇。假如把他弄死，自己一人回來，説我不曾失身於流賊，莫説眾人不信，就是自己的丈夫，也只説她是搬清的話，那見有靛青缸裏撈得一匹白布出來的？如今獎語出在仇人之口，人人信爲實錄，這才叫做「女陳平」。（《無聲戲》頁 96）

無獨有偶的，除〈女陳平計生七出〉外，在《無聲戲》中〈妻妾抱琵琶梅香守節〉此篇小説，亦是對女子守節的觀念，抱持著較爲通達、客觀的見解，直接披露禮教規範的虛假，深具嘲諷意味。李漁在〈妻妾抱琵琶梅香守節〉的入話不僅説得極爲有趣，他還傳授「死丈夫待活妻妾」的秘訣，深具顛倒男／女文化成規的意味。他以當初魏武帝臨終的故事爲例，指出世間的寡婦，「改醮者多，終節者少」，奉勸男人要看得開，莫當無知的「阿獸」：

> 若是本心要嫁的，莫説禮法禁他不住，情意結他不來，就把死去嚇他，道「你若嫁人，我就扯你到陰間説話」，他也知道閻羅王不是你做，「且等我嫁了人，看你扯得去、扯不去？」（《無聲戲》頁 208）

在李漁看來，若是強求六宮嬪妃個個替皇帝守節，且不説女性內心是否願意，就是京城裏也容納不下那麼多的貞節牌坊。李漁如此訕笑的話語，即是對正統的官方教條作出戲謔又諷刺的嘲弄。此種「笑聲」，誠如巴赫金所謂的民間笑文化的力量。民間狂歡式的笑，試圖顛倒統治階級的眞理和權力、以及一切人爲的禁令和束縛，具有既是歡樂又是譏笑、既是否定又是肯定的雙重特性。〔註428〕〈妻妾抱琵琶梅香守節〉一文裡的碧蓮，只是個被家主馬

瘓不醫」的事一再出現。參見劉臨達編著：《中國古代性文化》（銀川：寧夏人民出版社，1993 年），頁 730～735。針對明代貞節觀念變爲宗教化的意義，陳東原也説過，是當時的貞節觀念只有迷信，不顧事實，不講理性。而貞節觀念宗教化最無理的表現，莫甚於「未嫁盡節」與「室女守志」。參見氏著：《中國婦女生活史》（臺北：臺灣商務印書館，1994 年），頁 241～246。
〔註428〕巴赫金説：「狂歡式的笑，第一，它是全民的，大家都笑，『大眾的笑』；第二，

麟如收為通房的丫環，其地位遠不如正妻羅氏與小妾莫氏，但卻有情有義地撫育家主唯一的子嗣。當馬麟如病危時，羅氏與莫氏皆信誓旦旦地承諾誓死守節，可當時碧蓮卻說：

> 做婢妾的人，比結髮夫妻不同，只有守寡的妻妾，沒有守寡的梅香。若是孤兒沒人照管，要我撫養他成人，替相公延一條血脈，我自然不該去；如今大娘也要守他，二娘也要守他，他的母親多不過，那稀罕我這個養娘？若是相公百年以後沒人替妳守節，或者要我做個看家狗，逢時遇節燒一分紙錢與你，我也不該去；如今大娘也要守寡，二娘也要守寡，馬家有什麼大風水，一時就出得三個節婦？如今但憑二位主母，要留我在家服事，我也不想出門；若還愁吃飯的多，要打發我去，我也不敢賴在家中。失節也無損於己……守節也無益於人，只好聽其自然罷了。（《無聲戲》頁 211）

馬麟如聽見這些「真」話，雖然讚許她的老實，卻也怪她「無情」。李漁素來肯定真率、不做作的人性。碧蓮的一番「真心話」，反換來家主的「冷落」，說明了父權社會要求女子夫死守節乃唯一的選擇，明顯悖離人的常情。但就中國傳統一夫多妻的婚姻制度而言，婢妾的地位卑賤，守節尚無其名分。所謂「做婢妾的人，比結髮夫妻不同，只有守寡的妻妾，沒有守寡的梅香。」豈料一個在小說中處於邊緣位置的婢女，到頭來竟是位忍辱負重的節婦。李漁塑造碧蓮這樣一位女性形象，意在顛倒妻妾／婢女傳統意義的目的昭然若揭。故事後來證明，馬家因丫環碧蓮的堅貞守節，家人得免遭受離散流亡的悲劇。藉由這樣顛覆階級身分的書寫策略，我們發現李漁也意識到了中國傳統倫理道德的實踐，始終與身分階級脫離不了關係，且所謂的常倫，往往只是權力的一種展示。〔註 429〕是故透過戲謔顛覆的書寫話語，不僅在笑聲中鬆動僵化的道德論述，亦可讓世人反思現世的偽善，達到巴赫金所謂的民間詼

它是包羅萬象的，它針對一切事物和人，整個世界看起來都是可笑的，都可以從笑的角度，從它可笑的相對性來感受和理解；第三，即最後，這種笑是雙重性的：它既是歡樂的、興奮的，同時也是譏笑的、冷嘲熱諷的，它既否定又肯定，既埋葬又再生。這就是狂歡式的笑。」參見（俄）巴赫金著；李兆林、夏忠憲等譯，《弗朗索瓦‧拉伯雷的創作與中世紀和文藝復興時期的民間文化》，收入錢中文主編，《巴赫金全集：第 6 卷——拉伯雷研究》（石家莊：河北教育出版社，1998 年），頁 13。

〔註 429〕參見呂依嬙：〈機趣、戲謔、新詮釋——論李漁《無聲戲》的性別書寫〉，《中極學刊》第 3 輯（2003 年 12 月），頁 99。

諧文化力量的再生與創新。〔註 430〕

李漁意欲塑造出不盲從社會規範的女性形象，不認同社會上那些心口不一、勉強守節的婦女，反以發自內心真情至性者為貴。他以幽默詼諧的口吻，批判那些為了世俗成規而強行虛設的道德標準。李漁以笑謔又低俗的民間趣味，讓貞節烈女的高尚情操予以世俗化的降格，階級／身分的界線消弭於無形。李漁創造出來的女陳平與梅香，正是他以逆向操作的藝術手法顛倒尊卑上下的社會階級，並對社會現象予以戲仿的代表人物。只是當他以文字顛覆正統／邊緣的身分地位，批判男／女道德觀之差異所暴露出來的傳統禮教迂陋守舊的同時；在另一層次的話語表述上，卻不自覺地強化了對女性之道德訓誡（守貞）。例如〈女陳平計生七出〉中，寫那些預先暗藏剃刀與毒藥的婦女，打算賊人一到，即尋自盡，決不玷汙清白之身。結果後來她們非但沒有自盡以保節，李漁反而以「眾婦個個歡迎，毫無推阻……獨自受用，纔稱心的一般」（《無聲戲》頁 90）等話語來形容她們。這分明已是「淫婦」行徑的直接摹寫了。雖站在同情女子背負沉重禮教枷鎖的立場上替她們發聲，骨子裡仍不齒失節女子的放蕩作為。如此看來，李漁最終還是無法調和情／理於貞節問題中所帶來的種種矛盾與疑難。

3、畸形醜怪闕不全

《無聲戲》第一回〈醜郎君怕嬌偏得豔〉中，有一位奇醜近於畸形的男子「闕里侯」，凡世人的惡狀，都合來聚在他一身，好事者替他取箇別號，叫做「闕不全」。只因他五官四肢都有毛病，件件都闕，又件件都不全闕，所以叫做「闕不全」。其文曰：

> 眼不叫做全瞎，微有白花；面不叫做全疤，但多紫印；手不叫做全禿，指甲寥寥；足不叫做全跛，腳跟點點。鼻不全赤，依稀略見酒糟痕；髮不全黃，朦朧稍有沉香色；口不全喫，急中言常帶雙聲；背不全駝，頸後肉但高一寸。還有一張歪不全之口，忽動忽靜，暗中似有人提；更餘兩道出不全之眉，或斷或連，眼上如經樵採。（《無聲戲》頁 4）

徐志平認為這篇小說寫得的確有趣，且李漁打破才子佳人的俗套，精神

〔註 430〕參見（俄）巴赫金著；李兆林、夏忠憲等譯：《弗朗索瓦・拉伯雷的創作與中世紀和文藝復興時期的民間文化》，收入錢中文主編：《巴赫金全集：第 6 卷——拉伯雷研究》，頁 13。

可貴，「但其內容對殘疾之人帶著太多的『侮辱』，且關不全是個誇張的人物，並不能在讀者心中留下真實的印象。」〔註431〕無獨有偶的，《跨天虹》卷三描寫才子娶醜婦的故事，頗能將醜女大喬兩次失婚的心路歷程刻畫入微，作者的創作精神遠較李漁來得嚴謹。其實對於畸形人物的描寫，早在莊子的寓言裡便曾出現。莊子筆下的醜惡畸人，有因駝背而臉頰長在肚皮之下的；有肩膀高於頭頂，五臟脈管向上突出，弓身如鉤的支離疏；其他還有像右師、王駘、叔山无趾、申徒嘉等人，無一不諧怪醜惡。畸人形象之變形怪誕，在中國文學裡並不陌生。如《山海經》裡就有不少的記載，但那是先民對於外界自然原初的神話想像，與小說創作無關。後來陸續出現的《搜神記》、《西遊記》與《聊齋志異》等，都有描寫變形怪誕的例子。而莊子詼諧嘲諷、寓意幽微的寫作手法，乃是知識分子悲憫之情懷，通過對「畸人」的著墨，使人們對當時的社會有著深刻而清醒的認識，似無關乎「侮辱」。《無聲戲》第一回〈醜郎君怕嬌偏得豔〉一文裡的關不全，亦可做如是觀。皆是透過諧謔的角色人物，使人想笑、發笑，解構世俗規範，進而揭露問題的本質，凸顯意欲表達的義理。〔註432〕曾經替李漁評點小說的詩人杜濬，針對李漁通俗詼諧的小說語言，提出李漁的小說具有「正話反說」的特點。杜濬認為，「既然小說的功能在於教化，若將這些人生道理以正經嚴肅的口吻道出，易使讀者反感，不如用玩笑的方式呈現，使人不知不覺接受，教化的效果也就達成了。」〔註433〕杜濬所謂的「正話反說」，適與老子一書中所謂的「正言若反」旨意若合符節。觀老子〈七十八章〉有云：

> 天下柔弱莫過於水，而攻堅；強者莫之能勝。其無以易之。弱之勝
> 強，柔之勝剛，天下莫不知，莫能行。故聖人云：「受國之垢，是謂

〔註431〕徐志平還指出，容貌的美醜是娘胎裡帶來的，並不是自己的過失，因此而被妻子一再輕賤，其情何以堪？惜李漁逞其一貫地諧謔伎倆，未能深入刻劃里侯遭妻妾卑視時內心的痛苦。參見氏著：《清初前期話本小說之研究》，頁453～454，頁655。

〔註432〕潘智彪曾指出，藉由諧謔的情景引起笑，另一方面，笑也導致體內鬆弛狀態的產生。其心理機制就在於，這些笑話所引起的笑之中包含有一種尋求解脫之感，是人的本性中力圖擺脫傳統習俗與社會束縛的一種解放。參見氏著：《喜劇心理學》（廣東：三環出版社，1989年），頁82。

〔註433〕參見徐志平：〈遺民詩人杜濬功能論小說觀探究〉，《臺北大學中文學報》創刊號（2006年），頁138～139。徐氏指出《十二樓・三與樓》眉批所謂「至理出之以趣，那得不娓娓動人？」便是「正話反說」之意。

社稷主；受國之不祥，是謂天下王。」正言若反。〔註434〕

　　人世間所謂高下、貴賤、有無、美醜與善惡等等，皆為相對而來。語言符號本身存在很大的侷限性，為化解此種限制，故身處亂世中的老、莊不得不以詭辭言說。莊子便試圖用「正言若反」的說道方式，藉由畸人的形貌，傳達另一種表述的可能。在這一群其貌不揚、殘疾醜怪的人身上，其實正是體道之「真人」。那隱藏在「恢恑憰怪」表象之下的「精神實質象徵」或是「永恆的隱喻」，才是話語功能意旨實踐的所在，也是我們意欲深究之處。李漁創造出來的闕不全，或許亦有莊子畸人裡不落言筌的奧義。在〈醜郎君怕嬌偏得豔〉的故事中，李漁正是以美妻配醜夫的論調，作為敘事情節發展的主軸和全文核心主旨。並提出「薄命紅顏」的新論，一反才子佳人程式的俗套，創造了「反才子佳人」小說的新穎題材，解構了自古所謂「才貌風流」的敘事模式。〔註435〕整篇小說的情節安排極具巧思與喜劇趣味，處處可見其逗機趣、戲謔之能事。李漁在小說的入話先就「薄命紅顏」論，提出說明：

> 古來「紅顏薄命」四箇字已說盡了，只是這四箇字，也要解得明白，不是因她有了紅顏，然後才薄命；只為他應該薄命，所以才罰作紅顏。但凡生出箇紅顏婦人來，就是薄命之坯了，那裡還有好丈夫到他嫁，好福分到他享？（《無聲戲》頁2）

　　高辛勇（？～2011）在《修辭學與文學閱讀》一書中指出，〈醜郎君怕嬌偏得豔〉的故事情節，主要靠辭格的運用來推衍。此種創作原則就是使用「倒反法」（inversion），將常見的文學母題顛倒而成為新的故事。所以在小說中，李漁用文字遊戲的形式巧妙地將傳統的「才子佳人」故事改成為「財主佳人」。也就是文中的男主角闕不全雖然是個相貌醜陋的人，卻是個無「才」的土「財」主。將自古所謂的「紅顏薄命」論，顛倒為「薄命紅顏」的說法。如此引人發笑的詼諧創作手法，深具顯著的仿擬互文性。〔註436〕李漁為了

〔註434〕（周）李耳撰；〔漢〕河上公注：《老子道德經》（合肥：黃山書社據四部叢刊景宋本，2009年），頁30。

〔註435〕參見楊義：〈李漁小說：程式化和個性化的審美張力〉，載《中國古典白話小說史論》，頁242～243。才子佳人的文學程式即男人的才華和女人的美貌能夠完美的結合，不過卻都是千篇一律的浪漫愛情故事，容易落入男性中心文化的俗套，小說中的女性皆呈現出對男性物質和精神的依附。參見劉慧英：《走出男權傳統的樊籬：文學中男權意識的批判》（北京：生活、讀書、新知三聯書店，1995年），頁16～24。

〔註436〕參見高辛勇：《修辭學與文學閱讀》（香港：天地圖書有限公司，2008年），

強調自己論述的可信度，還以陰曹地府的果報輪迴觀印證，申明紅顏下嫁醜夫乃惡人的極刑報應。並奉勸那些心高志大的紅顏佳人，「美妻配醜夫倒是理之常，才子配佳人反是理之變」（《無聲戲》頁 26）。由李漁所虛構出來的佳人姻緣命定論視之，再由杜濬回末評語「天下無反目之夫妻，四海絕窺牆之女子」（《無聲戲》頁 27）看來，此篇故事敘事話語的教化之功，依照杜濬的說法，竟不在《詩經》之下，可謂「金丹良方」。身為男性作家的李漁，美其名欲替天下紅顏指點迷津、提供金丹藥方，說穿了，其實仍舊站在男性的立場為他們發聲，導向「醜男配美女」的因果必然性。高辛勇以為這就是一種「說服修辭」（persuasive rhetoric），以文學作品當作說服工具，就像話本小說中常見的說教觀一樣，來說服女子要甘心接受命運的安排。〔註 437〕只是李漁的文章素來以遊戲性著稱，本篇也不例外。在故事中他不改其揶揄傳統禮教的論調，因而產生自我解構的矛盾。高辛勇掌握住李漁的敘事修辭（三美女都嫁給醜夫）與說服修辭（治病金丹）所產生的矛盾，指出李漁自己也無法自圓其說，因此只能以遊戲的寓言，企圖在「態度」上超越此矛盾。〔註 438〕

　　再回到小說本身。李漁「反才子佳人」小說最直接的倒反，就是將闕不全醜陋的相貌極度誇大，三位匹配的佳人卻是一個比一個完美。闕不全共結了三次婚，三個妻子的特徵基本上皆是以「才」與「貌」為內容，並以之排列組合（permutation）的女子；也就是說她們雖然個個美麗，但是都又略有不同。第一個特別之處在於才華出眾，第二個是美貌無雙，第三個則是才貌雙全。〔註 439〕李漁對闕不全第一任妻子鄒小姐的描繪是：

　　　　他的姿貌雖則風度嫣然，有仙子臨凡之致，也還不叫做傾國傾城；獨

　　　　頁 94～104。

〔註 437〕參見高辛勇：《修辭學與文學閱讀》，頁 102～103。

〔註 438〕參見高辛勇：《修辭學與文學閱讀》，頁 102～104。高辛勇對於〈醜郎君怕嬌偏得艷〉一文裡出現的敘事修辭與說服修辭，有極為精闢的論述。其中涉及故事文本命題所謂的邏輯性矛盾，分析透徹，內容頗為繁複，於此不再贅引。但從中可以看出李漁創作小說時的遊戲心態，有時話說得過頭了，經常出現內在命題自我矛盾的現象，補救之道，便是作者的現身說法，「吩咐」、「提醒」讀者必須「謹慎小心」等話語。以此篇〈醜郎君怕嬌偏得艷〉為例，「只是還有幾句話，吩咐那些愚醜丈夫：他們嫁著你固要安心，你們娶著他也要惜福。……」就是很好的例子。

〔註 439〕參見高辛勇：《修辭學與文學閱讀》，頁 98。

有那種聰明，可稱絕世。垂髫的時節，與兄弟同學讀書，別人讀一行，
他讀得四五行，先生講一句，他悟到十來句。等到將次及笄，不便從
師的時節，他已青出於藍，也用先生不著了。(《無聲戲》頁4)

這裡寫的是鄒小姐的才華過人與高雅聰慧的一面。而第二任妻子何小
姐，在李漁精心工筆的刻畫下，那傾城絕美的顧盼容姿、皓齒娥眉的倩影呼
之欲出：

眉彎兩月，目閃雙星。摹擬金蓮，說三寸，尚無三寸；批評花貌，
算十分，還有十分。拜佛時，屈倒蠻腰，露壓海棠嬌著地；拈香處，
伸開纖指，煙籠玉筍細朝天。立下風暗嗅肌香，甜淨居麝蘭之外；
據上游俯觀髮采，氤氳在雲霧之間。誠哉絕世佳人，允矣出塵仙子。

(《無聲戲》頁9)

至於第三位吳小姐，李漁誇張地說，除非先前兩位小姐兩個併做一個，
方才抵得過，這就是所謂的才貌兼具了。故事裡將闕不全予以誇大醜化，刻
意地與三位佳人超凡絕俗的美化並置，暴露出自古女性的內心，在父母之命、
媒妁之言的買辦婚姻制度之下，對於可能發生許配給醜夫的情形，懷有深度
的恐懼。李漁創作出這種令人啼笑皆非、匪夷所思的故事情節，正是對當時
美麗浪漫的才子佳人婚戀小說予以最直接赤裸地反諷。

面對闕不全的殘疾與身上散發的惡臭，李漁毫無同情反而津津樂道。說
闕不全形貌醜陋畸怪也就罷了，還說他身上有三種異味，「不消燒沉檀、點
安息，自然會從皮裡透出來的。那三種？口氣、體氣、腳氣」(《無聲戲》頁
5) 他這種近於「幸災樂禍」的諧謔性語言，招致不少人以「缺德」的訾議，
認為他缺乏深沉的道德感和人格力量。〔註440〕反觀在中國流傳的道教故事
中，有不少「吮瘡食垢」的凡人成仙故事。殊不論這些「食穢」行為背後所
傳達的宗教性儀式意義為何，只看其充斥大量「吃」屎「喝」殘茶和「舔」
瘡等官能的、口腔的動作與意象，此類故事群明顯悖離人類追求「雅」文學
／「視野」文學的藝術審美趣味，反趨向以誘發或刺激人類的嗅覺和味覺為
訴求的「氣味」文學。陳器文以為，這是道家以「貶低模擬」(low mimetic)
反美學的手法，迎合市民趣味所做的一種文學敘事策略的操作手段。〔註441〕

〔註440〕歷來批評李漁喜劇風格的學者，可以崔子恩、歐陽代發、楊義與徐志平為代
　　　　表，他們出版的專書均有詳實縝密的論述。
〔註441〕參見陳器文：〈道家故事中的「食穢」文化〉，《明清文學國際學術研討會論文》，

根據弗萊（Northrop Frye，1912～1991）的原型批評理論，他曾提出「低模擬」（low mimetic，或稱之爲「貶低模擬」）的概念，來解釋文學裡出現喜劇性趣味的成因。〔註 442〕意指情境中人物表現出來的行爲模式，與大多數人們的水準接近或更低，人們便因此覺得滑稽好笑。顯而易見的，關不全殘疾與惡臭的形象，徹底顛覆了明末清初才子佳人小說的敘述模式，破壞了當時才子佳人小說所具有的強烈的「綺夢」與「幻想」的特質，以及理想化的虛構世界〔註 443〕，進而製造出荒誕喜劇的促狹趣味；且作家創作之初便具有明顯的「虛構」意識，則貶低模擬的喜劇效果，就更爲明顯。試看關不全身上所散溢的惡臭，俗語把那叫做狐腥氣的體臭；嘴裡的口臭，實像喫了生蔥大蒜的一般；足下又似臭羹。這些強烈散發的氣味，再加上關不全三分像人，七分像鬼的外表，均使讀者有切身的「感受」，有極其寫實的視覺官能上的效果。讀者看見關不全如此狼狽的模樣，遂心生一種來自貶低他人後的無比榮耀的莫名快感〔註 444〕。這種來自貶損他人後所獲得的「幸災樂禍」的心理，讓每位讀者「樂在其中」，這大概也就是杜濬於文末所說「笑得人死」的根本原因。

　　最後，我們看見三位佳人過門後的態度，在經歷了一番內心的掙扎與抗拒之後，從原先的嫌惡拒斥到妥協接受，轉變極大，關鍵正在於李漁虛構出來的「紅顏自然薄命，美妻該配醜夫」的命定論說服了她們。眾所皆知，李漁喜劇風格的另一種展現，也是他的戲曲小說一大特色，即在故事結尾的大團圓收場。故事中的人物，總能在幾經波折後，獲得完滿團圓的結局，無一例外，李漁將之稱爲「有團圓之趣」〔註 445〕。所以三位絕色佳

<hr />

（香港：香港大學亞洲研究中心，2000 年 4 月 27～28 日），頁 24～25。

〔註 442〕（加拿大）諾思羅普‧弗萊（Northrop Frye）著；陳慧、袁憲軍、吳偉仁等譯：《批評的剖析》（天津：百花文藝出版社，1998 年），頁 4。

〔註 443〕參見李志宏：《明末清初才子佳人小說敘事研究》，頁 275。

〔註 444〕這是屬於笑與喜劇的心理機制中的「鄙夷說」，請參見朱光潛：《文藝心理學‧笑與喜劇》（臺北：臺灣開明書店，1982 年），頁 279～299。

〔註 445〕李漁在《閒情偶寄》一書中曾提及：「全文收場，名爲『大收煞』。此折之難，在無包括之痕，而有團圓之趣。……但其會合之故，須要自然而然，水到渠成，非由車斧。最忌無因而至，突如其來，與勉強生情，拉成一處……骨肉團聚，不過歡笑一場，以此收鑼罷鼓，有何趣味？山窮水盡之處，偏宜突起波瀾，或先驚而後喜，或始疑而終信，或喜極信極而反致驚疑，務使一折之中，七情俱備，始爲到底不懈之筆，愈遠愈大之才；所謂『有團圓之趣』者也。」見〔清〕李漁：《李漁全集》（浙江：浙江出版社，出版年不詳），《閒

人最後不僅全認了晦氣，與闕不全和睦相處，且其後代個個出類拔萃，闕不全活到八十歲才死，堪為福壽雙全。綜言之，李漁本篇敘事話語的主旨，其目的就是要女性甘於命運的安排，虔心相夫教子，安守故常。在中國傳統父權觀的支配下，女子內心的情感、欲望與權益，往往任人擺布。她們被馴化為只能壓抑自我來成就完滿和諧的家庭。這種帶有說教意味的婚姻觀念，即是賢妻、佳妾與子嗣至上的說教藝術。〔註446〕〈醜郎君怕嬌偏得豔〉一文，如出一轍地展現了男性作家的書寫立場。命定論的書寫策略，無疑也是一種鞏固男權的形式，其話語運作都是一種權力的展現。深究此種權力論述的施加與承受的機制，能在社會中發揮無窮的影響力，適與其地位、權力的獲得息息相關，凡此種種都跟傳統禮教、文化制度、社會成員所處的位置（sites）有關〔註447〕。

　　然而有趣的是，在上文曾經提到的，高辛勇指出李漁的敘事修辭與說服修辭所產生的矛盾，使得李漁刻意建構的命定論在文中巧妙地自我解構了。問題就出現在文末，他苦口婆心奉勸世間愚醜的丈夫那段話：

> 他們嫁著你固要安心，你們娶著他也要惜福。……切不可把這回小說做了口實，說這些好婦人是天教我磨滅他的，不怕走到那裏去！……萬一閻王不曾禁錮他終身，不是咒死了你去嫁人，就是弄死了他來害你，這兩樁事都是紅顏女子做得出的。闕里侯只因累世積德，自己又會供養佳人，所以後來得此美報。（《無聲戲》頁25～26）

　　這話透露了兩層意思：一是「紅顏薄命」的金丹妙藥並非全然有效，尚須醜夫的「善待」方能發揮效果；二是「紅顏」未必終身「薄命」，咒你害你

情偶寄・詞曲部》，〈格局第六〉，頁53。

〔註446〕明清時代的小說作家，有相當多的作品都是以男權話語創造出來的情愛烏托邦，例如蒲松齡的《聊齋志異》就創造出「賢妻」、「佳妾」的理想女性，以及兩性關係中最重要的不是愛情而是「子嗣」。完全忽略女性在愛情婚戀裡的個人感受與情欲的表達。參見馬瑞芳：〈《聊齋志異》的男權話語和情愛烏托邦〉，收入張宏生編：《明清文學與性別研究》（南京：江蘇古籍出版社，2002年），頁254～258。

〔註447〕傅科以醫生的身分為例，說明醫生的地位包含了能力和知識的規範，與實行和擴展個人知識的法律條件，以及一整套系統來定義他與社會整體間的關係。同時，傅科也提醒我們注意在人類的歷史文化裡，到底是誰有權力運用各種語言（language）在「話語」中發號施令，以致說話者在傳遞訊息給接受者的過程中，暗含了權力的施加與承受。參見傅科（Michel Foucault）著；王德威譯：《知識的考掘》（臺北：麥田出版社，1993年），頁133～137。

再去嫁人並非不可能。〔註448〕但不論如何，李漁所謂的命定論，皆可看出中國古代女子生活在父權體制下的卑賤命運，是如何完全操控在男人的手上；而女性的生命價值，不惟只能從男人的身上加以尋找，一旦嫁錯心生怨謗，隨即遭來「妖冶婦人」的毀議，動輒得咎，可見世人對女子的求全責備，何其嚴苛。李漁乃一至性真情之人，在批判道學虛偽時，仍難脫離時代的局限。傳統男權意識形態使他在凸顯文化成規的荒謬時，也不自覺地向傳統價值靠攏，這是其男性觀點的局限所在。

　　附帶一提的，李漁的「反才子佳人」小說，說穿了，就是他自己一再重複「才貌風流」和「一男多女」的書寫模式，在極盡逞其享樂主義後的一種理想幻滅的蛻化。這種「反模式」的方向，除了將才貌變做醜陋外，另一個就是將異性才貌變作同性才貌，也就是所謂男風文化的同性戀題材。〔註449〕前者衍化為〈醜郎君怕嬌偏得豔〉一文，後者則有《無聲戲》第六回的〈男孟母教合三遷〉。在〈男孟母教合三遷〉中，男同性戀許季芳與尤瑞郎二人間的愛戀互動，李漁將之比照情竇初開的異性戀男女相戀模式，甚至有過之無不及。李漁在營造情節與刻劃人物的安排上，皆複製了才子佳人遇合的夢幻愛情程式。此種書寫模式，無疑是針對當時流行的才子佳人小說的生動諧擬。李漁越是刻意詳細地描繪男同性戀間的情愛糾葛，就越暴露出他對才子佳人小說陳套的反諷。從文題上來看，此篇小說尚有以「孟母三遷」的典故，來比附尤瑞娘（尤瑞郎自宮後改名為瑞娘）的節烈與教子有方。將變童媲美偉大的賢母，不僅前所未見令人絕倒，且其表面上看似稱讚的話語其實隱藏著犀利的譏諷。這種評價的雙重性，正是巴赫金所謂民間廣場語言的特徵——讚美和辱罵是一體兩面的，即誇中帶罵、罵中帶誇。〔註450〕

〔註448〕參見高辛勇：《修辭學與文學閱讀》，頁103。

〔註449〕李漁在明末清初的才子佳人小說潮流中，形成了他個人的描寫模式，其主要特點是「才貌風流」和「一男多女」。參見楊義：〈李漁小說：程式化和個性化的審美張力〉，載《中國古典白話小說史論》，頁238～243。

〔註450〕巴赫金指出，藉由拉伯雷的作品《大事記》可看出民間廣場語言具有讚美和辱罵一體兩面的特質。拉伯雷將《大事記》和《聖經》對照，並且以戲仿、詼諧的語言，戲弄嚴肅的事物，大膽影射反諷教會。在廣場語言中的辱罵常被用於讚美的涵義中，此種民間廣場獨特的音調，絕不能用刻板的官方文化來理解。參見（俄）巴赫金著：李兆林、夏忠憲等譯：《弗朗索瓦·拉伯雷的創作與中世紀和文藝復興時期的民間文化》，收入錢中文主編：《巴赫金全集：第6卷——拉伯雷研究》，頁186～189。

身在晚明充斥眞情至上的時代氛圍中，李漁本人亦是重情之人，但面對男風者的「情欲」，他最終仍選擇中國傳統三綱五常的道德秩序：「我勸世間的人，斷了這條斜路不要走，留些精神施於有用之地，爲朝廷添些戶口，爲祖宗綿綿嗣續，豈不有意！」（《無聲戲》頁120）李漁素來以其開明思想自豪，於此未免又顯出其向傳統價值妥協的俗套了。

4、憨厚傻子

在小說眾多角色中，其實「傻子」也是很有趣的人物之一。這些用常人的眼光看來有些「弱智」、「呆傻」、「窩囊」，有時甚至「醜陋」的主人公能夠吸引讀者目光、深獲共鳴的原因固然很多，歸結其根本的原因，就是根植於人類靈魂深處最普遍的人性／情結（complex）。「傻子」的形象大規模出現於文學史，乃因其與人類的本性最爲接近，且深藏於人類的集體潛意識之中。〔註451〕其藝術形式裹著著人類文化中重要的思維觀，像中國人常說的「傻人有傻福」、「吃虧長智」等等，莫不契合中國人的傳統美德。以傻子爲例，某些傻子，是指那些對人眞誠、待人厚道、做事本本分分的人。這種人有可能在某些「聰明人」眼裡覺得很傻，但是往往能獲得比常人更多的幫助和青睞。因爲他們待人眞誠，所以值得別人信賴；因爲他待人厚道，所以值得別人幫助；因爲他做事本分，不投機取巧，所以能得到上級的青睞。傻子是一面鏡子，他們的行爲折射出人們普遍所欠缺的人格特質，發揚了人類社會要求公平正義的內在需求，因此具有強烈而深刻的啓示意義。是故在民間文學裡，傻子故事經常作爲聰明故事的反向類型，是一種獨特的文學型態，有著深刻的哲理意涵與文學上的反諷、美學意義。他們的行爲反映出社會上許多自以爲是的聰明人、強者與常人所應該具備，但在現實生活中卻又欠缺的人格特質。這些人格特質最重要的就是眞誠，它也是傻子們遭人譏笑的內在基因，像這樣的傻子做錯事皆因眞誠所導致。

除此之外，這些人格特質還有善良的本性，這也是傻子的性格特質。只可惜善良有時用錯了對象，上了當而變成笨蛋，遭人譏笑。傻子精神裡也不乏理想的特質。傻子故事之所以讓我們發笑，一個重要的原因是，傻子們對

〔註451〕田崇雪認爲，考察中國乃至世界文學經典，我們不難發現人類的確存在共同的集體情結，「傻子」即爲其一。「傻子」原型業已成爲世界經典文學反覆書寫的對象。參見付少武、田崇雪：〈「傻子」原型的精神分析——以郭靖、阿甘、許三多等爲考察對象〉，《解放軍藝術學院學報》第3期（2011年3月），頁84～85。

現實世界的遊戲規則往往視而不見甚至刻意忽略。他們沉浸在自己的世界中，表現出異於常人的憨態固著，做事一廂情願。像許多民間故事敘述傻子栽種炒熟的種子，播種乳酪盼望長出小牛，或站在鏡子前看自己怎樣睡去等都是。其可笑之處，就是傻子的行徑符合了生活的某種理想，卻又違背了生活的常規，不符合常理。深究之，傻子種種看似荒誕不經的行為，其實揭示出另一層深義。傻瓜的痴騃無疑顯示現實世界中，人們普遍欠缺的理想精神，映照出世人思維的消極與盲點所在。

　　在民間敘事文學中，傻子常以各種不同的類型出現。他們所做的荒唐行徑，舉世皆然。像中國先秦寓言中就有大量嘲笑蠢人的故事，例如「守株待兔型」以及「呆人買鞋型」故事〔註452〕，而「呆女婿故事」更是流傳全國、人盡皆知的故事類型。在故事情節中，主人公通常是以丈夫的身分出現，忘記了妻子的囑咐，結果在「回娘家」的過程中，因為自作聰明，或是弄巧成拙惹出一堆笑話。丁乃通的《中國民間故事類型索引》裡的「笑話」類，就蒐錄有許多「笨人的故事」（1200～1349型）〔註453〕。具有這樣普遍性質的民間文學人物，話本小說家當然不可能遺漏，小說中總有傻子、呆子的身影。例如《無聲戲》中〈改八字苦盡甘來〉的蔣成，即屬於刑廳皂隸中的傻子。人家衙門裡的人，都是將本求利大賺黑心錢，只有他執意在衙門裡修行，「若遇著好行方便處，唸幾聲不開口的阿彌，捨幾文不出手的布施，半積陰功半養身。」（《無聲戲》頁52）杜濬眉批道：「只此一念，便可成佛成祖。」（《無聲戲》頁60）人們因此叫他「恤刑皂隸」。同行的人見他如此，也有笑他的，也有勸他的，都認為他「迂」。後來更因拘拿不到人犯被屈打致「臀肉腐爛」，人們便給他起個混名叫「蔣晦氣」，就是倒霉的意思。但觀其所作所為，在衰運的外表下，蔣成其實有顆憨直、善良的心。蔣成的命，原是不好的。只因為他在衙門中，做了許多好事，感動天心，所以神差鬼使，教那華陽山人替他改了八字。之後蔣成便陸續發生許多意想不到的好事。像是刑廳老爺責罰蔣成時，發現了與自己生年月日相同的命紙。就因這改後的八字恰巧與上司的八字相合，從此鴻運當頭，否極泰來。蔣成以「官同年」做了老爺的「腹心耳目」，不僅「陡發千金」，娶妻生子，最後還升為縣主簿。小說在充滿調

〔註452〕祁連休：《中國古代民間故事類型研究》（卷上），頁118～119。
〔註453〕〔美〕丁乃通編著：鄭建威等譯：《中國民間故事類型索引》（北京：中國民間文藝出版社，1986年），頁333～355。

侃意味的同時，深刻地揭示了封建末世官場的黑暗與腐朽。乍看上去小說似乎是在肯定「命」，實則恰恰相反，它大膽指出古聖賢「死生由命，富貴在天」的話語是「虛文」，意在揭示人的命運不是由八字決定的，「命」是信不得的。

傻子成為文學不斷重複書寫的對象，原因之一即是這類人物往往都帶有一些神秘色彩，外表雖給人「瘋傻」的假像，但內心卻未必真傻，有些甚至聰慧明理、洞察世事，深諳世間真理，才智遠遠高於平凡人。雖以傻示人，但卻往往擔負著「一語道破天機」的偉大重任。〔註454〕是故杜濬回末評曰：「這回小說，與《太上感應篇》相為表裏。」（《無聲戲》頁60）《太上感應篇》是道教非常重要的一篇經文，全文無非是勸人為善，明辨是非，相信因果。蔣成正因心地善良、秉性憨傻，即便身為衙門皂隸，仍隨手布施積德，終有善報。其靈魂深處，依然保存了人類未被污染的本質。傻子依靠直覺認識這個世界，以傻子之眼來看世界，便少了正常人的理性與矯飾，往往更能揭示世界的本來面目。使生活中原有的一切，以其赤裸的原貌面對讀者，使這個世界更加真實地展現出來（官場的黑暗與腐敗）。蔣成是生活上的弱者，但他身上卻有著所謂強者們缺少的難能可貴的品格，甚至有著在強者看來神奇的能力（八字改運）。作者通過傻瓜的故事，召喚人類丟失已久的原始美德。傻瓜的形象和視角拓寬了文學的表達領域，豐富了敘事的策略和手段，更提高了敘事的深度和可信度。

《十二樓》〈聞過樓〉裡的顧呆叟為人耿直不阿，對友人之過直言忠告。他性情恬淡，絕意進取，與世無爭，絕不作脅肩諂媚之事。他的中表殷太史與朋友殷太守及諸鄉宦都對他敬重有加。但他既不趨名，又不逐利，索性入山隱居，「遂了閑雲野鶴之性」。這樣的隱士與趨名逐利的世俗之人是格格不入的，故名之為「呆叟」。這個人物可看作是李漁的自我寫照。

另外，墨憨齋主人《十二笑》中第一笑〈痴愚女遇痴愚漢〉，寫以泥人為子嗣痴狂的故事。官宦的姬妾為泥孩子顧請乳娘、買丫環、還找算命先生排八字，假裝泥人會哭笑，生病請大夫，做週歲等等。後來泥人不小心摔破了，夫妻倆放聲大哭，還為它辦喪事、掛孝，做了七晝夜的水陸道場。徐志平說，「全文諷刺痴愚的世人還不如泥人，突梯滑稽，寓諷世意味於嬉笑怒罵之中。」

〔註454〕田崇雪：〈「傻子」原型的精神分析：以郭靖、阿甘、許三多等為考察對象〉，頁18。

〔註455〕一個是痴愚漢花中垣，一個是痴愚女崔命兒。他們的執迷不悟，無非是給世人作為借鏡，一個值得警惕的參照。

　　以傻子、愚人的眼光看世界，能使日常世界「陌生化」〔註456〕，發現了一個與現實生活迥然不同的新世界，增加藝術和生活的距離。這類形象以其無私的天真和近於痴傻的忠厚，不惜以褻瀆偶像和神靈的咒語，使得文本話語擺脫了令人窒息的理性思維模式，擺脫了僵死而又虛偽的語調，使話語變得輕鬆幽默起來，並且使形象趨於歧義多元。一如象徵，不同時代的讀者有著不同闡釋的可能性。和諧、理性、完美固然是美的理想，然而不和諧、非理性、缺陷更是人們生存的現實。為現實生存尋找理由，這是傻子的快樂；為未來生活建構理想，這是智者的追求。傻子與智者，體現的是人生存的兩面性，我們若能從中體悟出處世之道，臨危即可不亂，淡然面對一切。

（二）猥褻的排泄物書寫

　　李漁的小說通俗淺近，趣味性強，屬於大眾通俗文學。書甫出刊，往往大行於世，深獲百姓的喜愛，如同時下的暢銷書籍，傳播迅速。他本人又善於交遊，文人士子與當道地方官吏，皆與之過從甚密，更加速了李漁著作的流通與影響。伴隨著書籍的暢銷，李漁在文壇漸佔有舉足輕重的地位。包璿（包冶山）曾言：「今天下婦人孺子無不知有湖上笠翁矣，豈僅公卿大夫折節下之乎。繄惟明之中晚，士名噪當時者，前無若李卓吾，後無若陳仲醇。然卓吾之名多由焦公弱侯，仲醇之名多由董公玄宰重；若吾笠翁，則無待而興者。」〔註457〕包璿將李漁上比李卓吾、陳繼儒兩位晚明名士，讚譽有加；且不論是名公貴族，或是婦孺幼兒皆知他的名號，其作品在當時的傳播之廣，由此可見一斑。

〔註455〕徐志平：《清初前期話本小說之研究》，頁 649～650。
〔註456〕什克洛夫斯基認為，詩歌的目的，就是要顛倒習慣化的過程，創造性地破壞習以為常的、標準的東西，以便把一種嶄新的、生氣盎然的前景灌輸給人們。其方法就是使表現對象陌生化、使形式變得困難，方能增加感覺的難度和延長體驗的時間。參見〔俄〕維‧什克洛夫斯基：〈藝術作為程序〉，收錄於胡經之、張首映主編：《西方二十世紀文論選》（北京：中國社會科學出版社，1989 年），第 2 卷，頁 7。傻子、愚人視角下的世界，勢必與一般人的不同，藉由此不同，方能強化文學與現實的距離，增加感知的難度，以凸顯藝術中的感覺行為。
〔註457〕〔清〕李漁：《李漁全集》（浙江：浙江古籍出版社，出版年不詳），《笠翁一家言》包璿所作之序言，頁 1。

　　署名「酌玄亭主人編次」的《照世盃》，作者生平不詳，全書共四卷四篇。崔子恩認爲，本書的創作精神便是受到同時代的李漁小説觀的直接影響和啓發。〔註458〕我們由《照世盃》卷首中，有吳山諧野道人序，敍酌玄亭主人著書的旨意，言作者「遊戲神通」（《照世盃》頁 97）的說法，與李漁的「嘗以歡喜心，幻爲游戲筆」的創作觀彼此呼應來看，應是不錯的。且其序中云「今多過西子湖頭，與紫陽道人（按：爲《續金瓶梅》作者丁耀亢）、睡鄉祭酒（按：爲曾評點李漁《無聲戲》等小説之杜濬）縱談今古，各出其著述，無非憂惯世道，借三寸管爲大千世界說法。」（《照世盃》頁 97）其生活年代不僅與丁耀亢、杜濬等人相近，甚至彼此熟識、聲氣相投，承繼含括了他們在亂世之際的處世思維。諧野道人在《照世盃》的序言中說道：

> 東方朔善詼諧，莊子所言皆怪誕，夫亦托物見志也歟。嘗見先生長者，正襟斂容而談，往往有目之爲學究，病其迂腐，相率而去者矣。即或受教，亦不終日聽之，且聽之而欲臥，所謂正言不足悦耳，喻言之可也。……豈通言儆俗，不足當午夜之鐘、高僧之棒、屋漏之電光耶？且小説者，史之餘也。採閭巷之故事，繪一時之人情，妍媸不爽其報，善惡直剖其隱，使天下敗行越檢之子，惴惴然而側目視曰：「海內尚有若輩存好惡之公，操是非之筆，盍其改志變慮，以無貽身後辱！」是則酌元（按：玄）主人之素心也哉，抑即紫陽道人、睡鄉祭酒之素心焉耳。（《照世盃》頁 97）

　　全書四篇故事，誠如書名所喻示，旨在觀照當時的世態人情，以儆世敦俗。作者描寫人物的敍事手法，皆可謂直剖其隱，窮形極相，尤其是在反諷手法的運用上，刻意直露人物之庸俗、齷齪，堪爲一絕，使得小説諧趣橫生。《照世盃》秉持小説爲補史之餘的觀念，遂「採閭巷之故事，繪一時之人情」，作爲針砭世俗人情的依據。除了蘊藏豐富的社會、經濟生活史料外，尤其在寫作技巧，特別是諷刺藝術方面的表現，最受學者矚目。舉例來說，作者善

〔註458〕崔子恩認爲，李漁的小説作品，普遍的傾向是訓誡意味的減弱和趣味性的增強。李漁對他的同時代人的創作影響很大。李漁的創新精神也或直接或間接地促進了清初話本小説的革新。參見崔子恩：《李漁小説論稿》（北京：中國社會科學出版社，1989 年），頁 121。惟徐志平與歐陽代發的說法則較爲保守，僅提到酌玄亭主人與《續金瓶梅》的作者丁耀亢及爲李漁小説作序寫評的杜濬可能彼此爲好朋友。見徐志平：《清初前期話本小説之研究》，頁 37。以及歐陽代發：《話本小説史》（湖北：武漢出版社，1997 年），頁 407。

於運用現代卡通漫畫式的敘事手法醜化人物，描摹嘴臉，經過誇張和變形的角色達到強烈嘲諷的效果，而人物的形象都十分荒唐可笑〔註459〕；或有人以所謂的「結構性反諷」〔註460〕，來說明其諷刺技巧之高明等等。全書四卷的編排，分別依酒、色、財、氣的順序，鋪敘成完整的體系，表達諷世思想，全書結構實爲作者的精心設計。〔註461〕學者咸以《照世盃》爲清中葉諷刺文學的先聲，對《儒林外史》影響深遠，針對此部分的討論也最多。〔註462〕但前人研究似乎僅止於表層諧謔話語敘述模式的探討，未能更加深入考掘荒誕喜感形成的原因，也就是潛藏在「普遍與整體人類心理思維」中所謂的原型概念。特別是在《照世盃》第四卷〈掘新坑慳鬼成財主〉一文中，竟出現了中國文學史上少見的以「糞坑」致富的題材，喚起人類深層原欲失憶已久的「嗜糞癖」潛在因子，其創作動機令人好奇。

我們發現，本篇於諷刺主旨外，主人公穆棲梧嗜糞成癖的行徑，凸顯出「黑色幽默」〔註463〕荒誕不經、滑稽可笑的一面，在中國小說林中鮮有前例。

〔註459〕 蔡國梁：〈從《照世盃》到《蹻春台》〉，載於《明清小說探幽》（臺北，木鐸出版社，1987年），頁230。蔡氏評論此篇小說云：「全篇揣摩心理，描摹嘴臉，以漫畫的手法、尖刻的文筆，嘲弄明末儒生，使彼世相，現身紙上……對清中葉諷刺文學自有影響。」

〔註460〕 所謂「結構性反諷」，在於讀者的視角和說話者的視角之間的差異造成。它必須借由整個結構賦予意義，不能單靠詞語本身來完成，而它的諷刺力量更強烈，被諷刺的對象極爲難堪。參見徐志平：《清初前期話本小說之研究》，頁642～643。

〔註461〕 參見徐志平：〈清初話本小說《照世盃》研究〉，《中國文學研究》第6期（1992年5月），頁184～185。

〔註462〕 持此說法者爲蔡國梁與徐志平，參見蔡國梁：《明清小說探幽》（臺北，木鐸出版社，1987年），頁230。徐志平：《清初前期話本小說之研究》，第三章〈寫人藝術和諷刺藝術〉，頁633～652。徐志平：〈清初話本小說《照世盃》研究〉，《中國文學研究》第6期（1992年5月），頁198～206。徐志平並指出，清初話本小說《鴛鴦鍼》四卷中的一、二、三卷更是專寫儒林群象，都可說是《儒林外史》之前的儒林小說力作。

〔註463〕 「黑色幽默」一詞乃西方產物，始自法國學者布列東（Andre Breton），並從佛洛伊德對幽默的定義轉化而來的。作品充斥的諷刺幽默與傳統的幽默大不相同，並不表現一種單純的滑稽情趣，而帶著濃重的荒誕、絕望、陰暗甚至殘忍的色彩。以一種無可奈何的嘲諷態度表現環境和個人（即「自我」）之間的互不協調，並把這種互不協調的現象加以放大，扭曲，變成畸形，使它們顯得更加荒誕不經，滑稽可笑，同時又令人感到沉重和苦悶。關於「黑色幽默」可參看賀淑瑋：《黑色幽默在中國：毛話語創傷與當代中國「我」說主體》（臺北：輔仁大學外語學院比較文學所博士論文，2002年），頁3～15。

類似的黑色幽默，或偶見於馮夢龍《警世通言》卷二〈莊子休鼓盆成大道〉裡的「莊周試妻」故事。文中少婦與夫生前誓言相愛，惟前夫甫死，竟出現少婦搧墳的滑稽畫面。其中不僅存在荒誕的幽默（新寡搧墳），也有極大的苦痛（寡婦守貞）深藏其中，因為黑色幽默總是伴隨重大創傷而來。〔註464〕

作為泛性論始祖的佛洛依德曾提出「嗜糞癖」的説法，他認為嗅覺和味覺其實也是身體的性欲區，它屬於生殖器性欲的「鄰近感覺」，但在人類文明發展過程中，使得嗅覺和味覺的衝動非性欲化了，受到了壓抑，因此佛氏認為：

> 也許自從人能夠直立，人的嗅覺器官離開地面以來，本能中的嗜糞癖因素就成為與我們的審美思想不符的東西。〔註465〕

所以，嗜糞基本上違反了審美觀念，且被人們視為變態的行為。因此在傳統文學的美感系統下，所謂的「屎尿書寫」不易大規模展開。〔註466〕酉玄亭主人反其道而行，卻固著在世人厭惡的糞溺與濁臭的穢物意象與溷穢視境（scatological-fetid vision）的書寫上〔註467〕，這在中國傳統文學以唯美抒情為主流創作的敘事話語中，顯得獨樹一幟。

〈掘新坑慳鬼成財主〉裡的穆太公，靠新掘的糞坑招攬客人，並請訓蒙先生糊裡糊塗題了「齒爵堂」三字作為匾額，故事一開始便暗喻穆太公的嗜糞。眾人被張貼的報條「穆家噴香新坑，奉求遠近君子下顧，本宅願貼草紙」廿箇字所吸引，果然老老幼幼，咸來鑑賞新坑：

> 不要出恭〔註468〕的，小恭也出一箇纏去。況且那鄉間人最愛小便宜，他從來揩不淨的所在，用慣了稻草瓦片，見有現成草紙，怎麼

〔註464〕賀淑瑋：《黑色幽默在中國：毛話語創傷與當代中國「我」説主體》，頁9。

〔註465〕參見〔德〕馬庫色（Herbert Marcuse）著；羅麗英譯：《愛欲與文明》（臺北：南方出版社，1988年），頁55～56。

〔註466〕所謂的「屎尿書寫」，亦可稱為「穢物書寫」，可參見劉正忠：〈違犯‧錯置‧污染——臺灣當代詩的屎尿書寫〉，《臺大文史哲學報》第69期（2008年11月），頁151。劉正忠認為，中國古典詩詞局部地利用糞便意象製造趣味，但還沒構成系統性；至於小説方面，則在《紅樓夢》中有頗為精采的穢物書寫。

〔註467〕穢物意象與溷穢視境的論點，引用自歐麗娟：《紅樓夢》中的「狂歡詩學」——劉姥姥論〉，《臺大文史哲學報》第63期（2005年11月），頁90～91。

〔註468〕「出恭」意指排泄糞便。明代科舉考試備有「出恭入敬」牌，沒有領牌者不得擅自離開座位。考生如廁須先領牌，故俗稱入廁大便為「出恭」，小便為「小恭」。參見三民書局大辭典編纂委員會編輯：《大辭典》（臺北：三民書局，1985年），頁438。

不動火？還有出了恭，揩也不揩，落那一張草紙回家去的。……那
三間糞屋，粉得像雪洞一般，比起鄉間人臥室還不同些。還有那蓬
頭大腳的婆娘，來問可有女糞坑。太公又分外蓋起一間屋，掘一箇
坑，專放婦人進去隨喜。誰知婦人來下顧的，比男人更多。（《照世
盃》頁 66）

　　糞坑本為人體排放穢物的處所，同時也是極為隱密之地。任何人不論貴
賤長幼，進到裡來皆須一視同仁寬衣解帶面對肛門的排泄，無一例外。作者
刻意營造新坑成為一公共場域，且盡脫冕其污穢本質，反將牆壁粉刷起來，
貼了無數詩畫於糞屋壁上，隱喻髒物和污穢的糞尿形象是曖昧且雙生的。因
為糞尿總是意味著肥沃的土地，與之緊密相連的，是再生、豐產與生機勃勃
的生命形象。巴赫金認為，它們製造下賤，製造毀滅，同時又孕育新生，再
創生命。尿和糞便的形象正如所有物質——肉體下部（生殖器部位）的形象
一樣是正反同體的。它們既貶低、扼殺又復興、更生，它們既美好又卑下，
在它們身上死與生，分娩的陣痛與臨死的掙扎牢不可破地連結在一起。同時，
這些形象又與「詼諧」密切相關。〔註469〕「糞坑」作為一能指符碼，在文化
語境中被賦予特定的概念，即是世人約定俗成的「所指」。經過編碼重新賦予
意義後，「糞坑」成為一個語言符號，若以其相似性聯繫的所指，則脫離不了
「糞溺」的原始意義；但亦可用它的「差異性」創造出新的意義，就像有人
視糞土為黃金一樣，具有財富的象徵意涵。

　　太公自從設置糞坑之後，果然成為富足的人家，且得子嗣光耀門閭，屎
糞帶來財富的隱喻不言自明。諧道子評曰：「余不意太公臭財主，有此寧馨
兒……」（《照世盃》頁 96）可為明證。在文明社會中被賤視驅避的糞尿，此
時提升為肥沃土地、強旺生命的豐產來源，成為作者意欲凸顯的投射對象。
〔註470〕「卑賤化」的手段，在於顛倒身體上下位置的過程〔註471〕，與歷來

〔註469〕參見（俄）巴赫金著；李兆林、夏忠憲等譯：《弗朗索瓦・拉伯雷的創作與中
　　　　世紀和文藝復興時期的民間文化》，收入錢中文主編：《巴赫金全集：第 6 卷
　　　　——拉伯雷研究》（石家莊，河北教育出版社，1998 年），頁 164～172。劉康：
　　　　《對話的喧聲：巴赫汀文化理論述評》（臺北：麥田出版社，1995 年），頁 284
　　　　～285。
〔註470〕參見歐麗娟：〈《紅樓夢》中的「狂歡詩學」——劉姥姥論〉，《臺大文史哲學
　　　　報》第 63 期，頁 94。
〔註471〕所謂的卑賤化是一個顛倒身體上下位置的過程，亦即人體上下部分的錯位，
　　　　也就是主宰精神、意志、靈魂的「上部」（頭顱、臉孔等）和主宰生殖、排泄

探討〈掘新坑慳鬼成財主〉一文爲成功諷刺小說的隱喻象徵（metaphor）也不謀而合。徐志平曾以高明的「結構性反諷」，分析穆太公不明就裡地跑來指責無賴秀才金有方，被革去秀才身分後衣冠不整，金有方辯解也不是，不辯也不是，眞是哭笑不得，除了「掩面飛跑了去」外，只有無可如何的窘迫，是最爲經典的一幕。殊不知那是因爲穆太公不知道什麼叫做「遞革」，才有如此的訕笑。這裡產生極大的諷刺性，除所謂的「結構性反諷」外，主要還在於忝爲「秀才」的金有方，尙不如以「糞坑」致富的穆太公知恥，極爲明顯的落差對比昭然若揭。在民俗學研究的能指符號中，糞溺排泄物一向被用來戳穿那些心高氣傲、嘵嘵招搖的假面。〔註 472〕「老舅，你衣冠也沒有，成甚體統，虧你還在這大門出入！」（《照世盃》頁 95）筆者認爲絕大的諷刺性由此發端。一向求人褪衣出恭取糞的穆太公，尙知人要衣冠，堂堂秀才竟赤身裸體，成何體統！再沒有比穆太公這句話語，更能凸顯金有方的「慚穢」了。此反差所營造之強烈黑色喜劇性，不僅在於讀者／說話者視角之間的差異所造成，更是藉由人所厭惡之溷穢而起，狠狠地嘲弄那些品行不端的儒生一番，足見作者對讀書人的印象極差，甚至比糞溺還不如。這也可從僅有四卷的《照世盃》，嘲諷儒生情節的卷數竟多達三卷看得出來，作者念茲在茲的就是要「羞辱」讀書人一番。

而高桂惠以小說演述遊戲化的辯證剖析《照世盃》，指出文中的「時空幻化」與「經典錯置」表現手法，亦是對知識分子徹底的嘲諷與當代世態的描繪，《照世盃》的「古典」氣味竟是放在糞坑的「臭財主」世界中揭示的。由小說中出現的一段引用大量知名典範人物之「論氣」文可知，其由經典意義的「氣」與糞坑的「氣」相提並論，顯而易見的，他認爲這是：

> 一種下半身與上半身的倒置，以至於引起上層文化與下層文化隱喻的豐富聯想。「掘新坑」的空間意象透過遊戲虛擬的特質，相對地局部消解了「氣」論的議題高度與嚴肅性。〔註473〕

的「下部」（生殖器、肛門等）的錯位。卑賤化，指的就是對身體關懷從頭腦和心臟（精神和情感的主宰）降低到肉體的低下部位。參見劉康：《對話的喧聲：巴赫汀文化理論述評》（臺北：麥田出版社，1995 年），頁 268～269。

〔註 472〕陳長房：〈《美者尚未誕生》：愛爾瑪的醜陋視境〉，《中外文學》第 18 期第 2 卷（1989 年），頁 45～46。

〔註 473〕參見高桂惠：〈明清小說遊戲觀的辯證——以《十二樓》、《照世盃》爲起點的討論〉，收錄於林明德、黃文吉總策畫：《臺灣學術新視野：中國文學之部【二】》（臺北：五南書局，2007 年），頁 1077～1078。

　　惜酌玄亭主人的生平已無從考證，惟從其與《續金瓶梅》作者丁耀亢（1599～1670），以及為李漁小說作序寫評之「睡鄉祭酒」杜濬（1611～1687）等人彼此熟識推測，孰知其不是一個寒儒窮士，在歷經了人生偃蹇困厄、無情的打擊與目睹易代亂世後，以創作書寫來療癒其內心的鬱挹之氣？若果真為是，這又是一個伴隨重大創傷而來的黑色喜劇文本了。

第四章 明清易代之際話本小說敘事話語的反思（Ⅲ）——性別話語

第一節 話本小說中才子佳人的千秋「佳話」〔註1〕

　　延續明末通俗小說的暢銷與流行，明清之際政局翻天覆地的變化，並未斲喪通俗小說的創作與傳播，反而成爲促進它發展的催化劑。原因正在於通俗小說在晚明時獲得廣大讀者群的喜愛與支持，它業已深入庶民百姓的生活之中，成爲市民文化消遣娛樂不可或缺的重要元素之一；且亂世亦能淬礪出深具時代特色的文學作品，舉凡魏晉六朝、唐宋五代莫不如此。此時期流行的通俗小說除話本小說外，尚有專寫明清鼎革、歷史變局的時事小說與描摹世態炎涼、悲歡離合的人情小說。由於受到《金瓶梅》與《三言》、《二拍》等「人情——寫實」小說敘事筆法的影響，頗能充分反映晚明社會的人情世態，是故在清初小說中大多數的創作者，仍選擇以「人情小說」爲主要的創作題材，而其中又以「才子佳人小說」爲清初人情小說的主流。根據許多學者的研究指出，在清初的人情小說中，才子佳人小說的作品數量最多，影響也最大，是最爲風行的一個流派。〔註2〕以清初話本小說爲例，在現存的兩百

〔註1〕 「佳話」一詞出自魯迅之語。魯迅在《中國小說史略》一書中，曾對描寫愛情婚戀這種題材的才子佳人小說指出：「至所敘述，則大率才子佳人之事，而以文雅風流綴其間，功名遇合爲主，始或乖違，終多如意，故當時或亦稱爲『佳話』。」參見魯迅著；郭豫適導讀：《中國小說史略》（上海：上海古籍出版社，2004 年），第二十篇〈明之人情小說（下）〉，頁135。

〔註2〕 這種說法已是學界的普遍共識，胡萬川說：「在小說史上，才子佳人小說指的是興於明末，盛於清初，餘緒不絕至清末的一種別具格調的章回通俗愛情小

多篇故事中，除講史、神魔、公案、俠義、官場等類題材外，其餘的約有六成以上屬於人情小說〔註3〕，成為以書寫市井小民的生活現實為潮流的一種小說創作趨勢。不少當時的話本小說編撰者與評論家都曾經提到過這種趨勢，如《今古奇觀・序》所言：「極摹人情世態之歧，備寫悲歡離合之致」〔註4〕即是。凌濛初在《拍案驚奇・序》中說的「耳目之內，日用起居」〔註5〕之事，亦是針對小說的內容而言。諧野道人於《照世盃・序》中也說：「且小說者，史之餘也。採閭巷之故事，繪一時之人情。」（《照世盃》頁 97）杜濬在李漁《連城璧》亥集〈貞女守貞來異謗　朋儕相謔致奇冤〉的回末有一則評語說得好，可當作此種小說思潮的總結，他說：

> 《無聲戲》之妙，妙在回回都是說人，再不肯說神說鬼。更妙在忽而說神，忽而說鬼，看到後來，依舊說的是人，並不曾說神說鬼。（《連城璧》頁 403）

杜濬此番話無疑是告訴我們，即使故事內容涉及鬼神，也不能離開世態人情，既離不開現實生活，就必須和時代的變化與市民的思想情感息息相關。這些人情小說的題材，除「社會小說」主要在反映下層市民的社會生活，其主角都是些小人物（如第三章諧謔話語第三節所言），且以男性居多（部分為婢妾、三姑六婆等），其餘的「才子佳人小說」、「家庭小說」與「豔情小說」的內容對於女性形象與身分皆有許多著墨，因而在小說史上別具新義；尤其我們若從不同的觀看位置與文化認知來瞭解性別議題，是否得以凸顯女性在

說。這種小說的男女主角當然必是才子與佳人，故事的內容則通常是男女雙方經歷一番波折之後終於大團圓。」參見氏著：〈談才子佳人小說〉，載於《話本與才子佳人小說之研究》（臺北：大安出版社，1994 年），頁 208。另外可參看徐志平：《清初前期話本小說之研究》（臺北：學生書局，1998 年），頁 391。陳大康：《通俗小說的歷史軌跡》（長沙：湖南出版社，1993 年），頁 191。林辰：《明末清初小說述錄》（瀋陽：春風文藝出版社，1988 年），頁 44。林辰說：「才子佳人小說是人情世態小說在清初最為風行的一個流派。」但要注意的是，胡、陳、林三人所說的「才子佳人小說」，僅限於中、長篇的章回小說，並未將話本小說中的才子佳人故事列入討論。

〔註3〕　這些人情小說依題材的不同，可區分為才子佳人小說、家庭小說、社會小說和豔情小說。其中「社會小說」在中國小說史上並沒有一種恰當的稱呼，徐志平以為它們主要描寫社會事件，故名「社會小說」。參見徐志平：《清初前期話本小說之研究》，頁 391，頁 498。

〔註4〕　〔明〕抱甕老人編；馮裳標校：《今古奇觀》（上海：上海古籍出版社，1992 年），頁 1。

〔註5〕　〔明〕凌濛初編：《拍案驚奇》（上海：上海古籍出版社，1993 年），頁 1。

小說中集體命運的差異面向？且自唐傳奇以來，佳人往往憑藉著與才子間的詩箋傳遞，得以跨越兩性鴻溝，這種發生在後花園的密室話語，就其詩性話語的文化意涵而言，是否代表著文人作家某種話語的思維？不論是性別主義的論述，抑或是從父權二元對立的角度批判，我們是否可從當時流行的性別話語中挖掘出更多的意涵？凡此皆成爲本章「性別話語」主要的考察對象與思辯內容。下文擬將探討「才子佳人小說」中敘事者所賦予佳人意象的話語模式，置於當時的時代語境，探究其有何指涉？以及才子佳人傳詩遞簡的「閨閣話語」，作爲第一章節的討論主旨。「家庭小說」、「豔情小說」中的貞言／淫語等話語爲第二節，分章論述此時期性別話語所帶來的文化反思。

一、閨閣話語〔註6〕的溯源與萌現

（一）話本體的才子佳人小說

　　宋、元以來的話本小說，以短篇故事爲主，保存說書人在所說的故事中「頃刻提破」〔註7〕的特色，篇幅形式大都以單回的短篇呈現。明末刊行的話本小說，仍延續早期話本每篇一回短篇故事的傳統，但已有例外。如《鼓掌絕塵》、《弁而釵》、《宜春香質》等三部話本小說，就分別以十回、五回、五回的篇幅講述一個故事，不僅篇幅拉長，以字數而論，實際上已具備中篇小說集的規模了。這三部話本小說的形式都很類似，《鼓掌絕塵》和《宜春香質》都是以「風、花、雪、月」分成四集，集下再分回；《弁而釵》則分爲「情貞、情俠、情烈、情奇」四紀，紀下再分回。不過據徐志平的研究統計指出，這種多回形式敷演一個故事的話本小說，在現存明末十七部話本小說中，只佔了全數的百分之十七點六，若以篇數計算則只有十三篇。這在動輒三、四百篇的明末話本小說中根本不成比例，但已爲人情世態爲題材的中篇小說開創了先例。

〔註6〕　本章節所謂「閨閣話語」，乃參考自明人胡應麟評〈霍小玉傳〉：「唐人小說紀閨閣事，綽有情致。此篇尤爲唐人最精彩動人之傳奇，故傳誦弗衰。」本文專意指涉才子佳人在後花園、書房、閨閣等狹隘、私密的空間之言說與詩歌話語。引文參見〔明〕胡應麟：《少室山房筆叢・論霍小玉傳》，載於侯忠義編：《中國文言小說參考資料》（北京：北京大學出版社，1985年），頁210。

〔註7〕　宋人耐得翁在《都城紀勝・瓦舍眾伎》條說：「最畏小說人，蓋小說者能以一朝一代故事頃刻提破。」「頃刻提破」的特色正在於說書人所說的故事通常一次，最多兩次便能講完，篇幅不會太長。參見〔宋〕灌圃耐得翁：《都城紀勝》（合肥：黃山書社據清武林掌故叢編本影印，2009年），頁6。

時序進入清初後，每篇多回的話本小說開始大幅成長，篇幅的增加，讓故事情節更爲曲折深入，作者自然可隨心所欲地逞其文才、盡繪世情。〔註8〕於是屬於話本形式的中、短篇人情小說開始大爲盛行，和章回體的中篇才子佳人小說，共同成爲清初小說界的主流。

有論者以爲，才子佳人小說應專指狹義的一個特定概念，它指的是明末清初產生在《金瓶梅》和《紅樓夢》之間的一大批以青年男女婚姻戀愛爲主題的作品。〔註9〕這些描寫才貌雙全的才子佳人愛情遇合故事，作品的篇幅均多在十至二十四回之間，尤以十六回居多，字數約在二十萬字以下的章回體小說。〔註10〕從題材上來說，它主要是在描寫有才華的讀書人與美貌而多才的官宦富室小姐之間的愛情婚姻故事。〔註11〕情節結構包括三個主要的基本結構特徵：「(一) 男女一見鍾情；(二) 小人撥亂離散；(三) 才子及第團圓。」〔註12〕其固定的寫作規格與形式，與傳奇小說、話本小說等書寫方式明顯不

〔註8〕 參見徐志平：《清初前期話本小說之研究》，頁 176～179。徐志平更指出，《鼓掌絕塵》中的風、雪二集，以十回的篇幅寫才子佳人的婚戀故事，不論小說性質或篇幅，都可視爲清初才子佳人小說的先驅。

〔註9〕 參見盧興基：〈在《金瓶梅》與《紅樓夢》之間填補歷史的空白〉，收錄於春風文藝出版社編輯：《明清小說論叢》第 1 輯（瀋陽：春風文藝出版社，1984年）。目前學界以周建渝、任明華的《才子佳人小說研究》（書名相同）二書，所研究的就是特定概念的才子佳人小說。參見周建渝：《才子佳人小說研究》（臺北：文史哲出版社，1998年）；任明華：《才子佳人小說研究》（北京：中國文聯出版社，2002年）。

〔註10〕 參見苗壯：《才子佳人小說史話》（瀋陽：遼寧教育出版社，1992年），頁 3。任明華提出三點原則：「一、刊刻形態上，是單獨成書的刊本或稿本；二、語言上，是白話小說；三、結構上，是章回體小說。」參見氏著：《才子佳人小說研究》，頁 4。

〔註11〕 參見苗壯：《才子佳人小說史話》，頁 2。任明華以爲，才子佳人小說在「內容上，以描述才子、佳人的遇合、戀愛故事爲作品主體」，參見氏著：《才子佳人小說研究》（北京：中國文聯出版社，2002年），頁 4。

〔註12〕 參見林辰：《明末清初小說述錄》（瀋陽：春風文藝出版社，1988年），〈才子佳人小說研究初探〉，頁 74。胡萬川則提出了「相見相戀」、「歹人攪局」與「畢竟大團圓」三個基本結構，與林辰之說大同小異，但胡氏對於小說中的人物特色有更爲細膩的分析。參見氏著：〈談才子佳人小說〉，載於《話本與才子佳人小說之研究》（臺北：大安出版社，1994年），頁 207～226。劉坎龍則是細分爲十八個情節，1.才子或佳人才色驚人。2.才子外出尋求佳人爲妻。3.才子或佳人見對方詩作而開始戀愛追求。4.家長以詩爲女擇婿。5.才子佳人以詩通情。6.假才子騙婚，考詩出醜，懷恨在心。7.才子佳人一見鍾情，贈詩而別。8.男扮女裝或女扮男裝，托友或托妹自嫁。9.假才子挑唆權貴惡少逼婚、搶婚。10.佳人父親被排擠、陷害。11.族人圖財撥亂婚姻，才子仗義相救。12.權貴惡

同，因此主張將那些同樣以愛情婚戀爲主題的傳奇小説、話本小説摒除在才子佳人小説的範疇之外，主要原因仍在於「體製」相異的考量〔註 13〕；再加上話本小説本身篇幅短小、格局易受到限制等因素，這是目前研究明清小説學者的普遍共識，但也不能因此而排除許多話本小説以才子佳人遇合、婚戀爲題材的佳作。例如蘇建新就在《中國才子佳人小説演變史》一書中提出了別出心裁的「廣義」才子佳人小説定義，他説：

> 不僅爲特定（時期）的概念，而且還是一個歷時的概念。其主人公是才子佳人，題材上隸屬言情，文體上文、白兼備，篇幅上有短、中、長多種類型。小説史上從唐前至元明清產生的志人、志怪小説，傳奇、話本、章回、長中短篇等幾乎所有體裁的作品中都能找到它們的身影。〔註 14〕

更何況清初話本小説中的才子佳人小説，它們和章回體才子佳人小説的「一見鍾情」、「撥亂離散」、「及第團圓」三個基本結構大致相同，將清初話本小説中的才子佳人小説排除在研究範疇之外，顯然與事實不符。尤其是從才子佳人小説的「形式特色」視之，明末話本小説中的才子佳人故事，甚至可能才是才子佳人小説的眞正源頭。〔註 15〕前文曾提及清初話本小説的篇幅開始大幅成長，漸漸具備中篇小説的規模，在當時通俗作品廣泛傳播流通的

少逼婚，或戰亂或皇帝選妃使佳人奔走流離。13.佳人忠貞不渝，以才智膽識保護自己。14.才子高中科舉，權貴逼婚結親，或皇帝欲招駙馬。15.才子不毀舊盟，遭到刁難陷害。16.才子立功，因禍得福，小人巴結逢迎。17.誤會解除。18、皇帝賜婚，一美雙豔，夫妻團圓。參見劉坎龍：〈才子佳人小説類型研究——才子佳人小説文化透視之二〉，《新疆師範大學學報》第 3 期（1994 年），頁 31～32。

〔註 13〕如方正耀就是採取這種説法，參見氏著：《明清人情小説研究》（上海：華東師範大學，1986 年），頁 18。

〔註 14〕參見蘇建新：《中國才子佳人小説演變史》（北京：社會科學文獻出版社，2006 年），頁 17。

〔註 15〕持此種説法的陳大康與徐志平，咸認爲現存的才子佳人小説，有不少還保留了話本小説的形式，它們是以話本小説爲直接的基礎發展起來的。陳大康甚至指出，有些作品將其視爲篇幅較長的擬話本也未嘗不可。參見陳大康：《通俗小説的歷史軌跡》，頁 191～194。另外，徐志平舉《二刻拍案驚奇》中的〈莢兒郎驚散新鶯燕　僞梅香認合玉蟾蜍〉、〈同窗友認假作眞　女秀才移花接木〉爲例，指出這二則故事都已經是經典的才子佳人小説，只是篇幅還不夠長，鋪寫還不夠豐富。而《鼓掌絕塵》中的風、雪二集，不論小説性質或篇幅，都可視爲清初才子佳人小説的先驅。參見徐志平：《清初前期話本小説之研究》，頁 179～180。

情形看來，應在某種程度上影響了此時期的才子佳人小說。如康熙元年序刊的《賽花鈴》與康熙四年的《吳江雪》，便出現了話本小說才有的「開場詩」、「入話」與「頭回」，形式與話本小說非常接近，其他類似的還有《五鳳吟》、《炎涼岸》、《梧桐影》、《世無匹》與《夢月樓情史》等。〔註 16〕這顯示出了清初前期人情小說對話本小說在「形式」上有著承襲與發展的關係，話本小說居中扮演著橋梁的角色，其重要性不言而喻。

　　清初前期的才子佳人小說引領時代風騷，首開風氣的是刊刻於順治初年的《玉嬌梨》和《平山冷燕》。這兩部才子佳人小說先後出現，揭開了才子佳人章回體小說崛起的帷幕。〔註 17〕關於才子佳人小說的源流，前文已稍有提及，但歷來說法頗為不同。如唐富齡認為應該溯源自唐傳奇〈鶯鶯傳〉甚至更遠的時候〔註 18〕；袁行霈主編的《中國文學史》也說才子佳人的婚戀小說由來已久，唐元稹〈鶯鶯傳〉以後的傳奇小說和話本小說都不少見〔註 19〕；譚邦和的《明清小說史》也是主張唐人傳奇〈鶯鶯傳〉、〈李娃傳〉、〈霍小玉傳〉、〈飛煙傳〉等作品，已經是成熟的才子佳人小說佳作〔註 20〕；胡萬川則是認為才子佳人小說的直接源流，應當從元明以來的雜劇、傳奇中去找〔註 21〕；蘇建新《中國才子佳人小說演變史》一書中，則是採取歷時的、廣義的才子佳人小說概念，最早可溯源至《詩經·關雎》〔註 22〕。揆度任何

〔註 16〕參見徐志平：《清初前期話本小說之研究》，頁 180。
〔註 17〕參見林辰：《明末清初小說述錄》，頁 63。林辰以為天花藏主人先在明末寫成《玉嬌梨》，後又在順治年間寫成《平山冷燕》，在順治十五年時，將《玉嬌梨》作者署名為荑秋散人和不題撰人的《平山冷燕》合刊，以合刻本的《天花藏合刻七才子書》形式上市，並為此合刻本寫了一篇序言。林辰指出《平山冷燕》成書時間為清順治年間而非明末，理由有三點：其一是根據作者的行文語氣，開篇「話說先朝……」可作為清人行文之證；其二是依據作品中所反映的社會生活，以掠奪強買民女為婢的情節，為清初滿人貴族強占漢族子女為奴制的反映；其三是由思想內容來看，歌頌人才並對朝廷統治者大加讚美，此非明末亂世所產生的政治思想。參見林辰：〈編餘綴遺〉，收入春風文藝出版社編輯：《才子佳人小說述林》（瀋陽：春風文藝出版社，1985 年），頁 222～223。
〔註 18〕參見唐富齡：《明清文學史·清代卷》（武漢：武漢大學出版社，1991 年），頁 105。
〔註 19〕參見袁行霈主編：《中國文學史》（北京：高等教育出版社，1999 年），第 4 卷，頁 306。
〔註 20〕參見譚邦和：《明清小說史》（上海：上海古籍出版社，2006 年）。
〔註 21〕參見胡萬川：〈談才子佳人小說〉，載於《話本與才子佳人小說之研究》，頁 224。
〔註 22〕參見蘇建新：《中國才子佳人小說演變史》（北京：社會科學文獻出版社，2006 年），頁 1～61。

一種文學類型的產生，絕無憑空而降之理，它與當代或前代的其他文學類型
一定有著直接間接、或多或少的關聯。魯迅在《中國小說史略》中論及才子
佳人小說時便曾說過：

> 察其意旨，每有與唐人傳奇近似者，而又不相關，蓋緣所述人物，
> 多為才人，故時代雖殊，事跡輒類，因而偶合，非必出于仿效矣。
> 〔註23〕

魯迅的見解極為精闢。清初的才子佳人小說確實從唐傳奇中汲取了養分，
因為兩者基本上都是屬於男女婚戀的愛情故事。它們「同樣」是在寫男女面對
婚戀時之真情，但一個是任人擺布終淪為悲慘結局的命運，對照另一個是勇於
抗爭積極爭取個人的美滿姻緣，卻又「不相關」〔註24〕。而此「不相關」，陳大
康明確指出，唐傳奇的佳人主要是以「美貌」見長，且往往是悲劇形象（〈無雙
傳〉中的無雙雖有圓滿結局，但依靠的是虛幻外來力量的援助，過於離奇）；而
才子佳人小說中的女主角，不僅貌美，還很聰明機智，膽識見解皆超越男子許
多。同時她們能夠運用自己的才學與機智，主動爭取幸福且最終皆能獲得美滿
姻緣。其中千篇一律的大團圓「喜劇」結局更迥異於唐傳奇的「悲劇」性氣氛。
所以在這個意義上來說，這是兩類「不同」的愛情故事。〔註25〕

其實明代的傳奇戲與才子佳人小說有著頗深的淵源，萬曆以來的明傳奇
戲劇，出現大量才子佳人固定格局的作品，我們可以在《曲海總目題要》所
錄之戲曲故事裡，找到成批成堆的才子佳人類作品。〔註26〕事實上，除明代
的傳奇戲曲外，中篇文言的傳奇小說，都有才子佳人的「通共熟套」。陳大康
於是考察中篇文言傳奇的特點，將唐傳奇的「才子佳人小說模式」和清初的
「才子佳人固定格局」並置論述。他通過詳細列表比較，結果發現，若於其
中增添「元明中篇傳奇小說」這一環節作考察，從唐傳奇〈鶯鶯傳〉到才子
佳人小說逐步演化的過程就顯示得相當清晰合理，「那麼看似斷層式的跳躍便
呈現出逐步演變的軌跡」〔註27〕。綜言之，清初章回體才子佳人小說，上承

〔註23〕 參見魯迅著：郭豫適導讀：《中國小說史略》（上海：上海古籍出版社，2004
年），第二十篇〈明之人情小說（下）〉，頁132。

〔註24〕 參見林辰：《明末清初小說述錄》，頁58～59。

〔註25〕 參見陳大康：《通俗小說的歷史軌跡》，頁193～194。

〔註26〕 蘇興：〈天花藏主人及其才子佳人小說（二）——天花藏主人的才子佳人小
說〉，載於春風文藝出版社編輯：《才子佳人小說述林》（瀋陽：春風文藝出版
社，1985年），頁21～22。

〔註27〕 參見陳大康：〈論元明中篇傳奇小說〉，《文學遺產》第3期（1998年），頁49

唐傳奇與明代中篇戲曲與傳奇，更在歷代婚戀題材的累積之下，為《紅樓夢》和後來的愛情婚姻小說開闢了道路。〔註28〕最後，我們或可以李騫歸納的三點通則，來說明此時期的才子佳人小說它的繼承與創新：

> 其一，在歷代才子佳人故事累積灌溉下，繼承唐傳奇、宋元明話本和擬話本小說的藝術成果，又深受明代戲曲與中篇傳奇小說影響，並對所承加以革新，創造了具新藝術特徵的白話章回體裁之才子佳人小說。其二，塑造具進步意義的正面男女主角形象，尤其是女主角，憑藉本身的高才、機智和膽識，積極爭取自我婚姻之幸福，而作者在歌頌積極新事物之餘，也抨擊、批判了腐朽沒落的舊勢力。
>
> 其三，在情節、形象的構思、描寫中，排除了歷史的、神怪的、色情的描寫成分，建立了清新、樸素的新藝術風格。〔註29〕

準此而論，既然清初的才子佳人小說為當時盛行的文學流派，章回體的才子佳人小說出現的情節結構，或也可說是才子佳人小說的基本要件。根據這些基本要件，以下謹就清初話本小說中的才子佳人故事，依照年代先後順序，將故事情節略分為「才子家境」、「條件」、「交往過程」、「婚姻狀況」與「仕途結局」等五項情節結構逐篇歸納分析，詳列比較一覽表於下：

表 4-1-1　清初話本小說中的才子佳人小說一覽表

篇　名	才子家境			條件		交　往　過　程						婚　姻　狀　況						仕途結局		
	貧寒	小康	世家	有親誼	寓居旦宅	傳詩遞簡	生旦唱和	思念成疾	誤會巧合	生旦別離	小人撥亂	私訂	長輩訂	婚前私合	奉旨成婚	一妻	多妻	生中進士	辭官歸鄉	夫榮妻貴
《風流悟》第8回	●						●			●		●	●		●		●	●		●
《十二樓·合影樓》			●	●		●	●		●	●			●				●	●		●
《五色石》卷1		●				●	●			●	●									●
《五色石》卷4	●					●	●						●			●				●

〜64。

〔註28〕程毅中：〈略談才子佳人小說的歷史發展〉，載於《明清小說論叢》第 1 輯（瀋陽：春風文藝出版社，1984 年），頁 34〜43。

〔註29〕參見李騫：〈試論才子佳人派小說〉，載於《明清小說論叢》第 1 輯（瀋陽：春風文藝出版社，1984 年），頁 77〜78。

《五色石》卷6	●			●	●		●		●		●	●	●
《五色石》卷8		●		●	●		●	●				●	●
《八洞天》卷3	●			●	●		●	●					
《人中畫·風流配》		●		●		●							
《五更風·雌雄環》	●			●		●			●		●	●	
《珍珠舶》卷4	●			●					●		●		
《生綃剪》第16回				●	●		●	●			●		

參考資料：陳大康：〈論元明中篇傳奇小說〉，《文學遺產》第 3 期（1998 年），頁 62。

　　如表 4-1-1 所列清初話本小說中的才子佳人小說，符合才子佳人小說的「公式」和「條件」：（一）男女一見鍾情；（二）小人撥亂離散；（三）才子及第團圓的篇章，計有《風流悟》第八回〈買媒說合蓋爲樓前羨慕　疑鬼驚途那知死後還魂〉、《十二樓》中的〈合影樓〉、《五色石》卷一〈二橋春〉、《五色石》卷四〈白鉤仙〉、《五色石》卷六〈選琴瑟〉、《五色石》卷八〈鳳鸞飛〉、《八洞天》卷三〈培連理〉、《人中畫》中的〈風流配〉、《五更風》中的〈雌雄環〉、《珍珠舶》卷四、《生綃剪》第十六回等十一篇。雖說上列十一篇清初話本小說中的才子佳人小說，大致不離一見鍾情，詩簡傳遞，小人撥亂其間，才子與佳人別離，在歷經一番曲折後進士及第，以及最後生旦團圓或與數美結成良緣的才子佳人通共熟套，但其中還是有許多差異之處仍須補充說明。

　　首先，依表 4-1-1「才子家境」視之，才子多來自小康人家乃至貧寒子弟，與林辰所說才子佳人雙方的家庭，都是官僚或富家稍有不同。〔註 30〕儘管有些才子出身於名門世家之後，然而早年喪父（母）是家道中落的象徵，且十之八九是獨生子（或孤兒），惟丰姿俊朗、眉宇軒昂的出色外貌與敏捷精妙的詩學文采仍是他們獨具的特質。才子佳人小說作者多爲下層文士或懷才不遇的失意文人〔註 31〕，既無緣於科舉功名，便試圖用「美麗的理想去代替那不

〔註 30〕參見林辰：《明末清初小說述錄》，頁 60。

〔註 31〕周建渝將才子佳人小說的作者分爲三種類型，認爲多數作者都是「生活在當時社會下層的文人」，參見氏著：《才子佳人小說研究》（台北：文史哲出版社，1998 年），頁 33～45；另外董國炎也將才子佳人小說作家群定位爲當時文人中特殊的「第三種人」，參見氏著：《明清小說思潮》（太原：山西人民出版社，2004 年），頁 413。

足的眞實」〔註32〕，因此作者藉由極力描寫才子的品貌、不凡的才學與建構夫榮妻顯、子孫俱各富貴的完滿結局，以抒發其情懷。除可看到大量堪稱優美的詩詞〔註33〕攙入小説的敍述手法外，才子個個「狀元及第」或是「位極人臣」，喜劇結局往往是最後必然的收場套路。如《平山冷燕》的序中所言：

> 淹忽老矣！欲人致其身，而既不能，欲自短其氣，而又不忍，計無
> 所之，不得已而借烏有先生以發洩其黃粱事業。⋯⋯。凡紙上之可
> 喜可驚，皆胸中之欲歌欲哭。〔註34〕

明末清初才子佳人小説表現文人的理想情志，在某種程度上可以説，這是自己寫自己的文學。天花藏主人「借烏有先生以發洩其黃粱事業」來表現「胸中之欲歌欲哭」，「黃粱事業」既是作者所期待的幻想生活，也是作者對現實生活所發出的不平之鳴。從「言志抒情」的詩文傳統而言，中國文學素有表現文學之稱，但在小説裡比較少見。才子佳人小説的作者則不然，他們在小説中正面表現自己最關心的兩個問題：個人出路和愛情婚姻問題。〔註35〕讓筆下的主人公去實現自己在現實生活中未曾眞正實現過的理想——「功名」與「愛情」。同時又以此發洩胸中的悒鬱，即所謂「潑墨成濤，揮毫落錦，飄飄然若置身於凌雲台榭，亦可以變啼爲笑，破恨成歡矣。」〔註36〕如《五色

〔註32〕 引自歐陽健：〈五色石、八洞天審美意趣的重大差異〉，載於氏著：《明清小説采正》（臺北：貫雅文化事業公司，1992 年），頁 237。

〔註33〕 如清初著名學者何焯（1661～1722）曾將自己的詩比作「《平山冷燕》體」：「僕詩何足道，《梅花》諸咏，《平山冷燕》體，乃蒙稱況（疑作説），惶愧！」參見何焯：〈與某書〉，載《義門先生集》（上海：上海古籍出版社，2002 年，《續修四庫全書》），卷 7，頁 216。此應是何焯的自謙之詞，但可發現小説中的詩詞並不是一無可取的。另外，近代學者李忠明認爲，明清詩文的成就本來就不高，《紅樓夢》的詩詞意境可追唐人，在清代也很罕見，因此如果不用唐代詩人、曹雪芹的高度來衡量，才子佳人小説的詩詞並不比同時代的詩人作品遜色。參見氏著：《17 世紀中國通俗小説編年史》（合肥：安徽大學出版社，2003 年），頁 242。

〔註34〕 〔清〕荻岸散人：〈平山冷燕・序〉，收於古本小説集成編委會編：《古本小説集成》（上海：上海古籍出版社影印大連圖書館藏順治刊本，1990 年），第 7回，頁 8～15。

〔註35〕 參見董國炎：〈論才子佳人小説的創作特點〉，載於《明清小説論叢》第 5 輯（瀋陽：春風文藝出版社，1987 年），頁 173。

〔註36〕 〔清〕鴛湖煙水散人編次：《繡像女才子書・敍》，收於古本小説集成編委會編：《古本小説集成》（上海：上海古籍出版社，1990 年），頁 3～4。根據吳敏雄的碩士論文《煙水散人及其才色小説研究》指出，「煙水散人在現實中的生活幾乎已經到了難以度日的地步，使得他不得不以撰寫小説討生活，這樣一個地位低下的文人，心中的夢想其實早就由小説中的人物完成了。煙水散

石》所收的四篇才子佳人小說中的四位才子，就有三個狀元，一個探花。就官職來說，〈鳳鸞飛〉裡的才子祝鳳舉當到宰相，〈二橋春〉與〈選琴瑟〉中的才子黃琮、何嗣薪皆爲尚書，而〈白鉤仙〉裡的呂玉，也當到了大學士。其他篇章裡的才子無不是科場連捷、官至極品，子孫富貴不絕。這樣一種充滿虛構性和假定性的敘事創造，李志宏認爲是源於作家個人無意識中所潛藏的懷才不遇的「自主情結」。而這「自主情結」，實際上又可能與作家集體無意識中的「食」、「色」原型有關，也就是「個人出路／生存／食」與「愛情婚姻／種族繁衍／色」，說穿了兩者皆是人類典型生活情境的深層心理意識的反映。〔註37〕透過觀察明末清初才子佳人小說集體敘事現象的形成，不難發現這些大量的人情小說，不僅傳達了作家群體的集體願望，它們也是「那個時代的無意識需要的東西」〔註38〕，從而體現出一種普遍共相性的精神價值。這或許可以解釋爲何在明末清初的特殊歷史階段，出現了如此大量的才子佳人愛情遇合故事的原因。

其次，以才子佳人小說三個主要的情節特徵而言，所謂的「才子」之「才」，通常指「詩才」、「文才」，又以「詩才」最爲重要。當然「外貌」也很重要，「他們個個都一定是俊秀的美男子」；佳人也是，但「如果單有美而無才，則算不上是佳人」。〔註39〕依表 4-1-1「交往過程」視之，清初話本小

人小說中的幻想讓他『變啼爲笑，破恨成歡』，他的作品讓他在富貴鄉裡走一遭，人生的逍遙大夢讓他沈溺其中。煙水散人透過創作，讀者透過閱讀，在這樣的過程中，兩方都融入角色，並享受小說人物所帶來的愉悅，這樣的心情感受可說是對於現實不滿的一種補償。」參見氏著：《煙水散人及其才色小說研究》（臺中：逢甲大學中國文學系碩士論文，2009 年），頁 91。

〔註37〕 李志宏藉由瑞士精神分析學家榮格（Carl Gustav Jung, 1875～1961）集體無意識中的原型理論，析論明末清初才子佳人小說創作發生的原型思維。榮格在論述心理學與文學的關係時，認爲藝術創作是一種自發活動，創作衝動和創作激情來源於無意識中的「自主情結」，超越了藝術家個人的力量，也是表達原型的方式之一。參見李志宏：《明末清初才子佳人小說敘事研究》，頁 102～111。在這個意義上來說，「個人出路」與「愛情婚姻」作爲明末清初才子佳人小說創作的特點，實際上又可能與作家集體無意識中的「食」、「色」原型有關。李志宏認爲「個人出路／生存／食」，「愛情婚姻／種族繁衍／色」，是人類典型生活情境的深層心理意識的反映，頁 116。

〔註38〕 參見陸揚主編：《二十世紀西方美學經典文本：第二卷〈回歸存在之源〉》（上海：復旦大學出版社，2000 年），頁 15。

〔註39〕 參見胡萬川：〈談才子佳人小說〉，載於《話本與才子佳人小說之研究》，頁 207～226。

說中的才子佳人雖然都有「詩詞唱和」的情節發生，充分顯現出才子佳人優美的文采。但細究之，男女彼此悅慕最初的動機為外貌因素者竟高達八篇。像是《十二樓》中的〈合影樓〉，才子佳人珍生與玉娟即是因為兩人外貌相似而心生愛慕之情，顯而易見的，他們最初看重的並不是詩才。《風流悟》第八回寫出外訪女的文世高乍見劉秀英時驚為「傾城國色」；而劉秀英自見了文世高脫俗的外表後，便「好生放他不下」，這皆是「以貌取人」的直接反應。還有《五更風》中的〈雌雄環〉，才子佳人初次相見，那佳人殷文玄便「目搖神動」有了欲嫁之心，其實當時的她應不知男主人公花水文之詩才如何。《珍珠舶》卷四的才子謝賓又文譽日盛，時人尊為文壇領袖，傳到杜仙珮耳內，她的反應則是悄悄地喚問侍鬟：「那生文才既妙，態貌如何？」（《珍珠舶》頁 86）婢女彩燕回答道：「若說起那謝秀才的風流雋雅，真今日之潘安也。」（《珍珠舶》頁 86）杜小姐聽說，微微含笑，「自此留在心上」。《五色石》裡才子佳人重貌的傾向更是明顯，四篇皆有。如卷一〈二橋春〉中陶家小姐含玉，就是不滿面龐粗陋的醜漢木長生提親，屬意「態度翩翩」的黃生，這即是見其貌而求其才的表現。卷四〈白鉤仙〉裡的舜英雖極愛呂生之才，也是要等到「見他丰姿俊朗，眉宇軒昂，端的翩翩可愛」的外貌之後，才興起欲「結百年姻眷」的念頭。（《五色石》頁 85）卷六〈選琴瑟〉篇中的何嗣薪最為明顯，他可以因錯認了的嬌枝面貌平庸而悔婚，即使先前因仰慕瑤姿之高才已訂有婚約，亦能「以貌廢人」。最後卷八〈鳳鸞飛〉裡的祝鳳舉，讚賞鸞簫美才之餘，又喜又疑，「即使文才果美，未知其貌若何？我須在此探訪個確實才好。」（《五色石》頁 187）終究是「貌重於才」的表現。

　　第三，針對才子佳人「小人撥亂離散」的情節結構部分，依表 4-1-1「交往過程」中的「生旦別離」與「小人撥亂」兩個情節視之，我們發現大致符合這兩個情節特徵的小說有五篇，分別包括《五色石》卷一〈二橋春〉、《五色石》卷四〈白鉤仙〉、《五色石》卷八〈鳳鸞飛〉、《八洞天》卷三〈培連理〉與《生綃剪》第十六回。尤其《五色石》四篇小說獨有卷六〈選琴瑟〉例外，它排除了「小人撥亂」的情節，而代之以一連串的「誤會」。當關鍵性的「誤會」解開時，結局便是大團圓的喜劇收場。同樣由於重重「誤會」構成才子佳人婚戀的阻力，尚有《五更風》中的〈雌雄環〉。〈雌雄環〉因一對寶環及詩扇引發連串巧遇與誤會，造成婚姻阻隔，險釀不幸。一旦誤會冰釋，結局

自是圓滿。對於才子佳人小說中「奇巧」、「誤會」的敘事手法，天花藏主人
在《飛花詠小傳》的序文中曾言：

> 金不煉不知其堅，檀不焚不知其香，才子佳人，不經一番磨折何以
> 知其才越出越奇，而情之至死不變耶？……雖百折千磨而其才更
> 勝，其情轉深，方成飛花詠之千秋佳話也。〔註40〕

才子佳人小說為了要在有限的篇幅內引起讀者的興趣，必須要求以情節
取勝。因此話本體的才子佳人小說為了表現男女主人公的千秋佳話，就設置
了許多曲折複雜的情節，著力描繪他們的悲歡離合。在小說的開頭和中間的
部分公式化的情形較不嚴重。此與章回體的才子佳人小說遭人批評「千部共
出一套」〔註41〕的公式化弊病頗有不同。其具體手法，一為借助社會生活事
件，二是採用誤會巧合，而這兩者，都與戲曲的影響有關。李勁松認為：「戲
曲為了吸引觀眾的注意，需要設置一定的戲劇衝突，往往透過淨、丑等角色
的配置，插入對生、旦愛情的阻撓破壞，達到使劇情悲歡離合、波瀾起伏的
目的。」〔註42〕同樣的道理，才子佳人小說在敘事情節的安排上，可以藉由
不斷地巧合和誤會以及人為的設計來製造故事的高潮迭起，使情節的進展出
人意表，或是加上命運的作弄，使才子佳人歷經險阻與磨難，來博取讀者的
同情，使讀者的心情隨之延宕起伏。即便如此，話本體的才子佳人小說其人
為造作的痕跡十分明顯，真實性和感人的程度同樣有所不足。〔註43〕

最後在結尾的收場部分，才子佳人小說大都是以大團圓喜劇作為完美的
結局，不出誤會盡釋、有情人終成美眷、才子高官、佳人封誥與子女俱各顯
貴等皆大歡喜的俗套。但此處話本體的才子佳人小說有幾篇例外，依表 4-1-1
「仕途結局」視之，如《珍珠舶》卷四以及《生綃剪》第十六回，在「生中
進士」與「夫榮妻貴」部分，均付之闕如。《珍珠舶》卷四的時代背景為明清
鼎革之際，小說中有流寇作亂，清兵掠奪民女的情節。故事中的才子謝賓又
雖已中舉，佳人仙珮之父杜公亦許以進士及第後便可成親。無奈謝生春闈失

〔註40〕 天花藏主人：〈飛花詠·序〉（上海：上海古籍出版社，1990 年，《古本小說集
　　　　成》影印日本國淺草文庫藏清初刊本），第五回，頁 8～15。

〔註41〕 曹雪芹在《紅樓夢》第一回說道：「至若佳人才子等書，則又千部共出一套，
　　　　且其中終不能不涉於淫濫。」參見〔清〕曹雪芹、高鶚原著；馮其庸等校著：
　　　　《革新版彩畫本紅樓夢校著》（臺北：里仁書局，2000 年），頁 4。

〔註42〕 李勁松：〈才子佳人小說的產生及其結構特點〉，《廣西大學學報》第 5 期（1994
　　　　年），頁 58。

〔註43〕 參見徐志平：《清初前期話本小說之研究》，頁 415。

利，杜公恩情漸疏，因此謝生怏怏而歸。後經一番波折，杜公夫婦殉國，仙珮被劫南下，謝生在嚴將軍處尋回佳人，終雖得團圓，但自始至終，謝生並無功名在身，至於夫妻子孫是否榮貴？自然不得而知。《生綃剪》第十六回的兩位才子徐備人與錢諒夫，在歷經曲折艱辛的尋覓過程後，與兩位佳人麗貞、瓶芳再度重逢，雙生雙旦結成連理亦傳爲美談。但對於才子的「仕途結局」，也僅止於「夫和婦睦，父慈子孝，歡樂無量」的描寫。另外，此二篇的佳人，皆有「失身」的情節發生。《珍珠舶》卷四的杜仙珮，先是被流寇所劫，後又落入清兵之手，小説裡形容她「含羞忍辱，每不欲生」（《珍珠舶》頁 107），顯然曾遭玷汙。《生綃剪》第十六回也寫到兩位佳人麗貞、瓶芳雙雙失身於惡僕戈二所設計的圈套。但難能可貴的是，才子們並不計較佳人的遭遇，最後都仍以大團圓喜劇收場。這在當時強調才子佳人婚戀遇合的浪漫愛情人情小説中顯得非常突兀，其敘事話語背後所代表的文化意涵，值得深入探究。

（二）詩簡傳情：閨閣話語的密室效應與詩化觀照

在才子佳人小説中，若要論及「詩簡傳情」的代表作，當以在民間膾炙人口、廣爲流傳的西廂故事最爲人所津津樂道。其題材最早自源唐代元稹（779～831）的傳奇小説〈鶯鶯傳〉（亦名〈會眞記〉），描寫他自己「以張生自寓，述其親歷之境」的愛情故事。故事最初，才子佳人藉由婢女紅娘遞簡傳詩，鶯鶯以〈明月三五夜〉詩，回贈張生之〈春詞〉，其詞曰：

> 待月西廂下，迎風戶半開。拂牆花影動，疑是玉人來。〔註44〕

以詩傳情，其中亦有隱語、詩謎的效果。〈明月三五夜〉在隱語的背後所呈現的是誘人的私情邀約，雖然鶯鶯在兩人初見時以屬聲斥責來合理化幽會的動作，但詩中隱然流露的情感已透露了她剛萌芽的情思。張生與鶯鶯在婢女紅娘的牽線下，兩人終有枕席之歡。但張生視鶯鶯爲天命尤物，所謂不妖其身，必妖其人，「始亂之，終棄之」。唐以後，這個愛情故事的結局，令許多人感到遺憾和不捨，認爲張生「薄情年少如飛絮」，於是在民間開始出現將故事結局加以改編的版本。其中以金人董解元（生卒年不詳）《西廂記諸宮調》（又稱《董解元西廂記》，俗稱《董西廂》）與元人王實甫（1260～1336）《崔鶯鶯待月西廂記》（簡稱《西廂記》）最爲有名。《董西廂》有著化悲爲喜的新變之功。而《西廂記》更是明確地提出「願天下有情人終成眷屬」的主張，

〔註44〕見〔宋〕李昉：《太平廣記》（合肥：黃山書社據民國景印明嘉靖刻本，2009年），卷488雜傳記5，〈鶯鶯傳〉，頁2215。

突破封建禮教的束縛。但不論故事結局如何衍化，張生與鶯鶯詩簡傳情的唯美浪漫形象，早已深植人心。

　　所謂的「以詩傳情」，是指愛情婚戀故事中的男女主人公，通過詩、詞、歌賦等文學形式向對方傳情達意的一種表現方式。在愛情婚戀遇合故事中，男女主人公以詩傳情的作法，其實由來已久。《史記》記載司馬相如追求卓文君時，「以琴心挑之」，據說相如撫琴時即以歌詩兩首，表達對文君的愛慕之情。〔註 45〕後世愛情婚戀作品中屬入詩文的手法，實源自於中國古代詩學的抒情傳統。宋人洪邁（1123～1202）便提到：「大率唐人工詩，雖小說戲劇，鬼物假托，莫不宛轉有思致，不必顓門名家而後可稱也。」〔註 46〕唐傳奇在脫離了六朝志怪殘叢叢小語的敘事手法後，小說作者不免融入當時所盛行的詩歌以增添作品的神采韻味。不論是「鬼物假托」的小說，或是愛情婚戀的題材，經由詩歌的襯托之下，更能增添小說「宛轉有思致」的情韻。誠如明人胡應麟（1551～1602）所云：「惟《廣記》所錄唐人閨閣事，咸綽有情致，詩詞亦大率可喜。」〔註 47〕小說裡的才子佳人藉由傳詩遞簡以抒發情思，於是此類的詩歌成為小說的敘事話語之外，另一種出入主角心境、體會人物想法、發聲表意的話語手法。這不但在文言小說中可以看得出來，在話本小說中亦很分明。惟其中的詩歌大致可分為兩類：一類是故事中人物所作的詩詞，「以詩傳情」屬於此類。它由角色發聲，代表角色之間的話語；另一類是作為話本小說形式的詩詞（如話本中的入話詩、散場詩，以及正文中的「正是」、「但見」、「端的是」、「有詩為證」等），通常由敘事者發言，屬於敘事者的話語。這兩類詩歌有著不同的詩學傳統，不能混而論之。〔註 48〕詩歌與小說原本各自擁有不同的語言特質與美感經驗，當詩歌內化於小說中後，它仍保有自己

〔註45〕參見〔漢〕司馬遷：《史記》（臺北：鼎文出版社，1977 年），卷 117，頁 3000～3001。據〔唐〕司馬貞《史記索隱》引三國魏張揖所著之《漢書注》中記載此事，其詩曰：「鳳兮鳳兮歸故鄉，遊遨四海求其皇，有一豔女在此堂，室邇人遐毒我腸，何由交接為鴛鴦」也。又曰「鳳兮鳳兮從皇栖，得託子尾永為妃。交情通體必和諧，中夜相從別有誰」。

〔註46〕參見〔宋〕洪邁：《容齋隨筆》卷 15「唐詩人有名不顯者」條，收錄於《筆記小說大觀》第 29 編（二）（臺北：新興書局，1978 年），頁 830。

〔註47〕〔明〕胡應麟：《少室山房筆叢·二酉綴遺（中）》，收錄於《景印文淵閣四庫全書》886 冊（臺北：臺灣商務印書館，1986 年），頁 387。

〔註48〕參見徐龍飛：《晚明清初才子佳人文學類型研究》（北京：北京師範大學中國古典文獻學博士論文，2008 年），頁 31。

的語言、聲調與修辭特色，並傳達出小說中不同人物的情感意向。詩／文之間所呈現的這些不同聲部的多聲合奏，小說不致成爲獨白式的單音，而只有一種價值觀念。經由這些不同聲音的介入與言說，當可使小說的詮釋更爲開放而多元。〔註49〕

　　話本小說裡作者藉才子佳人的詩簡傳情、歌詠贈答，或傾訴衷情、哀傷惜逝，或逞才競技、抒情言志，讓整個原本迷離倘恍、如夢乍回般的愛情婚戀歷程，有了較爲具體而細膩的呈現。是故自元稹的〈鶯鶯傳〉開以贈詩表愛情的先例，往後的古典愛情小說，大都在文中間雜許多詩詞歌賦的創作，成爲一種既定模式。而且詩文是封建時代文學品類的正宗，小說則被歸諸末流，但借小說顯露詩才卻可另當別論。陳平原對此批評說：「作家只要捏造出兩個才子佳人，就能在小說中無窮無盡地吟詩作賦。」〔註50〕陳平原確實指出了才子佳人類型小說僵化的情節公式以及大量屬雜詩詞歌賦的特殊現象，但也正因爲如此，作者苦心經營擘劃的才子佳人情愛歷程與其潛藏在詩／文中作者的表現意圖，便往往容易爲人們所輕忽。

　　才子佳人在小說中傳詩遞簡、互訴衷情，形式各有不同，有的是寫在信箋上，再囑託婢女代爲傳達；有的隨手題詩在壁，情人偶見便心有所屬；還有的是吟朗詩詞，適巧爲佳人所聽聞，終日神往。這些詩歌除了自我抒懷以外，都隱含著心儀對方、渴望回應的期盼。因爲熱戀中的男女，雙方都有書寫自我的欲望，並亟欲探求對方的靈魂，而詩歌的隱喻象徵與富有凝練、閨閣氣息的密室特質，最適合他們歌詠此情此景的需要。且不論是才子或佳人，觀其所賦之詩，總不離傷春惜別、花柳風月，場景無非洞房閨閣、歌筵酒席、芳園曲徑，圍繞著男女情愛的主題，書寫著春懷與幽怨，與這種情調彼此呼應，在語言藝術上則是文采繁華、輕柔豔麗，所謂「鏤玉雕瓊，擬化工而迥巧；裁花剪葉，奪春豔以爭鮮」〔註51〕。崇尙雕飾，追求婉媚，充溢著脂香膩粉的氣味，此爲花間詞家的風致。儘管作家在表現手法上互有差異，但在總體上來說總具有幾分神似。這都是「閨閣話語」的文學內涵與特質。

〔註49〕　參見陳玉萍：《中國古典中短篇小說中的詩文關係與抒情性——以愛情爲主題的討論》（臺北：國立臺灣大學中國文學研究所博士論文，2009 年），頁 102。
〔註50〕　參見陳平原：《中國小說敘事模式的轉變》（北京：北京大學出版社，2003 年），頁 223。
〔註51〕　參見〔清〕鄭方坤：《五代詩話》（合肥：黃山書社據清粵雅堂叢書本影印，2009 年），卷 4，〈歐陽炯〉條所云「《花間集序》」，頁 126。

　　小說中「閨閣話語」的白話敘事，專事負責情節的推遞，是直線進行的時間，著重在敘述、描寫性的安排，重視人物與環境的呈現，關注事件如何在時間歷程中逐漸開展、鋪敘與結束；而詩歌所呈現的則是情感的揭露，是凝止、停頓的空間，藉由間接、象徵的表現手法，使詩人與讀者得以重現美感經驗的創作過程。在此種空間裡，戀人的喜怒哀樂等情緒可因此再被複述、凝聚與增強。讀者閱覽故事情節之餘，亦能從詩歌中深刻體悟到男女主人公的情感波折。〔註52〕

　　首先來看《風流悟》第八回〈買媒說合蓋爲樓前羨慕　疑鬼驚途那知死後還魂〉才子與佳人之間的傳詩遞簡。文中寫到文世高「因慕西湖佳麗，來到杭州」，與「善能吟詩作賦」的佳人劉秀英一見鍾情。文世高回寓後，當晚一夜無眠。次日早起，取出白綾汗巾一方，磨濃了墨，寫七言絕句一首於上，寫完封好，急急走到店中，付與施十娘代爲遞送，其詩云：

> 天仙尚惜人年少，年少安能不慕仙。一語三生緣已定，莫教錦片失
> 當前。（《風流悟》頁8）

小姐以親繡的一條花汗巾，題詩回贈，其詩云：

> 英英自是風雲客，兒女娥眉敢認仙。若問武陵何處是，桃花流水到
> 門前。（《風流悟》頁8）

　　除了回贈所題之詩外，劉秀英並以一隻半新不舊的繡鞋兒作爲情思的憑證。世高見了，如平地登天，喜之不勝；再看詩意，不獨情意綢繆，而詞采香豔風流，更令人愛慕。那纖小異常的繡鞋兒，又令人愛殺。文世高與劉秀英的詩簡傳遞，其內蘊頗有鶯鶯〈明月三五夜〉詩與張生〈春詞〉以詩傳情的味道。只是鶯鶯詩中訂有約期，而秀英之詩則無。雖未有期，卻任隨才子早晚來會。怎料到後來幽會時，文世高不慎失足喪命，劉秀英也自縊而亡。可惜在後來的一番曲折離合過程中，詩歌傳贈的情節戛然而止、不再出現，僅代之以離散後的團圓喜劇。

　　戀愛中的男女，情感豐沛，亟欲瞭解對方與傾訴衷曲，情緒難免焦躁起伏，言情賦詩便是他們陳述自我、抒發情志的最佳方式。礙於封建禮教的約束，小說作者安排男女賦詩傳情達意，以期符合社會的規範，婉轉地表達了

〔註52〕陳玉萍：《中國古典中短篇小說中的詩文關係與抒情性──以愛情爲主題的討
　　　論》（臺北：國立臺灣大學中國文學研究所博士論文，2009年），頁43～44，
　　　頁111。

情欲的流動與想像的空間，而詩詞便成為愛情小說中擔負起情感交流的絕佳載體。相較於白話散文線性發展的敘事時間，抒情詩歌呈現了人物內在非連續性的情感經驗。如李漁《十二樓》〈合影樓〉中珍生與玉娟，因彼此外貌相似而相悅慕，不因象徵道學家禁欲主義的危牆而阻絕，但見兩人互傳情箋、傾訴內心的情意。玉娟有詩箋七言絕句一首，透露其心思，其詩云：

> 綠波搖漾最關情，何事虛無變有形？非是避花偏就影，只愁花動上
> 金鈴。（《十二樓》頁9）

「綠波搖漾」，藉景寫情，暗示女主人公內心的波動、幽怨與無奈。珍生見了，喜出望外，也和她一首，放在碧筒之內寄過去：

> 借春雖愛影橫斜，到底如看夢裡花。但得冰肌親玉骨，莫將修短問
> 韶華。（《十二樓》頁9）

玉娟看了此詩，知道珍生欲不顧生死逾牆求見，忙去信禁止，文中云：

> 初到止於驚避，再來未卜存亡。吾翁不類若翁，我死同於汝死。戒
> 之慎之！（《十二樓》頁9）

珍生讀後不敢佻達，只寫訂婚姻之約，其字云：

> 家範固嚴，杞憂亦甚。既杜桑間之約，當從冰上之言。所慮吳越相
> 衡，朱陳難合，尚俟徐覘動靜，巧覓機緣。但求一字之貞，便矢終
> 身之義。（《十二樓》頁9）

玉娟得此，不但放了愁腸，又且合她本念，就把婚姻之事一口應承，復他幾句道：

> 既刪《鄭》《衛》，當續《周南》。願深寤寐之求，勿惜參差之采。此
> 身有屬，之死靡他。倘背厥盟，有如皎日！（《十二樓》頁9）

珍生覽畢，欣慰異常。但現實世界中所謂「男女授受不親」的嚴峻禮法仍然橫阻在前，不會因為兩人私訂終身而有任何的改變。如何打破禁忌，考驗才子佳人的智慧與真心。何滿子在《中國愛情與兩性關係》一書中說：

> 李漁嘲笑禮教對男女防閑的無力，他在小說中築起一垛道學家「男
> 女授受不親」的高牆，並且把這垛高牆推倒，以象徵禁慾主義的防
> 閑及其失敗，從而把這個尋常的才子佳人故事靠這點象徵的支撐點
> 當起反道學、反禁慾主義的題旨。〔註53〕

由於小說與詩歌敘事話語的差異，作者的創作態度勢必有所不同。詩歌

〔註53〕參見何滿子：《中國愛情與兩性關係》（臺北：商務印書館，1995年），頁138。

語言本具有內向、封閉性的特質，尤其才子佳人的「閨閣話語」，大都爲發生在後花園、書房、閨閣等狹隘、私密空間之言說與詩歌。是故詩人無須利用話語的內在對話性，以「自省」（self-reflection）、「內觀」（introspection）的方法〔註54〕，即能臻於抒情美感經驗的境界。反觀小說的敘事話語則是外向、開放的，作者採用客觀的敘事視角述說事件，兼納社會雜語而多音的現象。這種詩文間雜的多元敘事，因而呈現了其內在對話、紛繁並置的複雜關係。「閨閣話語」對照於現實世界的不同音調，卻總是作者著力凸顯之所在。觀李漁此篇才子佳人小說，主旨乃在說明男女之情無法禁絕，與其防堵，不如拆掉牆垣，搭起鵲橋，使牛郎織女無天河銀漢之隔。文末甚至交代說：

> 這段逸事出在胡氏《筆談》，但係抄本，不曾刊板行世，所以見者甚少。如今編做小說，還不能取信於人，只說這一十二座亭臺都是空中樓閣也。（《十二樓》頁22）

結尾以客觀的立場，間雜社會公眾的觀點與所謂的「後設語言」〔註55〕，弔詭地營造出虛／實之間的矛盾，足證小說不只有一種價值意識，它更具有開放的詮釋空間。

自元、明中篇傳奇以來，小說中的詩詞曲賦成爲作者吟詠情性、講究詞藻的文學體裁，在花園、閨閣的私密空間中，紀錄著才子佳人傳情遞簡的愛情歷程。但隨著時序的更易，作者摛藻雕章的詩賦之才，從原先的自娛娛人、遊戲翰墨，逐漸有走向炫技逞才、與人爭勝的地步。傳統中篇傳奇的「閨閣話語」，雖也文采遒豔，充分展現才子佳人的天賦捷才。但這只是表現他們的優異詩才，與認同中國「詩騷」傳統抒情言志的手法罷了。詩才原屬於才子佳人的私情表現，他們藉詩詞書簡傳遞情感，並展露一己才華。兩人在軒堂廂房、花園閨閣的私密空間裡談論詩文、吟詠酬對，卓越文采只爲博得伊人青睞。而《五色石》卷六〈選琴瑟〉與卷八〈鳳鸞飛〉中出現的才子佳人詩詞唱和的情節，有比試競技以博取聲譽自炫文才的作法，古典詩詞成爲小說

〔註54〕 高友工認爲「抒情美典的核心是創造者的內在經驗，美典的原則是要回答創作者的目的和達到此一目的手段。就前者來看，抒情即是『自省』（self-reflection）、也是『內觀』（introspection）。」參見高友工：〈試論中國藝術精神〉（上），《九州學刊》第2卷第2期（1988年1月），頁4。

〔註55〕 李漁在文本中自述小說的虛構情境，正符合了後設小說裡所談到小說是虛構的文字組織，後設小說不過是「藉著白報紙上印出的黑字來證實他能夠勾勒出一個世界」。參見蔡源煌：〈欣見後設小說〉，載於瘂弦主編：《如何測量水溝的寬度》（臺北：聯合文學出版社，1987年），頁231。

人物逞才較技的競技場。詩詞韻文因而成為故事情節發展之外，另一種的閱讀趣味。才子在經過一番考驗後，更能獲得科舉功名與美滿姻緣，此種抒情言志的詩性觀照已與「閨閣話語」注重其私密性的特質又不盡相同了。

《五色石》卷六〈選琴瑟〉篇中，佳人瑤姿誤認來訪的福建舉人「何自新」就是已訂親的才子「何嗣新」。但見他「相貌粗俗，舉止浮囂」，瑤姿欲親試其才，結果發現他經術不通，才疏學淺，其文曰：

> （珠川）對何自新道：「小女正為能讀不能解，只毛詩上有幾樁疑惑處，敢煩先生解一解。」何自新問那幾樁，珠川道：「二南何以無周、召之言，邶、鄘何以列衛風之外，風何以黜楚而存秦，魯何以無風而有頌，《黍離》何以不登于變雅，商頌何以不名為宋風，先生必明其義，幸賜教之。」何自新思量半晌，無言可對，勉強支吾道：「做舉業的不消解到這個田地。」珠川又道：「小女常說《四書》中最易解的莫如《孟子》，卻只第一句見梁惠王便解說不出了。」何自新笑道：「這有何難解？」珠川道：「小女說，既云不見諸侯，何故又見梁惠王？」何自新面紅語塞。……珠川送別了他，回進內室，瑤姿笑道：「此人經書也不曉得，說甚名士？」珠川道：「他既沒才學，如何中了舉人？」瑤姿嘆道：「考試無常，虛名難信，大抵如斯。」（《五色石》頁 145）

這裡當然是對欺世盜名的士大夫極大的諷刺，但也正因假名士的胸無半字，可襯托出才子何嗣新的不凡。小說的高潮在於何嗣新狀元及第後，嗣新要求面試瑤姿的部分。何嗣新以「紗幮美人」為題，先自詠一首，求小姐和之，其詩曰：

> 綺羅春倩碧紗籠，彩袖搖搖間杏紅。
> 疑是嫦娥羞露面，輕烟圍繞廣寒宮。（《五色石》頁 154）

寫畢，即付侍兒綠鬟送入紗幮內。瑤姿看了，提起筆來，不假思索，立和一首道：

> 碧紗權倩作簾籠，未許人窺彩袖紅。
> 不是裴航來搗藥，仙娃肯降蕊珠宮？（《五色石》頁 154）

瑤姿字跡柔妍，詩詞清麗，嗣薪點頭讚賞，便取花箋再題一絕，付與綠鬟送入紗幮內，其詩曰：

> 前望巫山煙霧籠，仙裙未認石榴紅。

今朝得奏霓裳曲，彷彿三郎夢月宮。（《五色石》頁154）

瑤姿看了，見詩中有稱贊她和詩之意，援筆再和道：

自愛輕雲把月籠，隔紗深護一枝紅。

聊隨彩筆追唐律，豈學新粧鬥漢宮。（《五色石》頁154）

嗣薪看了，極爲激賞，欲再詠一首索和，取三場考試之意，便又題一絕道：

碧紗爭似絳幃籠，花影宜分燭影紅。

此日雲英相見後，裴航願得托瑤宮。（《五色石》頁155）

瑤姿見這詩中，明說洞房花燭，願諧秦晉之意，卻又怪他從前故意作難，強求面試，便就花箋後和詩一首道：

珠玉今爲翠幕籠，休誇十里杏花紅。

春闈若許裙釵入，肯讓仙郎占月宮？（《五色石》頁155）

瑤姿才思敏妙，嗣薪以爲她若應試春闈，自嘆不如。嗣薪的座師趙公亦極表認同，云：「朝廷如作女開科，小姐當作女狀元。老夫今日監臨考試，又收了一個第一門生，可謂男女雙學士，夫妻兩狀元矣。」結局當然是皆大歡喜，夫榮妻耀，子孫俱各顯貴。

從前文六首五絕的「題／和」詩中，不難看出這些在考驗、比試情節下的詩詞之作，其撰詩動機已非當初緣情體物、感悟吟詠之詩作所能比擬，反而是在命題、限韻等形式限制下的撰作考驗；賦詩氛圍也與傳詩遞簡以抒發情思表達愛慕之意極爲不同，詩歌大都因多重限制而有流於刻意造作或逞才競技之嫌。更有甚者如《五色石》卷八〈鳳鸞飛〉篇中亦是如此，文中將隱語、詩謎、拆字、限韻、用典等古典詩詞形式技巧慣用的諸多講究，展露無遺，發揮得淋漓盡致。小說關於此部分著墨頗多，試略舉數段以說明大要，其文曰：

賀公送過文房四寶，祝生握筆在手，對賀公道：「不知表妹佳咏用何韻，小姪當依韻奉和。」賀公道：「韻取七陽，用芳香霜腸四字。」祝生聽罷，展紙揮毫，即題一律道：皎皎霓裳淡淡粧，羞隨紅杏鬥芬芳。衝寒曾報春前信，墜粉難留雨後香。恍似六花猶繞砌，還疑二月更飛霜。惟餘紙帳窺全影，夢憶南枝欲斷腸。（《五色石》頁186）

才子請求鸞簫佳章一讀，佳人先前寫在花箋上的七律，自然也符合「韻

取七陽，用芳香霜腸四字」的格律，此不贅引。本篇有趣的是後來鸞簫裝扮成婢女霓裳親試才子，而霓裳竟也裝扮成小姐去和鳳舉私會，早了一步成了相好。在鸞簫親與鳳舉見面之際，鳳舉出了數題字謎考驗小姐，其文如下所述：

第一個字謎道：

> 上不在上，下不在下。
>
> 不可在上，且宜在下。

第二個字謎道：

> 兄弟四人，兩個落府。
>
> 四個落縣，三個落州。
>
> 村裡的住在村裡，市頭的住在市頭。

第三個字謎道：

> 草下伏七人，化來成二十。
>
> 將人更數之，又是二十七。

第四個字謎卻是一首《閨怨》，其詞曰：

> 一朝之愆致分離，逢彼之怒將奴置。
>
> 妾悲自揣不知非，君恩未審因何棄？
>
> 憂緒難同夏雨開，愁懷那逐秋雲霽。
>
> 可憐抱悶訴無門，縱令有意音誰寄？
>
> 若斷若連惹恨長，相拋相望想徒繫。
>
> 一息自挨仍自憐，小窗空掩常揮淚。（《五色石》頁189～190）

鸞簫持進內邊與霓裳看。霓裳未解其意，鸞簫猜解道：

> 第一謎是指字中那一畫，第二謎是指字中那一點，第三謎是「花」字，第四謎是「心」字，合來乃「一點花心」四字。（《五色石》頁190）

霓裳聽罷，仔細摹擬了一遍，稱贊道：「此非祝郎做不出，非小姐猜不出，小姐何不也寫幾句破他？」鸞簫應諾，便於每一謎後各書四句：

其破一畫謎云：

> 在酉之頭，在丑之足。
>
> 在亥之肩，在子之腹。

其破一點謎云：

　　其二在秦，其一在唐。

　　其四在燕，其五在梁。

其破花字謎云：

　　五行屬於木，四時盛在春。

　　或以方彩筆，或以比佳人。

其破心字謎云：

　　靈臺方寸山，斜月三星洞。

　　變化總無窮，通達是其用。（《五色石》頁 190～191）

　　在上述一來一往的詩文中，雖顯見才子佳人的才思敏妙，但難免落人賣弄機巧、遊戲翰墨之譏。鳳舉驚歎之餘，只見鸞簫又以「青梅」為詩，既饒酸風，又多苦況，遂授筆連題二絕與詩謎。如此往復再三，盡顯才子佳人之天賦美才，從中亦凸顯出居中調和的作者詩賦才學自不在話下。當才子佳人小說的敘事者著力於對主人公才情的強調與描寫，意味著他們欲通過「詩騷」言語——以抒情、雅正為本質——的表徵作用所建立的藝術符號，傳達出作家在話語選擇上的意識形態表現；除此之外，這類小說以具詩賦之才子在世俗世界的勝利，戲劇化地渲染了詩賦和詩人傳統，並將中國抒情傳統的對仗等法則運用到敘事話語中，從而重建了抒情詩的世界整一性。〔註 56〕尤其作者極度彰顯詩賦之「才」，明顯凌駕於「情」、「德」、「色」三者之上，其中是否隱含了邊緣失意文人對自己「身懷高才」卻不得見用於世的憾恨？並欲藉由書寫創作找回自我的認同與價值意義？是故才子佳人小說處處充滿了作者的自我投射與理想寄託的影子。在易代亂世之際，傳統文人出處進退的抉擇往往陷於兩難，這些失意的中下層文人，既然無法達仕立功以留名，只好退而求其次在小說中以詩才立言流傳於世。關於此，李志宏在《明末清初才子佳人小說敘事研究》一書中說得很清楚：

　　　　當明末清初才子佳人小說因現實的失語狀態而置身文化邊緣從事通
　　　　俗小說創作時，小說文本對於詩的積極籲求，恐怕已不單純只是一
　　　　種話語選擇和文學傳統的認知問題而已。〔註57〕

〔註 56〕參見蕭馳：〈從「才子佳人」到「紅樓夢」：文人小說與抒情詩傳統的一段情結〉，《漢學研究》第 14 卷第 1 期（1996 年 6 月），頁 249～277。

〔註 57〕參見李志宏：《明末清初才子佳人小說敘事研究》，頁 425～426。

　　所以我們可以這麼說，經由詩的隱喻作用及其詩性觀照之下，作家群體對於現實的一種文化建構，已經非常清楚地反映了作家期盼從文化邊緣進入到社會中心的集體心理欲望。所謂的「閨閣話語」，乃作者對於自我文人身分的忠實想像與理想形塑的一種投射表現。

二、「顯揚女子、頌其異能」：不完全的出走〔註58〕與父權回歸

　　自魯迅在人情小說中提出「才子佳人」一詞後，魯迅對於才子佳人小說的類屬界定，向來為學界所通用。如魯迅在《中國小說史略》中提到：「二書（按：此指《玉嬌梨》、《平山冷燕》）大旨，皆顯揚女子，頌其異能。」〔註59〕魯迅針對此類小說能在女性形象上突破傳統價值觀的思維給予讚揚，另外也肯定小說中的男女主人公能夠勇敢摒棄父母之命、媒妁之言，進而追尋自主的愛情和婚姻。明清之際由於時代因緣，賦予兩性較多的互動空間與文學詮釋的可能。才子佳人小說在商品經濟與消費市場需求的雙重影響下，雖然小說創作的美學成就並不高，文學浪漫的情感特質也顯得深度不足，然而在銘刻女性新形象方面，和當時的戲曲同為文學發展軌跡留下時代印記。〔註60〕論者多認為此類小說的歷史美學意義端在其「文化意涵」，故研究的重點著重在內涵意旨與社會思潮的變化上。特別是自明代中晚期以來，才子佳人小說不斷複製相同的題材與作品，匯聚成一股「合力」，顯示一種文學類型的產生不僅是在商業出版事業的推動下而形成的，也與其特定的社會歷史時代及社會心理方面的原因密切相關。而這種現象的產生，在當時無疑是很重要的「文化特徵」。〔註61〕

〔註58〕 「不完全的出走」一詞，參考自魯迅：《魯迅全集》，第 1 卷，《墳》，〈娜拉走後怎樣？〉，頁 158～165。魯迅在此文中以娜拉離開家庭後面臨社會的考驗，隱喻女子出走表象為離開父權，實質上並未離開。

〔註59〕 參見魯迅著：郭豫適導讀《中國小說史略》（上海：上海古籍出版社，2004年），第二十篇〈明之人情小說（下）〉，頁 135。另外，魯迅在《中國小說的歷史的變遷》「第 5 講」提到，「才子和佳人之遇合，就每每以題詩為媒介。這似乎是很有悖于『父母之命、媒妁之言』的婚姻，對于舊習慣是有些反對的意思的。」參見魯迅：《魯迅全集》（上海：人民文學出版社，1981年），第 9 卷，頁 331。

〔註60〕 此部分可參見黃蘊綠：《明末清初才子佳人小說中的佳人形象》（臺北：淡江大學中國文學系碩士論文，1997 年），頁 31～32。

〔註61〕 陳翠英：〈閱讀才子佳人小說：性別觀點〉，《清華學報》新 30 卷第 3 期（2000年 9 月），頁 330。王崗：《浪漫情感與宗教精神：晚明文學與文化思潮》（香

　　由於才子佳人小說在明末清初曾經廣爲流行，這個在中國古代敘事傳統佔有一席之地的文類，不僅存在於明清之際，更可上推至唐傳奇、宋元話本與元明戲曲，甚至向下影響到民初的鴛鴦蝴蝶派的小說〔註62〕，其文學譜系之脈絡甚爲長遠，但一直以來卻未被批評家所正視。如清康熙年間最早評價才子佳人小說的學者劉廷璣（生卒年皆不詳），即對此類小說具有「慕才慕色，已出非正」兼重才色的特徵頗有微詞〔註63〕。是故魯迅對此種文類的精確觀察並賦予了它鮮活意義的評論，更顯得彌足珍貴。繼之而起的研究者大致可分爲三類。首先，肯定者將魯迅之說發揚光大，認爲才子佳人小說一改「女子無才便是德」的傳統觀念，歌頌讚揚佳人文采，認爲此類小說提高女子的社會地位，因而具有積極的進步思想，或凸顯小說所代表的反禮教與反封建的精神，打破威權式的婚姻，主張男女自由擇配的權力與開創了「現代的性愛」觀〔註64〕等；另一類持不同意見者，則側重研究作者的寫作動機，認爲

港：天地圖書有限公司，1999年），頁114～182。轟春豔：〈一次不夠成功的「顛覆」——評《玉嬌梨》《平山冷燕》的「佳人模式」〉，《明清小說研究》第4期（1998年），頁62。雷勇：〈明末清初的才女崇拜與才子佳人小說的創作〉，《明清小說研究》第2期（1994年），頁145～154。張淑麗：〈逆讀明末清初才子佳人小說：從《玉嬌梨》談起〉，收入鍾慧玲主編：《女性主義與中國文學》（臺北：里仁出版社，1997年），頁395～420。〔美〕艾梅蘭（Maram Epstein）著；羅琳譯：《競爭的話語：明清小說中的正統性、本眞性及所生成之意義》（南京：江蘇人民出版社，2005年），頁49～95。李志宏：〈論明末清初才子佳人小說中「佳人」形象範式的原型及其書寫——以作者論立場爲討論基礎〉，《國立臺北教育大學學報》第18卷第2期（2005年），頁25～62。他們幾位皆不約而同地提及流行於明清之際的才子佳人小說，其背後所蘊含的文化意義與文學思潮。

〔註62〕參見方正耀：《明清人情小說研究》（上海：華東師範大學出版社，1986年），頁293～300。

〔註63〕〔清〕劉廷璣：《在園雜志》（臺北：文海出版社，1969年），卷2，頁105。惟劉廷璣將小說內容格調上分爲「猶不至大傷風雅」、「稍近淫佚」、「皆堪捧腹」、「流毒無盡」和「更甚而下者」諸類，根據苗壯的觀察，其分類頗有分寸，且劉廷璣是個治學嚴謹的學者，他把才子佳人小說列爲首類，評價雖亦稍有微詞，總的還是肯定的。參見苗壯：《才子佳人小說史話》（瀋陽：遼寧教育出版社，1992年），頁4。

〔註64〕此部分可分別參見曹碧松：〈才子佳人小說的進步意義和消極意義〉，載於《明清小說論叢》第1輯（瀋陽：春風文藝出版社，1984年），頁43～48。林辰：〈煙粉新詁〉，載於《明清小說論叢》第1輯（瀋陽：春風文藝出版社，1984年），頁113。李騫：〈試論才子佳人派小說〉，載於《明清小說論叢》第1輯（瀋陽：春風文藝出版社，1984年），頁49～83。

此類小說不過是文人的自戀投射，將男性的人格理想暫時「移位」或「置換」
到女性身上，並經由美化異性，而達到自我美化、自我肯定的書寫策略，從
而增加對女性的片面要求以鞏固男權意識，其中並無顯揚女性之意。所謂才
思敏妙的佳人，最終仍是要回歸閨閣，以相夫教子、嚴整治家爲女性傳統的
賢良美德。〔註65〕最後，則是由中國文學史傳承的觀點視之，認爲才子佳人
小說與傳統文學一脈相承，將才子佳人小說納入傳統文學的範疇，是中國文
學中緣情浪漫系統的一支。〔註66〕上述三種觀點皆各自有其理論依據，關鍵
在於評論者所秉持的觀察視角與論述方法，他們分別從各種切面閱讀才子佳
人小說便會得到的不同結果。誠如張淑麗在〈逆讀明末清初才子佳人小說：
從《玉嬌梨》談起〉一文中所述：

> 傳統的批評方法，不論是由社會主義出發或由傳統文學史的角度來
> 看，都只能原地踏步，而無法眞正分析才子佳人小說持續受到讀者
> 喜愛的文化社會因素。〔註67〕

倘若排除張淑麗所謂的「傳統的批評方法」，那麼援用西方文學批評理論
與女性主義的觀點，方使得研究面向開放而多元，不失爲一可行之策。本小
節亦擬採用此種研究方法，以前賢的研究心得爲論述起點，續與作品作更多
面向的對話與詮釋，嘗試探析明清之際話本體的才子佳人小說紛繁複雜的思
想內涵，以闡明此時期所謂「性別話語」之眞正意涵。

晚明士風素以「情眞」爲尚，「情」不只是維持世界唯一的元素，更是文
學的命脈和泉源。它代表了整體哲學思維朝向個人主義價值觀的傾斜。這是
一個尚情貴眞的社會，對於自由抒發個體性情的文藝創作或言論均給予絕對
的尊重。學者認爲，這是晚明對於理學滅人欲偏見的修正，將欲和情當作自
我積極的「本眞性」的表達手段，也是對於儒家正統規範的一種反霸權詞彙，
因而具有象徵性的性別政治語意。〔美〕艾梅蘭（Maram Epstein）在其《競爭
的話語：明清小說中的正統性、本眞性及所生成之意義》一書中說道：

〔註65〕此部分的研究甚夥，其研究論點大多與文化研究相疊合，藉由歐美女性主義
與文化批評的觀點，切入中國傳統文學的領域，挖掘出更豐富的文化意涵，
研究具開放性和多元性，相關論文可參看注釋（61）。

〔註66〕此說可以蘇建新的說法作爲代表，參見氏著：《中國才子佳人小說演變史》（北
京：社會科學文獻出版社，2006年）。

〔註67〕參見張淑麗：〈逆讀明末清初才子佳人小說：從《玉嬌梨》談起〉，收入鍾慧
玲主編：《女性主義與中國文學》（臺北：里仁出版社，1997年），頁401。

由於情的捍衛者是在與慣常的「正」相對的意義上界定「眞」，所以本眞性的標記就變成反傳統的，甚至古怪的。……小說戲曲中兩個最可愛的秉眞而行的例子是《牡丹亭》中的杜麗娘和《紅樓夢》中的賈寶玉，他們創造了截然不同的，……表達自我激情的世界，以之與正統的標準相對抗。〔註68〕

由於文人「尚情」之故，可充分發揮其文化想像，使得晚明以來的小說充滿了多元的素材，異於以往傳統小說的面貌。馮夢龍〈情偈〉有言：

> 天地若無情，不生一切物。一切物無情，不能環相生。生生而不滅，由情不滅故。四大皆幻設，惟情不虛假。無情與有情，相去不可量。……萬物如散錢，一情爲線索。散錢就索穿，天涯成眷屬。……〔註69〕

在明人的眼中，天地萬物皆是有生命和情感的，有情才有生命，無情則一切歸趨於死寂。將「情眞」論拔高到史無前例的程度，是當時普世的文學觀。世界靠情來維繫，「萬物如散錢，一情爲線索」。正是通過情的串聯和溝通，世界才能和諧共存。心中有情，社會才是一個「大同情的社會」，自然也才是個「大同情的自然」，這就與人文的藝術思維相當接近，而形成「重情」的文藝觀。〔註70〕人既有情，一旦見景生情，觸目興嘆，情積鬱於胸，便要宣洩形諸於筆墨，一吐爲快。李贄〈雜說〉的一段話，足以說明文學創作，皆因緣情而生、有感而發的作品：

> 夫世之眞能文者，比其初皆非有意於爲文也。其胸中有如許無狀可怪之事，其喉間有如許欲吐而不敢吐之物，其口頭又時時有許多欲語而莫可所以告語之處，蓄極積久，勢不能遏。一旦見景生情，觸目興嘆，奪他人之酒杯，澆自□□□□，訴心中之不平，感數奇于千載。既已噴玉□□□□雲漢，爲章于天矣，遂亦自負，發狂大叫，流□□□，不能自止。寧使見者聞者切齒咬牙，欲殺欲割，而終不忍藏于名山，投之水火。〔註71〕

〔註68〕此部分可參見〔美〕艾梅蘭（Maram Epstein）著；羅琳譯：《競爭的話語：明清小說中的正統性、本眞性及所生成之意義》，頁7，頁246～254。

〔註69〕〔明〕馮夢龍：《情史‧敘》，收入魏同賢主編：《馮夢龍全集》（上海：上海古籍出版社，1993年）第7冊，頁1。

〔註70〕參見夏咸淳：《晚明士風與文學》，頁186。

〔註71〕〔明〕李贄：《焚書》（合肥：黃山書社據明刻本影印，2009年），卷3，〈雜

　　文學創作的實踐既以情出發，是故作品中的人物，不論主角或是配角，皆具七情六欲，皆為真實情感的直接流露，性格人品的自然呈現。晚明文學家注重情感的表達，作品務求情真之前，作者本人也要具有深切的情意。而才子佳人小說最重要的情節結構，便是著重在描寫男女之「情」。不論是才子或佳人，皆有真摯的痴情。這種勇於反抗家庭，超越門第、貴賤與生死的愛情，代表整個社會對兩性關係的觀點產生重大改變。而此種改變，說明了才子佳人小說的崛起，在某一方面來說，符應了社會重新思考傳統男女情愛定位的需求。

　　明清小說中有關兩性角色的形塑衍化，隨著時序的遞進與創作觀念的不斷變化，有關男女兩性形象及其互動關係的雙向逆反，已然成為明清小說中一個相當重要的書寫現象。〔註72〕中國傳統文學對於男女之情的描摹，通常在表層的字義之下，往往隱藏了深層的隱喻與象徵意義。明末清初的才子佳人小說，正因其內容基調與表現形式有著相雷同的模式，是故在這種大量出現集體的敘事類型中，它可能代表著知識分子對傳統文化成規的重估，對知識分子在傳統的社會地位與作用的重新省視或自我期許，而成為特定時代作家群體的文化心理及集體心理意識。以才子佳人小說而言，「佳人」作為才子終生追尋的理想女性形象，在作家的話語實踐中，佳人形象這種文學形式載體，究竟是現實人物的純粹模擬？還是一種想像比興的聯想？抑或是一種符號表意系統的創造？不論是那一方面的表現，李志宏認為，都將影響讀者對於明末清初才子佳人小說的精神表現和文本意義的闡釋。〔註73〕

　　明末清初才子佳人小說佳人形象的「新變」，明顯的與傳統小說中的女性形象不同，一改女子在中國古代歷史和敘事話語經常缺席的窘境。此種新變，基本上來說，分別體現在顯揚女子的才學、品德與意志三個方面。〔註74〕

　　說〉，頁66。
〔註72〕參見魏崇新：〈一陰一陽之謂道：明清小說中兩性角色的演變〉，收入張宏生編：《明清文學與性別研究》（南京：江蘇古籍出版社，2002年），頁1~18。
〔註73〕張淑麗：〈逆讀明末清初才子佳人小說：從《玉嬌梨》談起〉，收入鍾慧玲主編：《女性主義與中國文學》，頁402。李志宏：《明末清初才子佳人小說敘事研究》，頁131。
〔註74〕參見聶春艷：〈一次不夠成功的「顛覆」——評《玉嬌梨》《平山冷燕》的「佳人模式」〉，《明清小說研究》第4期（1998年），頁62~73。除此之外，林辰曾對佳人形象的典型表現總結為五個標準——「才、美、德、智、膽」。參見林辰：〈從《兩交婚小傳》看天花藏主人〉，此文附錄於〔清〕天花藏主人著；

　　以才學而論，話本體的才子佳人小說無一例外。例如《五色石》卷一〈二橋春〉篇中的佳人含玉，文中說道：

> 浙江嘉興府秀水縣有箇鄉紳，姓陶名尚志，……中年無子，止生一女，小字含玉，年方二八。生得美麗非常，更兼姿性敏慧，女工之外，詩詞翰墨，無所不通。陶公與夫人柳氏愛之如寶，不肯輕易許人，必要才貌和他相當的方與議婚，因此遲遲未得佳配。（《五色石》頁1～2）

《五色石》卷四〈白鉤仙〉中的女主角陸舜英，「自幼聰慧，才色兼美」，其兄逢貴卻賦性愚魯，目不識丁，每每遇有書札不通之處，便去請教妹子舜英。後爲坐館才子呂玉發現，寫了一首古風來讚美她的才學：

> 樂安高節母，世系出河南。青松寒更茂，黃鵠苦能甘。華胄風流久墜矣，遜、抗、機、雲、難再起。從茲天地鍾靈奇，不在男子在女子。（《五色石》頁83）

　　此詩不僅極力稱頌姑娘是女中丈夫，不愧四古人之後，也視舜英爲千古難得一見的奇女子。還有《人中畫》〈風流配〉篇中的佳人峯蓮，不僅生得如花似玉，才情更是「聰敏異常，詩書過目不忘，文章落筆便妙」，秉性卻極爲自負。曾爲父親賦壽詩，「自謂壓倒長安這些腐朽公相」（《人中畫》頁8），後因見了司馬玄的和詩，遂興起愛才之心。較爲特殊的應屬李漁《十二樓》〈合影樓〉篇中的女主人公玉娟。前文已有提到此篇故事中的才子佳人彼此愛戀最初的動機，乃因外貌相似而非文才。因此文中在顯揚女子才學／智的部分，李漁並未多做著墨，反以男女主角的傳情詩詞替代。從此以後，兩人終日在影中問答，形外追隨，無一日不做幾首情詩。「未及半年，珍生竟把唱和的詩稿匯成一帙，題曰《合影編》。」（《十二樓》頁10）以卷帙詩作側寫佳人的詩才，也是一絕。

　　其次爲品德。話本體的才子佳人小說中的佳人，皆出身不凡，無不是顯宦名臣之後，才色兼美。雖自幼受寵，但個個姿性敏慧，心性良善，且極爲自愛。如《五色石》卷一〈二橋春〉篇中兩位佳人含玉與碧娃，一個是「德

王多閏校點：《兩交婚》（瀋陽：春風文藝出版社，1985年），頁215。其中的「美」，林辰說「多是概念式的虛寫」，而才學與智慧可以合而爲一，爲實現理想婚姻而敢作敢爲的膽識，亦可視爲意志的延伸，歸納之仍可以轟春豔所說的才學、品德與意志三方面綜合來討論。

行賢淑」，另一是「素嫺閨範」（《五色石》頁 26）。《五色石》卷四〈白鉤仙〉裡的舜英，先有白蛇因她搭救而倖存，後有遇匪跳崖守身二事，充分展現舜英在品德上的完美無瑕，作者在描寫舜英跳崖守身一事這麼寫道：

> 舜英度不能免，不如先死，免至受辱。轉過嶺後，見一懸崖峭壁，下臨深潭，乃仰天歎道：「此我盡命之處矣」卻又想道：「以我之才貌，豈可死得冥冥無聞，待我留個踪迹在此，也使後人知有陸舜英名字。」便咬破舌尖，將指蘸著鮮血去石壁上大書九字道：陸氏女舜英於此投崖。寫罷，大哭了一場，望著那千尺深潭踴身一跳。正是：玉折能離垢，蘭摧幸潔身。投崖今日女，彷彿墮樓人。（《五色石》頁 89～90）

從敘事者的有詩為證：「玉折能離垢，蘭摧幸潔身」視之，舜英高潔的德行有如玉蘭，具有寧為玉碎、不為瓦全的堅貞節操。惟《風流悟》第八回的佳人劉秀英，躲在綠陰中小樓內覷眼窺看文世高，並讚賞他「美哉，少年」，言行舉止稍嫌踰矩。但後來兩人幽會，文世高不慎失足喪命，秀英也因此賠上性命，算是對她脫軌之舉的一種懲罰。所幸後來死而復活，得以與文世高再續前緣。還有《珍珠舶》卷四與《生綃剪》第十六回中的女主人公皆有失身於匪賊的情事發生，但均是無辜受難，身不由己，不能說是品德上有瑕疵。尤其《珍珠舶》的杜仙珮被流寇所劫，後又落入清兵手中，自言「含羞忍辱，每不欲生，⋯⋯所以靦顏苟活，冀與郎君一面。」（《珍珠舶》頁 107）才子謝賓又仍然苦心尋訪，終得團聚。維繫兩人不離不散的主要原因，實乃一片痴情所致。同樣痴情的還有《生綃剪》的才子徐備人與錢諒夫，他們不但不在意女主角失節甚至還與之結婚。才子們的決定明顯有悖於明清要求女子守貞殉節的時代語境。小說中出現這樣的敘事話語，作者或許受到明清同情婦女開明思潮的鼓舞，這種思潮是明中葉以後啟蒙思想中提倡「重情貴真」的文人學者對理／欲之辯直接有力的話語實踐，乃針對婦女所受到的強烈壓抑有感而發的。

最後為意志。最具有代表性的篇章，當為《八洞天》卷三〈培連理〉篇中的佳人晁七襄。面對才子莫豪眼盲之後欲退婚，只見七襄兩頰通紅，正色說道：

> 共姜之節，死且不移，何況殘疾。既已受聘，豈容變更，若母親從其退婚之說，孩兒情願終身不嫁！（《八洞天》頁 62）

　　聶春豔於〈一次不夠成功的「顚覆」──評《玉嬌梨》《平山冷燕》的「佳人模式」〉中曾說，「佳人模式」的特徵，其中之一爲顯揚女子的意志，就是在寫女子的自主婚姻，她們可以按照自己的意願選擇所愛的人。〔註75〕綜觀話本體的才子佳人小說，在打破「父母之命、媒妁之言」權威式的陳腐婚姻觀念上，主張青年男女婚姻自主，皆充分表現了進步的思想。

　　根據徐志平的觀察，此部分章回體才子佳人小說已經有所表現，但它們「曲折的講法，都不如話本小說主人公之言來得痛快。」〔註76〕的確，我們看到話本體的才子佳人小說中的女主人公，在婚姻自主意願的表達上，顯然更爲主動與強烈，尤其是在與才子們的行徑普遍保守的情況相較之下，她們的形象更爲凸出，行動更爲積極，而男子的處境則明顯地被動許多。如上一段提到的《風流悟》第八回裡的佳人秀英出言讚美少年即是一個很好的例子。還有李漁《十二樓》〈合影樓〉篇中媒人路公的女兒錦雲，當她聽聞父親欲將自己許配給珍生的親事退回時，反應異常激烈，其文曰：

> 忽然聽見悔親，不覺手忙腳亂。那些丫鬟侍妾又替他抱怨主人，說：「好好一頭親事，已結成了，又替他拆開！使女婿上門哀告，只是不許。既然不許，就該斷絕了他，爲什麼又應承作伐，把個如花似玉的女婿送與別人！」錦雲聽見，痛恨不已，說：「我是他螟蛉之女，自然痛癢不關。若還是親生自養，豈有這等不情之事！」（《十二樓》頁12～13）

　　錦雲除明確表達不從的意願外，甚至歸咎於自己是養女才有如此不近情理的結果。《五色石》卷八〈鳳鸞飛〉裡的佳人鸞簫，爲與祝生相見，竟假扮侍婢霓裳親自去和才子見面；無獨有偶的，婢女霓裳也裝扮成小姐去和祝生私會，成了紅娘權代鶯鶯薦枕的姻緣。《人中畫》〈風流配〉篇中的佳人峯蓮，聽說才子司馬玄另與女中才子尹荇煙訂婚約，便假扮成司馬玄欲與她較量才學，孰知兩人旗鼓相當，彼此惺惺相惜。在戲弄過司馬玄後，仍雙雙同嫁探花郎，成了一夫二妻的風流韻事。《二刻醒世恒言》下冊第十回〈崑崙圖絃續鸞膠〉寫李翺之女，「自恃高才，不肯嫁凡夫俗子，須要親自選中文才，然後肯嫁。」（《二刻醒世恒言》頁754）從上述的例子皆能看出佳人們的行事風格

〔註75〕參見聶春豔：〈一次不夠成功的「顚覆」──評《玉嬌梨》《平山冷燕》的「佳人模式」〉，《明清小說研究》第4期（1998年），頁63。
〔註76〕徐志平：《清初前期話本小說之研究》，頁418。

堅毅果決，在婚姻自主的權力上，無一不按照自己的意願選擇所愛之人，與傳統小說在描寫女子形象溫和順從的敘事話語上迥然相異。

我們看到這些女性在小說中以一種新女性的形象出現，她們從出場到完婚，其生命歷程除上述所言之外，有的甚至在「擇親」、「扮裝」、「行游」與「歷難」等不同位置上（這些可在章回體的才子佳人小說中找到例證），呈現出佳人生命的多重屬性，得以重新省視女性自我的價值。〔註77〕不論從何種角度來看，這種佳人形象塑造的本身，已在集體敘事現象構成中建立起定型化的書寫模式。今從顯揚女性才德的佳人模式視之，佳人形象的內涵突破了古代言情傳統中「郎才女貌」、「女子無才便是德」為主導的文化認知。〔註78〕在這個意義上而言，若從性別政治的觀點分析，佳人的才學與品德皆遠勝於男子，憑著過人的才學實現其意願，且勇於摒棄父母之命、媒妁之言的傳統婚姻體制而自主擇親，有的甚至與才子私訂終身，而有一夕之歡，與傳統小說中作者描寫良家女子端莊賢淑的話語實在判若天淵。在《珍珠舶》卷四裡的杜仙珮與才子謝賓又之間，作者對佳人鍾情於才子卻礙於禮教的約束，其內心的幽微轉折有段精彩的描寫，其文曰：

> 郎之心曲，與妾相符。但雖因春增感，憐才切念。其如婚姻之事，必待媒妁傳言，嚴親允諾，非妾所能自主。今夕之晤，特欲與郎一面，以訂終身耳。（《珍珠舶》頁95）

從杜仙珮所說的這番話看來，傳統社會禮法的制約，仍在無形中羈絆著個人情欲的動念。謝賓又聽了這一席話，不覺神喪氣沮，變色說道：

> 原來小姐故意將人哄弄。若必待媒妁之言，父母之命，是欲以貞慎自守。卻不道做女子的，須要言不及外，衣不見裡。豈可貪夜出來，與人相會。（《珍珠舶》頁95）

杜小姐面對情郎的熱切追求，只能一再歎息、無言以對。謝賓又當夜翻來覆去，展轉不寐。誰知隔天佳人託人捎來的寸楮詩箋，謝賓又接來一看喜出望外，上面寫道：

> 不須別去不須愁，幾度尋思只為羞。吩咐玉人休悵望，今宵准擬會

〔註77〕參見陳翠英：〈閱讀才子佳人小說：性別觀點〉，《清華學報》新30卷第3期（2000年9月），頁337～354。
〔註78〕參見劉詠聰：《德·才·色·權——論中國古代女性》（臺北：麥田出版社，1998年），頁210～214。

西樓。（《珍珠舶》頁 95）

　　寫給才子的寸楮（簡短的信札）中，可看出佳人為了愛情不惜拋棄中國傳統社會價值觀中作為女子最重要的貞操。足見那不顧一切的決心，已然衝破禮法所加諸在她身上的枷鎖。顯示了佳人在追尋理想愛情時擁有絕對的「自主權」。而這種可以自由選擇的權力話語展現，在性別政治話語的意義上來說，已經打破傳統父權體制運作的基本規律，也就是所謂的「父母之命、媒妁之言」與「三從四德」的女教閨誡，顛覆了傳統女性長久以來處於被凝視／支配的邊緣處境。在解構父權體制的文化意味上，誠如杜仙珮信札中所言，可被視為一種隱含「抗拒性對話」的思想表現。

　　法國的西蒙・波娃（Simone de Beauvoir，1908～1986）在《第二性》一書中強調，傳統女性形象是父權話語的附屬產物，因為男人視女人為他者（the other），是「第二性」。婦女沒有所謂的獨立性，而是她們的丈夫和兒女的財產。傳統女性形象是男性的附屬品，她們沒有自己獨立的思想、情感與欲望，也沒有自己的事業和功名。即便有，也只是某種在身心上依附於男性的理想和願望。〔註79〕而在中國傳統的性別政治裡，所謂的父權制二元性思維，往往主宰了整個文化和社會的意識形態與秩序建構。在任何時候，男／女相對應的關係表現，基本上都存在著這種二元對立話語和概念。同樣也是法國女性主義學家的埃萊娜・西蘇（Hélène Cixous），曾對此「父權制二元性思維」分析過，認為它們具有下列的二元性對立概念：

　　　活動性／被動性，太陽／月亮，文化／自然，白日／黑夜，父親／

　　　母親，理智／感情，理解的／感覺的，理念／感傷力。〔註80〕

　　在這種二元性對立的關係下，女性被視為負面、缺乏力量的一方，屈居下方次等的陰性特質永遠只屬於女性。不僅如此，它實際上也隱含了主體／客體，自我／他者的階序概念，而男／女二元對立是所有這些階序式二元對立的原型。據此，在父權制的象徵秩序中，以男性為主體、中心的，並在自我認知方面具有正向評價的文化體系，其整體表現被女性主義者稱為「菲勒斯中心」（phallocentric）或「男性中心」（androcentric）。在此一體系中，女性

〔註79〕　〔法〕西蒙・波娃著；陶鐵柱譯：《第二性》（臺北：貓頭鷹出版社，1999 年），頁 3。

〔註80〕　參見托里・莫以（Toril Moi）著：陳潔詩譯：《性別／文化政治：女性主義文學理論》（臺北：駱駝出版社，1995 年），頁 95～96。

成爲客體，是男性的他者，缺乏對於自我的定位和意義的理解，有時甚至是沉默的和被忽略的。〔註 81〕因此傳統女性在父權制的象徵秩序中，通常只能處於文化位置的邊緣，而與缺乏、否定性、非理性、混沌失序、意義的不在場等概念連繫在一起。是故在中國傳統文學創作的表現上，女性作家與其作品經常是置身在隱晦不明的狀態，即便偶有出現，也往往是在男性主導的話語中以被凝視（gazed）的身分出場。即使作爲主角人物，其言行表現充其量也只是父權制的象徵秩序下，一個被檢視的客體對象而已，無法凸出女性本身的價值與意義。〔註 82〕

　　在這個意義上來看，明末清初才子佳人小說佳人形象的新變，充分展示了佳人形象的理想性與其主體性內涵，似乎徹底解構了根深柢固的父權制象徵秩序。但深究之，其實不然。聶春豔首先針對顯揚女子才學的「佳人模式」提出質疑，認爲這是明清之際的文人，將男子的人格理想寄託於女性形象，把女性「當作」男子來寫的一種末世絕望的心理補償作用。〔註 83〕因爲我們發現，明末清初才子佳人小說雖然以描寫青年男女愛情婚戀故事爲其敘事主軸，充分展現才子佳人「眞情」的依歸，但實際上，作者最終關注的焦點仍在「遇合之間」、「功名之數」與「婚姻之際」的結局是否圓滿？以及作者藉由姻緣遇合的安排，其意實在凸顯才子在透過佳人賞識、定情和擇親的種種書寫後，從中證成自我價值與優越性，說穿了骨子裡仍是充斥著父權制的思維。〔註 84〕

　　像《風流悟》第八回〈買媒說合蓋爲樓前羨慕　疑鬼驚途那知死後還魂〉，本來佳人父親嫌才子文世高貧寒，竟棄而不顧，待文世高中舉後，劉父立即

〔註 81〕參見托里・莫以（Toril Moi）著；陳潔詩譯：《性別／文化政治：女性主義文學理論》（臺北：駱駝出版社，1995 年），頁 95～96。

〔註 82〕參見李志宏：《明末清初才子佳人小說敘事研究》，頁 133。

〔註 83〕聶春豔：〈一次不夠成功的「顛覆」──評《玉嬌梨》《平山冷燕》的「佳人模式」〉，《明清小說研究》第 4 期（1998 年），頁 62～73。聶春豔指出，「佳人模式」與晚明文學作品中的女性形象具有文學上的傳承關係，尤其是在表現女子的才學和自主意願上有相似之處。但實際上同中有異，兩者的區別在於：後者是將女子作爲主體的人來表現的，所表現的女子種種品性才學都基於自身之特性。而前者所「顯揚」者，乃是父權社會通行的價值觀念，也就是理想的男性品格。……才子佳人小說中，「佳人」們最終全得「正果」，除了作者文學觀念的原因外，「佳人」們的品行實質上認同於男權社會的價值標準，當爲問題的關鍵。

〔註 84〕參見李志宏：《明末清初才子佳人小說敘事研究》，頁 143。

換了副面孔，其文曰：

> 施十娘即刻領了文老爺之命，喜孜孜來到劉萬戶衙內。衙內人見了
> 施媽媽，俱各驚喜。施媽媽見了老夫人和小姐，真個如夢裡相逢一
> 般。取出小姐詩句、香勻，一五一十說了文老爺圓親之事，合家歡
> 喜道：「小姐果然善識英雄，又能守節。」劉萬戶也便撥轉頭來道：
> 「女兒眼力不差，守得著了。」一面回復施媽媽，擇日成親，一面
> 高結彩樓，廣張筵席，迎文生入贅。說不盡那富貴繁華，享用無窮。
> （《風流悟》頁 21）

又如《五色石》卷一〈二橋春〉裡的才子黃琮，在歷經了一番磨難後，不僅坐擁兩位佳人，還兼有丫環拾翠的陪侍，文末寫道：

> 黃生亦要會試，遂攜著二位小姐并拾翠一齊北上。至來年，黃生會
> 試中了第二名會魁，殿試探花及第。後來黃生官至尚書，二妻俱封
> 夫人，各生一子，拾翠亦生一子，俱各貴顯。兩位小姐又各勸其父
> 納一妾，都生一子，以續後代。從此陶、白、黃三姓世為婚姻不絕，
> 後世傳為美談云。（《五色石》頁 30）

這種大團圓的喜劇結局，在這類的小說中俯拾即是、不勝枚舉，其最終意義，誠如上文所言，實在凸顯才子在透過佳人賞識、定情和擇親的歷程裡，從中證成自我價值與優越感，以期達到功成名就、衣錦還鄉、光宗耀祖的結果，那是中國傳統讀書人畢生所追求的人生理想。佳人最終仍是要回歸家庭、相夫教子，美國華裔學者康正果（1944～）在《女權主義與文學》中說：

> 父權制的美學並沒有把女性的才華視為一個獨立的人所具有的創造
> 能力，而是把它作為使得女人更加可愛、更適於玩賞的一種優點加
> 以讚揚。〔註85〕

將此段評論對照魯迅在《中國小說史略》中所說才子佳人小說的大旨，「皆顯揚女子，頌其異能」，才發現佳人話語背後的意涵，實為男性文人眼中的玩物。表面為出走，實質上仍然是父權的回歸。

再者，本論文第二章「末世話語」中，曾經針對明清之際易代世變下士人的情感焦慮，與其構成的「時代氛圍」作過討論。特別強調此時期的文人，正值於歷史文化轉型的多元時期，且又承受社會亂象的鉅大衝擊。這其中不

〔註85〕參見康正果：《女權主義與文學》（北京：中國社會科學出版社，1994 年），頁
76。

僅有改朝換代的歷史動盪，還交織著劇烈的民族矛盾，封建正統思想與異端氾濫的種種糾葛。這些矛盾相互糾結之下，使文人面臨著舉步維艱的人生困境和進退兩難的抉擇。而由明入清的文人最爲沉重的「遺民情結」，就是清初尖銳的民族矛盾所造成的情感上的深沉悲痛，與面對現實不得不做「理性」抉擇的人生困惑。這種狀態會由屬於「個人」的有限層面，擴展成爲一種「集體」的文化現象。此種時代表徵，凸顯出那個時代重大的文化意義，就敘事話語而言，便會構成一種集體性的敘事結構，進而影響集體的潛在意識與精神結構。

值此明清朝代更迭、社會脫軌失序的階段，激發起文人開始進行反思。除清初三傑（顧炎武、黃宗羲、王夫之）群起批判異端空虛茫昧、狂禪愚妄外，如何恢復昔日傳統社會的道德秩序，成爲文人士子普遍的共識。我們從當時小說不論在「題名」或是序言，皆具有高度的類同性可知，他們都秉持著「道德勸世」作爲小說一貫的宗旨，並以「道德話語」爲其敘事話語的基調。所以明末清初才子佳人小說刻意顯揚女子才德的「佳人話語」，應爲時代語境下的一種產物，亦是對王左心學的反動。佳人們個個才德兼備，最終皆能與才子共締良緣，相夫教子，夫榮妻貴，子孫俱各顯耀，這便是恪守傳統道德、恢復舊有秩序才能享有的完美結局。還有，前面提到文人複雜糾葛的心理情結，反映了作者內心深處對社會時局的失望與無奈。因此，男性只好將自己的人格理想通過女性形象並訴諸話語表現出來，這正是基於一種對「末世」社會絕望的心理補償作用。另外，孫康宜也觀察到明清之際特定的社會歷史階段與社會心理，對於文人的創作有著莫大的影響。明清文人將個人政治上的失意，轉移到女性研究之上，可以說已經形成了一種時代風氣。幾乎就在同個時期，女性文學作品在當時文人的重視之下開始大量刊刻與傳播，之所以如此，基本上源於一種邊緣處境的認同感和對才女隱世的情感投射。〔註86〕當明清之際的文人對整個政治社會大環境產生困惑的同時，自然而然的，基於自身的邊緣處境，特別會對薄命的才女產生強烈的情感認同。因而創造出一種理想化女性的範式，視才女爲文人形象的自我投射，「佳人模式」遂成爲失意文人的情欲投射與文化想像的文本載體。因此在現實與虛幻之中，佳人形象所具有的象徵作用，便寄寓了潛

〔註86〕孫康宜：〈明清文人的經典論和女性觀〉，收於氏著《文學經典的挑戰》（南昌：百花洲文藝出版社，2002 年），頁 83～98。孫康宜：〈何謂「男女雙性？」——試論明清文人與女性詩人的關係〉，收於氏著《文學經典的挑戰》，頁 304～306。

在的政治論述。這種性別政治語彙，就表層敘事來看，雖以「佳人模式」爲主要的敘事對象，但以深層敘事而言，卻是作者借才女之書寫以託物言志，整體敘事建構最終仍以滿足作家深層的心理願望爲訴求重點。

　　因此，張淑麗直指，這種「新」女性的建構，與其說是推崇女性，倒不如說是另一種形式的父權論述的暴力。〔註87〕總言之，明清之際話本體的才子佳人小說，雖然外表披上了一層令讀者閱後通體舒暢、情思婉轉的糖衣，實際上它背後所代表的文化意蘊，仍是父權體制下的一種欲望投射的話語表述方式。女性在男權話語中，既可以從男性本體出發被規範成以女性性別角色爲特徵的某種形象模式；又可以根據男性本位的需要，將女性塑造成被賦予了男性性別角色人格理想的特定形象。〔註88〕即使是千部一腔的虛構套路，終究源自於社會現實，但它們可以從中獲得自己的生命與養分，最後甚至反過來影響社會實踐，具有明顯的時代意義。

　　是故，世變下的才子佳人小說，不論是長篇回目的章回體小說或是短篇話本體的小說，我們不僅可將它們視爲中下層失意文人對社會亂世的心理投射，建構完好的佳人形象具有新女性典型的超越意義，其實反映了作者內心深處「末世」社會絕望的心理補償作用；除此之外，才子佳人小說「顯揚女子，頌其異能」的努力，在女性主義者的眼中，不過又是一次不完全的出走與父權論述下的美麗的謊言罷了。而所謂的「佳人模式」與「父權話語」的表述方式，看似彼此衝突矛盾，實則根本就是一體兩面的對應關係，反映了作者潛意識與意識層面的差異，在建構新女性典型的同時，也間接解構了「它們」。話語的多元與解構，存在許多的「不確定」性，由此可見一斑。

第二節　明清易代之際話本小說中的貞言與淫語

　　自魯迅以來，學者認爲講離合悲歡及發跡變泰之事的「人情小說」，不外乎就是以家庭生活、社會生活、愛情婚姻等爲題材，而以普通的人情事物爲對象，反映社會現實的世情小說。〔註89〕雖然明清之際的人情小說以才子佳

〔註87〕　參見張淑麗：〈逆讀明末清初才子佳人小說：從《玉嬌梨》談起〉，收入鍾慧玲主編：《女性主義與中國文學》（臺北：里仁出版社，1997 年），頁 406。
〔註88〕　聶春豔：〈一次不夠成功的「顛覆」──評《玉嬌梨》《平山冷燕》的「佳人模式」〉，《明清小說研究》第 4 期（1998 年），頁 72。
〔註89〕　此本爲方正耀在《明清人情小說研究》一書中對於「人情小說」的定義，但

人小說為主流，然而，就話本小說而言，以家庭生活作為小說的題材的篇數超過三十篇，遠多於才子佳人小說的數目，佔本期話本小說全數的七分之一左右〔註90〕，儼然形成一股不可忽視的重要小說類型。

本章第一節討論過的話本體才子佳人小說，如前文所述，主要在描寫才子佳人愛情婚戀遇合的故事。這類的小說通常從才子佳人一見鍾情開始寫起，繼之小人撥亂、男女離散，最後才子及第團圓，夫妻子孫富貴壽考，成就了一段美滿姻緣，然而故事也往往到此畫下句點。不過所謂的「家庭小說」，不僅指的是「以家庭生活作為小說的題材」，且「以一個家庭為中心，反映社會現實生活」〔註91〕的人情小說。它與才子佳人小說最大的差別，在於描寫男女「婚後」的家庭生活，家庭的成員自然不限才子佳人，還包括了不同階層人物的各種家庭生活以及面臨的問題。〔註92〕

人類社會原本就是個大融爐，集合士農工商、三教九流、各類階層、不同行業、品德優劣的人物，眾人在其中為生活奔走忙碌。只不過中國的社會結構自古以來即以仕紳集團為主，日常運作的維持全繫於儒家之綱常禮教，歷來的改朝換代，並未撼動此種律則。但自明嘉靖以來，商品經濟的長足發展，對這種古老僵化的中國封建社會開始有了極大的影響。導致封建宗法關係的鬆動與長幼尊卑名分制度的削弱。再加上晚明以來城市集鎮的興盛，市民階層日益壯大，尊崇主體的陽明心學促使人心趨於解放，「尊情」、「尚俗」遂成為文人主義標榜的精神指標。在文人雅士日趨於俗化的前提之下，通俗文藝的取材大多來自市井生活與民間文化。張靈聰在《從衝突走向融通——晚明至清中葉審美意識嬗變論》一書中說：

> 市井小說的人物重心，也已由帝王將相、英雄豪傑等凌駕世俗之上
> 的超人、聖人，移向了尋常百姓和市井眾生，寫他們的飲食起居，
> 寫他們的奔波勞作，寫他們的恩恩怨怨，寫他們的酸甜苦辣，……
> 以活躍於地方商品經濟正在萌芽的城鎮中的錯綜複雜的小人物為主

礙於方正耀將短篇的話本小說排除在外，於是徐志平參考林辰等人的說法，故有此論。參見徐志平：《清初前期話本小說之研究》，頁388～390。

〔註90〕 參見徐志平：《清初前期話本小說之研究》，頁430。

〔註91〕 參見齊裕焜：《中國古代小說演變史》（蘭州：敦煌文藝出版社，1990年），頁370。

〔註92〕 參見徐志平：《清初前期話本小說之研究》，頁429。徐志平指出，「家庭小說」還不是一個被普遍採用的小說類名，但在「人情小說」這一個小說的大類之中，用「家庭小說」來和「才子佳人小說」做一個區隔是相當恰當的。

角，揭示出特定環境中特定的世態人情。〔註93〕

　　基於通俗小說這種創作題材的轉變，明清之際短篇人情小說中的「家庭小說」，可說是大社會底下的一個小縮影，真實反映了芸芸眾生的生活情態。略分其內容，大致上以兩類為主：一類專門描寫男女婚後的家庭生活，其中包括了不同階層人物的各種家庭生活以及他們所面臨的各式各樣的問題；另一類則以書寫家庭生活或社會中別有寓意的市民性愛和情欲為主題的「豔情小說」〔註94〕。這兩大類的小說，皆不約而同地出現許多指涉女性形象的敘事話語。饒富趣味的是，明清婦女生活的主要空間並不只侷限在「家庭」這個具有生理以及心理意義的空間場域。已有學者藉由動態的婦女史觀，觀察到明清女性已有向外擴展生活空間的機會與改變。譬如美籍歷史學者高彥頤（Dorothy Ko，1957～）在〈「空間」與「家」——論明末清初婦女的生活空間〉一文中指出：

> 不少受過基本詩文教育的「才女」，她們或在家內，或在青樓，或在
> 文壇，場所雖異，其從屬對象則一，同為在官或在野的士大夫。……
> 正因為名媛與名妓之間的文化處境如此接近，才有個別的利益衝
> 突，演成正室對妾侍的排斥，或閨秀對名妓詩畫的輕視。〔註95〕

中國傳統的空間觀念原本就蘊藏有強烈的倫理意涵，譬如說《禮記》所規範的「男外女內」的區別。高彥頤在文中揭示了一個很重要的觀念，那就是儒家社會中所具有的婦女雙重性別身分的特徵。雖同為才色兼美的佳人，

〔註93〕參見張靈聰：《從衝突走向融通——晚明至清中葉審美意識嬗變論》（上海：
　　　　復旦大學出版社，2000年），頁116。

〔註94〕所謂「豔情小說」，又稱為「狎褻小說」、「淫穢小說」、「色情小說」、「性欲小
　　　　說」等，由於這些稱謂本身具有負面評價，近年來學者傾向改用比較中性的
　　　　「豔情小說」的名稱。以上參見茅盾等著；張國星編：《中國古代小說中的性
　　　　描寫》（天津：百花文藝出版社，1993年），頁20，頁32。這裡要特別指出的
　　　　是，某些豔情小說除了宣淫與赤裸描寫性事外毫無意義，並不合於普通的人
　　　　情，只是一種迎合世俗脾胃、低俗煽情的色情小說，缺乏寓意，如《濃情快
　　　　史》、《株林野史》等，應予以排除。本文所定義的「豔情小說」，應該是「以
　　　　寫市民的性愛和情欲為主，將性愛世界的愉悅與貪淫縱欲而招致的懲罰混雜
　　　　在一起，或告誡，或渲染，或擊節讚嘆，或貶毀醜化……」的小說，引文部
　　　　分可參見杜守華、吳曉明：〈試論明末清初豔情小說〉，《上海師範大學學報》
　　　　第1期（1993年），頁20～23。

〔註95〕參見〔美〕高彥頤：〈「空間」與「家」——論明末清初婦女的生活空間〉，《近
　　　　代中國婦女史研究》第3期（1995年），頁22。

迫於某種原因，一旦離開她們賴以生存與活動的閨門空間，就有可能淪為青樓女子。晚明文人狎妓宿娼之風甚熾，特別是江南勝流與名妓之間出現頗多青樓韻事。像柳如是與錢謙益，董白與冒襄之間的故事，都是在與文人才子的互動中呈現出她們生命的多元素質。〔註96〕然而明清婦女踏出閨門從事各種旅遊活動，依現存的文獻資料顯示，在當時可說是蔚為風尚。如高彥頤根據女子出遊的目的將之歸類為「從宦遊」、「賞心遊」與「謀生遊」等三項，說明女子生活不乏許多嶄新的面向與選擇。黃克武則是歸納明清小說裡婦女外出冶遊的情景，認為家戶、寺廟與郊外三處，是豔情小說中女性活動的主要空間，也因而成為男女邂逅的重要地點。〔註97〕明人張岱的《陶庵夢憶》就曾不只一次提到遊人中總能見到紅妝倩影，而且她們往往興致高昂，樂此不疲。〔註98〕但要注意的是，廣大婦女能與公眾同樂，固然反映了晚明社會解放的程度，不論在人心的張揚以及人性的覺醒上，都象徵著文化啟蒙的程度向前邁進了一大步。但她們的出遊與玩樂，仍是依附在家庭經濟的保護傘之下，就廣義的「家」而言〔註99〕，實質上並未離開。相反的，對於那些離開實質意義上家庭的女子，諸如娼妓〔註100〕之類，她們大量出現在此時期的話本小說中，不僅獨具時代意涵，其紛繁多采的形象，更成為各種意識形態

〔註96〕 參見陶慕寧：〈從《影梅庵憶語》看晚明江南文人的婚姻性愛觀〉，《南開學報》第 4 期（2000 年），頁 56～61。陶慕寧指出，冒、董婚姻關係之維持端賴董白的委曲求全，一切謹遵妾滕之道，與柳如是和錢謙益兩人彼此詩文唱和、悠然自得的相處之道大異其趣。且其其事雖微末瑣屑，然頗能使人由此及彼，追想當日舊院笙歌、裙屐風流，以及人文聚散，制度興廢。

〔註97〕 參見黃克武：〈暗通款曲：明清豔情小說中的情欲與空間〉，收錄於熊秉眞主編；王瓊玲、胡曉眞合編：《欲掩彌彰：中國歷史文化中的「私」與「情」——私情篇》（臺北：漢學研究中心，2003 年），頁 251。

〔註98〕 關於晚明社會生活的概況，可參看夏咸淳：《晚明士風與文學》，「市井篇」與「生活篇」，頁 9～104。

〔註99〕 高彥頤認為，廣義的「家」不光只家庭、家園，也包括一切叫人眷戀的人、事、物。參見氏著：〈「空間」與「家」——論明末清初婦女的生活空間〉，《近代中國婦女史研究》第 3 期（1995 年），頁 21。

〔註100〕 以娼妓為例，明清女子墮入青樓的因素，除少數「籍沒」（指官府籍沒罪犯女性家屬為妓女，此為古代中國官妓的重要來源）外，基本上集中在「貨賣」。女子絕大多數是迫於生計而自賣或被人所賣。譬如為人妻妾者，一旦被逐出夫家頓失依靠，且無謀生能力，或是遇人不淑為夫家所逼迫，從娼往往成為唯一的出路。為人子女者遭逢家庭變故，不得已也會選擇以賣身來解決家庭與自身的經濟問題。參見吳佳眞：《晚明清初擬話本之娼妓形象研究》（臺北：中國文化大學中文系碩士論文，2000 年），頁 51。

的綜合載體。高彥頤便指出，明末清初女子的生活空間，除江南地區的上層女子（才女），因為商業繁榮、教育普及，導致女性生活空間擴大，是故有些人得以突破家居範圍，從事寫作、旅遊、教書、郊遊，甚至參加詩社等活動外，部分妓女亦能突破內外與出身之桎梏，而活躍於紳商階層的男性領域。此時期的女性有很大的遊走空間，不但不是被害者，且具有與禮教規範討價還價的能力。〔註101〕尤其在這些新興社會的需求聲音中，文化書寫必然是多層次的，公共／私密、中心／邊緣、道德／情欲、勸懲／喜劇、才子／佳人……等眾多話語，以及種種無法壓抑的聲音，此起彼落，眾聲喧譁，組成複調雜沓而多音的世界，彼此激盪，互相對話。〔註102〕準此，本章節所謂的明清之際話本小說中的貞言與淫語，亦可視為中心／邊緣、道德／情欲等話語的辯證與延伸。除佳人模式的性別話語業已於前面章節討論過，不再贅述外，其餘的女性類別，依照身分與其對應的關係，大致可略分為婆媳、（夫）妻、婢妾、繼母（母親）、娼妓與三姑六婆等，成為本章節欲一併討論的對象。

　　本論文第二章「末世話語」第二節第三段──「父權延異下的婦女貞／淫二元論述」，曾經討論到明清之際話本小說中書寫女子遭辱的篇章，呈現兩條「非貞即淫」的敘事主線。文中的論述，主要依據美國當代著名女性主義文學批評家桑德里·吉爾伯特（Sandra M. Gilbert）與蘇珊·古巴（Susan Gubar）的理論觀點。在其頗具影響力的著作《閣樓上的瘋婦──女作家與十九世紀的文學想像》一書中，把文學作品中的女性形象歸納為兩類：屋中的天使和閣樓上的瘋婦。屋中的天使形象，描述了在家庭中屈從於男性權威（父親或丈夫）的女性，她們溫和、順從，逢迎於男主人的需求，具有天使般的甜美與堅貞的女性特質；而那些反抗男性意志，拒絕被角色定義的女性，便成了男人眼中的瘋婦。誠如書中所述，西方十九世紀女性作家便是以此「瘋婦」的負面形象示人，從而展現其正面的喻意，以對抗父權的壓抑。那些拒絕父權將女性設定為從屬、邊緣角色的女性形象，則被刻畫成自棄的墮落者，且往往被冠以「瘋婦」、「魔鬼」、「妖女」、「淫婦」或「禍水」等負面的稱號。在傳統文學中，這些帶有負面特質的文字符號經常被父權體制拿

〔註101〕參見〔美〕高彥頤著；李志生譯：《閨塾師：明末清初江南的才女文化》（南京：江蘇人民出版社，2005年），頁219～264。

〔註102〕參見毛文芳：《物·性別·觀看──明末清初文化書寫新探》（臺北：臺灣學生書局，2001年），〈多元話語的並置與光影交織〉，頁501～503。

來二分女性的形象，也就是說，如果她們不是男子眼中的天使，那麼一定就是瘋婦，若非貞女則爲淫婦，充斥對女性形象的醜化與貶抑。〔註 103〕天使、貞女／魔鬼、淫婦兩種形象看似迥異，卻都反映出女性在父權社會裡永遠只能位居負面、陰性特質、缺乏力量一方的窘境。她們總是相對於男性而被定義，是「第二性」，是男性眼中的「他者」。其實女人何其無辜？自古以來紅顏禍水，成了男人致命的吸引力，輕者敗家，重則亡國，人臣君王莫不彌自儆惕。因此傳統文學中出現了所謂的「厭女症」（misogyny），說明了男人對女人愛恨交織的複雜情感。所謂的「厭女症」，指的是在文學中歪曲、貶低婦女的形象，將一切罪過歸因女人的情緒或主題。此類女子形象常以禍水、妖精的話語形式出現，或以嘲弄、醜化的敘事筆法書寫她們的事蹟。〔註 104〕就像小說中爭風吃醋的妒婦與淫蕩勢利的娼妓，經常被拿來與貞靜寬容的賢女作爲強烈對比。

　　自古以來，女性居於弱勢地位，已是兩性差異的自然結果，男性主宰一切，獨享所有的資源。女性只有屈從於男性之下，才得以生存。歷史進入文字書寫的階段後亦是如此，女性經常是被忽略的一群，歷史的書寫權從來都掌握在男性手上。「女性」二字的所指究竟爲何，端賴掌握著命名權的男人如何在女性形象的描述中來定義女性。而在歷史和文化的長河裡，女性形象始終在兩極形態的衍化中擺盪：一端爲理想化的天使、貞女形象；鐘擺的另一端則是妖魔化的魔鬼、淫婦形象。歸根究柢，任何書寫的文本，大致離不開這種二分化的思維模式，其背後實與錯綜複雜的政治社會制度與文化禮教觀念息息相關。以下章節，擬繼續從貞言／淫語的二元論述，嘗試紬繹出明清之際話本小說中女性話語的對話性與辯證關係。由於文中所涉及的文本過於

〔註 103〕相關論述可參看桑德里・吉爾伯特（Sandra M.Gilbert）&蘇珊・古巴（Susan Gubar）著，〈鏡與妖女：對女性主義批評的反思〉，收錄於張京媛主編：《當代女性主義文學批評》（北京：北京大學出版社，1992 年）。托里・莫以（Toril Moi）著；陳潔詩譯：《性別／文本政治：女性主義文學理論》（臺北：駱駝出版出版社，1995 年），頁 51～63。黃益珠：《周芬伶論：從「閨秀」到「越界」書寫》（秀威資訊科技股份有限公司，2008 年），頁 240。

〔註 104〕參見 David D. Gilmore 著；何雯琪譯：《厭女現象：跨文化的男性病態》（Misogyny the male malady）（臺北：書林出版社，2005 年），頁 67。文中指出，「女人對男人造成致命危險的程度相當於洪水、大火或地震等天然災難，……她們還被視爲帶來災難、深不可測，就像毫不寬容的妖魔，對男人及其成就施行無法想像的踩躪。」

駁雜，茲採用夾敘夾議的方式，佐以例證說明之，希冀證成男性作家筆下所謂的性別話語，既是父權話語另一種形式的展現，有時在另一方面也是父權話語的衍化變異，其大要皆能收束縮合在所謂的貞言／淫語的二元論述之內。

一、傳統名教的辯難與權變

（一）激揚風教下的貞女意識

　　這裡所講的「貞女」，只是一種籠統的說法。一般而言，就是世人所謂的「貞節烈女」，或是具有相同特質表現的女子，諸如賢慧、堅毅與智識等，為了維護傳統禮教的貞操與價值觀，採用迥異於常規的激烈手段以達到目的。在明清之際，它具有特定的意涵，通常指涉某些固定的道德實踐方式。若要更細分，以節婦為例，董家遵（1910～1973）在 1937 年發表的〈歷代節烈婦女的統計〉一文中指出：「節婦只是犧牲幸福或毀壞身體以維持她的貞操，而烈女則是犧牲生命或遭殺戮以保她底貞操。前者是『守志』，後者是『殉身』。」〔註105〕董家遵特別強調這些「貞節烈女」都受到封建道德的束縛而犧牲，方法雖不同，原因卻無二致，皆在維護女性自我的貞操。董家遵根據清初編纂的《古今圖書集成》〈明倫彙編・閨媛典〉中「閨節部」與「閨烈部」的列傳，統計宋以前的「節婦」只有九十二人，而有宋一代高達一百五十二人；宋以前的「烈女」合計只有九十五人，宋代卻有一百廿二人，節婦烈婦的人數呈現同樣激增的趨勢。董氏據此認為，宋代是傳統中國節烈觀念強化的關鍵〔註106〕，這多少也受到程頤（1033～1107）提出的「餓死事小，失節事大」〔註107〕，主張婦女應「從一而終」、抑制「人欲」的影響有關。不過此種說法已在許多研究有關宋代寡婦再嫁的論文中獲得修正，他們認為北宋的儒家學者，對女子貞節道德觀的要求與前代相比並無太大差

〔註105〕參見董家遵：〈歷代節烈婦女的統計〉，原刊於《現代史學》第 3 卷第 2 期（1937年），後收入鮑家麟編：《中國婦女史論集》（臺北：稻香出版社，1988 年），頁 111～117。另，安碧蓮：《明代婦女貞節觀的強化與實踐》（臺北：中國文化大學史學研究所博士論文，1995 年），第四章〈明代婦女殉節與守節的動機與形式〉中，對於「明代的貞節烈女」行為區分為「守節」與「殉節」兩類，亦可參考。

〔註106〕參見董家遵：〈歷代節烈婦女的統計〉，收入鮑家麟編：《中國婦女史論集》（臺北：稻香出版社，1988 年），頁 111～117。

〔註107〕語出〔宋〕程顥、程頤：《二程集》上冊（臺北：漢京文化出版社，1983 年），〈河南程氏遺書〉，卷 22 下，頁 301。

別，婦女再嫁原則上並不會受到鄙視，寡婦守節在宋代並不普遍，到明清才徹底實踐，甚至成為道德戒律。〔註108〕陳東原《中國婦女生活史》一書，論及中國宗法組織與貞節觀念的發展時，將元明時期稱之為「提倡貞節之極致」，論清代則有「貞節觀念之宗教化」的說法，皆指出了父權宗法制度對女性自我主體的漸進式迫害過程。陳東原認為，「貞節」觀念的嚴格化，除了表示婦女喪失對自己身體的主控權外，就社會整體而言，更意味著一種「非理性」思考的盛行，也就是所謂貞節觀的「宗教化」。〔註109〕由於貞節觀念的基礎建立在宗法組織之上，多數的道德觀和社會的賞罰褒貶所形成的一套價值導向，便逐漸積累成一種所謂的「文化迫力」（cultural compulsion）〔註110〕。「烈女」為了成為人們稱頌的對象，使得她們的行為變本加厲，以符合社會的期待。

　　近年來研究明清歷史中有關貞節問題的學者，都同時將論題聚焦在明代貞節觀何以強化的問題上。譬如安碧蓮《明代婦女貞節觀的強化與實踐》中認為，明代女教書的普及與宣揚節烈，對促進貞節觀的深化有相當的影響，但明廷「旌表貞節」制度上的獎勵才是主要因素；費絲言《由典範到規範——從明代貞節烈女的辨識與流傳看貞節觀念的嚴格化》則從「現實」與「記載」兩個層次切入，析論這些貞節烈女成為文獻記載的「生產機制」，是如何

〔註108〕此部分相關論著甚多，如張邦煒：〈宋代婦女的再嫁問題和社會地位〉，收入鮑家麟編：《中國婦女史論集》第三集（臺北：稻香出版社，1993 年），頁 61～95。柳立言：〈淺談宋代婦女的守節與再嫁〉，《新史學》第 2 卷第 4 期（1991年 12 月），頁 37～75。陶晉生：〈北宋婦女的再嫁與改嫁〉，《新史學》第 6 卷第 3 期（1995 年 9 月），頁 1～28。徐秀芳：《宋代士族婦女的婚姻生活——以人際關係為中心》（臺北：國立臺灣師範大學歷史研究所博士論文，2001 年），頁 2。

〔註109〕見陳東原：《中國婦女生活史》（北京：商務印書局，1998 年）。

〔註110〕貞節觀念的基礎本建立在宗法組織之上，由社會的貞節觀與賞罰褒貶所形成的一套價值判斷的標準，終會積累成所謂的「文化迫力」。西方心理學家佛洛伊德（Freud Sigmund，1856～1939）認為，文化作為倫理道德、風俗習慣和法律，它把各種禁忌內在化於「超我」（super-ego）之中，用良心的譴責、懺悔等，讓人接受社會的規範和紀律。而在本我（id）中所壓抑的本能、欲望和衝動，以被壓抑的形式保存著心理能量，經過紆迴的表達得到滿足，並藉由昇華的作用，以社會所能接受和認同的文化形式表現出來，發展成文學藝術和科技文明，它為個人提供種種自我陶醉的滿足感與優越性；此外，在長期禮教規範下的社會，亦自會形成一種社會氛圍，約束審判人們的道德意識。以上論述參考自陳器文：《中國通俗小說試煉故事探微》（香港：香港大學文學院博士論文，1998 年），頁 78～79。

的影響時代的社會心態與集體實踐。〔註 111〕不論是從婦女對婚姻關係的道德
實踐，抑或由「三從」與「守身」的關係來看父權社會中婦女的定位，皆在
在顯示了「貞節烈女」被賦予了維繫「人倫綱常」的崇高意義。它不僅可確
立了父系血統的純正，更可將範圍擴大到整個社會的運作與維繫。〔註 112〕「貞
節烈女」其實就是「婦女」在「社會」中的某種集體社會人格意識的聚焦表
現，亦是符應社會制度、禮教文化下的產物。「貞節烈女」已然徹底符號化，
成為父權社會欲望的終極所指。

　　另外，我們還可從史書系統中的烈女入傳，看到一些奇特的文化現象。
回顧當年劉向撰寫《列女傳》的目的，是在宣揚王教的儒家政治道德，以抑
制外戚、後宮的專橫。在《漢書》卷三十六的〈劉向傳〉中，清楚記載了劉
向著書的緣由：

> 　　向睹俗彌奢淫，而趙、衛之屬起微賤，逾禮制。向以為王教由內及
> 外，自近者始。故採取詩書所載賢妃貞婦，興國顯家可法則，及孽
> 嬖亂亡者，序次為列女傳，凡八篇，以戒天子。及采傳記行事，著
> 《說苑》、《新序》凡五十篇。〔註 113〕

　　惟本以男性讀者為取向的教化書，詎料後來發生了微妙的變化。我們發
現後世傳體史書中的《列女傳》似專為女性讀者而寫，期望從「典範」的
貞順節烈的事例中，達到「規範」女子的目的。如此一來，雖然讓中國婦女
在歷史的舞台上有了較為清晰的面貌，但晚近入史之女性卻以「貞烈」為入
傳唯一的標準，《列女傳》中出現的女性形象反而逐漸由多元變為一元。〔註 114〕

〔註 111〕參見林麗月：〈從性別發現傳統：明代婦女史研究的反思〉，《近代中國婦女史
　　　　研究》第 13 期（2005 年 12 月），頁 4～5。

〔註 112〕費絲言：《由典範到規範──從明代貞節烈女的辨識與流傳看貞節觀念的嚴格
　　　　化》（臺北：國立臺灣大學歷史學研究所碩士論文，1997 年），頁 9～21。

〔註 113〕〔東漢〕班固：《漢書》（臺北：鼎文書局，1976 年），卷 36，〈楚元王傳・劉
　　　　向〉，頁 1957。劉向奏書以諷宮中之《列女傳》，根據曾鞏與王回所作的序言，
　　　　皆言及「成帝後宮趙氏嬖寵」之事。參見曾鞏與王回《古列女傳序》及《古
　　　　列女傳目錄序》，蒐錄於〔漢〕劉向撰、梁端校注：《列女傳校注》（臺北：中
　　　　華書局，1987 年），頁 1。

〔註 114〕列女入正史，始於《後漢書》，從此，女性以性別作為一種分類方式，在紀傳
　　　　體史書中，形成個別性質的列傳。自《後漢書》後，《晉書》、《魏書》、《隋書》、
　　　　《北史》、《舊唐書》、《新唐書》、《宋史》、《遼史》、《金史》、《元史》、《明史》、
　　　　《新元史》、《清史稿》諸史皆沿襲之，於體例中皆置有《列女傳》，由此可見
　　　　范曄對中國史學史體例的建立影響深遠。參見衣若蘭：《《後漢書》的書寫女

試觀劉向《列女傳》一書中，紀錄了婦女各種不同的德行，皆屬「女德善惡繫於家國治亂之效者」，分別有母儀、賢明、仁智、貞順、節義、辯通以及孼嬖等七大類，且「善惡兼收，不專節操」，不論內容或是類別，實遠大於後世對「烈女」僅注重在貞順節烈的褊狹概念。針對此，清人章學誠（1738～1801）在《文史通義》提及：

> 後世史家所謂列女，則節烈之謂；而劉向所敘，乃羅列之謂也。節烈之烈為〈列女傳〉，則貞節之與殉烈，已自有殊；若孝女、義婦，更不相入，而閨秀、才婦，道姑、仙女，永無入傳之例矣。……劉向傳中，節烈、孝義之外，才如妾婧，奇如魯女，無所不載；……。列之為義，可為廣矣。自東漢以後，諸史誤以羅列之列為殉烈之烈，於是法律之外，可載者少。……〔註115〕

章學誠明確指出劉向所敘之「列女」，乃「羅列」之謂也，與後世史家所謂「列女」，詮釋為「節烈」之謂大不相同。後人獨將「烈女」入《列女傳》，與劉向原意悖離甚遠。劉向所羅列的女性顯然較為全面化，亦重視到女性諸多的優點甚至缺點，非僅限於後代強調的貞順節烈的女性形象而已。〔註116〕章學誠認為應將節烈以外的女性另寫入《列女傳》，而別立貞節一傳來表彰貞烈女性。可見章氏對於婦女德行之多樣化，抱持肯定而積極的態度，並對兩者作出了明確區分。劉向為各具特色之婦女合為一類立傳，表面上看來乃史無前例之空前創舉，讓女性在歷史記載中有了發言權，實則卻是對女性的一種「差別待遇」。因為史傳的書寫對象從此被認定為男性獨享的記錄空間，男性可以依照不同的個性與際遇，以各種面貌出現在不同的「傳」中，女性卻只能在名為「列女傳」的固定空間裡出現。此舉無疑將女性自整體社會外放、自我邊緣化，對女性來說仍是極端不平等的待遇。〔註117〕由

性：兼論傳統中國女性史之建構〉，《暨大學報》第 4 卷第 1 期（2000 年），頁 17～18，「摘要」與「前言」部分。

〔註115〕〔清〕章學誠：〈方志略例二·答甄秀才論修志第二書〉，《文史通義》（臺北：中華書局，1970 年），頁 9。

〔註116〕「從中國第一部列女傳（漢·劉向撰）和最後一部列女傳（《清史稿·列女傳》），我們可以看到劉向《列女傳》中有……七種類型的婦女的不同品德、不同表現，……比較全面地反映了當時婦女的內在精神實質和豐富的人格內涵。」此部分乃參考自張濤：〈被肯定的否定──從《清史稿·列女傳》中的婦女自殺現象看清代婦女境遇〉，《清史研究》第 3 期（2001 年 8 月），頁 45。

〔註117〕參見劉靜貞：〈劉向《列女傳》的性別意識〉，《東吳歷史學報》第 5 期（1999

此看來，劉向為列女作傳，用以勸誡天子的政教化宣言，卻在不經意中凸顯出女性在史傳立場上的相對弱勢地位。而後代正史之列女傳又拘囿在貞順節烈女子的書寫上，女傳書寫演變成如此恐非劉向原意，卻因此限制了婦女身體的自主權，對後世逐漸成形的貞節宗教化傾向，影響不可謂不大，亦間接證實劉向《列女傳》裡確實存在某些觀念，得以讓後世女教奉為圭臬。章太炎（1869～1936）的話提供了一些線索：

> 《後漢書》有《列女傳》，搜次不行，不專節操，宋以後則為《烈女
> 傳》，專以激揚風教為事，與前史之旨趣違異。〔註118〕

　　社會崇尚「激揚風教」的結果，驅使《列女傳》中的女子個個堅貞節烈，而這與社會價值觀念普遍對女子之「貞節」意識日趨嚴格化有絕對的關係，亦是反映整個時代潮流集體的文化心理現象。以明代為例，官方「旌表節烈」的婦女載於實錄及縣邑志的人數竟超過萬人，此乃史無前例的現象。當時負責纂修《明史》的張廷玉在編寫〈列女傳〉時，就曾在序言中說出「輓近之情，忽庸行而尚奇激，國制所褒，志乘所錄，與夫里巷所稱道，流俗所震駭，胥以至奇至苦為難能」〔註119〕如此感慨的話出來。後世烈女演變成標榜「至奇至苦」、「矯死干譽」的脫序行為，已非漢代的劉向所能想像。但劉向確有始作俑者之嫌，讓千古以來的女性身上背負無形的枷鎖。正因為「吃人的禮教」導致社會風氣日益嚴刻，明清時期遂湧起一股同情婦女的思潮，而這種思潮是明中葉以後啟蒙思想的一個分支，亦是提倡「重情貴真」的文人學者對理／欲之辯有力的明證，從而反映在小說的敘事話語中。這其中包括了作者與角色、角色與角色彼此之間的各種聲音，凡此皆是針對婦女的處境與其所受到的強烈壓抑有感而發的。

（二）貞女形象與語境的嬗變

> 「千年劫，偏自我生逢。國破家亡身又辱，不教一事不成空。極狠
> 是天公。差一念，悔殺也無功。青塚魂多難覓取，黃泉路窄易相逢。
> 難禁面皮紅。右調《望江南》」（《十二樓》〈生我樓〉，頁228）

本論文第二章「末世話語」第一節討論的《警寤鐘》卷之四〈海烈婦米

年3月），頁2～3。

〔註118〕〔清〕章太炎：《國學講義錄》（上海：華東師範大學出版，1995年），頁140。

〔註119〕參見〔清〕張廷玉等撰、楊家駱主編：《新校本明史並附編六種》，卷301，〈列女傳〉189，頁7689。

榔流芳〉，就曾說過海烈婦為了守貞而自縊，凸顯「為夫守貞」的必要性，這是延續了明代婦女貞節觀的結果。而海烈婦殉身守節實有助於教化與社會風俗，身後榮耀四方。縣官知府乃至部院皆來祭奠，朝廷下旨旌表，且地方祠堂香火鼎盛不絕。《百煉真海烈婦傳》一書，甚至寫到海氏死後成神，將其提升至神格的崇高地位，其實在這敘事的「神話」背後，海烈婦充其量只是程朱理學傳統封建社會父權欲望符碼下，眾多犧牲者中的一個象徵能指。尤其在清初政權尚未完全穩固之際，「海烈婦」的政治意義凌駕一切，頗有移「貞」作「忠」的話語宣傳效果。還有同章的「末世話語」第二節第三部分「父權延異下的女子貞／淫二元論述」裡，亦列舉了明清之際話本小說中女子遭辱的篇章作為討論對象。闡明世變中女子媚敵的行為，在當時詭譎的時代語境中，竟然等同於亡國的恥辱。這些落難女子若不能在受辱前自殺，便會遭致失節的譏諷。晚明的貞節觀在諸多因素（如國家體制的獎勵、激揚的風教以及婦女的存在自覺）的催化影響下，進而形成一種集體無意識的道德實踐力量。這股力量在明清易代之際，對文人產生一股反思的動力，遂衍化成一種忠臣／烈女的文化性隱喻。〔註120〕

明清小說中推崇的女性形象，大多是恪守封建道德的規範，以賢妻良母、烈女貞婦的女性形象，作為終身理想範型的追求。賢、智、貞、毅、節、烈等話語稱謂，成為大多數好女人的共同表徵。作家創作的現實意義，在於維護男權中心和鞏固父權體制下的宗法制度，這些論述基調皆可視為「貞女話語」的代表。追根究底，其世界觀充斥男性視角／利益為出發點的思維模式，但在另一個意義上來說，這也是對於女性特質的未知與恐懼的充分顯露（就像〈海烈婦米榔流芳〉裡完美貞烈的海烈婦對照於陳有量的懦弱無能）。在易代之際、禮教失序的亂世裡，文人們最終只能以中國傳統固著的父權意識形態，來詮解、自我撫慰地面對一切問題的發生與變異。

上述的章節乃是針對話本小說中的「末世話語」而論的，至於此時期其他作品尚有許多可探討之處。例如李漁的話本小說《十二樓》與《連城璧》共計三十篇，其題材多集中在愛情婚戀和家庭倫理關係的描寫上，女性形象的塑造，自然成為李漁筆下描寫的重點。為了論述上的需要，茲先將李漁兩種話本小說集主要涉及女子的篇章表列如下：

〔註120〕費絲言：《由典範到規範——從明代貞節烈女的辨識與流傳看貞節觀念的嚴格化》，頁309。

表 4-2-1　《連城璧》女子篇目一覽表

篇　　名	女子社會角色	女子人數
〈譚楚玉戲裡傳情　劉藐姑曲終死節〉	劉藐姑、劉絳仙	2
〈清官不受扒灰謗　屈士難伸竊婦冤〉	何氏	1
〈美婦同遭花燭冤　村郎偏享溫柔福〉	鄒小姐、何小姐、吳氏、周氏、袁夫人	5
〈妒妻守有夫之寡　懦夫還不死之魂〉	醋大王、淳于氏	2
〈妻妾敗綱常　梅香完節操〉	羅氏、莫氏、碧蓮	3
〈寡婦設計贅新郎　眾美齊心奪才子〉	沈留雲、朱豔雪、許仙鑄、喬小姐、曹婉淑、殷四娘	6
〈吃新醋正室蒙冤　續舊歡家堂和事〉	楊氏、陳氏	2
〈貞女守貞來異謗　朋儕相謔致奇冤〉	上官氏、丫鬟	2
〈落禍坑智完節操　借仇口巧播聲名〉	耿二娘	1
〈說鬼話計賺生人　顯神通智恢舊業〉	顧雲娘	1
〈待詔喜風流趲錢贖妓　運弁持公道捨米追贓〉	雪娘、媽兒	2

表 4-2-2　《十二樓》女子篇目一覽表

篇　　名	女子人物	女子人數
〈合影樓〉	玉娟、錦雲	2
〈奪錦樓〉	邊氏、孿生姐妹	3
〈夏宜樓〉	詹嫻嫻	1
〈拂雲樓〉	封氏、韋小姐、能紅、俞阿媽	4
〈十巹樓〉	屠氏	1
〈鶴歸樓〉	繞翠、圍珠	2
〈奉先樓〉	舒娘子	1
〈生我樓〉	曹玉宇之女	1

　　從上表所列篇目可以看出，《連城璧》主要描寫女子的篇目共有十一篇，《十二樓》有八篇，女性人物多達四十人左右。小說中這眾多的女子形象，包含了閨閣女子、賢妻良母、智婦丫環，也有悍妻妒婦、娼婦妓女與媒婆等人物，觸及世俗社會中各階層不同的女子角色。除去前面已討論過的才子佳人類小說，若要從中找出恪守傳統禮教的貞女話語，當首推《連城璧》〈譚楚

玉戲裡傳情　劉藐姑曲終死節〉中的劉藐姑。她的母親要將她嫁給富翁爲妾時，只見劉藐姑義正詞嚴地說道：

> 母親說差了，孩兒是有了丈夫的人，烈女不更二夫，豈有再嫁之理？
> （《連城璧》）

緊接著她還說：

> 天下的事，樣樣都可以戲謔，只有婚姻之事，戲謔不得。我當初只
> 因不知道理，也只說做的是戲，開口就叫他丈夫。如今叫熟了口，
> 一時改正不來，只得要將錯就錯，認定他做丈夫了。別的女旦的不
> 明道理，不守節操，可以不嫁正生；孩兒是個知道理守節操的人，
> 所以不敢不嫁譚楚玉。（《連城璧》）

劉藐姑假戲眞做，視戲曲爲眞實人生的翻版。劉藐姑最後選擇投水殉情，實踐了她在晏公面前所立下的誓言。劉藐姑的堅貞自守，源自於對愛情的執著專一，雖然這個婚姻並未得到父母的首肯。實際上劉藐姑以死殉節，不僅是至情的表現，亦是貞女的典範，符合社會禮教的普遍期待。她的「從一而終」與「自由婚戀」之間，並不因違背父母之言而互相衝突，反而能襯托出劉藐姑的堅貞不貳。其他諸如〈說鬼話計賺生人　顯神通智恢舊業〉裡的顧雲娘，任勞任怨中興家業；〈生我樓〉布商曹玉宇之女，在顚沛流離中不忘玉尺信物；〈寡婦設計贅新郎　眾美齊心奪才子〉的喬小姐與〈吃新醋正室蒙冤　續舊歡家堂和事〉（《無聲戲》〈移妻換妾鬼神奇〉）中的楊氏，皆爲理想型的賢德妻子，兩人身上具有的溫柔敦厚與忍辱負重的精神皆是中國傳統婦女的美德；〈清官不受扒灰謗　屈士難伸竊婦冤〉（《無聲戲》〈美男子避禍反生疑〉）中賢淑端莊的何氏與〈貞女守貞來異謗　朋儕相謔致奇冤〉裡的貞女上官氏同蒙受誣謗之冤，幸賴知府明察秋毫，終於還了她們的清白。上述這些都是作者所建構的「貞女話語」的展現。

另外，在本期話本小說中，《清夜鐘》前兩回的故事皆出現了令人感佩的貞節女子。如《清夜鐘》第一回〈貞臣慷慨殺身　烈婦從容就義〉中汪偉的妻子耿夫人，隨其夫婿從容赴義，作者形容「兩人之死，猶笑容宛然。（《清夜鐘》頁 12）」汪偉夫婦不僅慷慨從容殉節，他們的節操亦凸顯了明清易代之際「生殉祈死」慘烈的歷史語境。以及《清夜鐘》第二回〈村犢浪占雙嬌　潔流竟沉二璧〉中出現兩個貞烈的媳婦，適與淫蕩的婆婆陳氏成爲明顯的對比。淫婆爲了屈逼媳婦就範，不惜以棍棒伺候。當娘家人勸她們離婚時，她們卻道：

這隱微事，那箇與你作證見？且説起，要出我公公、丈夫醜。離異？
我無再嫁之理；爭競？他有這些光棍相幫，你們也不能敵他。（《清
夜鐘》頁 24）

此篇小説的故事背景本爲農村，而從村婦之口説出的「我無再嫁之理」，
可見「激揚風教」影響之深且鉅，遍及城鄉。在陳氏與情夫的威逼下，兩位
女子寧死不屈，雙雙投河自盡。作者將過程曲盡描寫，連細微處都不放過，
其文云：

把身上小衣縫連了膝褲，衫兒連了小衣。……顧氏對鈕氏道：「去
罷！」兩箇悄悄掩了房門，出了後門，走了半里，四顧無人，一派
清水。兩箇道：「就在這裡罷！」兩箇勾了肩，又各彼此摟住了腰，
踴身一跳，跳入河心，恰在烏鎮南柵外。在河中漾了幾漾，漸而氣
絕。（《清夜鐘》頁 26）

爲了凸顯兩位女子的節烈，作者除了在文中以「我無再嫁之理」自明女
子的心志外，還説她們「身上小衣縫連了膝褲，衫兒連了小衣」，足見其抵死
不從的決心，其貞烈可見一斑。陸雲龍在結尾處以詩題「玉骨亭亭似楚筠，
冰心一點淨無塵。」「微風度處清香發，漂渺能令千古欽。」來讚許兩位女子
寧死不屈的貞烈精神。

《雲仙笑》〈都家郎女妝奸婦　耿氏女男扮尋夫〉篇中的耿氏，亦是生活
在淫蕩婆婆與奸夫的陰影下而有失身之虞，所幸耿氏的丈夫平子芳出面制
止，才消弭了一場禍害，保全貞節。既有寫婆婆淫穢之事的，相對的自然也
有寫惡媳婦的。如《風流悟》第六回〈活花報活人變畜　現因果現世償妻〉
中便有個惡媳婦桃花，不但不把老實樸拙的婆婆放在眼裡，還背著丈夫偷人，
後來更欲毒死自己的婆婆。結局頗有天理報應的味道，桃花後來變成一隻狗，
奸夫不久也病死。這也都是反襯出「貞女話語」有其現世果報的效驗。

在家庭小説中，婆／媳、夫／妻之間的著墨本來就不少，像夫妻在家庭
中遇到了問題，理應互相扶持，共同面對解決，此時尤能凸顯一家之中貞慧
女人的重要性。古人常言「娶妻娶德」，體現了女人在男人眼裡的社會價值。
古代男子娶親講究大家閨秀、賢良淑德。作爲正室的妻子，既要打理家中一
切的大小事務，又要負責督促男人上進，甚至連家中婢妾爭風吃醋都要她來
調解，如〈寡婦設計贅新郎　眾美齊心奪才子〉的喬小姐即是個很好的例子。
如果妻子無德，只怕家中永無寧日。《鴛鴦鍼》卷一的徐鵬子妻子王氏、卷二

時大來的妻子萬氏，《生綃剪》第十二回虞修士之妻武氏，都是深具傳統婦德的好妻子。這三篇有個共通點，就是丈夫未中舉之前，家境普遍清寒無以為繼。多虧他們的妻子無怨無悔地默默支持，或典衣賣釵、或做些手工貼補家用，慘澹度日，但最後都能幫助丈夫考取功名，顯揚於世。稍有例外的是《醉醒石》第十四回〈等不得重新羞墓　窮不了連掇巍科〉蘇秀才的妻子莫氏。她對丈夫的照顧也是費盡心思、無微不至，為怕他分心，甚至連家裡無米斷炊都不敢聲張。美中不足的是，莫氏過於看重功名，致使蘇秀才患得患失連番落榜，最後以離婚收場。蘇秀才反因沒了壓力，一舉中試。此篇小說真實反映了當時科舉制度影響家庭生活的一面。

又，《雲仙笑》〈又團圓〉篇中的李季侯妻子裴氏，自願賣身幫助家中經濟度過難關。其實裴氏智慧過人，賣身只是一時的權宜之計，且其所嫁為老者，所以並未失身。三年間忍辱負重，籌足了贖身費用，終與丈夫團圓。這是智婦曲折展現貞節的保全手段。若說到以智全節，不能不提到〈落禍坑智完節操　借仇口巧播聲名〉（《無聲戲》〈女陳平計生七出〉）中的機智女輩耿二娘。她的七計一出，既保全了自己的性命和貞操，又賺得了賊頭的錢財，且借賊頭之口表明了自己的清白，最終置賊於死地。而《連城璧》〈寡婦設計贅新郎　眾美齊心奪才子〉三妓與寡婦之間的鬥智，雖看出她們的才智的確不俗，頗有「佳人」風采，但從中更能襯托出喬小姐不愧為正室的雍容大度。自古妻妾問題紛爭不斷，彼此和睦相處未起衝突的少之又少。由於妻妾地位懸殊，通常小說中寫妻害妾的比妾害妻的多，唯獨才子佳人小說例外，妻妾關係良好，但這可能是作者一廂情願的情感投射，真實性存疑。〔註121〕至於其他妻妾衝突的部分，由於處置方法過於偏激，下場都不好，不是貞賢婦女所應有的作為，這裡暫不予討論。

在明清之際大量而集體出現的「貞女話語」中，我們發現這些作品都是針對當時婦女在社會中所受到的強烈壓抑與對待有感而發的。有些小說是從正面的話語來表彰節婦，並極力鼓吹貞節的重要性，有時更將之聯繫到國家民族賴以存亡的關鍵，這類的小說以《清夜鐘》的作者陸雲龍為代表。有些作者對於貞節觀則是抱持比較寬泛認同的態度，尤其會站在同情女子的立場，設身處地替她們發聲。雖然文中有時並未明說，但仍意有所指地將明清貞操觀念已然成為一種殘殺婦女的反人道暴虐事實，透過敘事者的話語，表

〔註121〕參見徐志平：《清初前期話本小說之研究》，457。

達深切的矜憫之情。值得注意的是，這類的小説在同期的話本小説中，與前述大張旗鼓標榜「警世儆俗」、「憂憫世道」的話本小説並駕齊驅，此可以李漁爲代表，其他的尚有《飛英聲》、《珍珠舶》、《五更風》的作者。他們在面對這些失節婦人時，或多或少都流露出開通接納的態度。最後一類的作者甚至直接視某些娼妓爲貞烈女子或是才貌雙全的佳人，認爲她們臨難所展現的堅貞氣節絲毫不遜於良家婦女。這類的小説也不少，視娼妓爲貞節女子，以晚明的話本小説居多，尤以馮夢龍的《三言》爲代表。而明清易代後的話本小説，則是強調娼妓的色藝雙全、柔情俠膽以及過人的識見與巧智爲主，以酌玄亭主人的《照世盃》、五一居主人的《五更風》、蕭湘迷津渡者的《筆梨園》、古吳墨浪子的《西湖佳話》等爲代表。上述話本小説在貞節尺度與愛情觀的拿捏上，充分展現他們各自對於女子貞節愛情觀的態度與看法。除第一類作者謹守女子貞烈的嚴苛標準外，其餘者堪稱爲「貞女話語」的變異。

　　前文曾提到明清時期湧起一股同情婦女的思潮，許多有識之士或贊成寡婦改嫁，或提倡婦女文學，或肯定女子的聰明才智，這些人都是同情婦女思潮中的開明之士。〔註122〕如李漁就明確指出亂世中宜以「權變」之計來看待所謂的貞節問題，不應一味地「苛責」落難女子。這類的主張，李漁往往直接在小説中表述出來。如〈生我樓〉的入話出現一闋被掠女子所寫的〈望江南〉，其詞曰：

> 千年劫，偏自我生逢。國破家亡身又辱，不教一事不成空。極狠是
> 天公。差一念，悔殺也無功。青塚魂多難覓取，黃泉路窄易相逢。
> 難禁面皮紅。（《十二樓》，頁 228）

李漁説：「此詞乃闖賊南來之際，有人在大路之旁拾得漳煙少許，此詞錄於片紙，即闖賊包煙之物也。拾得之人不解文義，僅謂殘篇斷幅而已。再傳而至文人之手，始知爲才婦被擄，自悔失身，欲求一死，又慮有靦面目，難見地下之人。進退兩難，存亡交阻，故有此悲憤流連之作。」面對這些身在亂世中且爲數不少苟延殘喘、進退兩難，存亡交阻的女子，他以所謂的「論人於喪亂之世，要與尋常的論法不同，略其跡而原其心，苟有寸長可取，留心世教者，就不忍一概置之」（《十二樓》，頁 228）而論。李漁面對文中被掠

〔註122〕像譚元春、湯顯祖、馮夢龍、吳偉業、毛奇齡、王士禎、阮葵生、張履祥、
　　　　李汝珍、臧庸等人，皆曾提出同情婦女的主張。參見劉士聖：《中國古代婦女
　　　　史》（青島：青島出版社，1991 年），第 21 章。

失節女子，竟能寬容地以「略其跡而原其心」的開明態度看待，這在明清易
代亂世中動輒標榜「死節」之際，他的這番見解實在難能可貴。又如〈妻妾
敗綱常　梅香完節操〉（《無聲戲》〈妻妾抱琵琶梅香守節〉）中言：

> 世間的寡婦，改醮者多，終節者少。凡為丈夫者，教訓婦人的話，
> 雖要認真；屬望女子之心，不須太切。在生之時，自然要著意防閒，
> 不可使他動一毫邪念。萬一自己不幸，死在妻妾之前，至臨終永訣
> 之時，倒不防勸他改嫁。他若是個貞節的，不但勸他不聽，這番激
> 烈的話，反足以堅其守節之心。若是本心要嫁的，莫說禮法禁他不
> 住，情意結他不來，……姬妾多的，須趁自家眼裡，或是贈與貧士，
> 或是嫁與良民，省得他到披麻戴孝時節，把哭聲做了怨聲。就是沒
> 有姬妾，或者妻子少艾的，也該把幾句曠達之言，去激他一激。激
> 得著的，等他自守，當面決不怪我衝撞；激不著的，等他自嫁，背
> 後也不罵我「阿獸」。（《無聲戲》頁 208～209）

這是置身在「激揚風教」語境中的一種歷史反動，亦是回歸人本主義的
濫觴，重視人性的價值及尊嚴。又如〈奉先樓〉裡的舒娘子，她不惜犧牲自
己的貞節以延續宗祧，小說中舒秀才為「全孤」勸妻「失節」，與舒娘子有段
精彩的反覆辯證，說明亂世從權的重要。「守節」可以因時制宜，隨著不同時
期的狀況，採取合宜的措施應對：

> （舒秀才道：）「萬一你母子兩人落於賊兵之手，倒不願你輕生赴難，
> 致使兩命俱傷。只求你取重略輕，保我一支不絕。」舒娘子道：「這
> 等說起來，只要保全黃口，竟置節義綱常於不論了！做婦人的操修
> 全在『貞節』二字，其餘都是小節。一向聽你讀書，不曾見說『小
> 德不踰閑，大德出入可也』？」舒秀才道：「那是處常的道理，如今
> 遇了變局，又當別論。……只要撫得孤兒長大，保全我百世宗祧，
> 這種功勞也非同小可。與那匹夫匹婦自經於溝瀆者，奚啻霄壤之分
> 哉！」（《十二樓》頁 218）

舒娘子所言「做婦人的操修全在『貞節』二字，其餘都是小節。」正是
代表著傳統社會禮教制約下典型的貞女話語。李漁藉由舒秀才之口，申明「反
經為權」的道理，實在是身處亂世無可奈何的作法。觀李漁其人一生，此「反
經為權」的生存哲學，似為他本人之真實寫照。李漁既在明亡後薙髮歸順清
廷，面對婦女之操守問題，自然有其獨到之見解。無獨有偶的，《飛英聲》卷

一〈合玉環〉篇中，作者在故事最後也有類似的言論：

> 假如和氏當時若殉節身亡，卻沒有這番富貴，反經爲權，是一番道
> 理。（《飛英聲》頁 67）

這些作家在故事中都不約而同地闡明了一個新觀念，那就是婦女於亂世
中殉節守身並不是唯一的選項；換句話說，亦是對當時的社會普遍要求女子
以「臣死忠，婦死節」爲其分內事的強烈質疑。

至於在肯定女子的聰明才智方面，李贄曾在〈答以女人學道爲見短書〉
一文中云：

> 昨聞大教，謂婦人之見短，不堪學道。誠然哉！誠然哉！夫婦人有
> 不出閫域，而男子則桑弧蓬矢以射四方，見有長短，不待言也。但
> 所謂短見者，謂所見不出閨閣之間；而遠見者則深察乎昭曠之原
> 也。……余竊謂欲論見之長短者當如此，不可止以婦人之見爲見短
> 也。故謂人有男女則可，謂見有男女豈可乎？謂見有長短則可，謂
> 男子之見盡長，女子之見盡短，又豈可乎？設使女人其身而男子其
> 見，樂聞正論而知俗語之不足聽，樂學出世而知浮世之不足戀，則
> 恐當世男子視之，皆當羞愧流汗，不敢出聲矣。〔註123〕

李贄以眞知灼見，肯定女子之才。他以爲男女見識有長短之分，乃因男
子可行萬里以增廣見聞，女子則不然；但並非所有男子都是見識長的，也並
非所有婦女都是短視的。又如馮夢龍，他的貞節觀出發點仍是以「至情」論
爲準。他以爲許多農婦雖不懂詩書禮儀，卻能表現出節烈之舉，可見貞節與
否，完全在於內心是否有眞感情。他說：「自來忠孝節烈之事，從道理上做
者必勉強，從至情上出者必眞切。夫婦其最近也。無情之夫，必不能爲義夫；
無情之婦，必不能爲節婦。世儒但知理爲情之範，孰知情爲理之維乎？」〔註
124〕可見「至情」的重要。在眞情論大纛的倡導之下，湯顯祖《牡丹亭》的
出現勢必成爲一種必然。在《牡丹亭》中，杜麗娘爲了追求幸福的愛情，不
惜犧牲自己生命的做法，令天下無數人爲之動容。眞情的價值無比崇高，直
可超越肉體生死的束縛。婦女主體意識抬頭，文人也開始有所覺醒。就像早

〔註123〕參見〔明〕李贄：《焚書》（合肥：黃山書社據明刻本影印，2009 年），卷 2，
　　　　頁 39。
〔註124〕參見〔明〕馮夢龍著；魏同賢主編：《馮夢龍全集》，《情史》，卷 1，〈情眞類
　　　　總評〉，頁 82。

期的歸有光（1507～1571）曾言：「女未嫁人，而或爲其夫死，又有終身不改適者，非禮也。」〔註125〕後來的袁宏道〈秋胡行〉中云：「妾死情，不死節。」〔註126〕將「情」甚至看得比貞節還重要，衍化爲一種「以情眞取代道德規範的新貞節觀」〔註127〕。這一種道德實踐的動力是以「情」爲其內在驅力，成爲了一種道德評鑑標準的新論。在此認知模式的行爲剖判下，貞節烈女所論述的對象並不止於一般的良家婦女，甚至可擴及到非良家的青樓女子。馮夢龍曾說：

> 妾而抱婦之志焉，婦之可也。娼而行妾之事焉，妾之可也。彼以情
> 許人，吾因以情許之。彼以眞情殉人，吾不得復以雜情疑之，……。
>
> 〔註128〕

娼妓若能因情眞，如尋常女子般堅貞守志甚至殉節，對於這樣的行爲，馮夢龍認爲不得抱持懷疑的態度，反而是值得我們稱許肯定的。此種觀念的置換移轉，在晚明清初的娼妓小說裡最爲明顯。是故，我們在馮夢龍所編纂的《情史》「情貞」類中，看到了數則妓女守貞的故事，這其中有京師的名娼高娃、南徐娼女韓香、南京女妓張小三等。〔註129〕還有馮夢龍話本小說筆下的杜十娘和莘瑤琴，她們美麗又善良的身影，對愛情忠貞不貳、至死不渝的人格魅力，皆對後代文學產生了深遠的影響。

明清之際出現了大量這類描寫娼妓愛情生活的小說，絕非偶發事件。這固然是受到以情眞取代道德規範的新貞節觀的影響，但與明末侈靡的社會與紛擾的亂世裡，婦女悲慘的境遇獲得廣大人們的同情也不無相關。這些女子雖與佳人同享才色雙全的美譽，但她們離開賴以生存的家庭後，往往被迫淪

〔註125〕〔明〕歸有光：《震川先生集》（合肥：黃山書社據四部叢刊景清康熙本，2009年），卷3，〈貞女論〉，頁31。

〔註126〕見於〔明〕袁宏道：《袁中郎全集》（合肥：黃山書社據明崇禎刊本影印，2009年），卷26，〈秋胡行〉，頁240。

〔註127〕詳見鄭培凱：〈天地正義僅見於婦女——明清的情色意識與貞淫問題〉，收入鮑家麟編：《中國婦女史論集》（第三集）（臺北：稻香出版社，1993年），頁97～120；及鄭培凱：〈天地正義僅見於婦女——明清的情色意識與貞淫問題（續完）〉，收入鮑家麟編：《中國婦女史論集》第四集（臺北：稻香出版社，1995年），頁253～272。

〔註128〕〔明〕馮夢龍著；魏同賢主編：《馮夢龍全集》，《情史》，頁36～37。

〔註129〕此三則故事分別見於〔明〕馮夢龍：〈情貞類・高娃〉，〈情貞類・韓香〉，〈情貞類・張小三〉，載於〔明〕馮夢龍著；魏同賢主編：《馮夢龍全集》，《情史》，頁28，頁30，頁27。

落爲青樓娼婦，命運從此大爲轉變。她們雖身處風塵，但堅貞的氣節有時絲毫不遜於出身良家的貞烈女子。天花藏主人在《金雲翹傳‧序》中說得好：

> 聞之天命謂性，則兒女之貞淫，一性盡之矣。……唯妙有其情，故有所愛慕而鍾焉，有所偏僻而溺焉，有所拂逆而傷焉，有所銘佩而感焉。雖隨觸隨生，忽深忽淺，要皆此身此心，實消受之。而成其爲貞爲淫也，未有不原其情，不察其隱，而妄加其名者。大都身免矣而心辱焉，貞而淫矣；身辱矣而心免焉，淫而貞矣；……。故磨不磷，涅不緇，而污泥不染之蓮，蓋持情以合性也。〔註130〕

在儒家傳統倫理思想的認知裡，貞節是女性完整人格的價值呈現。而故事裡的王翠翹被迫淪落風塵之中，在客觀的認定上，已喪失其貞節。但《金雲翹傳》序的作者認爲，王翠翹因賣身救父墮入娼家是「身淫而心不淫」，所作所爲乃受情勢逼迫，非出於自願；且看待任何事情本不該未明就裡、不察其隱就隨便妄下定論。因此，就王翠翹本身就事論事而言，她應該是一個「賢女子」，而不是「娼妓」。在貞／淫的分判上，她是屬於後者之「身辱」而「心免」者。

基於此種的認知，我們嘗試將明清之際話本小說裡的娼妓形象，根據作者的創作意識與當時文化語境的考量下，將其略分爲「理想」型與「敗德」型兩大類。分類的標準，乃依據小說中的娼妓在面對問題時所展現的眞情與道德意識的多寡爲準。所謂「理想」型娼妓，是指那些在話本小說中具備脫俗的姿色氣質、卓越的才華技藝與聰慧敏銳的巧智，以及博得男性寵愛與敬重事蹟的娼妓形象。從她們身上所體現的理想品格，又恰與中國男性潛在意識所透顯出來的欲望想像若合符節。這些包含了父權社會所認同的若干價值標準，來自於中國傳統社會文化對娼妓這個特殊階層的一種理想典範的投射與建構。至於「敗德」型娼妓形象，顯而易見的，專指那些耽於情色性愛、踐踏眞情道義、違背話本勸懲說教社會功能的娼妓。〔註131〕此部分留待下節

〔註130〕《金雲翹傳》是明清之際章回體的才子佳人小說，故事描寫的是有關一個才女「王翠翹」爲了救父賣身而被迫淪落風塵的故事。參見〔明〕青心才人編次：《金雲翹傳》（上海：上海古籍出版社，1990 年古本小說集成編委會編《古本小說集成》），書前有〈序〉，落款爲「天花藏主人偶題」。

〔註131〕以上對於娼妓形象「理想」型與「敗德」型的分類，參見吳佳眞：《晚明清初擬話本之娼妓形象研究》（臺北：淡江大學中國文學系碩士論文，2000 年），第二章〈娼妓形象的義界與歷史源流〉，頁 59。

「豔情小說的淫聲浪語」一併處理。明清之際話本小說裡的娼妓形象，請參看表 5-2-3「理想」型與「敗德」型兩大類表格的歸納整理。

表 4-2-3　「理想」型與「敗德」型娼妓形象一覽表

出　處	卷　次	篇　　名	娼妓形象	屬類	角色主次
清夜鐘	7 回	挺刃終除鴉悍　皇綸特鑒孝衷	魏鸞	敗德	主角
醉醒石	13 回	穆瓊姐錯認有情郎　董文甫枉做負恩鬼	穆瓊瓊	理想	主角
十二樓	3 回	歸正樓	娼妓出家	理想	配角
無聲戲	7 回	人宿妓窮鬼訴嫖冤	入：金莖。正：雪娘	敗德	主角
連城璧	寅集	乞兒行好事　皇帝做媒人	妓女劉氏	理想	配角
	申集	寡婦設計贅新郎　眾美齊心奪才子	沈留雲、朱豔雪、許仙儔	理想	主角
豆棚閒話	第 10 則	虎丘山賈清客聯盟	許老一	敗德	配角
照世盃	卷 1	七松園弄假成眞	畹娘	理想	主角
人中畫	第 5 篇	寒徹骨	以娼妓爲美人局	敗德	配角
五更風	卷 3	聖丐編	裁雲、劉惜卿	理想	主、配角
筆梨園	缺	媚嬋娟	媚娟	理想	主角
飛英聲	卷 1	鬧青樓：女諸葛詩畫播名聲　佳公子丰姿驚粉黛	王慧英	理想	主角
	卷 4	孝義刀：魏寶兒色衰始從良　崔孝童少年發義勇	魏寶兒	敗德	主角
一片情	4 回	浪婆娘送老強出頭	貴哥	敗德	主角
	3 回	花社女春官三推鼎甲　客籍男西子屢掇巍科	蓮生、緗文、純仙	理想	配角
風流悟	5 回	百花庵雙尼私獲雋　孤注漢得子更成名	妙有、妙能	理想	配角
	7 回	伉儷無情麗春院元君雪恨　淫冤得白蕊珠宮二美酬恩	董蘋香	敗德	配角
	卷 1	懲貪色：好才郎貪色破鈔　犯色戒鬼魔悔心	張賽金	敗德	主角

八段錦	卷5	儆容娶：浪婆娘送老強出頭　知勇退復舊得團圓	桂哥	敗德	主角
	卷7	戒浪嘴：小光棍浪嘴傷命　老尼姑仗義報讎	娼妓枕骨純黑如墨	敗德	配角
	卷8	蓄寡婦　多情子漸得美境　咬人虎散卻佳人	索氏	敗德	配角
十二笑	第1笑	痴愚女遇痴愚漢	崔命兒	敗德	主角
	第5笑	溺愛子新喪邀串戲	家妓偷情出醜	敗德	配角
五色石	卷7	虎豹變：撰哀文神醫善用藥　設大誓敗子猛回頭	潘翠娥	理想	配角
二刻	上函2回	高宗朝大選群英	愛生姐	敗德	配角
醒世	11回	死南豐生感陳無已	曹英英	理想	配角
恒言	12回	慶平橋色身作孽	王羽娘	敗德	主角
	下函1回	假同心桃園冒結義	李小玉	敗德	配角
西湖	卷2	白堤政績	商玲瓏	理想	配角
佳話	卷3	六橋才跡	朝雲、鄭容、高瑩、醜妓、周妓、琴操	理想	配角
	卷6	西泠韻蹟	蘇小小	理想	主角
珍珠舶	卷1	缺	趙相妻馮氏	敗德	主角
最娛情	缺	鄭元和	李亞仙	理想	主角
	缺	王魁	桂英	理想	主角

　　根據表 4-2-3「理想」型娼妓所示，《醉醒石》第十三回〈穆瓊姐錯認有情郎　董文甫枉做負恩鬼〉，寫有志從良的穆瓊瓊，被負心郎董文甫騙財騙色後，抑鬱以終的故事。瓊瓊死後化爲厲鬼向董文甫索命，這種「冥報」的復仇方式，凸顯身分卑賤的娼妓，一旦被騙，在沒有任何社會的奧援下，只能自殺以求解脫，並寄託「冥報」以懲罰惡人，揭露娼妓孤立無助、世態炎涼的寫實眞貌。此與杜十娘故事裡的負心漢李甲最後落得「終日愧悔，鬱成狂疾」、「七竅流血，死於地下」的下場頗有異曲同工之妙。作家面對矢志從良、潔身自愛的娼妓，給予高度的同情與尊重。《醉醒石》第十三回入話詩即云：

悲薄命，風花嫋嫋渾無定，愁殺成萍梗。妄擬蘿纏薜附，難問雲踪
絮影。一寸熱心灰不冷，重理當年恨。右《薄命女》（《醉醒石》頁
163）

這些矢志從良、潔身自愛的娼妓，大都本為良家婦女。如穆瓊瓊乃因夫
家拖累，被判官賣而淪落風塵；《十二樓》〈歸正樓〉中對拐子貝去戎有情有
義的妓婦蘇一娘，「原是蘇州城內隱名接客的一個私窠子。只因丈夫不肖，
習於下流，把家產蕩盡，要硬逼她接人。」（《十二樓》頁 99）《五色石》第
七卷〈虎豹變：撰哀文神醫善用藥　設大誓敗子猛回頭〉中有個舊家子弟宿
習立志從商，由於腰纏萬貫，「那接客的行家，把宿習當做個大客商相待，
時常請酒。」一日設酌舟中，宿習同著閔仁宇並眾伙伴一齊赴席，席間有個
頗具姿色的侑酒妓女潘翠娥。別人歡呼暢飲，只有閔仁宇見了這妓女卻愀然
不樂，那妓女看了仁宇也覺有羞澀之意。仁宇略坐了片刻便逃席先回。經不
住宿習追問，仁宇歎道：「那妓女乃我姨娘之女，與我是中表兄妹。因我表
妹丈鮑士器酷好賭錢，借幾百兩客債來賭輸了，計無所出，只得瞞著丈母來
賣妻完債。後來我姨娘聞知，雖曾告官把女婿治罪，卻尋不見女兒下落。不
期今日在此相見，故爾傷心。」（《五色石》頁 172）潘翠娥也是因丈夫欠債
而被賣。還有一種就是因父母雙亡、孤苦伶仃，不得已而下海者。如《連城
璧》寅集〈乞兒行好事　皇帝做媒人〉有個太原名妓劉氏，「十二三歲的時
節，家裡徹窮，母親死了三日，不能備辦棺衾」（《連城璧》頁 276），因此跪
於道旁賣身葬母。「窮不怕」憐其零丁孤苦，慷慨解囊。可見孤弱女子頓失
家庭依靠時，從娼成為生存下去的唯一選擇。

這些潔身自好卻不幸墮入風塵的女子，小說的作者除給予極大的關注與
同情外，倘若她們遇人不淑、下場凄涼，作者往往以因果報應來懲罰惡徒，
以慰人心。相對的，很多作者也同時注意到了娼妓之才色，並於文中不吝給
予讚美。這些娼妓在文人筆下不僅色貌出眾，她們所具有的姝麗美豔與嫺靜
幽雅融會調和的氣質更為人所傾心。諸如「意度閑雅」、「舉止婉慧」、「天姿
巧慧」、「莊妍靜雅」等語彙，經常伴隨娼妓美豔的外貌一起出現，襯托其不
凡的才質。〔註132〕自明代嘉靖以來，士人品賞妓女，為之編列花案的作為，
已蔚然成風，以至士人狎妓宴遊對女色之品賞，成為一個重要的文化表演、競

〔註132〕參見陶慕寧：《青樓文學與中國文化》（北京：東方出版社，1993 年），頁 176
～181。

爭的場域。〔註 133〕他們將妓女推向公共場域，並對此進行評鑑，且將結果刊刻出版，公諸於世，甚而在城市中，以集體聚會的方式公然行之，其品評的標準即在於才華的出眾與氣韻的非凡。根據潘之恒（約 1536～1621）《亘史》記載：「京師妓女王雪簫號文狀元，崔子玉號武狀元。而薛素素才技兼一時，名動公卿，都人士或避席，自覺氣奪。」〔註 134〕妓女在宴飲場合上的地位，已不全然只扮演從旁佐酒侑觴的角色。文士邀約集會的同時，大多依循往例召妓與會助興，能詩善文的妓女便有機會參與詩文的創作。活動於萬曆年間的名妓馬湘蘭，在甲辰年參與王孫齊承綵的大型結社聚會時，錢謙益有如下的描述：

> 萬曆甲辰中秋，開大社于金陵，胥會海內明士，張幼于輩分賦授簡
> 百二十人，秦淮伎女馬湘蘭以下四十餘人，咸相為緝文墨、理絃歌，
> 修容拂拭，以須宴集，若舉子之望走鎖院焉。承平盛事，白下（按：
> 南京別稱）人至今豔稱之。〔註 135〕

甲辰年的結社大會，可說是盛況空前，單是受邀的文士就有一百二十人，而與會的妓女也有四十多人。錢謙益描述蒞會的妓女，就像趕赴科場的舉子，謹慎地修整容貌，以嚴整的心態赴會。錢謙益特別提及的馬湘蘭，氣質超脫不俗，詩才更是凌駕他人之上。

在此種活動中，「娼女意象」出現某種轉化，其官能性的內涵，隨著公眾化過程而漸趨消隱，美色從情欲中被抽離出來，由此塑造出一種獨特的「美人意象」，在倫理世界外，另外建立一種全然迥異於傳統「賢妻良母」的女性想像。〔註 136〕而才子與名妓親近交游，亦成為時代風尚，留下許多文人與娼妓之間的風流韻事，如余懷（1616～1696）《板橋雜記》〔註 137〕中的董小宛與

〔註 133〕根據王鴻泰從經濟層面的觀察，江南地區因為經濟條件的優渥，聲色事業得天獨厚，政治上又因遠離權力中心，所以江南成為士大夫寄情聲色的溫床。此時的官員狎妓成風，已非政治因素（禁止官員狎妓）所能控制，而是經濟力量與士人社交的普遍情形。參見氏著：《流動與互動：由明清間城市生活的特性探測公眾場域的開展》（臺北：臺灣大學歷史學研究所博士論文，1998年），頁 264。關於明人品題妓女的討論，可詳參毛文芳：《物・性別・觀看——明末清初文化書寫新探》，（臺北：臺灣學生書局，2001），頁 377～484。

〔註 134〕見〔明〕潘之恒：《亘史鈔》（濟南：齊魯書社，1995 年）。

〔註 135〕參見〔清〕錢謙益：《列朝詩集小傳》（臺北：明文出版社，1991 年）。

〔註 136〕參見王鴻泰：〈明清間文人的女色品賞與美人意象的塑造〉，收錄於王璦玲主編：《明清文學與思想中之情、理、欲——文學篇》（臺北：中研院文哲所，2009 年），頁 207～208。

〔註 137〕在觀看、品賞美色的過程中，明清士人逐漸建立一種審美方式看待女性，並

冒襄故事，而江南名妓尤重知書俠義，多傾慕東林黨人，從李香君與侯方域、柳如是與錢謙益、卞玉京與吳偉業、顧眉生與龔鼎孳等人的事蹟視之，娼妓在士人心目中的形象丕變，與前朝不可同日而語。

《連城璧》申集〈寡婦設計贅新郎　眾美齊心奪才子〉中，李漁各有題詩以揚美人，如讚賞沈留雲的為一絕句：

> 靉靉霓裳澹欲飛，人間若個許相依。襄王愛作巫山夢，留住行雲不放歸。（《連城璧》頁357）

贈朱豔雪的是一首小令，名為《風入松》，其詞云：

> 十年留意訪嬋娟，今日始逢仙。梅花帳裡偕鴛夢，間評品，柳媚花妍。氣似幽蘭馥馥，神凝秋水涓涓。醒來疑在雪中眠，瑩質最堪憐。又怪人間無豔雪，多應是玉映霞天。為得良宵不旦，百年長臥花前。
>
> （《連城璧》頁357）

贈許仙儔的是一隻曲子，名為《黃鶯兒》，其詞云：

> 處處惹人愁，最關情是兩眸，等閒一轉教人瘦。腰肢恁柔，肌香恁稠，凡夫端的難消受。與卿謀，人間天上，若個許相儔。（《連城璧》頁357）

作者以為沈留雲「態度要算他第一，輕飄無著，竟像要飛去的一般」（《連城璧》頁357）；朱豔雪「肌膚要算他第一，白到極處，又從白裡透出紅來」（《連城璧》頁357）；許仙儔「眉眼風情要算他第一，騷到極處，又能騷而不淫，畢竟要擇人而與」（《連城璧》頁358）。沈留雲、朱豔雪與許仙儔三美妓，分別在「態度」、「肌膚」、「眉眼」的風情上受到才子的青睞。除此之外，她們的智識與卓見，也令讀者耳目一新。我們再看《西湖佳話》中的蘇小小，作者說她：

> 卻喜得家住於西泠橋畔，日受西湖山水之滋培，早生得性慧心靈，姿容如畫，遠望如生花白雪，近對如帶笑芙蓉。到了十二三歲上，髮漸漸齊，而烏雲半挽；眉看看畫，而翠黛雙分。人見了早驚驚喜喜，以為從來所未有。到了十四五時，不獨色貌絕倫，更有一種妙處，又不曾從師受學，誰知天性聰明，信口吐辭，皆成佳句。（《西

將之具體落實於日常生活中，展開充滿美感意趣的情藝生活。余懷撰寫的《板橋雜記》，即承續明末「品藻色藝」的方式，藉此寄託個人家國感懷，並展現其不同於一般文人徵歌逐色的選評標準。

湖佳話》頁 69）

　　由作者形容她色貌絕倫、聰明早慧、韻致渾然天成看來，與丰姿秀美、秉性敏捷的佳人形象毫無二致。明清之際的文人與娼妓詩酒酬唱、交接迎往的頻繁，足見當時文人士子熱衷投入的社交活動，總有這些名妓的身影，而她們的表現實在可堪媲美佳人的風姿，其形象塑造的衍化與轉變，往往呈現出「閨秀化」的傾向。明人或在前代既有的基礎上，將妓女人物逐步改寫成閨秀堅貞守節形象。同時，更在虛構的情節發展中，將妓女人物形塑成為情堅貞守志的節烈女子。〔註 138〕章學誠（1738～1801）《文史通義》中認為名妓工詩，亦通古義，故其遣言，具有「雅眞」的特色，不能以人廢言〔註 139〕，所言甚是。

　　其實，文人士子對娼妓的認同，有其悠久傳統的文化心態，也因歷代娼妓各自不同的出身背景，彼此締結下深淺不一的情緣。〔註 140〕盱衡明清之際話本小說家對於青樓妓女的溢美之言，除源自於啓蒙思潮對婦女同情的啓迪外，又或與時代語境不無相關。正如佳人形象的理想範型，兩種佳人（佳人／娼妓）若置於易代亂世下檢視，尤能凸顯此種敘事話語的意旨實踐所在，說穿了，她們不過都是男性文人的一種自戀投射，亦是男性文人行為模式擬仿的再現，將人格理想寄託在女性身上。而有趣的是，佳人／娼妓的種種自我呈現，諸如才色兼美、天姿巧慧、膽識卓見與貞懿賢淑等，不但彼此疊合的重複性很高，仔細檢視作者在兩者之間的敘事話語上，幾乎如出一轍，唯一的差別即是在於是否有家庭的庇護。

二、豔情小說中的淫聲浪語：陽性崇拜的快感書寫

　　本文所定義的「豔情小說」，著重在以寫市民的性愛和情欲為主，將性愛世界的愉悅與貪淫縱欲而招致的懲罰混雜在一起，或告誡，或渲染，或擊節讚

〔註 138〕關於明代小說妓女形象「閨秀化」現象的部分，可參見高宏儀：《明傳奇妓女形象「閨秀化」現象析論》（臺中：東海大學中文系碩士論文，2009 年）。高宏儀指出，劇作者將妓女人物塑造成的閨閣女子堅貞守志的集體敘事現象，乃是在明代「主情」思潮與社會崇尚「貞節觀」所致，頁 90～113。

〔註 139〕參見〔清〕章學誠：《文史通義》（合肥：黃山書社據民國章氏遺書本影印，2009 年），〈內篇五·婦學〉，頁 127。章學誠指出：「名妓工詩，亦通古義。轉以男女慕悅之實，託於詩人溫厚之辭。故其遣言，雅而有則，眞而不穢，流傳千載，得耀簡編，不能以人廢也。」

〔註 140〕參見康來新：《發跡變泰：宋人小說學論稿》（臺北：大安出版社，1996 年），頁 127。

嘆，或貶毀醜化。這類的小說具有深刻的社會意義，且對社會產生相當大的影響。其中雖然有露骨猥褻的性交摹寫，但性愛本為正常人欲之紓解，礙於道德禮教的壓抑，人們向來以隱晦、幽暗的傳播形式呈現。再者，此類小說的流行，屢屢被主政者與衛道之士視為陷溺人心致風教大壞的「淫書」，因而加以禁燬。儘管如此，仍遏止不住蘊藏於民間的「反動」力量。禮教的維護與情欲的宣揚，是隱藏在查禁與反抗對峙過程中的兩股暗流相互較勁。正因為如此，許多潛藏於其中的有關社會、文化、文學與心理等方面的課題，往往被人們所刻意忽略。弔詭的是，禮法禁忌與靈肉歡愉，一方面相互對峙，另一方面卻相生相成，這種既針鋒相對又互相加強的角逐從未停止過。〔註141〕本小節嘗試從各個角度，透過話本豔情小說中的佳作《一片情》的淫聲浪語，窺探其在性別話語上帶給我們一種「欲掩彌彰」的閱讀快感與權力遊戲。誠如米歇爾‧傅柯（Michel Foucault）在《性史》一書中所言：

> 捕獲和誘惑，對抗和互相增援：父母和子女，成人和青少年，教師和學生，醫生和病人，精神病醫生和他的歇斯底里症患者及性倒錯者……引誘，規避，迂迴的鼓動，這一切都圍繞肉體和性，不是不能逾越的邊界，而是權力和快感的不斷重複的螺旋。〔註142〕

在中國文學史中，自古以來其實隱含一條「豔情文學」的暗流，從男女期會的《詩經》開始，兩漢詞賦的神女想像，至以詠物手法、著重感官描寫的六朝「宮體詩」，再至熱情奔放、具有挑逗俚俗特質的《吳歌》、《西曲》；以至於宋、元以後的話本章回小說、民歌、戲曲等，則漸顯出淫蕩寫實的情色作品。迄至明代，耽於肉慾淫樂的「豔情小說」，與「才子佳人」的愛情婚戀小說走上分道揚鑣的分水嶺。這兩類人情小說分別凸顯言情／言性與自由婚戀／性愛淫亂的不同宗旨，各自呈現其特殊的社會意義。

此時期的話本小說《一片情》雖位列於明清時期豔情小說之林，除了本身形式具備「豔情小說」的基本特徵外，在「豔情」的外表下，實寓有深刻「人情」的意涵。這十四篇故事從不同的角度揭露了封建婚姻的弊端，包括

〔註141〕參見謝桃坊：〈論明清豔情小說的文化意義〉，《社會科學戰線》第 5 期（1994年），頁 218～219。黃克武：〈暗通款曲：明清豔情小說中的情欲與空間〉，收錄於熊秉真主編；王璦玲、胡曉真合編：《欲掩彌彰：中國歷史文化中的「私」與「情」——私情篇》（臺北：漢學研究中心，2003 年），頁 245。

〔註142〕參見〔法〕傅柯著；謝石、沈力譯：《性史》（The History of Sexuality）（臺北：結構群出版社，1990 年），頁 41～42。

了年齡懸殊、才貌匹配不當、夫妻別離與性生活不和諧等面向〔註143〕；並且透過人物形象的表現，說明了夫妻間若缺乏穩固感情的結合，僅靠禮教約束及法律制約來維繫婚姻，最終只能以悲劇作結。

　　所謂「一片情」，黃霖曾經提出「尤其如《歡喜冤家》卷首『西湖漁隱』所作的敘言云『人情以一字適合，片語投機』云云，與《一片情》的題名似乎大有干係。」〔註144〕意味人的情感生發，是基於偶然機緣的遇合，才迸發出激情的火花；也正因為情感的遇合是建立在偶然的機緣上，即便這剎那的火花美麗而忘情，卻不會長久，並不屬於生活中的常態，如作者在《一片情》的序言所云：

> 彼見夫世之鍾情者，汨而不返也，迷而不悟也，沈而不醒也，蕩而不節也，滔滔而不知止也，茫茫而不知歸也。……如食之甘口，……如酒之醉心，更如奇珍異玩之怡神悅志……即焉而於衷無染，……過焉而於心無著，任其來，任其去……視爲太空之浮影，等爲山岫之幻跡。〔註145〕

　　綜觀《一片情》中的十四個故事，所講述的男女情欲多爲體制外的性愛，悖離傳統的社會禮教，且露水姻緣就像浮光掠影，如夢似幻，規誡世人切不可執著、陷溺於此一乍現的情欲糾葛之中，如此方得以全身而退。由此觀之，作者欲藉男女之間不合常態的姦情，以達警世勸諭之目的，其用心不言而喻。有論者以爲，雖然無法將不登大雅之堂的豔情小說與文學經典《牡丹亭》相提並論，但觀其思想主旨，實際上兩者並無本質的區別，皆可視爲對情欲的肯定。從整體上說是以欲爲情，以情止情，在這個意義上來說體現了文人作者的矛盾，其結果是「勸百而諷一」，正如刊刻者在序言中所說的「不諷人以正而諷人以邪」〔註146〕。這是否印證了所謂的「以淫止淫」——也就是披上

〔註143〕參見黃霖：〈試論《一片情》〉，《社會科學戰線》第 2 期（1993 年），頁 251～253。

〔註144〕參見黃霖：〈試論《一片情》〉，《社會科學戰線》第 2 期（1993 年），頁 250。

〔註145〕不題撰人：《一片情》（上海：上海古籍出版社，1993 年），〈序言〉，頁 1～6。

〔註146〕如《一片情》表露的情欲觀，就與《金瓶梅》、《野叟曝言》、《紅樓夢》等文人小說非常相似。一方面正視男女情戀，將出於純粹肉欲衝動的淫奔視爲「理勢之必然」，將人欲與鳥獸蟲蟻相比，認爲對雌雄陰陽情欲的敏銳感知，正是人爲天地萬物之長的標誌，對違背情理的婚姻中的受害者表示一定程度的理解，對守節提出了疑義，同時又將情欲放縱的責任推到女性身上的現象，向男性提出了警戒，給沉迷欲海的男女以適度的果報懲罰。參見李明軍：《禁忌

以勸善懲惡、因果報應的外衣，行淫穢情色摹寫之實？宣淫實爲戒色，但淫行書寫與勸誡說教產生了實質上的矛盾，此矛盾凸顯了敘事者與角色話語之間所呈現的兩重悖反性。晚明話本如《三言》、《二拍》已漸露其中的罅隙，豔情小說則更是變本加厲，有些甚至淪爲低俗、商業取向的文字春宮圖。反觀《一片情》則能較好地暴露封建婚姻的弊端，「確有某些高於俗作的地方」〔註147〕。準此，今擬從男人凝視下的女性情欲爲論述主線，輔以社會文化與女性主義論點，透顯小說底下的女人，如何在作者的書寫、凝視之下，成爲欲求不滿的蕩婦，而女子的情欲，竟能將男性內心的潛在意識充分反映，藉由文字的想像，在所謂的性別政治權力話語中，成爲另一種話語實踐的方式。

　　《一片情》的作者從十四篇故事中分別揭露了封建婚姻的弊端，敘事者的話語，無非是採用向讀者大眾言說規諷誡淫寓旨人情小說的老調，正如序言所展示的一樣。但實際上，明清豔情小說中女性所受到的嚴厲對待，體現了男權社會的強勢話語力量和男性的自我中心主義。我們在豔情小說的因果世界中，看到女性單方面地承擔了雙重的果報重負，不僅要爲自己的淫欲承擔果報，更要爲男子的放縱耽溺承攬一切的責任。男主人公一方面千方百計挑逗、誘姦女子；另一方面又視女子的積極回應爲淫蕩，以女性的強烈欲念作爲藉口外，並將縱欲的責任推給對方。康正果曾在評述《癡婆子傳》一書中說，「小說最終要向讀者強調，所有的醜行全起於淫婦的『一念之偏』，不管後來的通姦關係是由於她主動勾引，還是由於男人迫使她就範，罪過全在於她早已喪失了控制情欲的道德力量。」〔註148〕在《一片情》的第一回、第六回與第七回裡，分別出現了作者認爲女子天生水性楊花，女子的性欲「除死方休」，且「男情女戀總是一般的，而女猶甚」等話語，諸如此類強調女子對於性的欲求不滿與積極回應態度的描寫。黃克武據此說道，這些女子主動追求情欲自主的情節，極有可能是男子想像的「花癡」與「餓虎」化的女性形象。〔註149〕

　　　　與放縱──明清豔情小說文化研究》（濟南：齊魯書社，2005年），頁105～106。

〔註147〕參見黃霖：〈試論《一片情》〉，《社會科學戰線》第2期（1993年），頁250。

〔註148〕參見康正果：《重審風月鑑──性與中國古典文學》（臺北：麥田出版社，1996年），頁104。

〔註149〕參見黃克武：〈暗通款曲：明清豔情小說中的情欲與空間〉，收錄於熊秉真主編：王璦玲、胡曉真合編：《欲掩彌彰：中國歷史文化中的「私」與「情」──私情篇》（臺北：漢學研究中心，2003年），頁257。

　　小說中女性所表現出來的性飢渴，言行大膽而赤裸，除了迎合市民趣味、小說出版商業經濟的考量因素外，其實本質裡潛藏著男性意識下以「陽具」（phallus，菲勒斯）〔註150〕爲中心的敘事觀點。在這個認知之下，女性特質與角色便是在以「菲勒斯」（陽具）爲中心的男權下被定義的。在「菲勒斯中心」的文化體系中，女性不僅被二分化，成爲天使／淫婦對立的形象，甚且永落於文化弱勢的邊緣位置，在擁有話語權的男性作家／主人公的凝視（gazed）下出場，並將彼此的性關係建立在女性必定要透過男性的陽具方能獲得滿足的模式，抑或是將陽具作爲女性欽羨表述的對象物。而陽具崇拜是明清豔情小說普遍具有的一種心理傾向，就像《金瓶梅》裡的西門慶，作者形容他「物如驢大」；《肉蒲團》裡的未央生，經由天際眞人的「性器移植手術」，使得微陽變成巨物；在《一片情》的第十一回，巴不著用銀刀將陰莖割開了一個大口子，可以鉗物以增加快感；而《如意君傳》裡的薛敖曹，雖然天生雄偉，但書中說他「掛斗粟而不垂」，亦是藉由「鍛鍊」那話兒，使其看起來更顯壯碩巨大。與人類童年時期所產生的生殖器崇拜完全不同，豔情小說中的陽具崇拜，既不是出於對性行爲和由此帶來的生育現象的好奇與恐懼，也不是基於傳宗接代的神聖使命感，而是建立在男性性意識的張揚與男性優越感的表現之上。

　　於是乎小說中出現大量描寫女子陽具崇拜的心理與誇大性器官的敘事話語也就不足爲奇了，這可以從豔情小說作品的相關描寫中得到映證。

　　例如在《一片情》第一回〈鑽雲眼暗藏箱底〉中，新玉與燕輕背著符老偷情，其文云：

　　　　（新玉）以手捧定燕輕的臉，以嘴布著燕輕的嘴道：「我的親親，天
　　　　生這般大的行貨子，差不多頂到奴的心裡了，你不信把手摸摸看。」

〔註150〕「陽具」（phallus）原指男性生殖器官，在心理分析理論中，它成爲男性權力的象徵，決定男尊女卑、二元對立的關係，在父權制的象徵秩序中，其表現體系被女性主義者稱爲「菲勒斯中心主義」（phallocentrism）或「男性中心主義」（androcentrism）。在此一體系中，男性是主體、是中心，在自我認知方面具有正面價值，而女性是客體、是男性的「他者」。而「菲勒斯中心主義」與「言語中心主義」（logocentrism）結合後，便形成了「菲勒斯言語中心主義」（phallogocentrism）。「菲勒斯言語中心主義」便是探討在男性書寫語言背面，即言語所指向的男性深層心理的男權意識。關於此部分可參見托里・莫以（Toril Moi）著：陳潔詩譯：《性別／文本政治：女性主義文學理論》（臺北：駱駝出版出版社，1995 年），頁 51～63。

燕輕道：「你與符老亦有此樂否？」新玉道：「還要提他起來，若不遇你，可不誤我一生，只道男女不過大略如此，如今才識裙帶之下有如此樂境。」（《一片情》頁40）

第六回〈老婆子救牝詭擇婿〉麻氏硬是要驗關盈腰間本錢大小，只見：

關盈道：「羞人的。怎麼好拿出來？」麻氏道：「害羞麼，等我自看。」就扯關盈坐在膝上，扯下他褲兒，把手去捏他那物，卻軟掛下。麻氏便捏兩捏，顛兩顛，只見篤將起來，也是大的，也是長的。……

向尚道：「不瞞媽媽說。我本錢又大，我本事又強。令愛從了我，也受用得過的。」（《一片情》頁224）

本回寫麻氏為女兒佛喜擇婿，條件是「本錢」要大外，還有「本事」也要強，關盈後來被麻氏嫌棄「抱慚而歸」，就是因無法讓她「爽快」。繼之向尚上場，仍不濟事，方有後來花幔與紅家三兄弟連番上陣的誇張情節。擇婿原是美事一椿，但在作者筆下，麻氏成了一個欲求不滿的淫婦，其文云：

你看麻氏一日之間，自花幔以至紅三，四度了，尚求通宵，真淫婦。

詩云：三易情郎歡已足，猶思帳底恣通宵。若非巧設連環計，那羨紅郎戰法高。（《一片情》頁242）

作者不僅耽溺於陽具崇拜的書寫，亦認定女子必然也渴望於此，最後再以「真淫婦」為作者不斷顯露之淫欲卸責。再看第八回〈待詔死戀路傍花〉中說，人要老婆跟得牢，須三事俱全：一要養得他活，二要管得他落，三要有本錢，中得他意。三事之中，大本錢尤要緊，並以「長有徑尺，大有一圍」來形容賈空的「好大東西」。（《一片情》頁299～300）文中說仰恭娶妻水氏，但其本身卻無能，水氏在丈夫身上無從得到肉體片刻的歡愉。其近鄰賈空，因仰仗本錢雄厚，有機可乘，利用與鄰婦私通的機會，勾搭水氏。水氏自見了賈空那大東西後，心下實想著道：「得將來插在那心兒裡，抽動起來，怎的不筋麻骨軟哩。」（《一片情》頁315）加上鄰婦又以言語挑逗：

不怕娘笑，就是賈待詔。那人好個大本錢，又長又粗，把來塞在我那孔兒裡，滿滿的抽動起來，更又下下著實，無一下不在我那花心兒，怎叫我丟得他下。（《一片情》頁315）

水氏一方面因婦人的煽惑，再加上長期身心的煎熬，終究抵不住「嚐嚐其中那段滋味」的誘惑，做出背夫失節之事來。賈空仗著自己「雄偉」的陽具，儼然扮演著女性性飢渴的治療者與救星。小說的敘事者話語，透露出這

樣的信息，那就是男性的陽具是女性快活的源泉，女性性欲的滿足和歡愉必得仰賴男性。小說文本處處以男性讀者的賞閱眼光加以介入和干涉，浸淫在性交細節描寫的樂趣之中。從中我們可以看到，作者除一方面表現著男性欲念的擴張外，另一方面對於女性長期以來被壓抑和禁錮的性欲予以積極的肯定。當然最重要的是，通過女性強烈的反應與需求，凸顯了男性在性交過程中所主導的核心位置，這也是男性自覺優越的原因，於是陽具成為豔情小說敘事話語的主線，無一例外。美國性學家雪兒・海蒂（Shere Hite，1942～）在她的《海蒂性學報告》一書中指出：

> 在父系社會裡，性交或勃起的陰莖象徵男性氣概，而個體的女性和整個文化都認可了這種男性的氣概。……對某些男人而言，要確認自己是男人不僅是進行性交，更是擁有或征服女人，感覺自己控制一切，比較優越。〔註151〕

　　這一結論雖得自美國當代男性，但同樣適用於中國古代的男性。豔情小說作家的潛意識中普遍認同這樣的觀念，陽具不僅能夠為男性自身帶來性的享受，而且還是女性獲得快感不可缺少的器物。女性對於陽具集體呈現出飢渴、崇拜甚至接近痴狂的地步。《載花船》卷二裡的芸娘背著丈夫與人偷情，正是因為姦夫「比兄弟又大又久，所以我真心愛你。」（《載花船》頁 47）因此，男性成為兩性話語的中心。「若不是這件東西，難道她自己會浪，自己會丟不成？」（《肉蒲團》賽崑崙語），這正是男性優越心理作祟的情結。那些獨守空閨的深宮怨婦，或是新寡人妻，往往由於身邊男性的缺席／無能，而感到飢渴難耐，遂與男子勾搭成奸，成了傳統禮教所不容的「淫婦」。《一片情》中所有婦女外遇的問題，皆可作如是觀。難能可貴的是，《一片情》作者將「汨而不返」、「迷而不悟」、「沉而不醒」、「蕩而不節」的種種淫靡放蕩行為皆稱為「鍾情」，將「以欲為情」的歷史評價大幅提高；且《一片情》尚從陰陽之理出發，對女性表示了一定程度的同情，如小說中普遍對於因男性的缺席／無能，導致女子出軌的行為表示理解，而對所謂的守節表示高度的懷疑，在第九回〈多情子漸得佳境〉中便說道：

> （寡婦）若三十以下，二十以上，此時欲心正熾，火氣正焰，如烈馬沒韁的時節，強要他守，鮮克有終。（《一片情》頁 334）

〔註151〕〔美〕雪兒・海蒂（Shere Hite）著：林瑞庭、譚智華譯：《海蒂性學報告：男人篇》（海口：海南出版社，2002 年）。

　　第二回〈邵瞎子近聽淫聲〉中杜羞月被父母強逼著嫁給邵瞎子，心下悶悶不樂，與風流浪子杜雲私通，小說出人意料地不但沒有譴責杜羞月，反而譏諷了邵瞎子，詩曰：

　　　　不幸天災喪了明，只宜守分度朝昏。縱教常作鶺鴒鳥，難免人敲舊竹門。（《一片情》頁77）

　　再者，若從性別政治權力話語的關係視之，所謂的陽具崇拜敘事話語，亦可類比於中國自古以來文人政治文化身分的處境。漢武帝時董仲舒從天人關係出發，根據「天尊地卑」的理論，建立了三綱五常說，稱「君臣父子夫婦之義，皆取諸陰陽之道。君為陽，臣為陰；父為陽，子為陰；夫為陽，婦為陰。」〔註152〕確立了君臣、父子、夫婦在倫理社會中的相應地位，也揭示出中國古代文人亦陰亦陽雙性同體的文化身分。從政治倫理的結構與秩序視之，在君主面前他們是臣，具有陰性的特質，處於卑賤的地位；但在家庭倫常的構成而言，他們在妻妾面前則具有陽剛的屬性，居於尊貴的位置。陰陽同體的身分，使他們在不同的對象面前扮演著不同的角色。

　　面對至高無上的君權淫威，為人臣者在政治上的「臣妾心態」，其陰柔卑下的特質，恰好表明了文人士子處於被閹割的政治文化心理狀態。葉舒憲分析中國的閹割文化與男性的人格特徵時，曾經指出：

　　　　以仁愛為號召、以中性化為內核的儒教思想，對於個體而言，具有一種心理閹割的潛能。一旦儒教為權力所利用並以獨尊的官學面目強加在個體知識分子的教化之中，此種能量也就獲得充分發揮的機遇，將個體朝著中性人格方面加以鑄塑陶冶。權力話語再通過褒揚就範者和懲誡不馴者的雙重強化示範，把心理閹割——馴化的功能兌現到淋漓盡致的地步。面對以權力為強有力後盾的閹割威脅，個人既不想受閹又不想毀滅的唯一可行性就只有「狂」了。〔註153〕

　　於是乎，中國在亂世之下便出現許多的狂人行跡，瘋癲怪誕、異端邪說甚至任情縱欲兼而有之。狂的表現形式可以是多樣的，阮籍式的放誕是狂，徐渭式的瘋顛是狂，未央生式的放縱欲望同樣是狂。男性應有的陽剛之氣在政治領域受到嚴重的壓抑下，根據轉換代謝的心理機制，它必然要從其他的

〔註152〕參見〔漢〕董仲舒：《春秋繁露》（合肥：黃山書局據清武英殿聚珍版叢書本影印，2009年），卷12，〈基義〉第53，頁62～63。

〔註153〕參見葉舒憲：《閹割與狂狷》（上海：上海藝文出版社，1999年）。

管道表現或者發洩出來，而對女性的支配與征服，便是男性表現自己釋放能量的絕佳方式。是故豔情小說中的一片淫聲浪語，不僅是明清之際邊緣文人面對心理閹割焦慮狀態的一種切身反映，更是男性深陷自我中心主義之迷思而無法自拔的窘境。在所謂的性別政治權力話語中，成爲一種極爲獨特的話語實踐方式。

第五章　結　論

　　明清之際（學界亦稱明末清初），是中國歷史文化轉型的一個特殊時期。處於此易代世變的階段，無論從歷史政治、社會經濟、思想文化與文學藝術等各方面來看，此時期的中國被視爲邁向現代化的一個轉捩點，整個社會發生急劇的轉型與變化。張岱〈夢憶序〉曾云：「陶庵國破家亡，無所歸止，披髮入山，駴駴爲野人。故舊見之，如毒藥猛獸，愕窒不敢與接。作自輓詩，每欲引決，因《石匱書》未成，尙視息人世。」〔註1〕張岱此番話道出了明朝亡國後，許多遺民心繫家國天下、發憤著書的隱痛。而張岱本人在深切反省過去的放蕩生活後，頗有今是昨非的感慨。觀其詩文，勾勒出現在與過去生活的落差，認爲是一種果報。由於昔日淫侈的生活導致了今日的悲劇局面。這不只是他個人的悲劇，也反映出整個晚明時代的墮落，士風的沉淪，終於導致國家覆亡。這種末世情懷經由個人的懺悔顧戀開始，到集體的傷逝意識，不只一次次地出現在晚明遺民身上，且成爲他們潛意識裡不斷盤旋揮之不去的慘痛記憶，此亦可視爲易代之際話本小說作者創作的最大動機之一。再者，就中國傳統的文學觀而言，在晚明通俗文化思潮影響下，作家在創作過程中必須面對詩文價值與商品消費的矛盾對話，傳統文化與流行思潮的互相衝突。當作家放棄正統文學的創作觀而選擇通俗小說的話語形式，進行邊緣的敘事創造時，無不試圖通過美感經驗與社會實踐互涉的文學形式來建構其特定的歷史經驗，並藉以託言情志。因此，正值明清之際歷史文化轉型的一種話語構成和文化表徵，話本小說集體敘事現象的形成，其話語所體現的不僅僅是一種美學意義，同時也是一種文化價值。

〔註1〕　參見〔明〕張岱著；夏咸淳校點：《張岱詩文集》（上海：上海古籍出版社，1991年），〈琅嬛文集〉，卷1，〈夢憶序〉，頁111。

　　周憲（1954～）在《文化表徵與文化研究》一書中，曾經提到晚近的社會科學和人文科學中的文化研究，以「文化的概念」與「文化社會學」建立起一種新的研究視野。他特別強調此種研究方法，專注在對文化的行為與理解的研究，必須在考察文化行為的同時，尤其要注意行為「主體」對自己「行為」的理解和意識。他指出：

　　　我們在文化研究中不僅要注意到變化著的現實，更要注意促成這樣
　　　變化的行為主體是如何解釋或理解文化本身的。……文化研究本質
　　　上不過是「解釋的解釋」、「文本的文本」，這第一個「文本」是歷史
　　　本身，而第二個文本則是對前者的解釋。〔註2〕

　　我們若將明清易代之際話本小說的敘事話語視為一組龐雜的文化符碼，而把這組符碼作為一種集體文化的表徵，我們便可從中將這些符號的形態、結構與規則的變化中，尋繹出文化意義產生變化的根源。文化研究成為對表意符號的理解和解釋的再理解和再解釋。這種意義的解釋不同於過去傳統的實證研究，因為它不再把文化看成是「物理性的事實」，而是視為「意義的過程」，視為「與文化主體和文化解釋的主體互動的主體間關係」。〔註3〕

　　基於此種認知，我們若從宏觀的角度視之，明清之際亡國易代所帶來的歷史動盪，可視為時代整體創作的文化背景因素。此時期的時代氛圍所衍生的特殊文化語境，作為這段歷史身臨其境見證者的通俗小說家，鮮能不受其影響的。且社會上的任何一種文化現象就是一種話語，而影響和控制話語的根本因素，就是存在於當時時空背景環境中的政治權力。歷史上任何時期的權力乃是通過話語構成來實施的，而話語便是掌握權力的有效途徑。文學的話語同樣源於權力，在某種意義上，是社會歷史和政治關係的產物。明清之際話本小說的話語構成，可視為正值朝代鼎革、時移世變之際，作家群體對於自我生活處境的一種價值思考。因此話語實踐既有歷史文化語境的制約因素存在，亦充滿了政治性的意識形態表現。除此之外，我們還要注意的是蔚為大觀的晚明思潮對爾後的清初社會所產生的影響。尤其自李贄的「童心說」始，其後的湯顯祖、袁宏道與馮夢龍等人實際參與的創作，在「適俗」與「尊情」會通並置的文化取向及其話語實踐上，共構出一種全新的審美時尚。〔註4〕而清初部分話本小說作

〔註2〕　參見周憲：《文化表徵與文化研究》（北京：北京大學出版社，2007年），頁4。
〔註3〕　參見周憲：《文化表徵與文化研究》（北京：北京大學出版社，2007年），頁5。
〔註4〕　朱義祿：《逝去的啟蒙──明清之際啟蒙學者的文化心態》（鄭州：河南人民

家仍延續了晚明通俗文學家普遍重視人性情感之本質，強調重情貴真的本色姿態，亟欲凸顯人性與自由的真諦。此亦可視為晚明言情論述的餘緒，在話本小說的發展脈絡上，具有承繼的關係。

但若就微觀的文人作家的創作意識而言，誠如本章開頭所揭示的，作家放棄雅正文學的創作觀而選擇通俗小說的話語系統，來進行邊緣的敘事創造，託物言志，這背後一定有其特殊的時代意義。於是明清易代話本小說的變遷，不論從宏觀抑或微觀處著眼，便呈現兩條清晰可辨的脈絡。其一，可從文化表徵與文化研究的層面切入。此時期的小說家皆不約而同地對易代鼎革與現實人生進行了各種角度的反思與省視，總體來說，亦可視為對晚明思潮的一種反動。而江山易主、朝代更迭的時代氛圍裡，更羼雜了許多文人切身的感觸，其中的「滄桑感」，幾乎成為清初話本小說擺脫不去的一種氣質〔註5〕。它複雜的心境包含了時代巨變所帶來的精神與物質的創傷，遺民壯志未酬的悲憤以及無可奈何的自我安慰。但若以小說作為反映「死敗者理之常，而生成者事之變也」，其借古諷今、蘊含深意的寄託，則為亙古不變的意義所在。如偽齋主人為《無聲戲》所作的序中嘗云：

> 一旦畫圖省識，琵琶遣行，蜚語驚聞，弧矢夕隕，正當搶地呼天之際，尚以此作大宅中清涼飲子；況生宇宙熙恬之日，附翼攀鱗者，耐金不寒帶礪之盟，錦袍得拜歌舞之賜，覩此持盈守正，免於憂患者哉。如是，則《說難》可廢。以為戲可，即以為《春秋》諸傳亦可。（《無聲戲》頁 424）

李漁的筆鋒素來蘊藏戲謔之意，予人一種與時代脫鉤的錯覺。偽齋主人《無聲戲》序文，無非提醒世人，李漁的小說裡亦有所謂的亂世生存哲學。正因置身亂世，才必須「持盈守正，免於憂患」。這種獨特的小說觀也只有值此亂變之際才得以為人所理解。

其次，針對清初話本小說的藝術形式來說，此階段的話本小說已逐漸擺脫晚明話本的餘緒，因此在文體表現形式上有所突破，呈現多樣化與成熟的型態。就創作者而言，作家的自覺意識更為濃厚，個人風格較明人突出。以作品而言，此時期的話本小說文人化的傾向更為明顯，尤其難能可貴的是，

出版社，1995 年），頁 244。
〔註5〕 參見朱海燕：《明清易代與話本小說的變遷》（武漢：華中科技大學出版社，2007 年），頁 227。

雅／俗會通的過程，並不妨礙文人作者貼近世俗社會，描寫市井小民的悲喜哀樂。

　　除第一章敘論外，在本篇論文第二章〈明清之際話本小說敘事話語的反思（I）——末世話語〉、第三章〈明清之際話本小說敘事話語的反思（II）——諧謔話語〉、第四章〈明清之際話本小說敘事話語的反思（III）——性別話語〉中，分別就歷史時事、喜劇諧謔與性別話語三大區塊作深入討論。這三大範疇細究之，不論在內容或是話語的指涉上，其實彼此之間互有含攝的比例不少，界線不是那麼地鮮明。

　　以李漁《十二樓》中〈生我樓〉的入話爲例，便有一闋被掠婦人所寫的〈望江南〉詞，將女子受辱後，面臨「進退兩難，存亡交阻」的痛苦與矛盾完全表現出來。〈望江南〉中的女子，即是亂世婦女悲慘命運的縮影。李漁與同時代的話本小說家，描寫婦女因戰亂流離失所的不知凡幾，皆如實反映了鼎革之際的動亂時局。這些話本小說所言，原本將之歸納在末世話語的範疇中，以凸顯其末世情境，但若將之統攝在性別話語裡亦無不可。這裡面不僅有女子自述悲涼之語，在國難與士人的性別焦慮中，更蘊藏了從明亡後有關貞節烈女的話語，有識之士甚至認爲明朝覆滅實與程朱理學氾濫致使士夫女子化的傾向有關。〔註6〕有趣的是，李漁的小說作品充滿了戲謔的笑聲，他善於運用喜劇性的敘事話語，營造全篇小說的氛圍，使得小說中的情節與人物，往往苦中帶笑、笑中帶淚。最後再以千篇一律的團圓結局作結。由此視之，這又涉及到了諧謔話語的範疇。是故，「末世話語」、「諧謔話語」與「性別話語」三大領域彼此之間互有交集疊合與獨立發展之處。同中有異，異中存同。

　　本論文〈緒論〉中曾以克利福德・格爾茨（Clifford Geertz）《文化的解釋》（*The Interpretation of Culture*）一書中對文化現象做出的詮釋，說明文學創作本身即是一種複雜的文化現象。藉由此種概念，可以提供考察人類生存的潛

〔註6〕　此部分可分別參看本論文第二章〈明清之際話本小說敘事話語的反思（I）——末世話語〉第二節第三段與第四章〈明清之際話本小說敘事話語的反思（III）——性別話語〉第二節的部分。無獨有偶的，黃衛總的單篇論文〈國難與士人的性別焦慮——從明亡之後有關貞節烈女的話語說起〉，亦是將明清易代之際士夫盡忠與女子殉節的微妙聯繫作了精闢的論述，並以顏元直指明朝覆滅與程朱理學氾濫導致當時士大夫的女性化有關的論點作綜合性的探討，收錄於王璦玲主編：《明清文學與思想中之主體意識與社會——文學篇》下冊（臺北：中研院文哲所，2004年），頁385～412。

流之「深描」（thick description）。〔註7〕論文中出現的任何一個「文本」
（context），皆是爲了闡述作爲一種世變的豐富言說，爲了達成論述的有效性
而做出的編排。筆者的目的，是希望從話本小說中細小但編織得非常縝密的
事實／敘事中，嘗試得出一個宏大結論，以回應各章節話語的概念與話語的
反思。通過將那些概括文化對於建構集體生活的泛論，貫徹到與複雜的具體
細節的相結合中，來支持立論廣泛的觀點。格爾茨對於社會文化複雜的成形
過程有一非常巧妙的譬喻，他認爲一個文化的成形就像八爪章魚的每隻腳，
各自擁有自己的力量，彼此削減或互動，但往前行時，最後會匯聚成一個總
向量。也就是說，格爾茨認爲社會文化中存在各種不同的意識形態，它們彼
此之間最後會像章魚一樣，形成一個總向量的共識。因此社會文化中所包含
的認知、觀念、信仰、實踐與權力等，不僅兼具複雜性與模糊性，這其中的
意識形態如何到利益、思想與信仰的共識，又如何展現其自身的變遷能力，
實與形塑此「共生」概念的社會群體脫離不了關係。〔註8〕

　　末世話語、諧謔話語與性別話語在文本中具有各種層次的展演與對話，
話語與話語之間亦各自呈現出不同的反思，包括它們各自回應的明清易代（晚
明／清初）的話語，或是李漁的亂世權變的話語，或是奴變、貞女與第二性
的話語等等，皆爲文化發展歷程中兼容並蓄的一個有機體。不論明清之際帶
給我們的是如何多元紛繁的文化面貌，是脫軌失序抑或啓蒙的轉機，當清康
熙陸續平定三藩之亂、收復臺灣、統一全國之後，所有眾聲喧嘩的話語逐漸
歸趨一致，社會文化的總向量、順民意識於焉誕生。而作爲過渡階段的明清
之際，以話本小說視之，其話語之紛然雜陳，堪稱爲一易代變奏交響曲，當
曲終人散，話語復隱沒入闃靜之中。

　　論文中視末世話語、諧謔話語與性別話語爲文化發展歷程中的各個不同
向量（dimension），但這三個看似不同範疇與話語詮釋的文化向量，其實可用
如下正三角形之圖示，顯示 triple dimension 彼此之間既平衡包容，又互相競
爭對話的一個立體空間。明清易代之際，代表著大清國來臨前夕的失序、脫
軌與變形置換，呈現多元紛雜的面貌。此時期的通俗話本小說，適成爲此空

〔註7〕　見〔美〕克利福德・格爾茲（Clifford Geertz）著；納日碧力戈等譯：《文化的
　　　　解釋》（The Interpretation of Culture）（上海：上海人民出版社，1999年），頁6。
〔註8〕　參見高桂惠：《追蹤躡跡：中國小說的文化闡釋》（臺北：大安出版社，2005
　　　　年），頁89。

間場域對話的平臺，架構出末世話語、諧謔話語與性別話語三種話語涵蓋的
明清易代的話語現象。當然，若以所謂的後現代觀點來看，話語中尚有「未
完成性」與「指向性」的特徵。此一開放的對話場域一旦形成，即意味著本
論文具有先天性的不足之處。若能繼續將明清易代之際話本小說中敘事話語
的其他面向加以延伸考察，以補足本篇文論述的缺漏，無疑將是話語再次展
現其自身魅力的時候。

圖 5-1　末世話語、諧謔話語、性別話語（triple dimension）
　　　　歸趨總向量示意圖

參考文獻

一、專　書

（一）所論清初話本小說版本

五色石主人：《八洞天》

　　《古本小說集成》第四批影印清初寫刻本

　　《中國話本大系》1993 年陳翔華點校本

天花主人：《雲仙嘯》

　　《古本小說集成》第一批影印清初刊本

　　《中國話本大系》1993 年李偉實校點本

五一居主人：《五更風》

　　《古本小說集成》第四批影印清初刊本

心遠主人：《二刻醒世恆言》

　　《古本小說集成》第二批影印雍正刊本

不題撰人：《一片情》

　　《古本小說集成》第四批影印好德堂刊本

不題撰人：《人中畫》

　　《古本小說集成》第一批影印尚志堂刊本

　　《中國話本大系》1993 年趙伯陶點校本

斗山學者：《跨天虹》

　　《古本小說集成》第二批影印舊刊殘本

古吳墨浪子：《西湖佳話》

    《古本小說集成》第一批影印金陵王衙精刊本

    《中國話本大系》1993 年黃強點校本

西泠狂者：《載花船》

    《中國話本大系》1993 年江木點校本

李漁：《十二樓》

    《古本小說集成》第二批影印消閑居本

    《中國話本大系》1991 年崔子恩校點本

李漁：《連城璧》

    北京中華書局《古本小說叢刊》第二十輯影印佐伯文庫本

    《中國話本大系》1991 年胡小偉點校本

坐花散人：《風流悟》

    《古本小說集成》第二批影印清刊本

谷口生等：《生綃剪》

    《古本小說集成》第一批影印清初原刊本

艾衲居士：《豆棚閒話》

    《古本小說集成》第二批影印瀚海樓刊本

    《中國話本大系》1993 年張道勤點校本

東魯古狂生：《醉醒石》

    《古本小說集成》第一批影印瀛經堂覆刻本

    《明清善本小說叢刊初編》第一輯影印清初刊本

    《中國話本大系》1994 年程有慶校點本

酌（玄）元亭主人：《照世盃》

    《古本小說集成》第三批影印佐伯文庫本

    《中國話本大系》1993 年徐中偉、袁世碩點校本

陸雲龍：《清夜鐘》

    《古本小說集成》第四批影印清初刊本

    《中國話本大系》1991 年李漢秋、陸林校點本

釣鰲逸客：《飛英聲》

    《古本小說集成》第四批影印清刊本

華陽散人：《鴛鴦鍼》

《古本小說集成》第一批影印清初刊本

筆鍊閣主人：《五色石》

　　《古本小說集成》第二批影印清初刊本

　　《中國話本大系》1993 年蕭欣橋點校本

嗤嗤道人：《警寤鐘》

　　《古本小說集成》第三批影印萬卷樓覆刻本

　　《中國話本大系》1994 年顧青點校本

煙水散人：《珍珠舶》

　　《古本小說集成》第一批影印日本鈔本

　　《中國話本大系》1993 年丁炳麟點校本

墨憨齋主人：《十二笑》

　　《古本小說集成》第一批影印清初寫刻本

蕭湘迷津渡者：《錦繡衣》

　　《古本小說集成》第五批影印中國社會科學院藏本

蕭湘迷津渡者：《都是幻》

　　《古本小說集成》第三批影印北京圖書館藏本

蕭湘迷津渡者：《筆梨園》

　　《古本小說集成》第三批影印清刊殘本

（二）古籍文獻

1. 《大清世祖章（順治）皇帝實錄》（臺北：華聯出版社，1964 年）。

2. 中國人民大學清史研究所編：《清史編年》（北京：中國人民大學出版社，1986

3. 年）。

4. 文秉：《烈皇小識》（合肥：黃山書社據清鈔明季野史彙編前編本影印，2009 年）。

5. 文秉：《甲乙事案》（合肥：黃山書社據清鈔本影印，2009 年）。

6. 王秀楚：《揚州十日記》（合肥：黃山書社據清鈔本影印，2009 年）。

7. 王應奎：《柳南續筆》（合肥：黃山書社據清借月山房彙鈔本影印，2009 年）。

8. 王夫之：《讀通鑑論》（合肥：黃山書社據清船山遺書本影印，2009 年）。

9. 王夫之：《船山全書》（長沙：嶽麓書社，1988 年）。

10. 王錡：《寓圃雜記》（北京：中華書局，1984 年）。

11. 王守仁：《陽明先生則言》（合肥：黃山書社據明嘉靖十六年刻本影印，2009 年）。

12. 王端淑：《名媛詩緯初編》（臺北：國立中央圖書館縮影資料，據清康熙間清音堂刊本）。

13. 王士禎：《香祖筆記》（臺北：廣文書局，1968 年）。

14. 王國維：《王國維戲曲論文集》（臺北：里仁出版社，1993 年）。

15. 孔穎達：《禮記正義》（臺北：藝文印書館十三經注疏本，1960 年景清嘉慶二十年江西南昌府學刻本）。

16. 孔穎達：《毛詩正義》（臺北：藝文印書館十三經注疏本，1960 年景清嘉慶二十年江西南昌府學刻本）。

17. 天花藏主人著；王多聞校點：《兩交婚》（瀋陽：春風文藝出版社，1985 年）。

18. 司馬遷撰；裴駰集解；司馬貞索隱；張守節正義；楊家駱主編：《史記》（臺北：鼎文書局，1977 年）。

19. 朱熹：《四書章句集注》（臺北：大安出版社，1987 年）。

20. 伊世珍輯：《瑯嬛記》（合肥：黃山書社據明萬曆刻本影印，2009 年）。

21. 伍袁萃：《林居漫錄》（合肥：黃山書社據明萬曆刻本影印，2009 年）。

22. 朱國禎：《湧幢小品》（合肥：黃山書社據明天啟二年刻本影印，2009 年）。

23. 有嫣血胤等撰：《多爾袞攝政日記》（臺北：廣文書局，1976 年）。

24. 全祖望：《鮚埼亭集》（合肥：黃山書社據四部叢刊景清刻姚江借樹山房本，2009 年）。

25. 沈約撰；楊家駱主編：《新校本宋書》（臺北：鼎文書局，1975 年）。

26. 李昉：《太平廣記》（合肥：黃山書社據民國景印明嘉靖刻本，2009 年）。

27. 李清著；四庫禁燬書叢刊編纂委員會編：《三垣筆記》（北京：北京出版社，2000 年）。

28. 李耳撰；河上公注：《老子道德經》（合肥：黃山書社據四部叢刊景宋本，2009 年）。

29. 吳應箕等著：《東林始末》（臺北：廣文書局，1977 年）。

30. 李贄：《開卷一笑》（臺北：天一出版社，1985 年）。

31. 李贄：《焚書》（合肥：黃山書社據明刻本影印，2009 年）。

32. 吳越草莽臣：《魏忠賢小說斥奸書》（古本小說集成編委會編，上海古籍出版社，1990 年）。

33. 呂坤：《去僞齋文集》（合肥：黃山書社據清康熙三十三年呂慎多刻本影印，2009 年）。

34. 李夢陽：《空同集》（合肥：黃山書社據清文淵閣補配文津閣四庫全書本影印，2009 年）。

35. 李清：《三垣筆記》（合肥：黃山書社據民國嘉業堂叢書本影印，2009 年）。

36. 李肇翔等編：《四庫禁書》（北京：京華出版社，2001 年）。

37. 阮元：《四庫全書總目提要》（臺北：漢京文化事業有限公司，1981 年）。

38. 李遇時修；楊柱朝纂：《岳州府志》（出版地不詳：中國書店出版，1992 年清康熙二十四年刻本）。

39. 沈垚：《落帆樓文集》（合肥：黃山書社據民國吳興叢書本影印，2009 年）。

40. 吳偉業：《梅村家藏稿》（合肥：黃山書社據四部叢刊景清宣統武進董氏本，2009 年）。

41. 李清：《南渡錄》（合肥：黃山書社據清鈔本影印，2009 年）。

42. 杜濬：《變雅堂遺集》（合肥：黃山書社據清光緒二十年黃岡沈氏刻本影印，2009 年）。

43. 抱陽生：《甲申朝事小記》（北京：書目文獻，1987 年）。

44. 林侑蒔主編：《倒浣紗傳奇》（臺北：天一出版社，出版年不詳）。

45. 孟元老：《東京夢華錄》（合肥：黃山書社據清文淵閣四庫全書本影印，2009 年）。

46. 青心才人編次：《金雲翹傳》（上海：上海古籍出版社，1990 年古本小說集成編委會編《古本小說集成》）。

47. 抱甕老人編；馮裳標校：《今古奇觀》（上海：上海古籍出版社，1992 年）。

48. 周清原：《西湖二集》（合肥：黃山書社據明崇禎刊本影印，2009 年）。

49. 林時對：《荷牐叢談》（臺北：臺灣銀行經濟研究室編，1962 年）。

50. 林時對：《弘光實錄鈔》（合肥：黃山書社據清光緒三年鈔本影印，2009 年）。

51. 邵廷采：《思復堂文集》（杭州：古籍出版社，1987 年）。

52. 屈大均著；歐初、王貴忱主編：《屈大均全集》（北京：人民文學出版社，1996 年）。

53. 金堡：《徧行堂集續集》（合肥：黃山書社據清乾隆五年刻本，2009 年）。

54. 段玉裁：《說文解字注》（合肥：黃山書社據清嘉慶二十年刻本影印，2009 年）。

55. 段成式：《酉陽雜俎》（合肥：黃山書社據四部叢刊景明本，2009 年）。

56. 計六奇：《明季北略》（合肥：黃山書社據清活字印本影印，2009 年）。

57. 計六奇：《明季南略》（合肥：黃山書社據清初述古堂鈔本影印，2009 年）。

58. 皇侃：《論語集解義疏》（合肥：黃山書社據清知不足齋叢書本影印，2009

年）。

59. 洪邁：《容齋三筆》（臺北：新興書局，1978 年）。

60. 紀昀等總纂：《景印文淵閣四庫全書》（臺北：臺灣商務印書館，1986 年）。

61. 俞樾：《九九銷夏錄》（北京：中華書局，1995 年）。

62. 查繼佐：《罪惟錄》（合肥：黃山書社據四部叢刊三編景手稿本影印，2009 年）。

63. 孫奭：《孟子注述》（臺北：藝文印書館十三經注疏本，1960 年景清嘉慶 二十年江西南昌府學刻本）。

64. 孫詒讓：《墨子閒詁》（合肥：黃山書社據清光緒三十三年刻本影印，2009 年）。

65. 袁采：《袁氏世範》（合肥：黃山書社據清知不足齋叢書本影印，2009 年）。

66. 班固：《漢書》（臺北：鼎文書局，1976 年）。

67. 韋昭注：《國語韋氏解》（合肥：黃山書社據士禮居叢書景宋本，2009 年）。

68. 徐彥：《春秋公羊傳注疏》（臺北：藝文印書館十三經注疏本，1960 年景 清嘉慶二十年江西南昌府學刻本）。

69. 凌濛初撰；楊家駱主編：《初刻拍案驚奇》（臺北：世界書局，1975 年）。

70. 徐渭：《徐渭集》（北京：中華書局，1983 年）。

71. 徐渭：李復波、熊澄宇注釋：《南詞敘錄注釋》（北京：中國戲劇出版社， 1989 年）。

72. 徐鼐《小腆紀年附考》（合肥：黃山書社據清咸豐十一年刻本影印，2009 年）。

73. 凌濛初編：《拍案驚奇》（上海：上海古籍出版社，1993 年）。

74. 涂山：《明政統宗》（合肥：黃山書社據明萬曆刻本影印，2009 年）。

75. 袁中道：《珂雪齋集》（合肥：黃山書社據明萬曆四十六年刻本影印，2009 年）。

76. 袁宏道：《袁中郎全集》（合肥：黃山書社據明崇禎刊本影印，2009 年）。

77. 袁宏道著；錢伯城箋校：《袁宏道集箋校》（上海：上海古籍出版社，1981 年）。

78. 袁珂校注：《山海經校注》（臺北：里仁書局，1995 年）。

79. 夏完淳：《續倖存錄》（合肥：黃山書社據清鈔本影印，2009 年）。

80. 高洪鈞：《馮夢龍集箋注》（天津：天津古籍出版社，2006 年）。

81. 唐甄：《潛書》（臺北：河洛圖書出版社，1974 年）。

82. 浪墨仙人編輯：《百煉眞海烈婦傳》（上海：上海古籍出版社，《古本小說 集成》編委會編，1990 年）。

83. 孫之騄:《二申野錄》(濟南:齊魯書社,1996 年)。

84. 張岱:《石匱書後集》(合肥:黃山書社據清鈔本影印,2009 年)。

85. 張岱:《陶菴夢憶》(合肥:黃山書社據清乾隆五十九年王文誥刻本影印,2009 年)。

86. 張岱著;夏咸淳校點:《張岱詩文集》(上海:上海古籍出版社,1991 年)。

87. 張履祥:《楊園先生全集》(合肥:黃山書社據清重訂楊園先生全集本影印,2009 年)。

88. 張廷玉等撰、楊家駱主編:《新校本明史並附編六種》(臺北:鼎文書局,1975 年)。

89. 夏燮:《明通鑑》(合肥:黃山書社據清同治刻本影印,2009 年)。

90. 郭慶藩撰;王孝魚點校:《莊子集釋》(北京:中華書局,1989 年)。

91. 郭慶藩:《莊子集釋》(合肥:黃山書社據清光緒思賢講舍刻本影印,2009 年)。

92. 陳維崧:《迦陵文集》(合肥:黃山書社據四部叢刊景清本影印,2009 年)。

93. 陳確:《陳確集》(臺北:漢京文化事業有限公司出版,1984 年)。

94. 陳壽祺:《韓詩遺說考》(合肥:黃山書社據清左海續集本影印,2009 年)。

95. 陳良謨:《陳忠貞公遺集》(臺北:新文豐出版公司叢書集成續編,1985 年)。

96. 陳子龍撰、談蓓芳整理:《陳子龍集》,收錄於誠成企業集團(中國)有限公司製作《傳世藏書》(海口:海南國際出版中心,1996 年)。

97. 章太炎:《國學講義錄》(上海:華東師範大學出版,1995 年)。

98. 曹寅:《全唐詩》(合肥:黃山書社據清文淵閣四庫全書本影印,2009 年)。

99. 曹雪芹、高鶚原著;馮其庸等校著:《革新版彩畫本紅樓夢校著》(臺北:里仁書局,2000 年)。

100. 清高宗敕撰:《清朝文獻通考》(杭州:浙江古籍出版社,2000 年)。

101. 范文瀾:《文心雕龍註》(臺北:明倫出版社,1971 年)。

102. 章學誠:《文史通義》(合肥:黃山書社據民國章氏遺書本影印,2009 年)。

103. 章學誠:《文史通義》(臺北:中華書局,1970 年)。

104. 陸以湉:《冷廬雜識》(合肥:黃山書社據清咸豐六年刻本影印,2009 年)。

105. 范曄:《後漢書》(臺北:鼎文書局,1975 年)。

106. 梅村野史:《鹿樵紀聞》(南投:臺灣省文獻委員會,1995 年)。

107. 陶樑:《詞綜補遺》(合肥:黃山書社據清道光十四年刻本影印,2009 年)。

108. 彭遵泗:《蜀碧》(合肥:黃山書社據清道光指海本影印,2009 年)。

109. 程顥、程頤:《二程集》上冊(臺北:漢京文化出版社,1983 年)。

110. 程顥、程頤：《二程遺書》（上海：上海古籍出版社，1992 年）。

111. 馮夢龍著；魏同賢主編：《馮夢龍全集》（上海：上海古籍出版社，1993 年）。

112. 馮夢龍等著；李曉、愛萍主編：《明清笑話十種》（西安：三泰出版社，1998 年）。

113. 馮夢龍輯：《甲申紀事》（合肥：黃山書社據明弘光元年刻本影印，2009 年）。

114. 湯顯祖：《玉茗堂全集》（合肥：黃山書社據明天啓刻本影印，2009 年）。

115. 黃霖編：《金瓶梅資料彙編》（北京：中華書局，1987 年）。

116. 黃彰健：《明代律例彙編》（南港：中央研究院歷史語言研究所，1994 年）。

117. 黃淳耀：《陶菴全集》（合肥：黃山書社據清文淵閣補配文津閣四庫全書本影印，2009 年）。

118. 黃宗羲：《黃宗羲全集》（臺北：里仁書局據 1985 年北京中華書局所刊沈芝盈點校本排印，1987 年）。

119. 黃文暘撰；董康校訂：《曲海總目提要》（天津：天津古籍出版社，1992 年）。

120. 黃承增編輯：《廣虞初新志》（北京：人民日報出版社據民國間上海掃葉山房石印本排印，1997 年）。

121. 楊鳳苞：《秋室集》（合肥：黃山書社據清光緒十一年刻本影印，2009 年）。

122. 楊家駱主編：《中國笑話書》（臺北：世界書局，1996 年）。

123. 嗤嗤道人撰、鍾毅校點：《警寤鐘》（瀋陽：春風文藝出版社，中國古代珍稀本小說，1994 年）。

124. 董含撰、致之校點：《三岡識略》（瀋陽：遼寧人民出版社，2000 年）。

125. 董仲舒：《春秋繁露》（合肥：黃山書局據清武英殿聚珍版叢書本影印，2009 年）。

126. 新興書局編：《筆記小說大觀》（臺北：新興書局，1978 年）。

127. 新文豐出版公司編輯部編：《叢書集成新編》（臺北：新文豐出版公司，1985 年）。

128. 趙曄：《吳越春秋》（合肥：黃山書社據四部叢刊景明弘治本，2009 年）。

129. 趙爾巽等撰：《清史稿》（北京：中華書局，1977 年）。

130. 趙爾巽、柯劭忞等編；楊家駱主編：《楊校標點本清史稿附索引》（臺北：鼎文書局，1981 年）。

131. 蒲松齡：《聊齋志異》（合肥：黃山書社據清鑄雪齋鈔本影印，2009 年）。

132. 臺灣銀行經濟研究室編撰：《研堂見聞雜記》（臺北：臺灣銀行經濟研究室編撰，1968 年）。

133. 劉向撰、梁端校注：《列女傳校注》（臺北：中華書局，1987 年）。

134. 談遷：《國榷》（合肥：黃山書社據清鈔本影印，2009 年）。

135. 鄭方坤：《五代詩話》（合肥：黃山書社據清粵雅堂叢書本影印，2009 年）。

136. 歐陽修、宋祁合撰；楊家駱主編：《新校本新唐書》（臺北：鼎文書局，1976 年）。

137. 鄭思肖撰；楊家駱主編：《鐵函心史》（臺北：世界書局，1975 年）。

138. 潘之恒：《亘史鈔》（濟南：齊魯書社，1995 年）。

139. 劉廷璣：《在園雜志》（臺北：文海出版社，1969 年）。

140. 錢謙益：《列朝詩集》（上海：三聯書店，1989 年，據清順治九年（1652年）毛氏汲古閣刻本重印）。

141. 錢謙益：《列朝詩集小傳》（臺北：明文出版社，1991 年）。

142. 錢泳：《履園叢話》（合肥：黃山書社據清道光十八年刻本影印，2009 年）。

143. 錢泳：《甲申傳信錄》（合肥：黃山書社據清鈔本影印，2009 年）。

144. 錢澄之：《藏山閣集》（合肥：黃山書社據清光緒三十四年鉛印本影印，2009 年）。

145. 謝肇淛：《文海披沙》（合肥：黃山書社據明萬曆三十七年刻本影印，2009年）。

146. 鍾惺：《隱秀軒集》（合肥：黃山書社據明天啓二年刻本影印，2009 年）。

147. 戴名世：〈弘光朝偽東宮偽后及黨禍紀略〉，見氏著；王樹民編校：《戴名世集》（北京：中華書局，1986 年）。

148. 顏元著；王星賢、張芥塵、郭徵點校：《顏元集》上冊（北京：中華書局，1987 年）。

149. 魏禧：《魏叔子文集》（北京：中華書局，2003 年）。

150. 魏禧：《魏叔子文集外篇》（合肥：黃山書社據清寧都三魏全集本影印，2009 年）。

151. 魏裔介著；魏連科點校：《兼濟堂文集》（北京：中華書局，2007 年）。

155. 戴笠撰、吳殳刪訂：《懷陵流寇始終錄》（合肥：黃山書社據清初述古堂鈔本影印，2009 年）。

153. 歸有光：《震川先生集》（合肥：黃山書社據四部叢刊景清康熙本，2009年）。

154. 懶道人口授：《剿闖小說》（北京：中華書局，1991 年）。

155. 鵬九：《勝國紀聞》（臺北：廣文書局，1983 年）。

156. 關漢卿等撰：楊家駱主編《元人雜劇鉤沉》（臺北：世界書局，1964 年）。

157. 顧炎武撰、黃汝成集釋；欒保群、呂宗力校點：《日知錄集釋》（石家莊：

花山文藝出版社，1990 年）。

158. 灌圃耐得翁：《都城紀勝》《叢書集成續編》（臺北：新文豐出版公司，1991 年）。

159. 灌圃耐得翁：《都城紀勝》（合肥：黃山書社據清武林掌故叢編本影印，2009 年）。

160. 顧公燮著；甘蘭經等點校：《丹午筆記》（南京：江蘇古籍出版社，1991 年）。

161. 顧炎武：《日知錄》（合肥：黃山書社據清乾隆刻本影印，2009 年）。

162. 顧炎武：《顧亭林詩文集》（北京：中華書局，1959 年）。

163. 顧炎武撰；黃汝成集釋：《日知錄集釋》（合肥：黃山書社據清道光刻本影印，2009 年）。

（三）文學研究

中文專書

1. 三民書局大辭典編纂委員會編輯：《大辭典》（臺北：三民書局，1985 年）。

2. 于成鯤：《中國喜劇研究：喜劇性與笑》（上海：學林出版社，1992 年）。

3. 方正耀：《明清人情小說研究》（上海：華東師範大學，1986 年）。

4. 王夢鷗：《唐人小說研究》（臺北：藝文印書館，1973 年初版）。

5. 王德威：《眾聲喧嘩：三○與八○年代的中國小說》（臺北：遠流出版，1988 年）。

6. 王德威：《想像中國的方法：歷史‧小說‧敘事》（北京：三聯書店，1998 年）。

7. 王德威：《歷史與怪獸》（臺北：麥田出版社，2004 年）。

8. 王先霈、周偉民：《明清小說理論批評史》（花城出版社，1988 年）。

9. 王國健：《明清小說思潮論稿》（廣州出版社，1993 年）。

10. 王立：《中國古代文學十大主題──原型與流變》（臺北：文史哲出版社，1994 年）。

11. 王利器、王貞珉編：《中國笑話大觀》（北京：北京出版社，1995 年）。

12. 王增斌：《明清世態人情小說史稿》（北京：中國文聯出版社，1998 年）。

13. 王崗：《浪漫情感與宗教精神：晚明文學與文化思潮》（香港，天地圖書有限公司，1999 年）。

14. 王一川：《修辭論美學：文化語境中的二十世紀中國文藝》（長春：東北師範大學出版社，1997 年）。

15. 王璦玲主編：《明清文學與思想中之主體意識與社會──文學篇》下冊（臺北：中研院文哲所，2004 年）。

16. 王瓊玲主編:《晚明清初戲曲之審美構思與其藝術呈現》(臺北:中研院文哲所,2005年)。

17. 王瓊玲主編:《空間與文化場域:空間移動之文化詮釋》(臺北:漢學研究中心,2009年)。

18. 王瓊玲主編:《明清文學與思想中之情、理、欲──文學篇》(臺北:中研院文哲所,2009年)。

19. 毛文芳:《物‧性別‧觀看──明末清初文化書寫新探》(臺北:臺灣學生書局,2001年)。

20. 王秋榮編:《西方文學名著精選》(杭州:浙江大學出版社,2002年)。

21. 王昕:《話本小說的歷史與敘事》(北京:中華書局,2002年)。

22. 王慶華:《話本小說文體研究》(上海:華東師範大學出版社,2006年)。

23. 王瓊玲、胡曉眞主編:《經典轉化與明清敘事文學》(臺北:聯經出版社,2009年)。

24. 古本小說集成編委會編:《古本小說集成》(上海:上海古籍出版社影印大連圖書館藏順治刊本,1990年)。

25. 石昌渝:《中國小說源流論》(北京:生活、讀書、新知三聯書店,1994年)。

26. 左東嶺:《王學與中晚明士人心態》(北京:人民文學出版社,2000年)。

27. 朱光潛:《文藝心理學》(臺北:臺灣開明書店,1982年)。

28. 江蘇省社會科學院‧明清小說研究中心‧文學研究所編:《中國通俗小說總目提要》(北京:中國文聯出版社,1990年)。

29. 朱義祿:《逝去的啟蒙──明清之際啟蒙學者的文化心態》(鄭州:河南人民出版社,1995年)。

30. 朱立元主編:《當代西方文藝理論》(上海:華東師範大學出版社,1999年)。

31. 衣若蘭:《「三姑六婆」:明代婦女與社會的探索》(板橋:稻香出版社,2002年)。

32. 朱海燕:《明清易代與話本小說的變遷》(武漢:華中科技大學出版社,2007年)。

33. 朱萍:《明清之際小說作家研究》(北京:中國傳媒大學出版社,2009年)。

34. 任明華:《才子佳人小說研究》(北京:中國文聯出版社,2002年)。

35. 吳晗:《讀史箚記》(北京:三聯書店,1979年)。

36. 汪志勇:《度柳翠、翠鄉夢與紅蓮債三劇的比較研究》(臺北:學生書局,1980年)。

37. 何金蘭:《文學社會學》(臺北:桂冠出版社,1989年)。

38. 余英時：《中國思想傳統的現代詮釋》（臺北：聯經出版事業公司，1990年）。

39. 余英時：《士與中國文化》（上海：上海人民出版社，2003年）。

40. 余英時等著：《中國歷史轉型時期的知識分子》（臺北：聯經出版事業公司，1992年）。

41. 祁連休、蕭莉主編：《中國傳說故事大辭典》（北京：中國文聯出版公司，1992年）。

42. 祁連休：《中國古代民間故事類型研究》（卷上）（石家莊：河北教育出版社，2007年）。

43. 沈新林：《李漁與無聲戲》（瀋陽：遼寧教育出版社，1992年）。

44. 沈新林：《李漁新論》（蘇州：蘇州大學出版社，1996年）。

45. 沈新林：《李漁評傳》（南京：南京師範大學出版社，1998年）。

46. 李文治：《晚明流寇》（臺北：食貨出版社，1983年）。

47. 李亞寧：《明清之際的科學文化與社會：十七、十八世紀中西文化關係引論》（成都：四川大學出版社，1992年）。

48. 李夢生：《中國禁毀小說百話》（上海：上海古籍出版社，1994年）。

49. 李澤厚：《美學論集》（臺北：三民書局，1996年）。

50. 李肇翔等編：《四庫禁書》（北京：京華出版社，2001年）。

51. 李豐楙主編：《第三屆國際漢學會議論文集——文學、文化與世變》（臺北：中央研究院中國文哲研究所，2002年）。

52. 李忠明：《17世紀中國通俗小說編年史》（合肥：安徽大學出版社，2003年）。

53. 李明軍：《禁忌與放縱——明清豔情小說文化研究》（濟南：齊魯書社，2005年）。

54. 李志宏：《明末清初才子佳人小說敘事研究》（臺北：大安出版社，2008年）。

55. 李興源：《晚明心學思潮與士風變異研究》（臺北：花木蘭文化出版社，2009年）。

56. 吳兆路：《中國性靈文學思想研究》（臺北：文津出版社，1995年）。

57. 吳小林：《中國散文美學》（臺北：里仁書局，1995年）。

58. 吳存存：《明清社會性愛風氣》（北京：人民文學出版社，2000年）。

59. 吳建國：《雅俗之間的徘徊～16世紀至18世紀文化思潮與通俗文學創作》（長沙，岳麓書社，1999年）。

60. 吳秀華：《明末清初小說戲曲中的女性形象研究》（南京：江蘇古籍出版社，2002年）。

61. 吳波：《明清小說創作研究》（長沙：湖南人民出版社，2006 年）。

62. 何滿子：《中國愛情與兩性關係》（臺北：商務印書館，1995 年）。

63. 宋若雲：《逡巡在雅俗之間：明末清初擬話本研究》（北京：中國社會科學出版社，2006 年）。

64. 林辰：《明末清初小說述錄》（瀋陽：春風文藝出版社，1988 年）。

65. 林保淳：《經世思想與文學經世——明末清初經世文論研究》（臺北：文津出版社，1991 年）。

66. 林語堂：《幽默人生》（西安：陝西師範大學出版社，2002 年）。

67. 林淑貞：《寓莊於諧：明清「笑話型寓言」論詮》（臺北：里仁書局，2006 年）。

68. 林明德、黃文吉總策畫：《臺灣學術新視野：中國文學之部【二】》（臺北：五南書局，2007 年）。

69. 周作人：《周作人先生文集》《藥味集》（臺北：里仁書局，1982 年）。

70. 周啟志、羊列容、謝昕著：《中國通俗小說理論綱要》（臺北：文津出版社，1992 年）。

71. 周建渝：《才子佳人小說研究》（臺北：文史哲出版社，1998 年）。

72. 周憲：《文化表徵與文化研究》（北京：北京大學出版社，2007 年）。

73. 胡士瑩：《話本小說概論》（臺北：丹青出版社，1983 年）。

74. 春風文藝出版社編：《明清小說論叢》第 1 輯（瀋陽：春風文藝出版社，1984 年）。

75. 春風文藝出版社編：《明清小說論叢》第 3 輯（瀋陽：春風文藝出版社，1985 年）。

76. 春風文藝出版社編：《才子佳人小說述林》（瀋陽：春風文藝出版社，1985 年）。

77. 春風文藝出版社編：《明清小說論叢》第 5 輯（瀋陽：春風文藝出版社，1987 年）。

78. 侯忠義編：《中國文言小說參考資料》（北京：北京大學出版社，1985 年）。

79. 胡經之、張首映主編：《西方二十世紀文論選》（北京：中國社會科學出版社，1989 年）。

80. 胡萬川：《話本與才子佳人小說之研究》（臺北：大安出版社，1994 年）。

81. 胡元翎：《李漁小說戲曲研究》（北京：中華書局，2004 年）。

82. 段寶林：《笑話：人間的喜劇藝術》（北京：北京大學出版社，1991 年）。

83. 姚一葦：《美的範疇論》（臺北：臺灣開明書店，1992 年）。

84. 姜彬主編：《中國民間文學大辭典》（上海：上海文藝出版社，1992 年）。

85. 俞建章、葉舒憲著：《符號：語言與藝術》（臺北：久大出版社，1992 年）。

86. 孫楷第：《俗講、説話與白話小説》（北京：作家出版社，1956 年初版）。

87. 孫楷第：《中國通俗小説書目》（臺北：木鐸出版社，1983 年）。

88. 孫楷第：《滄州後集》（北京：中華書局，1985 年）。

89. 孫遜、孫菊園：《中國古典小説美學資料匯粹》（臺北：大安出版社，1991 年）。

90. 孫康宜：《文學的聲音》（臺北：三民書局，2001 年）。

91. 孫康宜：《文學經典的挑戰》（南昌：百花洲文藝出版社，2002 年）。

92. 容肇祖等著：《馮夢龍與三言》（臺北：木鐸出版社，1983 年）。

93. 崔子恩：《李漁小説論稿》（北京：中國社會科學出版社，1989 年）。

94. 胡邦煒、岡崎由美：《古老心靈的回音——中國古典小説的文化——心理學闡釋》（四川文藝出版社，1991 年）。

95. 唐富齡：《明清文學史‧清代卷》（武漢：武漢大學出版社，1991 年）。

96. 張京媛主編：《當代女性主義文學批評》（北京：北京大學出版社，1992 年）。

97. 張俊：《清代小説史》（杭州：浙江古籍出版社，1997 年）。

98. 張靈聰：《從衝突走向融通——晚明至清中葉審美意識嬗變論》（上海：復旦大學出版社，2000 年）。

99. 張宏生編：《明清文學與性別研究》（南京：江蘇古籍出版社，2002 年）。

100. 夏咸淳：《晚明士風與文學》（北京：中國社會科學出版社，1994 年）。

101. 馬積高：《清代學術思想的變遷與文學》（長沙：湖南出版社，1996 年）。

102. 徐志平、黃錦珠著：《明清小説》（臺北：黎明文化出版社，1997 年）。

103. 徐志平：《清初前期話本小説之研究》（臺北：台灣學生書局，1998 年）。

104. 徐志平：《五色石主人小説研究》（臺北：秀威資訊科技出版社，2006 年）。

105. 郝延平、魏秀梅編：《近世中國之傳統與蛻變——劉廣京院士七十五歲祝壽論文集》（臺北：中央研究院近代史研究所，1998 年）。

106. 高宣揚：《後現代論》（台北：五南出版社，1999 年）。

107. 高桂惠：《追蹤躡跡：中國小説的文化闡釋》（臺北：大安出版社，2005 年）。

108. 高辛勇：《修辭學與文學閱讀》（香港：天地圖書有限公司，2008 年）。

109. 袁行霈主編：《中國文學史》（臺北：五南圖書出版社，2002 年）。

110. 班文：《幽默與人生》（北京：東方出版社，2006 年）。

111. 婁子匡、朱介凡：《五十年來中國的俗文學》（臺北：正中書局，1963 年）。

112. 梁啓超：《清代學術概論》（臺北：水牛出版社，1981 年）。

113. 張海鵬等編：《明清徽商資料選編》（北京：出版者不詳，1985 年）。

114. 陳望道：《修辭學發凡》（臺北：文史哲出版社，1989 年）。

115. 陳垣：《明季滇黔佛教考》（北京：中華書局，1989 年）。

116. 陳大康：《通俗小說的歷史軌跡》（長沙：湖南出版社，1993 年）。

117. 陳大康校注；艾衲居士、酌元亭主人編撰：《豆棚閒話照世盃（合刊)》（臺北：三民書局，1998 年）。

118. 陳大康：《明代小說史》（北京：人民文學出版社，2007 年）。

119. 陳曉明：《解構的蹤跡:歷史、話語與主體》（北京：中國社會科學出版社，1994 年）。

120. 陳東原：《中國婦女生活史》（臺北：臺灣商務印書館，1994 年）。

121. 陳東原：《中國婦女生活史》（北京：商務印書局，1998 年）。

122. 陳伯海：《中國文學史之宏觀》（北京：中國社會科學出版社，1995 年）。

123. 陳清俊：《中國古代笑話研究》（臺北：花木蘭文化出版社，2010 年）。

124. 陳思和主編：《當代大陸文史教程（1949～1999)》（臺北：聯經文學出版社，2001 年）。

125. 陳平原：《中國小說敘事模式的轉變》（北京：北京大學出版社，2003 年）。

126. 陳順馨、戴錦華選編：《婦女、民族與女性主義》（北京：中央編譯出版社，2004 年）。

127. 陳器文：《恣臆談譃——明代通俗小說試煉故事探微》（即將出版）。

128. 淡江大學中國文學研究所主編：《文學與美學》（臺北：文史哲出版社，1990 年）。

129. 苗壯：《才子佳人小說史話》（瀋陽：遼寧教育出版社，1992 年）。

130. 苗軍：《在混沌的邊緣處湧現——中國現代小說喜劇策略研究》（北京：民族出版社，2004 年）。

131. 章國鋒：《文學批評的新範式:接受美學》（海口：海南出版社，1993 年）。

132. 茅盾等著；張國星編：《中國古代小說中的性描寫》（天津：百花文藝出版社，1993 年）。

133. 陶慕寧：《青樓文學與中國文化》（北京：東方出版社，1993 年）。

134. 康正果：《女權主義與文學》（北京：中國社會科學出版社，1994 年）。

135. 康正果：《重審風月鑑——性與中國古典文學》（臺北：麥田出版社，1996 年）。

136. 康來新：《發跡變泰：宋人小說學論稿》（臺北：大安出版社，1996 年）。

137. 盛寧：《新歷史主義》（臺北：揚智出版社，1995 年）。

138. 國立清華大學人文社會學院中國語文學系主編《小說戲曲研究》第 3 集（臺北：聯經出版社，1990 年）。

139. 國立政治大學中國文學系編：《中國文學史暨文學批評學術研討會論文集》（臺北：國立政治大學中國文學系出版，1996 年）。

140. 曹明海、宮海娟著：《理解與建構：語文閱讀活動論》（青島：青島海洋大學出版社，1998 年）。

141. 陸揚主編：《二十世紀西方美學經典文本：第二卷〈回歸存在之源〉》（上海：復旦大學出版社，2000 年）。

142. 費振鐘：《墮落時代》（臺北：立緒文化事業有限公司，2002 年）。

143. 康韻梅：《唐代小說承衍的敘事研究》（臺北：里仁書局，2005 年）。

144. 賈文仁：《古典小說大觀園》（臺北：丹青圖書公司，1983 年）。

145. 賈文昭、徐召勛：《中國古典小說藝術欣賞》（臺北：里仁書局，1983 年）。

146. 湖北省《水滸》研究會編：《中國古代小說理論研究》（湖北：華中工學院出版社，1985 年）。

147. 黃霖編：《金瓶梅資料彙編》（北京：中華書局，1987 年）。

148. 黃清泉、蔣松源、譚邦和：《明清小說的藝術世界》（武昌：華中師範大學出版社，1992 年）。

149. 黃清泉、蔣松源、譚邦和：《明清小說的藝術世界》（臺北：洪葉出版社，1995 年）。

150. 黃麗貞：《李漁研究》（臺北：國家出版社，1995 年）。

151. 黃強：《李漁研究》（杭州，浙江古籍出版社，1996 年）。

152. 黃果泉：《雅俗之間：李漁的文化人格與文學思想研究》（北京：中國社會科學出版社，2004 年）。

153. 黃俊傑：《歷史思維、歷史知識與社會變遷》（臺北：時報出版社，2006 年）。

154. 黃益珠：《周芬伶論：從「閨秀」到「越界」書寫》（臺北：秀威資訊科技股份有限公司，2008 年）。

155. 嵇文甫：《左派王學》（臺北：國文天地雜誌社據開明書店 1934 年版重排，1990 年）。

156. 嵇文甫：《晚明思想史論》（北京：東方出版社，1996 年）。

157. 隗芾主編：《中國喜劇史》（汕頭：汕頭大學出版社，1998 年）。

158. 童慶炳主編：《全球化語境與民族文化、文學》（北京：中國社會科學出版社，2002 年）。

159. 傅承洲：《明代文人與文學》（北京：中華書局，2007 年）。

160. 傅承洲：《明清文人話本研究》（北京：人民文學出版社，2009 年）。

161. 路工、譚天合編：《古本平話小說集》上冊（北京：人民文學出版社，1984年）。

162. 路工：《訪書見聞錄》（上海：上海古籍出版社，1985年）。

163. 瘂弦主編：《如何測量水溝的寬度》（臺北：聯合文學出版社，1987年）。

164. 葉維廉等著：《中國古典文學比較研究》（臺北：黎明文化事業股份有限公司，1977年）。

165. 葉朗：《中國小說美學》（臺北：里仁書局，1987年）。

166. 葉舒憲：《探索非理性的世界——原型批評的理論與方法》（成都：四川人民出版社，1988年）。

167. 葉舒憲：《閹割與狂狷》（上海：上海藝文出版社，1999年）。

168. 葉舒憲：《現代性危機與文化尋根》（濟南：山東教育出版社，2007年）。

169. 葉德均：《戲曲小說叢考》（臺北：文史哲出版社，1989年）。

170. 楊義：《中國古典白話小說史論》（臺北：幼獅文化公司，1995年）。

171. 楊義：《中國敘事學（圖文版）》（北京：人民出版社，2009年）。

172. 楊儒賓：《儒家身體觀》（臺北：中央研究院中國文哲研究所，1996年）。

173. 楊國楨、陳支平著：《明史新編》（臺北：昭明出版社，1999年）。

174. 楊治良等編著：《記憶心理學》（臺北：五南書局，2001年）。

175. 褚贛生：《奴婢史》（上海：上海文藝出版社，1995年）。

176. 鄔國平、王鎮遠：《清代文學批評史》（上海：上海古籍出版社，1995年）。

177. 雷慶銳：《晚明文人思想探析：《型世言》評點與陸雲龍思想研究》（北京：中國社會科學出版社，2006年）。

178. 趙毅衡：《文學符號學》（北京：中國文聯，1990年）。

179. 趙園：《明清之際士大夫研究》（北京：北京大學出版社，1999年）。

180. 趙園：《制度・言論・心態——《明清之際士大夫研究》續編》（北京：北京大學出版社，2006年）。

181. 趙園：《聚合與流散：關於明清之際一個士人群體的敘述》（北京：中國文聯出版社，2009年）。

182. 趙園：《想像與敘述》（北京：人民文學出版社，2009年）。

183. 趙園：《明清之際的思想與言說》（上海：復旦大學出版社，2010年）。

184. 齊裕焜：《中國古代小說演變史》（蘭州：敦煌文藝出版社，1990年）。

185. 齊裕焜《中國歷史小說通史》（南京：江蘇教育出版社，2000年）。

186. 熊秉真主編；王璦玲、胡曉真合編：《欲掩彌彰：中國歷史文化中的「私」與「情」——私情篇》（臺北：漢學研究中心，2003年）。

187. 熊秉真、張壽安合編：《情欲明清——達情篇》（臺北：麥田出版社，2004

年）。

188. 魯迅：《中國小說的歷史的變遷》（香港：中流出版社，1957 年）。

189. 魯迅：《魯迅全集》（上海：人民出版社，1981 年）。

190. 魯迅：《中國小說史略》（上海：上海古籍出版社，2004 年）。

191. 蔡國梁：《明清小說探幽》（臺北，木鐸出版社，1987 年）。

192. 潘智彪：《喜劇心理學》（廣州：三環出版社，1989 年）。

193. 鄭振鐸等著；中國古典小說研究資料彙編：《話本源流》（臺北：天一出版社，臺灣大學圖書館複印資料，1991 年）。

194. 劉士聖：《中國古代婦女史》（青島：青島出版社，1991 年）。

195. 劉康：《對話的喧聲：巴赫汀文化理論述評》（臺北：麥田出版社，1995 年）。

196. 劉臨達編著：《中國古代性文化》（銀川：寧夏人民出版社，1993 年）。

197. 劉慧英：《走出男權傳統的樊籬：文學中男權意識的批判》（北京：生活、讀書、

198. 新知三聯書店，1995 年）。

199. 劉夢溪主編：《中國現代學術經典‧廖平蒙文通卷》（石家莊：河北教育出版社，1996 年）。

200. 劉詠聰：《德‧才‧色‧權：論中國古代女性》（*Virtue, talent, beauty, and power: women in ancient China*）（臺北：麥田出版社，1998 年）。

201. 劉果：《「三言」性別話語研究：以話本小說的文獻比勘爲基礎》（北京：中華書局，2008 年）。

202. 歐陽健：《明清小說采正》（臺北：貫雅文化事業公司，1992 年）。

203. 歐陽代發：《話本小說史》（湖北：武漢出版社，1997 年）。

204. 葛兆光：《中國思想史》（上海：復旦大學出版社，2000 年）。

205. 樊樹志：《晚明史（1573～1644 年）》（上海：復旦大學出版社，2003 年）。

206. 董國炎：《明清小說思潮》（太原：山西人民出版社，2004 年）。

207. 靜宜文理學院中國古典小說研究中心編：《中國古典小說研究專集》（臺北：聯經出版事業公司，1979 年）。

208. 蕭一山：《清代通史》（臺北：商務印書館，1985 年）。

209. 鮑家麟編：《中國婦女史論集》（臺北：稻香出版社，1988 年）。

210. 魯迅：：《中國婦女史論集》第三集（臺北：稻香出版社，1993 年）。

211. 魯迅：：《中國婦女史論集》第四集（臺北：稻香出版社，1995 年）。

212. 閻廣林：《喜劇創造論》（上海：上海社會科學院出版社，1992 年）。

213. 閻廣林：《歷史與形式：西方學術語境中的喜劇、幽默和玩笑》（上海：

上海社會科學院，2005 年）。

214. 鮑家麟編著：《中國婦女史論集續集》（臺北：稻鄉出版社，1999 年）。

215. 謝國禎：《明清之際黨社運動考》（上海：上海書店出版社，2006 年）。

216. 謝國禎：《明末清初的學風》（上海：上海書店出版社，2006 年）。

217. 蕭欣橋、劉福元：《話本小說史》（杭州：浙江古籍出版社，2003 年）。

218. 鍾慧玲主編：《女性主義與中國文學》（臺北：里仁出版社，1997 年）。

219. 譚邦和：《明清小說史》（上海：上海古籍出版社，2006 年）。

220. 譚佳：《敘事的神話：晚明敘事的現代性話語建構》（北京：中國社會科學出版社，2009 年）。

221. 《續修四庫全書》編委會編：《續修四庫全書》（上海：上海古籍出版社，2002 年）。

222. 龔篤清：《馮夢龍新論》（湖南：湖南人民出版社，2002 年）。

223. 蘇童炳：《明史偶筆》（臺北：臺灣商務印書館，1995 年）。

224. 蘇暉：《西方喜劇美學的現代發展與變異》（湖北：華中師範大學出版社，2005 年）。

225. 蘇暉：蘇建新：《中國才子佳人小說演變史》（北京：社會科學文獻出版社，2006 年）。

外文譯著

1. D.C.Muecke 撰；顏銀淵譯：《反諷》（臺北：黎明文化出版社，1973 年）。

2. 姜普（J. D. Jump）編；顏元叔譯：《西洋文學術語叢刊》上、下冊（臺北：黎明文化事業公司，1978 年）。

3. Moelwyn Mcrchant 著；高天安譯：《論喜劇》（臺北：黎明文化出版，1981 年）。

4. 貝西・科罕（Betsy Cohen）著；戴國平譯：《嫉妒》（臺中：三久出版社，1995 年）。

5. 尚・拉普朗盧（Jean Laplanche），尚-柏騰・彭大歷斯（J.-B. Pontalis）原著；沈志中、王文基譯：《精神分析辭彙》（臺北：行人出版社，2000 年）。

6. 〔日〕溝口雄三著；索介然、龔穎譯：《中國前近代思想的演變》（北京：中華書局，1997 年）。

7. 〔日〕岡田武彥撰；吳光、錢明、屠承先等譯：《王陽明與明末儒學》（上海：上海古籍出版社，2000 年）。

8. 〔加〕諾思羅普・弗萊（Northrop Frye）著；陳慧、袁憲軍、吳偉仁等譯：《批評的剖析》（天津：百花文藝出版社，1998 年）。

9. 〔古希臘〕亞里斯多德（Aristotle）著；陳中梅譯注：《詩學》（臺北：臺

灣商務印書館，2001 年）。

10. 〔法〕呂西安・戈德曼（Lucien Goldman）著；段毅，牛宏寶譯：《文學社會學方法論》（北京：工人出版社，1989 年）。

11. 〔法〕熱拉爾・熱奈特（Gérard Genette）著；王文融譯：《敘事話語・新敘事話語》（北京：中國社會科學出版社，1990 年）。

12. 〔法〕傅柯著；謝石、沈力譯：《性史》（*The History of Sexuality*）（臺北：結構群出版社，1990 年）。

13. 〔法〕柏格森（Henri Bergson）著；徐繼曾譯：《笑：論滑稽的意義》（臺北：商鼎文化出版社，1992 年）。

14. 〔法〕米歇爾・福柯（Michel Foucault）著；謝強、馬月譯：《知識考古學》（北京：生活・讀書・新知三聯書店，2007 年）。

15. 〔法〕米歇・傅柯（Michel Foucault）著；王德威譯：《知識的考掘》（臺北：麥田出版社，1993 年）。

16. 〔法〕托里・莫以（Toril Moi）著；陳潔詩譯：《性別／文本政治：女性主義文學理論》（臺北：駱駝出版出版社，1995 年）。

17. 〔法〕利奧塔（Jean-Francois Lyotard）著；車槿山譯：《後現代狀態：關於知識分子的報告》（北京：三聯書店，1997 年）。

18. 〔法〕布爾迪厄（Pierre Bourdieu）著；包亞明譯：《文化資本與社會煉金術：布爾迪厄訪談錄》（上海：上海人民出版社，1997 年）。

19. 〔法〕傅柯（Michel Foucault）著；劉北城、楊遠嬰譯：《規訓與懲罰：監獄的誕生》（臺北：桂冠出版社，1998 年）。

20. 〔法〕勒内・吉拉爾（Rene Girard）著；唐諾導讀、馮壽農譯：《替罪羊》（臺北：臉譜出版社，2004 年）。

21. 〔法〕布迪厄（Pierre Bourdieu）著；李猛等譯：《實踐與反思》（北京：中央編譯出版社，2004 年）。

22. 〔俄〕維・什克洛夫斯基（Viktor Shklovsky）著；劉宗次譯：《散文理論》（南昌：百花洲文藝出版社，1994 年）。

23. 〔俄〕巴赫金（Mikhail M.Bakhtin）著；白春仁、曉河譯：《巴赫金全集：第 3 卷——小説理論》（石家莊：河北教育出版社，1998 年）。

34. 〔俄〕巴赫金（Mikhail M.Bakhtin）著；李兆林、夏忠憲等譯：《弗朗索瓦・拉伯雷的創作與中世紀和文藝復興時期的民間文化》，收入錢中文主編：《巴赫金全集：第 6 卷——拉伯雷研究》（石家莊：河北教育出版社，1998 年）。

25. 〔美〕史蒂文・科恩（Steven Cohan）＆琳達・夏爾斯（Linda M. Shires）著；張方譯：《講故事——對敘事虛構作品的理論分析》（台北：駱駝出版社，1997 年）。

26. 〔美〕桑德里‧吉爾伯特（Sandra M.Gilbert）& 蘇珊‧古巴（Susan Gubar）：
 "*The Madwoman in the Attic——The Woman writer and the Nineteenth-Century Literary Imagination*"（《閣樓上的瘋婦——女作家與十九世紀的文學想像》）（New Haven & London: Yale University Press, 1979）。

27. 〔美〕Gary Saul Morson: "*The Boundaries of Genre: Dostoevsky's Diary of a Writer and the of Traditions Literary Utopia*"（Austin: University of Texas Press, 1981）。

28. 〔美〕Linda Hutcheon: "*A theory of parody :the teachings of twentieth-century art forms*"（New York : Methuen, 1985）。

29. 〔美〕丁乃通編著、鄭建威等譯：《中國民間故事類型索引》（北京：中國民間文藝出版社，1986 年）。

30. 〔美〕夏志清著；胡益民等譯：《中國古典小說導論》（合肥：安徽文藝出版社，1988 年）。

31. 〔美〕韓南（Patrick Hanan）著；尹慧珉譯：《中國白話小說史》（浙江古籍出版社，1989 年）。

32. 〔美〕Frank Lentricchia & Thomas McLaughlin 編；張京媛譯：《文學批評術語》（香港：牛津大學出版社，1994 年）。

33. 〔美〕斯蒂芬‧歐文著（Stephen Owen）；鄭學勤譯：《追憶：中國古典文學中的往事再現》（*Remembrances: The Experience of the Past in Classical Chinese Literature*）（上海：上海古籍出版社，1990 年）。

34. 〔美〕司徒琳（Lynn A.Struve）著；李榮慶等譯：《南明史：1644～1662》（上海：上海古籍出版社，1992 年）。

35. 〔美〕洪長泰著；董曉萍譯：《到民間去：1918～1937 年的中國知識分子與民間文學運動》（上海：上海文藝出版社，1993 年據哈佛大學出版社 1985 年版翻譯）。

36. 〔美〕魏斐德（Frederic Evans Wakeman）著；陳蘇鎮等譯：《洪業——清朝開國史》（南京：江蘇人民出版社，1995 年）。

37. 〔美〕浦安迪（Andrew H.Plaks）：《中國敘事學》（北京：北京大學出版社，1996 年）。

38. 〔美〕克利福德‧格爾茲（Clifford Geertz）著；納日碧力戈等譯：《文化的解釋》（*The Interpretation of Culture*）（上海：上海人民出版社，1999 年）。

39. 〔美〕James Paul Gee 著；楊信彰導讀：《話語分析入門：理論與方法》（*An Introduction toDiscourse Analysis：Theroy and Method*）。（北京：外語教學與研究出版社，2000 年）。

40. 〔美〕卡特琳娜‧克拉克（Katerina Clark）、邁克爾‧霍奎斯特（Michael

Holquist）著；語冰譯：《米哈伊爾‧巴赫金》（北京：中國人民大學出版社，2000 年）。

41. 〔美〕麥克洛斯基（D. McCloskey）著；許寶強等譯：《社會科學的措辭》（北京：生活‧讀書‧新知三聯書店出版，2000 年）。

40. 〔美〕雪兒‧海蒂（Shere Hite）著；林瑞庭、譚智華譯：《海蒂性學報告：男人篇》（海口：海南出版社，2002 年）。

43. 〔美〕海登‧懷特（Hayden White）著；陳永國、張萬娟譯：《後現代歷史敍事學》（北京：中國社會科學出版社，2003 年）。

44. 〔美〕米莉特（Kate Millett）著；宋文偉、張慧芝譯：《性政治》（臺北：桂冠出版社，2003 年）。

45. 〔美〕梅爾清（Tobie Meyer-Fong）著；朱修春譯：《清初揚州文化》（上海：復旦大學出版社，2004 年）。

46. 〔美〕艾梅蘭（Maram Epstein）著；羅琳譯：《競爭的話語：明清小説中的正統性、本眞性及所生成之意義》（南京：江蘇人民出版社，2005 年）。

47. 〔美〕柯文（Cohen, Paul A.）著；杜繼東譯：《歷史三調：作爲事件、經歷和神話的義和團》（南京：江蘇人民出版社，2005 年）。

48. 〔美〕高彥頤（Dorothy Ko）著；李志生譯：《閨塾師：明末清初江南的才女文化》（南京：江蘇人民出版社，2005 年）。

49. 〔美〕曼素恩（Susan Mann）著；楊雅婷譯：《蘭閨寶錄：晚明至盛清的中國婦女》（臺北：左岸文化出版，2005 年）。

50. 〔美〕吉爾摩（David D. Gilmore）著；何雯琪譯：《厭女現象：跨文化的男性病態》（Misogyny the male malady）（臺北：書林出版社，2005 年）。

51. 〔奧地利〕佛洛伊德（Sigmund Freud）著；彭舜、楊韶剛譯：《詼諧與潛意識的關係》（臺北：胡桃木文化出版社，2006 年）。

52. 〔英〕西格爾（Robert A. Segal）著；劉象愚譯：《神話理論》（Myth : a very short introduction）（北京：外語教學與研究出版社，2008 年）。

53. 〔英〕佛斯特（E. M. Forster）著；李文彬譯：《小説面面觀》（臺北：志文出版社，1978 年）。

54. 〔英〕斯圖爾特‧霍爾（Stuart Hall）編；周憲、許鈞譯：《表徵——文化表象與意指實踐》（北京：商務印書館，2003 年）。

55. 〔英〕諾曼‧費爾克拉夫（Norman Fairclough）著；殷曉蓉譯：《話語與社會變遷》（北京：華夏出版社，2003 年）。

56. 〔英〕帕特里莎‧渥厄（Patricia Waugh）著；錢競、劉雁濱譯：《後設小説：自我意識小説的理論與實踐》（臺北：駱駝出版社，1995 年）。

57. 〔英〕狄更斯（Charles John Huffam Dickens）著；石永禮譯：《雙城記》（臺北：光復書局，1998 年）。

58. 〔荷蘭〕杜威・佛克馬（Douwe Fokkema）、伯頓斯（Hans Bertens）編：王寧等譯：《走向後現代主義》（北京：北京大學出版社，1991 年）。

59. 〔奧地利〕佛洛伊德（Sigmund Freud）著；宋廣文譯：《性學三論──愛情心理學》（臺北：米娜貝爾出版公司，2005 年）。

60. 〔奧地利〕梅蘭妮・克萊恩（Melanie Klein）著；呂煦宗、劉慧卿譯：《嫉羨和感恩》（*Envy and gratitude*）（臺北：心靈工坊文化事業公司出版，2005 年）。

61. 〔瑞士〕榮格（Carl G. Jung）主編；龔卓軍譯：《人及其象徵》（臺北：立緒文化出版社，1999 年）。

62. 〔德〕馬庫色（Herbert Marcuse）著、羅麗英譯：《愛欲與文明》（臺北：南方出版社，1988 年）。

二、期刊論文

1. 〔日〕大木康：〈關於明末白話小說的作者和讀者〉，《明清小說研究》第 2 期（1988 年）。

2. 王恆柱：〈才子佳人小說是構築心靈理想的文學〉，《山東師大學報》第 1 期（1994 年）。

3. 王汎森：〈日譜與明末清初思想家──以顏李學派為主的討論〉，《中央研究院歷史語言研究所集刊》第 69 本第 2 分（1998 年 6 月）。

4. 王瓊玲：〈明末清初才子佳人劇之言情內涵及其所引生的審美構思〉，《中國文哲研究集刊》第 18 期（2001 年 3 月）。

5. 王瓊玲：〈記憶與敘事：清初劇作家之前朝意識與易代感懷之戲劇轉化〉，《中國文哲研究集刊》第 24 期（2004 年 3 月）。

6. 王瓊玲：〈亂離與歸屬──清初文人劇作家之意識變遷與跨界想像〉，《文與哲》第 14 期（2009 年 6 月）。

7. 孔定芳：〈明遺民的身分認同及其符號世界〉，《中國社會科學院研究生院學報》第 3 期（2005 年）。

8. 牛志平：〈古代的妒婦〉，《歷史月刊》第 72 期（1994 年 1 月）。

9. 方溢華：〈才子佳人小說的成因〉，《廣州師院學報》第 4 期（1991 年）。

10. 尤雅姿：〈《世說新語》所表現之幽默現象及其意義之研究──從美學的觀點出發〉，《興大文史學報》第 26 期（1996 年 6 月）。

11. 井玉貴：〈《警世陰陽夢》、《清夜鐘》作者新考〉，《中國典籍與文化》第 4 期（2002 年）。

12. 付少武、田崇雪：〈「傻子」原型的精神分析──以郭靖、阿甘、許三多等為考察對象〉，《解放軍藝術學院學報》第 3 期（2011 年 3 月）。

13. 衣若蘭：〈《後漢書》的書寫女性：兼論傳統中國女性史之建構〉，《暨大學報》第 4 卷第 1 期（2000 年）。

14. 李同生：〈從筆煉閣小說中尋覓筆煉閣：論筆煉閣並非徐述夔〉，《明清小說研究》第 1 期，1990 年。

15. 李中耀：〈論明傳奇中的才子佳人婚姻觀〉，《新疆師範大學學報》第 4 期（1990 年）。

16. 李時人：〈李漁小說創作論〉，《文學評論》第 3 期（1997 年）。

17. 李勁松：〈論吳炳與才子佳人小說〉，《明清小說研究》（1992 年）。

18. 李勁松：〈才子佳人小說的產生及其結構特點，《廣西大學學報》第 5 期（1994 年）。

19. 李志宏：〈試從馮夢龍「情教說」論《三言》之編寫及其思想表現〉，《臺北師院語文集刊》第 8 期（2003 年 6 月）。

20. 李志宏：〈論明末清初才子佳人小說中「佳人」形象範式的原型及其書寫——以作者論立場為討論基礎〉，《國立臺北教育大學學報》第 18 卷第 2 期（2005 年）。

21. 李桂奎：〈論《三言》《二拍》角色設計的士商互滲特徵〉，《遼寧師範大學學報》第 4 期（2003 年 7 月）。

22. 李桂奎：〈論《三言》《二拍》世俗文化家園中的文士角色扮演〉，《貴州社會科學》第 3 期（2004 年 5 月）。

23. 呂依嬙：〈機趣、戲謔、新詮釋——論李漁《無聲戲》的性別書寫〉，《中極學刊》第 3 輯（2003 年 12 月）。

24. 杜守華、吳曉明：〈試論明末清初豔情小說〉，《上海師範大學學報》第 1 期（1993 年）。

25. 李惠儀：〈性別與清初歷史記憶——從揚州女子談起〉，《臺灣東亞文明研究學刊》第 7 卷第 2 期（2010 年 12 月）。

26. 祁連休：〈試評「騙子」說〉，《民間文學論壇》第 2 期（1984 年）。

27. 祁連休：〈試論中國機智人物故事中的類型故事〉，載於《民俗曲藝》第 111 期（1998 年）。

28. 周建忠：〈試論才子佳人小說婚姻觀念的演變〉，1988 年。

29. 柳立言：〈淺談宋代婦女的守節與再嫁〉，《新史學》第 2 卷第 4 期（1991 年 12 月）。

30. 金玉田：〈艾衲居士和他的《豆棚閒話》〉，汕頭大學學報》第 1 期（1994 年）。

31. 金榮華：〈馮夢龍《莊子休鼓盆成大道》故事試探〉，《黃淮學刊》第 12 卷第 2 期（1996 年 6 月）。

32. 林麗月：〈晚明「崇奢」思想隅論〉，《國立臺灣師範大學歷史學報》第 19 期（1991 年 6 月）。

33. 林麗月：〈從性別發現傳統：明代婦女史研究的反思〉，《近代中國婦女史研究》第 13 期（2005 年 12 月）。

34. 苗壯：〈《生綃剪》述考〉，《明清小說研究》第 3 期（1988 年）。

35. 苗壯：〈《飛英聲》、《移繡譜》及其他〉，《明清小說研究》第 2 期，1992 年。

36. 胡萬川：〈士之未達，其因何如——明末清初通俗小說中未達之秀才〉，《第一屆清代學術研討會》，1989 年。

37. 胡萬川：〈「碰上的秀才」——傳統小說中的科舉考試作弊〉，《國文天地》第 5 卷第 7 期，1989 年。

38. 胡萬川：〈人間慘刻——明清小說中搶奪絕產的故事〉，《小說戲曲研究第 4 集》，1993 年。

39. 胡曉真：〈世變之亟——由中研院文哲所「世變中的文學世界」主題計畫談晚明晚清研究〉，《漢學研究通訊》第 20 卷第 2 期（2001 年 5 月）。

40. 胡蓮玉：〈陸雲龍生平考述〉，《明清小說研究》第 3 期（2001 年）。

41. 胡豔玲：〈只緣兒女情長——試析〈介之推火封妒婦〉〉，《名作欣賞》第 14 期（2006 年）。

42. 南帆：〈敘事話語的顛覆：歷史和文學〉，《當代作家評論》第 4 期（1994 年）。

43. 侯淑娟：〈「山中一夕話」初探〉，《東吳中文研究集刊》第 3 期（1996 年）。

44. 宣嘯東：〈《八洞天》和徐述夔〉，《明清小說研究》，1990 年。

45. 高友工：〈試論中國藝術精神〉（上），《九州學刊》第 2 卷第 2 期（1988 年 1 月）。

46. 高建立：〈商業文明的發展與晚明士林風氣的嬗變〉，《遼寧大學學報》（哲學社會科學版）第 34 卷第 4 期（2006 年 7 月）。

47. 高桂惠：〈世道與末技——《型世言》的演述語境與大眾化文化〉，《政大中文學報》第 6 期（2006 年 12 月）。

48. 高桂惠：〈世道與末技——《三言》、《二拍》演述世相與書寫大眾初探〉，《漢學研究》第 25 卷第 1 期（2007 年 6 月）。

49. 唐富齡：〈明清之際愛情小說的裂變與斷層趨向〉，《武漢大學學報》第 4 期（1988 年）。

50. 夏咸淳：〈陸雲龍考略〉，《明清小說研究》第 4 期（1988 年）。

51. 馬曉光：〈天花藏主人的「才情婚姻觀」及其文化特徵〉，《中國人民大學學報》第 2 期（1989 年）。

52. 馬焯榮：〈笠翁莎翁比較研究導論〉，《地方戲藝術》第 2 期（1992 年）。

53. 徐志平：〈清初話本小説《照世盃》研究〉，《中國文學研究》第 6 期（1992 年 5 月）。

54. 徐志平：〈明末清初話本小説對科舉制度之批判〉，《嘉義技術學院學報》第 65 期，1999 年。

55. 徐志平：〈第二性中的他者——清初話本小説中的妾、媳與婢女〉，《中國婦女史論集》第六輯（2004 年 3 月）。

56. 徐志平：〈杜濬與龔鼎孳之交遊及其心靈衝突研究〉，《興大中文學報》第 17 期（2005 年 6 月）。

57. 徐志平：〈遺民詩人杜濬功能論小説觀探究〉，《臺北大學中文學報》創刊號（2006 年）。

58. 徐志平：〈遺民詩人杜濬生平及其交遊考論〉，《人文研究期刊》第 2 期（2007 年 1 月）。

59. 〔美〕高彥頤：〈「空間」與「家」——論明末清初婦女的生活空間〉，《近代中國婦女史研究》第 3 期（1995 年）。

60. 秦勇：〈狂歡與笑話——巴赫金與馮夢龍的反抗話語比較〉，《揚州大學學報》第 4 卷第 4 期（2000 年 7 月）。

61. 徐綉惠：〈杜濬的評點與社交活動〉，《中極學刊》第 7 期（2008 年 6 月）。

62. 郭昌鶴：《佳人才子研究》（上），《文學季刊》創刊號（1934 年）。

63. 郭昌鶴：《佳人才子研究》（下），《文學季刊》第 2 期（1934 年）。

64. 郭英德：〈論晚明清初才子佳人戲曲小説的審美趣味〉，《文學遺產》第 5 期（1987 年）。

65. 陳長房：《《美者尚未誕生》：愛爾瑪的醜陋視境〉，《中外文學》第 18 期第 2 卷（1989 年）。

66. 陳大道：〈明末清初「時事小説」的特色〉，《小説戲曲研究》第 3 集，1990 年。

67. 陳大康：〈論通俗小説的雙重品格〉，《上海文論》第 4 期（1991 年）。

68. 陳大康：〈論元明中篇傳奇小説〉，《文學遺產》第 3 期（1998 年）。

69. 陳器文：〈沖喜故事的四階段演變——「文化殘餘」課題探討〉，中興大學《文史學報》第 25 期（1995 年 3 月）。

70. 陳器文：〈道家故事中的「食穢」文化〉，《明清文學國際學術研討會論文》，（香港：香港大學亞洲研究中心，2000.4.27～28）。

71. 陳翠英：〈閱讀才子佳人小説：性別觀點〉，《清華學報》新 30 卷第 3 期（2000 年 9 月）。

72. 陶晉生：〈北宋婦女的再嫁與改嫁〉，《新史學》第 6 卷第 3 期（1995 年 9

月）。

73. 陶慕寧：〈從《影梅庵憶語》看晚明江南文人的婚姻性愛觀〉，《南開學報》第 4 期（2000 年）。

74. 許金榜：〈李漁劇作思想成就芻議〉，《山東師大學報》第 2 期（1986 年）。

75. 許建中：〈論明清之際通俗文學中社會價值取向的嬗變〉，《明清小說研究》（1990 年）。

76. 陸元虎：〈李漁喜劇典型論〉，《中國古代、近代文學研究》第 3 輯（1991 年）。

77. 陸建祖：〈論李漁市俗喜劇的創作特色〉，《遠程程教育雜誌》第 6 期（1999 年）。

78. 張濤：〈被肯定的否定——從《清史稿‧列女傳》中的婦女自殺現象看清代婦女境遇〉，《清史研究》第 3 期（2001 年 8 月）。

79. 張永葳：〈論明末清初擬話本的非文體化現象——以《豆棚閒話》為個案〉，《湖南大學學報》第 21 卷第 3 期（2007 年 5 月）。

80. 張開焱：〈雷霆不能奪我之笑聲——馮夢龍小說笑謔性思想研究〉，《江淮論壇》第 2 期（2007 年）。

81. 喻松青：〈明清時期民間宗教教派中的女性〉，《南開學報》第 5 期（1982 年）。

82. 黃天驥：〈論李漁的思想和劇作〉，《文學評論》第 1 期（1983 年）。

83. 黃霖：〈試論《一片情》〉，《社會科學戰線》第 2 期（1993 年）。

84. 黃慶聲：〈馮夢龍《笑府》研究〉，《中華學苑》第 48 期（1996 年 7 月）。

85. 黃慶聲：〈論《李卓吾評點四書笑》之諧擬性質〉，《中華學苑》第 51 期（1998 年 2 月）。

86. 黃克武：〈明清笑話中的身體與情慾：以《笑林廣記》為中心之分析〉，《漢學研究》第 19 卷第 2 期（2001 年 12 月）。

87. 湛偉恩：〈李漁喜劇理論初探〉，《廣州師院學報》第 1 期（1983 年）。

88. 湛偉恩：〈李漁的市民喜劇初探〉，《廣州師院學報》第 3 期（1983 年）。

89. 湛偉恩：〈李漁的喜劇創作論〉，《蘇州大學學報》第 4 期（1984 年）。

90. 萇瑞松：〈縫隙中的騷動：《三言》中三姑六婆的喜劇角色與話語研究〉，《興大人文學報》第 48 期（2012 年 3 月）。

91. 彭體春、范明英：〈《介之推火封妒婦》性別敘事的兩重語調〉，《重慶師範大學學報》第 3 期（2009 年）。

92. 〔日〕鈴木健之著；賴育芳譯：〈「機智人物故事」——試論其欺騙性〉，《民間文學論壇》第 2 期（1984 年）。

93. 董家遵：〈歷代節烈婦女的統計〉，原刊於《現代史學》第 3 卷第 2 期（1937

年）。

94. 雷勇：〈明末清初的才女崇拜與才子佳人小說的創作〉，《明清小說研究》第 2 期（1994 年）。

95. 寧俊紅：〈市民階層與擬話本小說的興起〉，《社科縱橫》第 5 期（1997 年）。

96. 趙園：〈關於「士風」〉，《中國文化研究》夏之卷（2005 年）。

97. 劉坎龍：〈「才子」的理想人格——才子佳人小說文化透視之一〉，《新疆師範大學學報》第 1 期（1993 年）。

98. 劉坎龍：〈才子佳人小說類型研究——才子佳人小說文化透視之二〉，《新疆師範大學學報》第 3 期（1994 年）。

99. 劉靜貞：〈劉向《列女傳》的性別意識〉，《東吳歷史學報》第 5 期（1999 年 3 月）。

100. 劉曉東：〈明代士人本業治生論——兼論明代士人之經濟人格〉，《史學集刊》第 3 期（2001 年 7 月）。

101. 劉正忠：〈違犯·錯置·污染——臺灣當代詩的屎尿書寫〉，《臺大文史哲學報》第 69 期（2008 年 11 月）。

102. 劉勇強：〈風土·人情·歷史——《豆棚閒話》中的江南文化因子及生成背景〉，清華大學學報》第 4 期，2010 年。

103. 潘薇：〈李漁與莫里哀喜劇創作跨文化研究〉，《吉林藝術學院學報》第 3 期（2003 年）。

104. 歐麗娟：〈《紅樓夢》中的「狂歡詩學」——劉姥姥論〉，《臺大文史哲學報》第 63 期（2005 年 11 月）。

105. 蔡慶：〈淺談《豆棚閒話》的荒誕性〉，《安徽文學》第 7 期（2008 年）。

106. 盧興基：〈清初的才子佳人小說——清代人情小說試論之一〉，《陰山學刊》第 2 期（1988 年）。

107. 蕭馳：〈從「才子佳人」到「紅樓夢」：文人小說與抒情詩傳統的一段情結〉，《漢學研究》第 14 卷第 1 期（1996 年 6 月）。

108. 韓婷婷：〈寒儒的悲哀——試論清代海烈婦故事〉，《文學前沿》（2007 年）。

109. 聶春豔：〈一次不夠成功的「顛覆」——評《玉嬌梨》《平山冷燕》的「佳人模式」〉，《明清小說研究》第 4 期（1998 年）。

110. 聶春豔：〈男性人格理想的載體：清代小說中「男性化」的女性形象略論〉，《明清小說研究》第 2 期（2004 年）。

111. 羅時進：〈明清江南文化型社會的構成〉，《浙江師範大學學報》第 5 期（2009 年）。

112. 樂星：〈明清之際的三部講史小說〉，《明清小說論叢》第 3 輯（1985 年）。

三、學位論文

1. 方巧玲：《趙南星《笑贊》研究》（臺北：中國文化大學中文所碩士論文，2008年）。

2. 王鴻泰：《流動與互動：由明清間城市生活的特性探測公眾場域的開展》（臺北：臺灣大學歷史學研究所博士論文，1998年）。

3. 付少武：《李漁與莫里哀比較研究》（南京：南京大學中文系博士論文，2003年）。

4. 安碧蓮：《明代婦女貞節觀的強化與實踐》（臺北：文化大學史學研究所博士論文，1995年）。

5. 吳芬燕：《李漁話本小說研究》（高雄：高雄師範大學中文所碩士論文，1986年）。

6. 李進益：《天花藏主人及其才子佳人小說之研究》（臺北：中國文化大學中文所碩士論文，1988年）。

7. 李世珍：《艾衲居士豆棚閒話研究》（臺中：東海大學中文所碩士論文，1989年）。

8. 吳佳真：《晚明清初擬話本之娼妓形象研究》（臺北：中國文化大學中文系碩士論文，2000年）。

9. 吳俐雯：《馮夢龍《古今譚概》研究》（臺北：東吳大學中文所博士論文，2009年）。

10. 吳敏雄：《煙水散人及其才色小說研究》（臺中：逢甲大學中文系碩士論文，2009年）。

11. 林佳怡：《明末清初女性亂離詩研究》（臺中：中興大學中文系碩士論文，2008年）。

12. 林佳燕：《世變、迂迴、荒唐之言：六朝諧隱研究》（臺南：成功大學中文所博士論文，2009年）。

13. 咸恩仙：《三言愛情故事研究》（臺北：輔仁大學中文所碩士論文，1982年）。

14. 姜鳳求：《明清才子佳人小說「好逑傳」研究》（臺北：政治大學中文所碩士論文，1990年）。

15. 胡豔玲：《《豆棚閒話》研究》（西安：陝西師範大學中國古代文學碩士論文，2003年）。

16. 徐秀芳：《宋代士族婦女的婚姻生活——以人際關係為中心》（臺北：臺灣師範大學歷史研究所博士論文，2001年）。

17. 張永葳：《《豆棚閒話》：話中有思的個性文本》（長沙：湖南師範大學中國古代文學碩士論文，2005年）。

18. 徐龍飛：《晚明清初才子佳人文學類型研究》（北京：北京師範大學中國古典文獻學博士論文，2008 年）。

19. 高宏儀：《明傳奇妓女形象「閨秀化」現象析論》（臺中：東海大學中文系碩士論文，2009 年）。

20. 徐欣怡：《明代神魔小説中的替罪羊現象——以《西遊記》《封神演義》爲對象》（臺中：中興大學中文系碩士論文，2010 年）。

21. 陳大道：《檮杌閒評研究》（臺中：東海大學中文所碩士論文，1987 年）。

22. 陳器文：《中國通俗小説試煉故事探微》（香港：香港大學文學院博士論文，1997 年）。

23. 陳秀珍：《《三言》、《兩拍》情色探究》（臺中：東海大學中文所碩士論文，2000 年）。

24. 賀淑瑋：《黑色幽默在中國：毛話語創傷與當代中國「我」説主體》（臺北：輔仁大學比較文學研究所博士論文，2002 年）。

25. 許妙瑜：《明末清初小説中的療妒主題研究》（臺中：逢甲大學中文系碩士論文，2004 年）。

26. 陳玉萍：《中國古典中短篇小説中的詩文關係與抒情性——以愛情爲主題的討論》（臺北：臺灣大學中文所博士論文，2009 年）。

27. 張秋華：《《醉醒石》、《照世盃》、《警寤鐘》比較研究》（臺北：臺灣師範大學國文學系碩士論文，2009 年）。

28. 費絲言：《由典範到規範：從明代貞節烈女的辨識與流傳看貞節觀念的嚴格化》（臺北：臺灣大學史學研究所碩士論文，1997 年）。

29. 黃蘊綠：《明末清初才子佳人小説中的佳人形象》（臺北：淡江大學中文系碩士論文，1997 年）。

30. 黃巧倩：《《豆棚閒話》敍事藝術及其在白話短篇小説中的意義》（南投：暨南國際大學中文系碩士論文，2000 年）。

31. 廖珮芸：《邊緣人物的功能與意義：馮夢龍《三言》中的配角研究》（臺中：東海大學中文所碩士論文，2004 年）。

32. 顏美娟：《明末清初時事小説研究》（臺北：中國文化大學中文所博士論文，1991 年）。

33. 魏旭妍：《明代短篇話本小説中負心婚變之研究》（臺北：淡江大學中文所碩士論文，1994 年）。

誌謝辭

當我在筆電敲完最後一個字、闔上電腦後，我知道博士研究這漫長的求學生涯要暫時畫下一個休止符了。撫今追昔，無限感慨。多少個夜青燈黃卷、埋首書堆的日子，就在春去秋來、季節替換之中悄然逝去。

多年前一個偶然的機緣，讓我踏入學術之途。自忖資質駑鈍，故一路走來，朝乾夕惕、未敢懈怠，深恐愧對師恩。如今論文完稿付梓，如釋重負，是該深刻反省自己問學態度的時候了。

王國維《人間詞話》裡做學問的三種境界，後人歸納為知、行、得三境界，吾人亦可視為知之、好之、樂之三種境界。我雖不才，但從書本中領略樂趣的經驗是常有的。做學問而能享趣味不以為苦，當為天下最幸福之人。我已知足。

本篇論文的研究方法與目的，屬於跨領域文化研究的範疇，涵蓋古典與現代，中西方的學理與運用。選題完開始動筆後，方知困難重重。駁雜的文獻資料與卷帙浩繁的小說文本，以及甚至讓人望而卻步的話語理論，皆使得論文進度經常處於停擺階段。何其有幸，我的雙指導教授——陳器文老師與徐志平老師，總能在我陷入瓶頸，渴望伸援時，適時地引領我走出迷障、看見希望。在論文的寫作過程中，承蒙老師們不厭其煩地指導與垂詢，並殷切地督促論文進度，關心生活起居，才能勉力務進，有了今日初步的研究成果。在此要先對我的兩位恩師致上誠摯的感謝！

同時，也要對四位不辭辛勞遠道而來的口試委員高桂惠教授、黃錦珠教授、李志宏教授與許麗芳教授等人，表達真切的感謝之意。四位口試委員，不論在學養上之博物洽聞、勤精嚴謹之治學態度，抑或人生哲思之豁達通明，

皆予學生諸多啓發與開悟。尤其針對論文誤謬之處，提供極爲精闢切要的建議，獲益匪淺。我當謹記諸位委員的意見，切實改正，務使論文臻於完備，以不負錯愛。

　　最後，由衷感謝親愛家人的支持與照護。我年邁的雙親，你們殷切的期許，成爲我持續努力的最佳動能；我的愛妻麗娟、小女莨璇，感謝你們平日辛勞無悔的陪伴與付出，願意長期忍受單調乏味的家庭生活。所有點滴，我將永銘在心，成爲我生命中最美好的回憶。

　　　　　　　　　　　　　　謹誌於中華民國 103 年 1 月　臺中